Cathrin Moeller

Kein Mord
ist auch keine Lösung

Roman

MIRA® TASCHENBUCH

1. Auflage: Juli 2019
Originalausgabe
Copyright © 2019 by MIRA Taschenbuch
in der HarperCollins Germany GmbH, Hamburg

Dieses Werk wurde vermittelt durch
die Autoren- und Projektagentur Gerd F. Rumler (München)

Umschlaggestaltung: bürosüd, München
Umschlagabbildung: Ocskay Mark / shutterstock
Lektorat: Maya Gause
Satz: GGP Media GmbH, Pößneck
Printed in Germany
Dieses Buch wurde auf FSC®-zertifiziertem Papier gedruckt.
ISBN 978-3-7457-0029-9

www.mira-taschenbuch.de

Werden Sie Fan von MIRA Taschenbuch auf Facebook!

Für Maya

»Seinen Namen,
seine Herkunft
und seinen Chef
man sich leider nicht kann aussuchen.«

Özlem Dukan

»Seinen Namen kann man ändern,
seine Herkunft kann man verleugnen,
und wenn der Chef nervt,
muss man ihn killen!«

Alwine Werkmeister

++++ 16. Oktober 2016 ++++

**Schlagzeile des Tages –
Eine mörderische Seuche bedroht Deutschland**

Niemand weiß, wann es über ihn kommen wird, man weiß nur, dass es dann kein Entrinnen mehr gibt! Die Rede ist vom »Blutrausch« – der atemberaubende Thriller von Dolores Fritz infiziert eine ganze Nation mit dem Lesefieber.

Normalerweise bilden sich lange Schlangen vor Elektronikmärkten oder Konzertsälen, doch jetzt stehen plötzlich Menschenmassen vor Buchhandlungen an. Normalerweise ruft man Verwandte und Freunde an und fragt: »Hast du das schon gehört?« oder »Hast du das schon gesehen?« Anders diesen Herbst. Man fragt: »Hast du das schon gelesen?«

Und so verbreitet sich der Thriller »Blutrausch« schneller als ein Grippevirus und ist ein Überraschungserfolg, zur Freude des Orellio Verlags und der geheimnisvollen Autorin Dolores Fritz, die über Nacht von der erfolglosen Selfpublisherin zur Bestsellerautorin wurde.

Kapitel 1

++++ Dienstag, 9. Mai 2017 ++++

»Als Titel schwebt mir *Champagner im Dünensand* vor, auf dem Cover ein zerbrochenes Glas am Strand, das ist das perfekte Symbol für den Konflikt …«, sagte ich und verstummte.

Hörte er mir überhaupt zu? Zumindest las er mein Gutachten und das Exposé.

Ich stand vor seinem Schreibtisch und wartete.

Mein Chef zog die perfekt in Form gezupften Augenbrauen hoch.

Wetten, der ging regelmäßig zur Kosmetikerin? Bestimmt hatte er nicht ein überflüssiges Haar am Leib.

Ich wischte mir einen Schweißtropfen vom unteren Brillenrand. Draußen war es für Anfang Mai und Hamburg im Allgemeinen ungewöhnlich warm. Davon merkte man in unseren klimatisierten Verlagsräumen nichts. In Voigts Büro empfand ich es als besonders eisig, was wahrscheinlich an seinem Charisma lag. Eisblöcke strahlten Kälte ab. Trotzdem schwitzte ich wie ein Stück Butter in der Sonne.

Obwohl ich ihn höchstens auf Mitte dreißig und damit sieben, acht Jahre älter als mich schätzte, flößte mein neuer Chef selbst den gestandenen Kolleginnen, die seine Mütter sein könnten, mit seiner unnahbaren Art Respekt ein.

Lag es an seinem Äußeren? Sein Haar war exakt frisiert, die Fingernägel fein säuberlich manikürt, der Körper im Fitnessstudio auf Maß getrimmt. Er war bestimmt auch sehr diszipliniert, was seine Ernährung anging. Jedenfalls sah ich ihn nie beim Imbiss gegenüber, wo es dieses leckere fettige Zeugs gab, das wir uns in stressigen Zeiten – also ständig, denn bei uns im Verlag war es *immer* irgendwie hektisch – gönnten. Von nächtlichen Kühlschrankorgien und Keksdosenplündereien, wie ich sie manchmal veranstaltete, mal ganz abgesehen. Sebastian Voigt war einer von diesen Menschen, die sich voll unter Kontrolle hatten. Mit der Kleidung, immer businesslike in sorgsam aufeinander abgestimmten Farben, der teuren Uhr am Handgelenk und der Sonnenbrille stets in Reichweite, umgab ihn die Aura des erfolgreichen Geschäftsmannes, der hohe Ansprüche an seine Mitarbeiter stellt. Dabei war er durchaus charmant und riss gern den einen oder anderen Witz. Solange man keine Fehler machte und sich seiner Meinung unterordnete, hatte man nichts zu befürchten.

Doch wer Fehler machte, den stellte er gerne vor allen bloß. Und wehe, man widersprach ihm, dann bekam man seine unerbittliche Härte zu spüren. Ein Teufel in Adonisgestalt. Auf solche Typen flogen nicht nur die Romanheldinnen in meinen Buchprojekten, sondern auch deren Leserinnen sowie Silvie, seine Assistentin. Sie himmelte ihren *Bastian* (wie sie ihn insgeheim immer nannte, als wir noch Freundinnen waren) an, dass es einem schlecht wurde. Und dabei kaute sie in seiner Gegenwart in naiver Unterwürfigkeit ständig an ihrer Unterlippe – wie Anastasia Steele, die sich die Bestrafung durch ihren schwarzen Ritter, Christian Grey, erhoffte.

Bastian hat gesagt..., also Bastian meint..., das muss ich aber erst mit Bastian abstimmen..., darüber müssen wir Bastian sofort informieren... äffte ich sie in Gedanken nach und hätte mir am liebsten den Finger in den Hals gesteckt.

Langsam wurde ich ungeduldig. Wie lange brauchte er denn für die paar Seiten? Jeder Drittklässler hätte den Text schneller gelesen.

Voigt legte Exposé und Gutachten beiseite, ohne eine Miene zu verziehen. Dann öffnete er die einzige Mappe auf dem Schreibtisch, drehte den Kugelschreiber in seiner Hand und schaute demonstrativ auf seine Armbanduhr. Also war kein einziger Funke meiner Begeisterung auf ihn übergesprungen. Dabei strotzte das Exposé vor Humor, war knackig im Stil der Autorin geschrieben und zog einen mit seinem Pitch sofort in den Bann.

Er betrachtete mich mit seinen stahlgrauen Augen. Unwillkürlich fröstelte ich. Es fühlte sich an, als würden meine Brillengläser beschlagen, wie wenn ich an einem warmen Tag einen Blick ins kalte Eisfach warf.

»Welchen Konflikt? Diese Geschichte ist oberflächliche, verquirlte Scheiße! Schon tausendmal in Groschenromanen erzählt. Wenn wenigstens noch etwas Sex mit Baumarktutensilien vorkäme ...«

Ah, er war also ein Fan von diesem unsäglichen Mr. Grey. Das passte zu ihm.

Seinen Mund umspielte dieses überhebliche Grinsen, das ich besonders an ihm hasste.

Ich setzte zu einer Rechtfertigung an, die mir wie eine Fischgräte im Hals steckenblieb.

Er unterschrieb ein Dokument aus der Mappe. »Sie sollten mal Ihre Brille putzen, Alwine. Anscheinend können Sie Diamanten nicht von Glasperlen unterscheiden.«

Pfff! Wieder brachte ich keinen Ton hervor. An meiner Schlagfertigkeit musste ich unbedingt arbeiten. Dabei hatte ich mir erst gestern für genau den Fall, dass er mich beleidigte, ein paar gute Antworten ausgedacht. Das heißt, ich hatte sie im Internet gefunden: *Nie wieder sprachlos! Die zehn besten Argumente, mit denen Sie Ihren Chef um den Finger wickeln.* Jetzt fiel mir natürlich kein passender Satz davon ein, aber so schnell gab ich nicht auf. Ich musterte ihn.

Obwohl er seinen Unmut deutlich machte und seine Körpersprache mir verriet, dass ich ihm seine Zeit stahl, startete ich einen letzten Versuch, ihn von meinem Herzensprojekt und meiner Lieblingsautorin, Karoline Katzenbach, zu überzeugen. Morgen war die Buchhandelsvertreterkonferenz und es gab noch einen winzigen freien Platz im nächsten Sommerprogramm. Den musste sie bekommen!

Seit Sebastian Voigt vor sechs Wochen vom Orellio Verlag zu uns gewechselt war und die Programmleitung übernommen hatte, bekamen meine gefühlvollen Romanprojekte einfach keine Chance mehr. Ich konnte ihm vorstellen, was ich wollte, ich erntete Spott und Hohn. Systematisch schmiss er das ganze Programm um und forderte sogar, dass wir ab dem kommenden Jahr nur noch blutrünstige Thriller veröffentlichen.

»Der Phönix Verlag steht seit jeher für Geschichten mit Happy End. Unsere Leser erwarten ...«, setzte ich an.

Voigt unterbrach mich »Unsere Leser erwarten vor allem, dass wir sie nicht langweilen.«

Er schmiss mir das Exposé in hohem Bogen hin. Es landete auf dem Fußboden. Wieder mal demonstrierte er mir seine Macht.

Während ich vor seinem Schreibtisch auf die Knie ging und die losen Blätter aufsammelte, donnerte seine Stimme im Befehlston auf mich herab. »Anstatt Ihre Zeit mit diesem Schwachsinn zu vergeuden, kümmern Sie sich lieber um unsere Bestsellerautorin! Dolores hat sich beschwert, dass Sie ihr nicht beim Brainstorming für ihr neues Buchkonzept helfen.«

»Sie ist eine Psychopathin! Niemand kann von mir verlangen, dass ich noch einmal zu ihr in die Einöde fahre!«

»Fräulein Werkmeister, Sie wurden mir von unserem Verleger als die fähigste Lektorin empfohlen. Deshalb habe ich Ihnen die Betreuung unserer wichtigsten Autorin übertragen. Also machen Sie verdammt noch mal Ihren Job!«

Ich richtete mich zu meiner vollen einschüchternden Größe von eins sechsundfünfzig vor seinem Schreibtisch auf, sodass ich fast auf Augenhöhe mit ihm war. »Den mache ich sehr wohl, indem ich Projekte akquiriere, die das Profil unseres Verlags mit seiner Tradition widerspiegeln.«

»Das Festhalten an Traditionen hat diesen Verlag in die roten Zahlen getrieben. Ich bin angetreten, um dieses Unternehmen vorm endgültigen Ruin zu retten. Dafür sind radikale Veränderungen notwendig. Eines habe ich nämlich im Gegensatz zu Ihnen begriffen: dass die Inhalte sich an den Bedürfnissen des Marktes orientieren müssen. Schrecken verkauft sich millionenfach besser als Sehnsucht. Sie kennen die Verkaufszahlen des deutschen Buchhandels.«

Ich hielt dagegen. »Karoline Katzenbach hat für ihre Liebesromane tolle Rezensionen bekommen und eine große Fangemeinde.«

»… die allerdings lange nicht groß genug ist, um zu rechtfertigen, dass wir uns noch eine ihrer grässlichen Schmonzetten ans Bein binden.«

»Wenn Sie sich aber mal die Rezensionen zu Dolores Fritz angucken, werden Sie sehen, dass da ganz schön viel Kritik dabei ist«, warf ich ein.

Voigt legte den Kugelschreiber in Zeitlupe beiseite. Meine Hartnäckigkeit nervte ihn sichtlich.

»Ja, und genau diese Diskussion hat die Menschen neugierig gemacht und veranlasst, das Buch zu kaufen. Vier Millionen verkaufte Exemplare innerhalb von drei Monaten! Dolores Fritz' Thriller-Debüt im Orellio Verlag hat das geschafft, was bisher für eine deutsche Autorin kaum denkbar war: Sie hat eine ganze Nation zum Lesen gebracht. Gerade weil die ach so anständigen Otto Normalbürger derartige Gewalt nicht für möglich halten, sind sie davon fasziniert. Studien zeigen, dass gerade Frauen es noch eine Spur blutiger mögen. Das Spiel mit der Angst ist ihnen ein tiefes Bedürfnis. Deshalb steht dieses Buch seit Wochen auf Platz 1 der Bestsellerliste. Sie haben wirklich Glück, dass Ihr Verleger mir so ein großzügiges Angebot gemacht hat, das ich nicht ausschlagen konnte. Sonst wäre ich wahrscheinlich nicht unbedingt zum Phönix Verlag gewechselt – Sie wissen ja selber, wie es hier mit den Verkaufszahlen aussieht. Ihre heiß geliebten kitschigen Frauenromane sind halt nicht mehr zeitgemäß, liebe Frau Werkmeister.«

Er lachte herablassend. »Aber machen Sie sich keine Sorgen, jetzt bin ich ja da, um den Laden mal ordentlich auf Vordermann zu bringen. Seien Sie froh, dass ich Frau Fritz überreden konnte, mit mir zu kommen. Wir müssen den Bluthunger der Leser stillen, nicht nur mit Dolores Fritz, auch mit anderen Thrillerautoren. Nur so reißen wir das Ruder herum. «

»In einem Verlagsprogramm geht es aber auch um Vielfalt«, hielt ich dagegen.

Seine Stimme nahm einen abfälligen Ton an. »Wer braucht noch ein weiteres süßliches ›Das kleine Café am Arsch der Heide‹? Der Markt ist überschwemmt mit diesen »»Friede, Freude, Eierkuchen««-Geschichten für Frauen, die an der Seite eines weichgespülten Langweilers insgeheim von einem Kerl mit Sixpack träumen, der sie mal ein bisschen härter rannimmt.« Anzüglich ließ er seinen Blick über meinen Oberkörper schweifen.

Ich verschränkte die Arme vor der Brust. »Wer braucht noch eine weitere detaillierte Schilderung, wie ein Serientäter seine Opfer quält?«

Mein Argument beeindruckte ihn nicht, aber er war sichtlich verwundert, dass ich immer noch widersprach, registrierte ich erfreut.

Er stand auf und schaute von oben auf mich herab. Hätte ich doch heute Morgen bloß Absatzschuhe statt der Sneaker angezogen, dann käme ich mir jetzt nicht ganz so winzig vor.

Plötzlich haute er mit der flachen Hand auf die Tischplatte. Ich zuckte kurz zusammen.

»Hören Sie doch auf! Entweder Sie befolgen meine Anweisung oder ...«

»Oder was?«, unterbrach ich ihn, hielt seinem Blick stand und stemmte die Hände in die Hüften. Irgendwie musste ich mich ja größer machen.

Seine Mundwinkel umspielte ein verkniffenes Lächeln, das die Augen nicht erreichte. Ich hatte ihn mehr als verärgert.

Er drehte sich um und holte einen Karton mit der Aufschrift *Schrott* aus dem Aktenschrank. »Oder Sie sichten diesen Stapel unverlangt eingesandter Manuskripte. Ich erwarte bis morgen aussagekräftige Gutachten mit einer Übersicht aller unverbrauchten dramatischen Situationen.«

Mir verschlug es die Sprache, was ihn sichtlich erfreute. Er drückte mir den Karton in die Hände, hielt ihn noch fest und sagte eindringlich: »Und ich kann Ihnen versprechen, das werden Sie so lange tun, bis Sie es sich anders überlegt haben, zu Dolores rausfahren und Ihren Job machen.« Erst jetzt ließ er ihn los.

Ich betrachtete den Karton, der noch von mir stammte, aus der Zeit, als ich Voigts erkrankte Vorgängerin fast vier Monate vertreten hatte. »Den Stapel hat bereits die Praktikantin gesichtet und Gutachten erstellt.«

»Sehen Sie es als Übung für Ihr Gespür, einen guten Stoff zu finden.« Er zwinkerte mir zu.

Ich knallte ihm den Karton auf den Tisch. »Das ist Schikane!«

»Ach?«

Genau in dem Moment steckte unser Verleger, Hubertus Krohn, seinen grauen Schopf zur Tür herein und wurde Zeuge der Auseinandersetzung.

»Gibt es ein Problem?«, fragte er mehr in meine als in Voigts

Richtung. Unsere Blicke trafen sich. Ich schwieg, denn üblicherweise focht ich meine Konflikte selbst aus.

Voigt antwortete: »Ihr bestes Pferd im Stall bockt, weil ich den Mist ablehne, den sie mir wieder anbietet.« Er winkte ab und grinste breit. »Keine Sorge, ich habe die bissige Stute bald gezähmt.«

Jetzt reichte es mir. »Ich bin weder ein Pferd, noch lasse ich mich mit Strafarbeiten zähmen. In welchem Jahrhundert leben Sie eigentlich?« Verständnislos schüttelte ich den Kopf. Hubertus trat näher und wollte anscheinend schlichten. Ich wandte mich an ihn: »Seit Herr Voigt die Programmleitung übernommen hat, höre ich nur noch Thriller und Dolores Fritz.«

Unser Verleger presste die Lippen zusammen.

Tief einatmend bemühte ich mich, sachlich zu bleiben. »Hubertus, ich verstehe, dass wir neue Leserzielgruppen erschließen müssen. Aber doch nicht, indem wir unsere bisherigen Leser verprellen und überhaupt keine Liebesromane mehr ins Programm aufnehmen.« Ich appellierte an die Vernunft meines Ziehvaters, der mir alles beigebracht hatte, was ich als gute Lektorin wissen musste. Immerhin waren wir uns vor Voigts Zeit immer einig gewesen, was wir veröffentlichen wollten.

»So?«, fragte er erstaunt und rückte sich die Krawatte zurecht. Eine Verlegenheitsgeste, die er immer benutzte, wenn er seinen Ärger überspielen wollte.

Er war also noch gar nicht in die Pläne seines neuen Programmleiters involviert?

Voigts Augen verengten sich zu Schlitzen. Am liebsten hätte er mich an Ort und Stelle erwürgt. Okay, vielleicht war das jetzt nicht die feine englische Art, aber er hatte mich schließlich zuerst vor unserem Arbeitgeber in die Pfanne gehauen. Irgendwie musste ich mich ja wehren. Also erzählte ich Hubertus von meinem Herzensprojekt. Wenn er Voigts Meinung teilte, würde ich mich geschlagen geben.

Hubertus las das Exposé und schaute uns danach abwechselnd an. Ich spürte, dass es ihm gefiel, er aber Voigt auch nicht vor den Kopf stoßen wollte. »Ich denke, wir stellen das Projekt den Buchhandelsvertretern vor und hören deren Meinung zur Verkäuflichkeit auf dem Buchmarkt bei dem derzeitigen Trend zu gewalttätigen Stoffen an. Sieht der Vertrieb Chancen, nehmen wir es ins Programm auf.«

»Ich würde lieber einen Roman weniger veröffentlichen, statt den Platz auf Krampf mit so einem schwachen Weglasstitel zu besetzen«, protestierte Voigt.

»Lassen Sie uns die Entscheidung morgen gemeinsam mit dem Vertrieb treffen«, entgegnete Hubertus

Der Programmleiter schluckte. »Wie Sie wünschen.«

Hubertus verließ das Büro und ich wollte ihm folgen. Doch Voigt hielt mich zurück. »Wir waren noch nicht fertig, Fräulein Werkmeister. Schließen Sie die Tür!«, forderte er mich auf und zischte: »Das war gerade eine ganz linke Nummer von Ihnen.« Um sich abzureagieren, warf er einen Minibasketball kraftvoll in den Korb, der in drei Meter Entfernung am Bücherregal hing. Er hatte ihn gleich an seinem ersten Arbeitstag anbringen lassen. Der Ball rutschte durchs Netz, klatschte auf dem Fußboden auf und hüpfte in die Zimmerecke.

»Im Gegensatz zu Ihnen habe ich Sie nicht beleidigt«, zischte ich zurück.

»Oh, doch, Sie haben mein Urteilsvermögen infrage gestellt.« Er zeigte auf das Exposé in meiner Hand.

»Es wird Ihnen aber nichts bringen, dass Sie den alten Mann mit Ihren Rehaugen bezirzt haben. Mich und die Buchhandelsvertreter können Sie damit nicht überzeugen.«

»Was? Eine Frechheit! Ich bezirze niemanden.«

»Wir sehen uns morgen. Vergessen Sie Ihren Karton nicht.«

Ich platzte vor Wut und sagte: »Wer im Glashaus sitzt, sollte nicht mit Steinen werfen. Da gibt es einige Gerüchte, wie Sie über Frau Krohn an diesen Posten gekommen sind.« Dann schnappte ich mir den Karton und machte auf dem Absatz kehrt, durchquerte Voigts Büro im Stechschritt und murmelte: »Arschloch!«

»Haben Sie mich gerade Arschloch genannt?«

Mist! Er hatte es gehört. Ich schlug kurz die Augen nieder, drehte mich um und schaute ihm geradeheraus ins Gesicht. »Ja das habe ich, weil Sie eins sind«, murmelte ich leise.

Ohne den Blick von mir abzuwenden, bediente er die Wechselsprechanlage und rief seine Assistentin: »Silvie! Ich brauche Sie wegen einer Abmahnung. Bringen Sie mir bitte die Personalakte von Frau Werkmeister.« Er beobachtete meine Reaktion. Seine Augen blitzten triumphierend auf. Ich ahnte, dass er spürte, wie ich innerlich vor ihm zitterte und die Selbstbewusste nur spielte.

Er sagte: »Ich hoffe, die Warnung kommt bei Ihnen an. Beim nächsten kleinsten Vergehen können Sie sich einen anderen Job suchen.«

Scheiße! Der Markt für gut bezahlte Lektoren sah mies aus, eine Kündigung konnte ich mir gerade überhaupt nicht leisten. Außerdem hing ich an unserem Verlag. So einfach ließ ich mich von diesem Widerling nicht vertreiben!

Voigt stand auf, kam ganz dicht an mich heran, schnappte meine Hand und flüsterte mir ins Ohr: »Eine nette Entschuldigung Ihrerseits und ich vergesse, was gerade geschehen ist.« Ich erstarrte. Die Tür sprang auf. Wortlos drehte ich mich um und stürmte hinaus. Dabei streifte ich Silvie, die auf ihren High Heels hereinstöckelte. Ohne uns eines Blickes zu würdigen, liefen wir aneinander vorbei. Aus unserer früheren Freundschaft war mittlerweile eine erbitterte Feindschaft geworden, seit ich ihr die Meinung gesagt hatte, nämlich, dass ich es zum Kotzen fand, wie sie sich bei diesem *Bastian* einschleimte.

Bloß weg hier! Ich beschleunigte meinen Schritt und stieß im Gang gegen den Putzwagen der Reinigungskraft. Der Wassereimer kippte um. In Sekundenschnelle war meine Hose patschnass. Ich fluche. *Das fehlt mir gerade noch!*

Özlem Dukan, unsere Raumpflegerin, schaltete den Staubsauger aus. Mit bedauerndem Blick entschuldigte sie sich, dass sie ihren Wagen mitten im Weg abgestellt hatte, und eilte herbei. Fluchend versuchte sie die schäumende Pfütze aufzuwischen. »Muss beeilen, sonst Ärger mit Chef.« Sie zeigte auf die Tür, wo ich herausgekommen war. Ich stellte den Karton ab, schnappte mir einen Lappen und half ihr.

»Meine Schuld«, sagte ich. Sie lächelte mich freundlich an und fragte: »Du auch Zoff?« Ich antwortete mit stummem Nicken und zusammengepressten Lippen.

Unsere Putzfrau, die seit einem Jahr zuverlässig dafür sorgte, dass wir nicht im eigenen Dreck erstickten, legte ihre Hand auf meinen Unterarm und raunte verschwörerisch in fast perfektem Deutsch. »Seinen Namen, seine Herkunft und seinen Chef man sich leider nicht kann aussuchen.«

Kapitel 2

Am Abend, es war längst einundzwanzig Uhr und die Sonne bereits untergegangen, kam ich nach gefühlten tausend Überstunden endlich zu Hause in Hamburg-Eilbek an. Ich stellte das Fahrrad in den Ständer vor dem Klinkerbau mit der hübschen Putzfassade aus der Gründerzeit, die von den Bombenangriffen im Zweiten Weltkrieg verschont geblieben war.

Ich beeilte mich, denn Herr Giovanni war heute viel zu lange alleine gewesen. Bevor Voigt in unserem Verlag anfing, hatte ich meinen alten Labrador immer mit ins Büro genommen. Das war für niemanden ein Problem. Herr Giovanni schlief tagsüber unterm Schreibtisch und störte keinen bei der Arbeit. Mittags ging ich mit ihm an der Binnenalster Gassi. Seine Anwesenheit wirkte sich sogar positiv auf den Umgang der Kollegen untereinander aus. Hatte jemand Stress, kam er zu mir und streichelte den Hund. Das war manchmal so hilfreich wie eine Therapiestunde. Außerdem war Herr Giovanni einmal der Star auf einem unserer Werbeplakate mit dem Slogan »Wir haben einen Riecher für gute Liebesgeschichten!« gewesen. Entscheidend war eben die Nase.

Voigt hatte nicht nur etwas gegen mich, sondern auch gegen meinen Hund. Vielleicht hatte er Angst vor dem einäugigen, fast zahnlosen Greis, der ihn einmal angeknurrt hatte, weil er mich während eines verbalen Angriffs vor ihm beschützen wollte. Herrn Giovannis feine Spürnase hatte dem treuen Tier von Anfang an verraten, dass dieser Mensch eher mein Feind als mein Freund war.

Nach dem Zwischenfall mit Voigt sammelte Silvie Unterschriften der Kollegen für ein Verbot von Hunden am Arbeitsplatz. Notgedrungen gab ich Herrn Giovanni, den mir mein verstorbener bester Freund Toni vor vier Jahren anvertraut hatte, die Arbeitswoche über zu Tonis Eltern. Ich konnte und wollte es nicht verantworten, dass der Hund den ganzen Tag allein in einer Wohnung verbrachte. Doch jetzt waren sie für drei Wochen in ihre alte Heimat Sardinien geflogen, um ihren verstorbenen Sohn auf dem Friedhof zu besuchen.

Schon im unteren Hausflur übermannte mich das schlechte Gewissen, denn ich hörte Herrn Giovanni im Dachgeschoss an der Wohnungstür kratzen. Er bellte. Durst und Hunger konnte er nicht haben, denn ich hatte ihm mehrere Pötte Wasser hingestellt und die zweite Ration Futter bekam er immer erst abends. Wenn ich früh mit ihm Gassi ging, hielt er acht Stunden durch. Aber heute waren es zwölf geworden, eindeutig zu viele. Ich nahm gleich zwei der durchgetretenen Stufen auf einmal, rannte schnaufend durch drei Stockwerke nach oben und beruhigte ihn durch die Tür, während ich aufschloss.

Im Flur empfing mich eine große Lache. Herr Giovanni hatte in den Flur gepinkelt.

»Oh, so ein Mist!«

Nun senkte er den Kopf, weil er sich schämte. Der arme Herr Giovanni. »Es war doch meine Schuld, ist ja gut!«, sagte ich tröstend und kraulte ihm die struppigen Ohren.

Es roch leider wirklich unangenehm. Ich riss alle Fenster auf und machte erst einmal Durchzug. Dann holte ich Küchenrolle, Scheuerlappen sowie einen Eimer voll Wasser aus dem Bad und beseitigte das Dilemma auf dem Dielenboden im winzigen Flur. Mit meinem Putzzeug bewaffnet, sah ich mich in den anderen Räumen nach weiteren Pfützen um. Wie immer, wenn er bei mir war, hatte ich alle Zimmertüren offen gelassen, damit er sich zwischen seinen Lieblingsplätzen – Sofa, Bett und Badvorleger – frei bewegen konnte.

Ja, ich weiß, Hunde nimmt man nicht mit ins Bett und verbietet ihnen auch das Sofa. Das sollten all die Hundeprofis machen, wie sie wollten. Ich konnte Herrn Giovannis Blick jedenfalls nicht widerstehen und ihn zurück in seinen Korb schicken, wenn er es sich neben mir gemütlich machte. Außerdem gab es keinen besseren Fußwärmer. Und meine Füße waren ständig kalt.

»Du Armer. Alles nur wegen diesem Arsch Sebastian Voigt! Früher musste ich nicht so viele Überstunden machen … Ach, am liebsten würde ich diesem arroganten Idioten den Hals umdrehen. Komm, wir gehen eine Runde am Kanal spazieren!« Freudig hechelnd lief Herr Giovanni zur Tür. »Spazieren« war eins seiner Lieblingsworte. Wie er mich so mit offener Schnauze ansah, wirkte es so, als würde er lächeln. Gerührt kniete ich mich hin, schlang meine Arme um ihn und steckte meine Nase in sein Fell. »Was würde ich nur ohne dich machen?«, murmelte ich. »Morgen bin ich auch pünktlich zu Hause, versprochen.«

Gegen dreiundzwanzig Uhr las ich die Präsentation zu *Champagner im Dünensand* das letzte Mal durch. Ich hatte zur Visualisierung noch herrlich romantische Bilder von Liebespaaren eingefügt, die die Fantasie der Damen in der Runde zum Träumen anregen sollten. Sie waren in der Überzahl, und wenn ich sie auf meiner Seite hatte, kam Voigt nicht dagegen an.

Gähnend klappte ich den Laptop zu und stellte ihn auf dem schwarz-weiß gestreiften Teppich neben dem Bett ab. Voigt würde das blöde Grinsen schon vergehen. Ich wusste, dass ich die Buchhandelsvertreter überzeugen konnte. Das hatte ich bisher immer getan. Ich legte die Brille ab, löschte das Licht und kuschelte mich unter die Bettdecke. Herrn Giovannis sanftes Schnarchen hallte vom Fußende durchs Schlafzimmer. Ich schob die kalten Zehen an seinen Rücken. Meine Gedanken kreisten um Voigt. »Wenn er mich morgen vor allen beleidigt, bringe ich ihn um!«, sagte ich zu meinem Hund. Der verstummte und drehte sich weg.

Ich schloss die Augen und wälzte mich rastlos von einer Seite auf die andere. Mein verschlissenes Snoopy-Shirt war regelrecht nass geschwitzt. Ich schob die Decke weg, dann zog ich sie wieder über mich.

Herr Giovanni fühlte sich gestört, seufzte genervt und trollte sich ins Wohnzimmer.

Ich stand auch auf, wanderte in die Küche und öffnete den Kühlschrank, der nachts immer vor Altersschwäche brummte. Zielsicher griff ich nach der Milchflasche, schraubte sie auf und trank gierig in großen Schlucken.

»Mmmh!«, schmatzend leckte ich mir die Lippen, stellte die Flasche zurück und guckte in den Brotschrank. Auf irgendwas hatte ich noch Appetit. Die angebrochene Kekspackung lächelte mir zu.

Nein! Zu viel Zucker ... zu spät! Ich griff hinein und schwupp verschwand der Keks in meinem Mund. Schnell schloss ich die Schranktür und spazierte kauend durchs dunkle Wohnzimmer, wo ein schwarzer Fellknäuel leise schnarchend auf dem hellbraunen Ledersofa zwischen schwarzen, weißen und grün gemusterten Kissen kaum auffiel.

Ich schnappte mir die Fernbedienung vom Couchtisch, einem umfunktionierten Überseekoffer, den ich vom Flohmarkt hatte, und zappte mich durchs Fernsehprogramm. Auch hier Mord und Totschlag sowie schlechte Nachrichten. Die Welt schien im Chaos zu versinken. Menschen hassten, Menschen bekriegten sich, Menschen zerstörten die Natur. Die Mächtigen schmiedeten Intrigen und betrogen in ihrer unersättlichen Gier. Ich konnte es nicht mehr hören und schaltete den Fernseher aus, der über einem Sideboard, das ich selbst aus zwei dicken Holzbohlen und rotbraunen Klinkern gebaut hatte, an der Wand hing.

Ich liebte es, auf dem Flohmarkt zu stöbern und aus Fundstücken Upcycling-Möbel und Deko zu bauen. Sie gaben der üblichen IKEA-Einrichtung eine individuelle Note, bereiteten mir Freude und kosteten fast nichts. Denn Geld hatte ich leider überhaupt nicht übrig. Außerdem setzte ich lieber Einzelstücke in Szene, als meine kleine Dachwohnung mit Ramsch vollzustellen. Weniger war mehr. Ich sammelte weder Katzen- noch Frosch- oder Kuh-Figuren, höchstens Steine vom Strand.

Der Rundgang endete wieder in der Küche. Ich bediente mich noch mal an der Kekspackung, nahm mir eine Flasche Wasser mit ans Bett, öffnete das gekippte Fenster und sog die kühle Nachtluft in die Lungen. Ich mochte meine Wohnung in der Blumenau, sie war zwar mit ihren 36 Quadratmetern so winzig wie ein Schuhkarton, dafür aber ruhig und gerade so bezahlbar. Sie war auch die einzige, die ich bei meinen vielen Besichtigungen gesehen hatte, in der ein Hund erlaubt war. Der Eilbekkanal und der idyllische Kuhmühlenteich waren nur einen Steinwurf entfernt und eigneten sich perfekt für meine Gassirunden mit Herrn Giovanni. Eine grüne Oase mitten in der Großstadt Hamburg, wer hatte das schon?

Dabei ging es mir gar nicht um mich, sondern um Herrn Giovanni. Er hatte schon genug durchgemacht in seinem Hundeleben. Mein verstorbener Freund hatte ihn aus einer Tieraufgangstation in Italien nach Deutschland mitgebracht. Die Vorbesitzer hatten das Tier schwer misshandelt. Es hatte gedauert, bis er wieder Vertrauen zu Menschen fassen konnte. Die Folgen der Misshandlungen hatten auch immer neue Operationen erfordert. Toni hatte sich um alles gekümmert, obwohl er selbst schwer krank gewesen war. Und dann war mein bester Freund an seiner Krebserkrankung verstorben.

Ich hatte seinen Hund adoptiert, hatte Medikamente, Operationen und Therapien bezahlt, damit es ihm gut ging. Ich hatte sogar einen Kredit aufgenommen, damit ich das alles finanzieren konnte, denn Tonis Eltern waren Rentner und hatten auch kein Geld.

In meiner damaligen WG waren Haustiere verboten. Also musste ich umziehen. Mich von Herrn Giovanni zu trennen kam nämlich nicht infrage. Auch wenn es im Moment finanziell ziemlich schwer war: Seine letzte OP hatte doppelt so viel gekostet wie gedacht. Der eine Kredit reichte nicht mehr, und ich nahm zusätzlich noch einen Dispokredit auf. Nun saß mir die Bank im Nacken. Bis zum Monatsende musste ich mein Konto wieder ausgeglichen haben. Ich gönnte mir nichts und sparte, so gut ich konnte.

Trotzdem fühlte ich mich pudelwohl hier, auch wenn ich keine Cafés und Kneipen direkt vor der Haustür hatte wie in Altona, wo ich bis vor zwei Jahren in einem WG-Zimmer gewohnt hatte. Essengehen oder Barbesuche konnte ich mir gerade sowieso nicht leisten.

War ich froh, dass ich die WG-Zeit hinter mir hatte! Allein zu leben bedeutete Freiheit und auf niemanden Rücksicht nehmen zu müssen. Und wenn der Abwasch in der Spüle überquoll, dann lag das allein an mir. Es gab keinen Zimmernachbarn, der stets alles Geschirr aufbrauchte, nie abwusch, sich ungeniert in meinem Kühlschrankfach bediente, in seinem Zimmer rauchte und nächtelang Klarinette spielte.

Ich legte mich zurück ins Bett, zählte sogar Schafe und versuchte krampfhaft an etwas Schönes zu denken, aber Voigts fieses Lachen und seine Drohungen verfolgten mich. Genervt klappte ich die Lider wieder auf und machte das Licht an. »Seinen Namen kann man ändern, seine Herkunft kann man verleugnen, und wenn der Chef nervt, muss man ihn killen!«, flüsterte ich.

Ich nahm Notizheft und Stift vom Nachttisch, einem Stapel alter Bücher, den ich zu einer kunstvoll verdrehten Säule zusammengeklebt hatte, so wie ich es bei Pinterest gesehen hatte.

Oh ja, ich nehme den Brieföffner und schlitze ihm den Bauch auf. Oder sollte ich ihn vergiften? Ich könnte einen Skorpion kaufen und ihn in die Schale setzen, wo er immer hineingreift und seinen albernen Basketball herausholt. Besser noch, ich besorge mir ein Folterwerkzeug der Psychopathen-Autorin, die ich dank Voigt betreuen musste … Ich schrieb meine Mordfantasien auf, bis das übermächtige Monster namens Sebastian Voigt so klein wie ein Gremlin wurde, bevor dieser mit Wasser in Kontakt gekommen war. Nicht, dass ich jemals vorhätte, die Pläne in die Tat umzusetzen. Ich konnte schließlich keiner Fliege etwas zuleide tun. Aber es einfach mal aufzuschreiben half mir, Dampf abzulassen. Das war meine Psychotherapie.

Manche Probleme lassen sich eben nur mit Gewalt lösen, dachte ich und murmelte: »Du hörst dich schon an wie er. Und was ist mit der Liebe?« Seitdem Voigt mich beherrschte, war mein Privatleben quasi implodiert. Ich war viel zu beschäftigt mit Überstunden und negativen Gedanken. Ich hätte den Traumprinzen da draußen nicht einmal dann bemerkt, wenn er mit einem Blinklicht auf dem Kopf, einem Hinweisschild um den Hals und einer Sirene in der Hand auf einem Schimmel dahergeritten gekommen wäre. Erschöpft seufzte ich. »Die Liebe werde ich auch noch finden, aber zuerst muss ich den Drachen namens Voigt besiegen.« Dann schlief ich ein.

Kapitel 3

++++ Mittwoch, 10. Mai 2017 ++++

Der Konferenzraum war hell und schlicht eingerichtet. An der einen Längsseite erstreckte sich die nackte Fensterfront, die den Blick nach draußen auf die Häuserfassaden der gegenüberliegenden Straßenseite freigab. Die anderen drei Wände waren weiß gestrichen. An einer umlaufenden Leiste hingen die gerahmten Drucke von Covern, die der Verlag seit Bestehen produziert hatte und die wegen ihres Designs preisgekrönt worden waren. In der Mitte stand ein riesiger Holztisch, um den die Buchhandelsvertreter, der Verleger und seine Frau sowie der Programmleiter, die Lektoren, das Marketing und der Vertrieb auf weißen Freischwingersesseln saßen.

Heute waren die Sonnenschutzrollos heruntergezogen. Der Beamer projizierte Bilder auf eine Leinwand, die schräg neben der Tür an einem fahrbaren Metallgestell hing.

Einige kicherten, andere grinsten hinter vorgehaltener Hand und musterten mich abschätzig. Ich wäre am liebsten im Boden versunken. Anstatt der Fotos, die ich in die Präsentation eingefügt hatte, blickten die Teilnehmer der Buchhandelsvertreterkonferenz auf pornografische Bilder, wie man sie aus Schmuddelzeitungen kennt, die ganz oben im Supermarktregal stehen. Mir stockte der Atem. Ich war entsetzt.

Margarethe Krohn verließ beschämt den Raum und knallte die Tür hinter sich zu. Hubertus sprang auf und wetterte: »Geschmacklos! Stellen Sie das aus. Sofort!« Doch es ging nicht. Die Präsentation lief unerbittlich weiter. Fahrig zog ich den

Stick aus dem Laptop und entschuldigte mich: »Ein Scherz, also keiner von mir, da hat jemand ...«

Ich sah in Voigts Gesicht. Er wirkte verdächtig amüsiert. Er grinste triumphierend wie ein Rennfahrer, der eine Champagnerflasche köpft (und zwar die Fünf-Liter-Flasche!), weil er den Großen Preis von Monaco in der Formel 1 gewonnen hat.

Natürlich steckte er dahinter.

Dieses miese, niederträchtige Schwein! Grrr!

Wie hatte er es bloß geschafft, meine Datei zu manipulieren? Sie gehörte nicht zum Bestandteil der Gesamtpräsentation, auf die alle Zugriff über den Server hatten. Ich hatte sie nur lokal auf meinem Laptop gespeichert und die Datei kurz vor der Konferenz auf den Stick kopiert.

Aber wie sollte ich das dem Verleger erklären, wenn es mir selbst schleierhaft war. »Es tut mir leid, dann werde ich Ihnen *Champagner im Dünensand* ohne Visualisierung vorstellen müssen.«

Hubertus fuhr mir wütend ins Wort. »Nein! Ich denke, wir haben genug gesehen.«

Ich lief rot an, senkte den Kopf und setzte mich auf meinen Platz. Das war deutlich. Damit war *Champagner im Dünensand* Geschichte. Hubertus und seine Frau waren stinksauer auf mich. Ich hatte unseren Verlag und mich bis auf die Knochen blamiert.

Er sagte »Pause!« und stürmte aus dem Konferenzraum.

Ich stand auf und steuerte auf Voigt zu, der zur Tür hinauswollte. Auf dem Flur erreichte ich ihn. »Sie waren das! Sie haben meine Präsentation sabotiert! Glückwunsch!«

Voigt nestelte an seiner Krawatte und guckte gelangweilt von oben auf mich herab. »Das ist definitiv nicht mein Niveau, Fräulein Werkmeister. Wie soll ich das bitte angestellt haben? Ich befand mich nicht einmal in der Nähe Ihres Laptops. Vielleicht sind Sie bei Ihren Kolleginnen ja weniger beliebt, als Sie denken.« Kopfschüttelnd wendete er sich von mir ab und verschwand auf die Herrentoilette.

Den Rest der Konferenz schenkte ich mir und zog mich wie ein geprügelter Hund ins Büro zurück. Kaum saß ich hinterm Schreibtisch, hatte ich wieder diesen Parfümduft in der Nase. Er war mir heute Morgen schon aufgefallen, als ich von der längeren Audienz bei Voigt wegen der Gutachten über die unverlangt eingesandten Manuskripte zurückkam.

Ich schnupperte ganz bewusst ... *Silvie!*

Ich zählte eins und eins zusammen. *Na klar.* Sie hatte mir den ausgedruckten Terminplan für Dolores' neues Thrillerprojekt auf den Schreibtisch gelegt. Bei der Gelegenheit hatte sie anscheinend meine Präsentation verunstaltet! Silvie beherrschte nicht nur Excel perfekt, sondern auch Bildbearbeitung. Meine romantischen Fotos gegen diese »Playboy«-Bildchen auszutauschen, war für sie ein Klacks. Dafür brauchte sie keine drei Minuten.

Wütend presste ich die Lippen aufeinander.

Sie hat gestern mitbekommen, dass ich Voigt verärgert habe und er sich wegen mir eine Rüge von Hubertus eingefangen hat. Sie hasst mich, weil ich ihren Mr. Grey hasse. Und weil sie will, dass er den Kampf gegen mich gewinnt, hat sie ihm mit der Sabotage meiner Präsentation einen kleinen Liebesdienst erwiesen, um sich bei ihm einzuschleimen.

So musste es gewesen sein!

Zielgerichtet marschierte ich den Flur entlang bis zum anderen Ende. Ohne anzuklopfen, stieß ich die Bürotür zu Voigts Vorzimmer auf, verschränkte die Arme vor der Brust und baute mich breitbeinig vor dem Schreibtisch meiner Kollegin auf.

Silvie sah wie immer aus wie aus dem Ei gepellt. In dieser Hinsicht passte sie zu ihrem *Bastian*.

Die pastellfarbene Seidenbluse und der dezente Silberschmuck unterstrichen ihren frühlingshaften Typ mit der leichten Sommerbräune. Ja, der Parfümduft in meinem Büro gehörte eindeutig zu ihr. Meine ehemalige Freundin starrte aus ihren blauen Kulleraugen, die ein geschwungener Lidstrich betonte, den ich nie hinbekäme, auf den Computerbildschirm und tippte mit ihren *french nails* hochkonzentriert auf der Tastatur herum.

Dass sie sich nicht ablenken ließ, war schon ungewöhnlich. Silvie nutzte als geselliger Typ gerne die Gelegenheit für einen Plausch im Büroalltag. Gut, vielleicht nicht unbedingt mehr mit mir. Seit wir uns wegen Voigt gestritten hatten, gingen wir uns gekonnt aus dem Weg und vermieden jegliche Kommunikation, die über das Dienstliche hinausging.

Meine Anwesenheit verunsicherte sie und genau das wollte sie überspielen.

Erst als ich »Herzlichen Dank« sagte, drehte sie das Näschen zu mir, allerdings in Zeitlupe. »Was willst du von mir? Ich habe zu tun.« Ihre Stimme klang genervt.

»*Du* hast die Bilder in meiner Präsentation ausgetauscht!«

Silvie wich meinem Blick aus. Sie hackte auf ihre Tastatur ein, rechnete etwas auf dem Taschenrechner daneben zusammen, hielt sich dann am Kaffeepott fest und trank einen Schluck, bevor sie ihn wieder neben den ausgebreiteten Dokumenten auf der Tischplatte abstellte. Sie behandelte mich wie Luft.

»Du kommst jetzt mit zu Hubertus Krohn und wirst das klarstellen, du hinterhältige Schlange.«

»Ich werde gar nichts. Was soll der Quatsch? Du bist ja paranoid.« Silvie zeigte mir den Vogel. In meiner Wut langte ich über den Schreibtisch und packte sie am Handgelenk. Silvie erschrak und starrte mich für eine Zehntelsekunde aus weit aufgerissenen Augen sprachlos an. Da hatte sie mich wohl unterschätzt. Die liebe Alwine konnte eben auch anders!

Sie riss sich los und warf dabei den Kaffeepott um. Die Brühe ergoss sich über die Unterlagen und färbte sie braun. Silvie sprang reflexartig hoch, um ihren Rock zu retten. »Manno, spinnst du? Ich muss das in zwei Minuten beim Chef abliefern.«

»Dann muss er eben warten. Wir gehen jetzt zu Herrn Krohn!« Ich trat um den Schreibtisch und umklammerte ihren Arm. Silvie weigerte sich und schlug mir die Hand weg. »Autsch!« Ich packte sie erneut, rutschte ab, bekam nur ihren Blusenärmel zu fassen, der im nächsten Augenblick riss. »Ey!«, rief Silvie und verpasste mir eine Ohrfeige, dass mir die Brille verrutschte. Sie rief: »Blöde Kuh!«, und besah sich den Schaden an ihrer Bluse.

»Du schlägst mich?« Ich haute reflexartig zurück.

Silvie schubste mich mit der ganzen Kraft ihres zierlichen Körpers gegen das Bücherregal, in dem alle Titel unseres Verlages aufgereiht waren. *Im Fegefeuer der Liebe* kippte und krachte neben mir zu Boden.

Die Tür schwang auf und unsere Putzfrau, Özlem Dukan, stürmte hinein. Sie warf sich zwischen uns und forderte: »Aufhören!« Im nächsten Moment wich sie einem Schlag von beiden Seiten aus.

Blitzschnell griff sie nach unseren Händen und hielt sie eisern fest. »*Alhumqaa!* Ihr Dummköpfe!«, schimpfte sie. »Ihr werdet euch doch nicht einschlagen Köpfe wegen Mann? Oder riskieren Job«, herrschte sie uns an wie eine Mutter, die ihre ungezogenen Teenager zur Vernunft bringen muss.

Voigt erschien plötzlich im Türrahmen und musterte uns mit finsterem Blick. Anscheinend war die Konferenz doch schon zu Ende.

Özlem, die uns immer noch an den Handgelenken umklammert hielt, verzog den Mund zu einem überfreundlichen Lächeln und ließ uns los. Wir blieben wie erstarrt stehen.

Er trat ein, lief an uns vorbei in sein Büro, legte seine Unterlagen auf dem Schreibtisch ab und kam zurück. »Wo bleibt meine Gesamtkalkulation?«, raunzte der Programmchef grimmig in Richtung Silvie. Die huschte hektisch hinter ihren Computer. »Ich bin gleich so weit.«

Voigt maulte: »Was heißt gleich? Ich brauche sie sofort. Vor zehn Minuten haben Sie mir gesagt, das Marketing hätte sie bereits unterzeichnet. Wo ist jetzt das Problem, verdammt noch mal? Wenn Sie es noch nicht einmal schaffen, Ihre Aufgaben pünktlich zu erledigen, sollten Sie sich dringend nach einem neuen Job umsehen. Vielleicht können Sie ja irgendwo als Putze anfangen.«

Sein verächtlicher Blick wanderte zu Özlem. Dann baute er sich breitbeinig vor Silvie auf und drohte: »Wenn Sie sich weiter von Ihrer Kollegin von der Arbeit abhalten lassen, kann das ganz schnell eine Kündigung nach sich ziehen.«

Silvie begann leise zu schluchzen. Voigt beeindruckte das überhaupt nicht. Sein Mund verzog sich zu einem schiefen Grinsen. Es schien ihm zu gefallen, dass sie sich so schnell von ihm einschüchtern ließ. Er trat an den Schreibtisch heran und sah die in Kaffee getränkten Unterlagen.

»Das ist nicht Ihr Ernst.« Er wetterte: »Die Marketingchefin hat gerade das Haus verlassen, Frau Krohn wartet bereits seit drei Minuten auf mich und die abgestimmte Kalkulation. Können Sie mir verraten, was ich Ihr sagen soll? Meine völlig unfähige Assistentin hat ihren Kaffee über die Unterlagen geschüttet. Deshalb unterbrechen wir die Arbeit für ein Stündchen oder auch zwei ...«

Silvie hätte mich mit ihrem Blick am liebsten getötet. Özlem trat vor. »Ihre Assistentin keine Schuld treffen. Ich gestaubt habe. Dabei umgefallen Tasse. Frau Werkmeister nur helfen wollen ...« Sie zog demonstrativ den Putzlappen aus der Schürzentasche und wedelte damit herum.

»In fünfzehn Minuten habe ich die Unterlagen auf meinem Tisch, ansonsten können Sie Ihren Kram zusammenpacken. Und damit meine ich Sie alle drei! Mir reicht es!« Voigt knallte die Tür zu seinem Büro hinter sich zu.

Das war deutlich.

Kapitel 4

Silvie verfiel in Hektik. Der Drucker ratterte und spuckte mehrere Blatt Papier aus. Sie sprang auf. Ich stand ihr im Weg. »Was stehst du hier noch rum, verpiss dich!«, motzte sie und drängelte mich beiseite. »Du kannst froh sein, dass sie dich gedeckt hat. Sonst wärst du fällig gewesen.« Sie wies mit dem Kopf auf Özlem.

Unsere Putzfrau ergriff das Wort und flüsterte: »Hey, Mädels, Ihr nicht kapieren. Voigt euch spielen gegeneinander aus.« Silvie hielt inne und sah Özlem Dukan an, die mithilfe von Händen und Füßen erklärte: »Du glauben sollen, dass ist schuld sie, wenn er dich kündigen. Und dich er benutzen, um kleinzumachen Alwine.«

Silvie verschränkte die Arme vor der Brust und musterte ihre Schuhspitzen: »Blödsinn.«

Özlem nickte wissend und sagte: »Ich gesehen, wie du heute Morgen in Büro an Computer von ihr …« Sie zeigte auf mich.

»Ich hab's doch gewusst.« Ich machte einen Schritt auf Silvie zu. Ihr Blick flatterte.

Ich verengte die Augen und zischte leise: »Du kleine, hinterhältige Schlampe.« Silvie schnappte sich die Blätter und schubste mich beiseite. Ich riss sie ihr aus der Hand und warf sie im hohen Bogen durchs Zimmer. »Was hab ich dir getan, hä?«

Silvie packte mich am T-Shirt.

Özlem flüsterte: »Stopp!«, und schob uns wieder auseinander. »Ich gestern auch hören, dass Voigt dich erpressen, Silvie. Wenn du machen Alwines Präsentation kaputt, dann er vergessen Sache mit E-Mail.«

»Ich kann mir keine fristlose Kündigung leisten.« Silvie flüchtete aus dem Büro und rannte den Gang entlang zur Damentoilette. Wir folgten ihr. Sie schloss sich in der mittleren Kabine ein.

Ich wummerte gegen die Tür. »Und deshalb spielst du das Kollegenschwein? Wir waren einmal befreundet.« Özlem beobachtete die Szene vom Waschbecken aus.

Silvie schniefte und sagte kleinlaut: »Es tut mir leid. Er erpresst mich. Wenn ich nicht tue, was er von mir verlangt, kündigt er mich fristlos und schreibt mir ein mieses Arbeitszeugnis. Ich kann so schon kaum die Miete bezahlen.«

Aha!

Ich sah Özlem mit großen Augen an und fragte in Richtung Silvie. »Womit erpresst er dich denn?«

Sie schnäuzte sich die Nase, schloss die Tür auf und kam heraus. Ihre Wimperntusche war verlaufen. »Du weißt doch, dass meine Mutter Multiple Sklerose hat. Ich habe von hier aus private Telefonate geführt und E-Mails geschrieben, um die Sache mit ihrer Kur zu regeln. Dabei hat er mich erwischt.« Ohne mich oder Özlem anzusehen, drehte sie den Wasserhahn auf und wusch das Gesicht mit kaltem Wasser. »Wie hätte ich es denn machen sollen? Ich wollte dafür Urlaub nehmen, aber den hat er mir verweigert.« Sie wischte sich mit dem Finger die verschmierte Wimperntusche ab. Ich reichte ihr ein Papierhandtuch und schlug vor: »Wir gehen zu Krohn und du erzählst ihm alles.«

»Das bringt doch nichts. Wir wissen alle, dass Krohn seinen neuen Programmleiter braucht. Voigt hat ihm und dem Verlag mit seinen Kontakten zu den Medien den Arsch gerettet. Er hat dafür gesorgt, dass wir Dolores Fritz unter Vertrag bekommen. Was glaubst du, hinter wen der alte Krohn sich stellen wird? Voigt wird es abstreiten und mir das Leben noch mehr zur Hölle machen.« Silvie warf das Papierhandtuch in den Müllbehälter.

Oh, aus dem geliebten *Bastian* war der schlichte Voigt geworden. Ich musterte sie abschätzend. Das naive Lippenbeißen war ebenfalls in Zusammenhang mit seinem Namen verschwunden.

»Und ich dachte, du hast was mit ihm.«

Kurze Stille. Silvie schlug die Augen nieder und sagte leise: »Ich hatte ...« Sie wusch sich erneut die Hände. »Ja, es war ein Fehler ... seitdem behandelt er mich wie seine Sklavin.«

Özlem, die bis dahin aufmerksam zugehört hatte, verschränkte die Arme vor der Brust und sagte inbrünstig: »Dieses Schwein! Das zu ihm passen.« Wir guckten sie mit großen Augen an.

»Ich Dreck ihm räumen nicht nur im Büro hinterher, sondern auch zu Hause und in Bootshaus, was gehören ihm. Wo er immer feiern Party mit junge Frauen.«

Sie verstummte kurz und ergänzte: »Aber dort ohne Bezahlung machen. Mich er erpressen auch.«

Ich war genauso sprachlos wie Silvie und zog ungläubig die Augenbrauen hoch. Er hielt sich Özlem als seine Putzsklavin? Ich hakte nach: »Wie das?«

Özlem polierte einen nicht vorhandenen Wasserfleck am Hahn weg. »Er mitbekommen, dass meine Arbeitsgenehmigung falsch«, sagte sie kleinlaut.

Mir entfuhr ein: »Oh, Scheiße!«

Eine Volontärin betrat die Damentoilette und verschwand in der ersten Kabine.

»Nach Feierabend auf einen Aperol im Rizz? Wie in alten Zeiten?«, fragte Silvie mich versöhnlich und schaute auch Özlem an. »Ich lade euch ein. Ich bin zwar fast pleite, aber egal.«

»Ich muss erst Herrn Giovanni versorgen.« Ich guckte auf die Uhr. »Die fünfzehn Minuten sind gleich um.«

Wir eilten in Voigts Vorzimmer zurück. Die Tür zu seinem Büro stand offen. Es war leer.

Zuerst riefen wir die Marketingchefin an, damit sie eher von der Mittagspause zurückkam, um die Papiere erneut zu unterschreiben. Dann halfen wir Silvie beim Kopieren und Zusammenstellen von Voigts Unterlagen.

Kaum dass wir fertig waren, stand er in der Tür und kontrollierte uns. Er wirkte misstrauisch, pflaumte Özlem an und drohte Silvie erneut. Mich schickte er mit einer Beleidigung sowie einem weiteren Stapel ungefragt eingesandter Manuskripte an meinen Arbeitsplatz und verlangte, dass ich bis zum Feierabend darüber Gutachten erstellte. Ich protestierte, denn das Zeitfenster zur Erledigung war völlig unrealistisch.

Pff! Sollte er doch morgen meckern. Heute gehe ich pünktlich.

Kapitel 5

Ich ging mit Herrn Giovanni ausgiebig in der Uferstraße am Eilbekkanal Gassi. Auf dem Rückweg beim Überqueren der Brücke auf der Richardstraße schlich er hechelnd einen Meter hinter mir her. Ich wartete und strich ihm sanft über den Kopf. Mein Hund wurde alt. Ich war froh, dass er seine Operationen gut überstanden hatte, und wollte ihn nicht unnötig strapazieren. Deshalb entschied ich, ihn nicht mit ins Rizz zu nehmen, so wie ich es früher immer getan hatte, wenn ich abends Freunde traf.

Bestürzt stellte ich fest, dass ich selbst diese Treffen vernachlässigt hatte, seit Voigt in mein Leben getreten war. Er hatte mich von Anfang an mit Arbeit zugeschüttet und fertiggemacht. Voigt breitete sich nicht nur in meinem Büro, sondern auch in meinem Kopf aus. Ich wusste nicht wieso, aber alle meine Sorgen und miesen Gefühle hatten mit ihm zu tun. Wenn ich es mir überlegte, beherrschte er mich und beeinflusste mein ganzes Leben. Ständig war ich damit beschäftigt, sein Verhalten zu ergründen.

Genauso musste es Mutter damals mit Vater ergangen sein. Ich erinnerte mich an ihren forschenden Blick am Fenster, wenn er von der Arbeit im Hafen nach Hause kam. Sein Gesichtsausdruck und die Körperhaltung beim Durchschreiten der Gartenpforte bestimmten, ob ich ein Buch in die Hand gedrückt bekam und in den großen Kleiderschrank verschwinden musste. Dort hatte Mama mir eine Kajüte mit Kissen und einer Decke eingerichtet. Im Schein der Taschenlampe las ich stundenlang, während draußen in der Küche ein Orkan tobte.

Oft hatte meine Mutter das richtige Gespür, wie sich der Nachmittag und Abend entwickelten. Manchmal verschätzte sie sich aber und ich stand mittendrin, wenn der Sturm losbrach und Vaters Laune plötzlich umschlug wie das Wetter am Meer. Dann brüllte der kräftige Bär seine Wut heraus. Dabei schüttete er seiner stillen Frau, die gegen ihn blass und winzig wirkte, schon mal den Teller mit der heißen Suppe ins Gesicht. Oder er verprügelte sie, bis sie zusammengekrümmt am Boden lag, nur weil das Salz nicht auf dem Tisch stand. Mit ihrem Blick befahl sie mir dann immer: Hau ab und versteck dich!

Voigt war genauso unberechenbar, wenn er mir entgegentrat und drohte oder mich beleidigte. Er machte mir dann solche Angst, dass ich die Stimme meiner Mutter hörte: »Hau ab und versteck dich!« Das konnte auf Dauer nur ungesund sein.

Ich erschauerte.

Herr Giovanni ließ sich ächzend auf seiner Decke nieder. Ich kraulte ihm den Kopf und verabschiedete mich. »In ein paar Stunden bin ich wieder da, mein Lieber.« Herr Giovanni brummte und schaute mich aus seinen großen dunklen Augen sehnsüchtig an. Leider hatte ich keine Zeit für weitere Streicheleinheiten.

Schnell putzte ich mir die Brille, zog das Haargummi fest, zupfte den bauschigen Rock meines Kleides zurecht und drehte mich prüfend vorm Spiegel. Im Rucksack neben der Kommode summte das Handy. Eine WhatsApp-Nachricht war eingegangen. Ich holte mein Telefon heraus und schaute auf das Display. Silvie hatte geschrieben.

Wir sitzen drinnen, letzter Tisch, hinten links.

Ich nahm die kleine Umhängetasche vom Haken, steckte das Handy hinein und machte mich auf den Weg.

Im Rizz direkt an der Außenalster war es brechend voll. Wenn es nicht gerade regnete, zog es die Hamburger immer ans Wasser, auch wenn es noch so kühl war. Mein Fahrrad schloss ich an einen Laternenmast an und nahm die Handtasche, die eher ein Täschchen war, aus dem Weidenkorb am Lenkrad. Ich lief durch den Biergarten und betrat durch die Flügeltüren den Gastraum.

An der Decke rührten altmodische Ventilatoren die Luft. Ich drängelte mich durch die Menschentraube, die schwatzend in Reichweite der Theke mit einem Bier oder einem Cocktail in der Hand hängengeblieben war. Der Tisch, an dem Özlem und Silvie saßen, stand in meiner Lieblingsecke vom Rizz. Denn dort an der Wand hingen tolle Schwarz-Weiß-Bilder von Schauspielern und Filmszenen aus Hollywood-Klassikern. *Casablanca* mit Humphrey Bogart und Ingrid Bergman, *Insel der Verheißung* mit Linda Darnell, *Trapez* mit Burt Lancaster, Toni Curtis und Gina Lollobrigida – alle diese wunderbar romantischen Lovestorys, die ich so liebte.

Silvie diskutierte mit einem grauhaarigen Bankertypen, der den Schlips gelockert trug und sich den freien Holzstuhl von ihrem Tisch nehmen wollte. Ich trat neben ihn und sagte zu den beiden Frauen: »Sorry, hat etwas länger gedauert.« Der Mann musterte mich. Seine Mundwinkel rutschten enttäuscht herunter, während Silvie triumphierend die Hände hob. Er ließ den Stuhl los und verzog sich ohne Protest. Besitzergreifend schmiss ich mein Täschchen über die abgegriffene Lehne und umarmte beide, bevor ich mich setzte. Im Gegensatz zum Büro trug Silvie zwar Schlabberlook, Jeans und ein ausgewaschenes Shirt, aber auf ihre High Heels konnte sie nicht verzichten. Sie hatte nur Lipgloss aufgetragen und das lange blonde Haar zum lockeren Dutt auf dem Oberkopf zusammengesteckt. Arme, Finger, Hals und Ohren zierte kein Schmuck. So mochte ich sie am liebsten, pur, ohne Verkleidung.

Özlem hingegen erkannte ich im knallroten Jumpsuit kaum wieder. Er betonte ihre schlanke Figur und setzte die schwarzen Locken, die sie offen trug, in Szene. Ich musterte sie unumwunden, blieb an ihrem Gesicht mit den dunklen Augen und dem kirschrot geschminkten Mund hängen. »Wow!«, sagte ich bewundernd und dachte: Was für eine wunderschöne Frau. Silvie bestätigte mein Kompliment und erzählte, dass sie vorhin an Özlem vorbeigelaufen war, weil sie sie ohne ihre Schürze und das Kopftuch überhaupt nicht erkannt hatte.

Sie fragte mich: »Was trinkst du? Cocktail oder Bier?«

»Apfelschorle«, sagte ich schnell. Ich hatte nicht mehr viel Geld dabei und wollte in meiner derzeitigen Situation natürlich besonders sparsam sein.

»Spielverderberin.« Silvie zog eine Schnute.

»Ich habe eben Durst«, rechtfertigte ich mich.

»Dazu bestelle ich dir aber einen Aperol. Ich lade euch heute ein, weil ich euch so dankbar bin, dass ihr mich vor Voigt gerettet habt. Ohne euch hätte ich das mit den neuen Unterlagen nicht geschafft«, sagte Silvie lächelnd.

Özlem zeigte auf mein Outfit, ein ausgestelltes Kleid im Fünfzigerjahrelook, das ich in einem Secondhandladen gefunden hatte. »Schick! Der Stil passen dir.«

»Alwine hat ein Faible für schwingende Röcke, romantische Filme und Geschichten. Ohne Herzschmerz und Happy End geht bei ihr nichts. Was glaubst du, warum dies ihre Lieblingsecke ist?« Sie zeigte auf die Bilder an der Wand hinter sich und sagte: »Kein Hitchcock, alles Schnulzen …«

»Die Welt ist grausam genug, Krieg, Hass und Hetze. Da muss ich mich nicht freiwillig noch mit Psychoterror, Mord und Totschlag beschäftigen. Liebe und Romantik sind doch so etwas wie ein Gegengift für die Realität da draußen.«

»Das ich kann verstehen!« Özlems Gesicht wurde traurig. Sie wirkte für einen Moment entrückt und trank einen Schluck aus ihrer Bierflasche. Sie zwang sich zu einem Lächeln und prostete uns zu. »Möge die Liebe infizieren alle Menschen wie Krankheit.«

Die Kellnerin brachte meine Apfelschorle, den Aperol und eine volle Schale mit Erdnüssen. Wir stießen miteinander an. Silvie sagte: »Auf unsere Freundschaft!« Özlem und ich wiederholten: »Auf unsere Freundschaft!«

Einhellig teilten wir die Meinung, dass sich Voigts Schikanen gemeinsam gleich leichter ertragen ließen. Ich erzählte ihnen von den Schrottmanuskripten, die er mir zur nochmaligen Begutachtung aufgetragen hatte. Silvie sagte: »Der benimmt sich ja wie Aschenputtels Stiefmutter.«

»Die guten ins Töpfchen und die schlechten ins Kröpfchen!«, klärten wir Özlem kichernd auf und erzählten ihr von den Sklavenarbeiten, die das Mädchen verrichten musste. Özlem kannte Grimms Märchen nicht.

Sie hörte gespannt zu und fragte: »Wie ausgegangen?«

»Aschenputtel bekam ihren Prinzen und die böse Stiefmutter ihre Strafe.« Ich zog am Strohhalm.

»Auf Prinzen ich verzichten kann. Mir ausreichen, wenn Voigt bekommen Strafe.«

»Mir auch!«, sagte Silvie.

Ich nahm einen letzten Schluck. »In der Realität siegt am Ende leider nicht immer das Gute über das Böse. Er hat uns in der Hand.«

»Wartet mal!« Silvie sprang auf. Sie lief quer durch das Lokal zu einem Tisch, wo ein Mittfünfziger mit einer blutjungen Frau saß und Händchen haltend flirtete. Sie stellte sich breitbeinig daneben und kippte dem Mann nach einem kurzen Wortwechsel, den wir wegen der Lautstärke im Lokal und der Champions-League-Übertragung im Fernsehen über der Theke nicht hören konnten, den Rotwein ins Gesicht. Der Mann sprang auf. Silvie drehte sich augenblicklich um und kehrte seelenruhig mit zufriedenem Lächeln zu uns zurück. Özlem guckte irritiert und fragte mich: »Ihr Ex?«

»Nein, das muss ihr Vater sein. Sie verachtet ihn, weil er

ihre Mutter hat sitzen lassen, nachdem sie krank geworden war.«

»Respekt, so viel Temperament ich hätte Silvie nicht zutrauen.« Özlem nippte an ihrem Bier.

Silvie setzte sich wieder hin. Ich fragte: »Geht es dir besser?«

»Viel besser!«

»Arschlöcher muss man wie Arschlöcher behandeln.« Wir guckten uns an und lachten. »Habt ihr sein Gesicht gesehen?« Sie kicherte. »Oh Mann, das hatte er echt verdient. Meine Mutter war immer für ihn da. Glaubt ihr, er ist einmal mit ihr ausgegangen? Sie saß ständig allein zu Hause.« Silvie regte sich tierisch auf. »Auf ihrem Rücken hat er Karriere gemacht. Dann, als sie krank wurde, hat er sie mit ihrem Kummer sitzen lassen. Wer weiß, wie viele junge Dinger der Herr Professor währenddessen aufgerissen hat. Seine Begleitung ist doch höchstens dreiundzwanzig, garantiert eine von seinen Studentinnen.«

Ich spielte mit dem Bierdeckel. »Beruhige dich!«

Silvie redete sich weiter in Rage. »Wie sollte ich lernen, eine ordentliche Beziehung zu führen? Ständig gerate ich an genau solche Arschlochtypen wie ihn. Bei so einem Vater müsste ich doch so etwas wie ein Frühwarnsystem besitzen, oder?«

»Du meinst Voigt?«, fragte ich, während Özlem trank und aufmerksam zuhörte.

»Ja, der ist genauso ein Arsch. Bloß viel schlimmer.«

Ich brach dem Bierdeckel das Genick. »Schade, dass er nicht hier ist. Ihm würde ich auch gerne einmal den Wein in die ewig grinsende Visage kippen.«

Silvie winkte den Kellner heran und bestellte noch eine Runde Aperol.

Özlem sagte leise: »Das du würden nicht überleben. Er würden dir leere Glas aus Hand reißen, es kaputtschlagen, dir Scherbe in Kehle drücken und sich ergötzen an Angst von dir.«

Mir blieb vor Schreck der Mund offen stehen. Was meinte sie damit? War Voigt tatsächlich zu so etwas fähig? »Du sagst das so überzeugend, als hättest du das mit ihm bereits erlebt.«

Özlems Finger krallten sich in die Tischkante. Sie wirkte angespannt. »Ich ankommen in Deutschland und denken, hier bin ich sicher. Gefühl hielt, bis ich machen Fehler mit Arbeitsgenehmigung. Ich gekommen bin, weil arbeiten will. Mussen Geld zusammenkriegen für Mutter und kleine Bruder, damit fliehen können aus Krisengebiet. Ich ruhig bin, wenn schaffen bis in Türkei. Ich nicht kann herumsitzen und warten ab. Ich mussen etwas tun. Herr Krohn Putzfrau suchen für Verlag. Ich melden auf Annonce und bekommen Job. Alles gut. Voigt neu, gucken in Personalakte. Keine Ahnung warum? Er sofort erkennen, dass Papier falsch, und mir sagen. Für Schweigen er verlangen, dass putzen ich für ihn ohne Bezahlung. Er drohen anrufen Ausländerbehörde, die mich schicken zurück. Also ich machen. Und wehe, ich verrücken bei Putzen eine Skulptur um Millimeter. Dann er rasten aus.«

Silvie bestätigte: »Ja, da ist er eigen. Ich behaupte, er muss alles unter Kontrolle haben. Ansonsten kann er ziemlich rabiat werden.«

Ich hielt mich am Stiel des leeren Glases fest. »Ich weiß, was ihr meint. Auch, wenn er mich nur verbal angreift. Trotzdem weiß ich nicht, wie lange ich das durchhalte. Seitdem er da ist, zweifle ich an mir und misstraue meinem Urteilsvermögen. Alles, was ich ihm anbiete, lehnt er ab. Und er hat mir die schlimmste Autorin zur Betreuung gegeben, die ich jemals kennengelernt habe. Sie ist genauso unberechenbar wie er. Jedes Mal erschreckt sie mich zu Tode. Und dann ist das so ein Bullshit, den sie sich ausgedacht hat! Den Hype um ihren Megabestseller kann ich überhaupt nicht verstehen.«

»Bestseller werden eben nicht geschrieben, sondern gemacht«, sagte Silvie und warf für Özlem noch zur Erklärung ein: »Alwine hasst Thriller und Krimis, aus denen das Blut nur so heraustropft.«

»Wenn ich lese, tauche ich voll in die Geschichte ein. Es macht mir einfach Angst.«

Özlem nickte verstehend und lachte bitter auf. »Ich Horror in Krieg erleben, zu viel gesehen Blut, Leichen und hören Schreie und Weinen. Ich nicht lesen muss Horror in Buch.« Mitfühlend nickte ich ihr zu und schwieg einen Moment.

Seufzend lehnte ich mich zurück. »Wie schön war doch das Leben vor ihm und wäre es wieder ohne ihn.«

Die Kellnerin brachte den Aperol und tauschte die vollen Gläser gegen die leeren auf dem Tisch.

»Prost!« Wir schlürften die Flüssigkeit durch die Strohhalme.

»Du könntest kündigen und zu einem anderen Verlag wechseln«, schlug Silvie vor.

Ich protestierte: »Das sehe ich überhaupt nicht ein. Hubertus hat mir alles beigebracht. Ich bin in diesem Verlag groß geworden. Ich hänge an ihm und der Arbeit hier. Er hat mir und meinem Urteilsvermögen immer vertraut. Das lasse ich mir von dem Arsch doch nicht kaputtmachen. Und du weißt, wie mies es in unserer Branche mit guten Stellen aussieht. Immer weniger Leute lesen und die Verlage sparen, wo sie können.« Von meinen Schulden wollte ich den beiden lieber nicht erzählen, das war mir unangenehm.

Silvie nickte.

»Warum Herr Krohn dich nicht machen zu Programmleiterin, sondern dir setzen böse Voigt vor Nase?«, fragte Özlem.

Silvie erklärte ihr die Situation. »Die Zahlen sehen schlecht aus. Deshalb hat Frau Krohn ihrem Gatten die Pistole auf die Brust gesetzt.«

»Und außerdem kann sie mich nicht leiden. Ich glaube, sie ist eifersüchtig«, sagte ich.

Silvie nickte bestätigend. »Sebastian ist ihr Joker zur Rettung des Verlags, weil er diese Dolores Fritz mitgebracht hat. Das ist wie ein Sechser im Lotto.«

Bei dem Namen Fritz verschränkte ich die Arme vor der Brust. »Die ich jetzt an der Backe habe.«

»Das aber bedeuten, er dich schätzen, wenn er dir anvertrauen wichtige Autorin zu Betreuung?«, fragte Özlem.

»*Sie* hat mich ausgesucht! Voigt scheint froh, diese Exzentrikerin los zu sein. Vorher war er ihr Lektor.«

Silvie seufzte.

Ich sagte: »Je mehr sie mich quält, desto größere Freude bereitet es ihm.«

Wir schluckten unseren Frust mit dem Aperol herunter. Silvie trank das Glas in einem Zug aus. »Ich brauche mindestens ein positives Arbeitszeugnis. Das wird er mir nie geben, dafür genießt er seine Macht über mich viel zu sehr.«

Özlem winkte ab und rührte mit dem Strohhalm in ihrem Drink herum: »Mich er haben sowieso in Hand. Prost!«

Silvie faltete die Hände zum Gebet. »Lieber Gott, bitte hab Erbarmen und befreie uns von Sebastian Voigt.«

Ich entgegnete: »Hat Gott dich, deine kranke Mutter, Özlem im Bombenhagel oder die vielen Menschen da draußen in Not je erhört?« Dabei hörte ich, dass meine Stimme leicht beschwipst klang. Meine Zunge gehorchte mir irgendwie nicht mehr. »Wir müzz'n uns ssselbsd helfen.«

Özlem und Silvie stimmten mir mit einem Kopfnicken zu.

Ich sagte: »Morgen bringen wir ihn um!«

Geräuschvoll stießen wir mit den fast leeren Gläsern an, sagten: »Sebastian soll sterben!«, und sogen mit den Strohhalmen den letzten Rest Alkohol aus den Eiswürfeln.

Silvie kicherte. »Was für eine herrliche Vorstellung. Wir kommen früh ins Büro und Hubertus Krohn ruft uns zu einer Gedenkminute zusammen, weil sein Programmleiter das Zeitliche gesegnet hat.«

Özlem und ich guckten uns verschwörerisch an und schauen dann stumm zu Silvie. Sie verschluckte sich, hustete und fragte: »Ihr meint das nicht ernst, oder?«

Im Fernseher über dem Tresen liefen die Nachrichten in der Halbzeitpause. Die Sprecherin sagte: »Eine Studie der Universität Münster hat ergeben, dass nach offizieller Statistik 92 Prozent aller Morde in Deutschland aufgeklärt werden. Dagegen stehen jedoch die Listen, die in den Leichenkellern der rechtsmedizinischen Institute geführt werden. Nach deren Auswertung bleibt jeder zweite Mord in unserem Land unentdeckt. Wer bei uns einen Menschen töten will, muss sich also nicht besonders anstrengen, um ungeschoren davonzukommen.«

Ich horchte auf und sagte: »Doch, todernst.«

Kapitel 6

Es dauerte einen Moment, bis Silvie begriff, dass wir nicht scherzten. Nachdenklich kratzte sie sich am Kopf. »Kein Mord ist auch keine Lösung!«, sagte sie lapidar und erhob das Glas.

Wir stießen an und tranken.

Özlems dunkle Augen leuchteten entschlossen auf. Sie beugte sich über den Tisch. »Wir kleben ihn auf Schreibtisch, tackern fest mit Heftzwecken, die er lassen überall herumliegen, legen alle abgelehnte Liebesromanmanuskripte von Alwine auf seine Brust und zünden an.« Sie nahm das Schirmchen vom Aperol und hielt es in die Kerze, bis es sich mit einem Zischen entflammte.

Dann sah sie uns an und konnte nicht mehr ernst bleiben. Kichernd prustete sie: »Nur Spaß. Ich doch nicht bin Psychopathin wie Alwines verrückte Autorin. Nein, wir jetzt kühle Kopf behalten müssen und immer vorsichtig sein.«

Silvie musste auch lachen. Dann kratzte sie sich am Ohr. Ihr Gesichtsausdruck wechselte von fröhlich zu entschlossen. »Er hat es mehr als verdient!«, flüsterte sie.

Ich nickte Özlem zu und legte meine Hand auf ihren Arm. »Du hast recht. Es muss wie ein Unfall aussehen, damit wir nicht unter Mordverdacht geraten und am Ende noch im Knast landen«, sagte ich leise.

Silvie schlug die Beine übereinander. »Ich stimme euch zu, wir benötigen einen wasserdichten Plan.« Sie langte in die Schale mit den Erdnüssen, schob eine in den Mund und kaute darauf herum. Wir konnten ihr regelrecht beim Denken zugucken. Dabei wiegte sie den Kopf hin und her. Wir starrten sie

an, doch Silvie ließ sich nicht aus der Ruhe bringen. Gedanken sortieren und in Worte kleiden brauchte schließlich seine Zeit.
»Wir haben keine Erfahrung mit Mord. Sollten wir nicht besser jemanden engagieren, der sich damit auskennt? Rohre verlegst du auch nicht selbst, sondern beauftragst einen Klempner.« Wir kicherten über ihren zweideutigen Satz.

Ich wurde wieder ernst und sagte: »Ein Profikiller macht das garantiert nicht ehrenamtlich. Keine Ahnung, was so ein Auftrag kostet, geschweige denn, wie man einen findet.«

»Das stehen auch nicht unter P in Telefonbuch«, warf Özlem zwinkernd ein.

Grinsend forderte ich Silvie auf: »Gib doch einmal ›Profikiller‹ bei Google ein!«

»Nein, das traue ich mich nicht. Ich habe gehört, dass die Polizei das mitbekommt, wenn du im Internet Waffen kaufen willst, nach Anleitungen zum Bombenbau suchst oder nach Gift.«

»Quatsch, dann müssten ja die blutrünstigen Thrillerautoren mit ihren Recherchen ständig im Fokus der Polizei stehen«, widersprach ich und kramte mein Handy aus der Handtasche. Entschlossen gab ich »Profikiller« bei Google ein. Es erschienen eine Begriffserklärung von Wikipedia und mehrere Artikel über eine Studie von Kriminologen aus England, die Profikiller vom Dilettanten bis zum Meister kategorisiert und entsprechende Preise von 200 bis 100 000 Pfund ermittelt hatte. Ich scrollte nach unten, fand Filme mit Profikillern und einen Psychotest, ob ich zum Profikiller tauge. Unter »Erlebnisgeschenke« konnte ich sogar ein Profikillerseminar buchen, um von echten Profikillern zu lernen. Wenn man auf den Link klickte, stellte sich aber natürlich heraus, dass es sich nur um einen Scherz handelte.

Es nützte uns weder, dass im Jahr 2014 in Mexiko ein Profikiller festgenommen wurde, noch, dass 2016 ein Unterweltboss wegen seiner akribischen Buchhaltung über die Vermittlung von Auftragsmördern aufgeflogen war.

Ich zuckte mit den Schultern und steckte das Handy wieder weg. »Tja, da kann uns Google wohl nicht weiterhelfen. Wir müssen es wohl selbst erledigen.«

Ich erzählte den Mädels von meinen Mordfantasien. »Oh, Gedanken habe ich ihn bereits aus dem Bürofenster gestoßen, ihn mit dem eigenen Schlips erdrosselt, ihm einen Skorpion in die Schale gesetzt, in der er seinen Basketball aufbewahrt. Stellt euch vor, er greift beherzt rein und zack ... oder ich habe ihm in der Mittagspause die Bremsschläuche am Sportwagen durchtrennt. So wie er immer rast ...«

Özlem und Silvie staunten mich mit weit aufgerissenen Augen an.

Ich hob die Schultern. »Wenn ich mir abends aufschreibe, wie ich ihn erledige, wirkt das auf mich so beruhigend wie Baldrian.«

»Echt schräg!«, stellte Özlem fest und nuckelte an ihrem Strohhalm.

Silvie legte stirnrunzelnd den Kopf schief. »Du hast doch bis vor Kurzem nicht einmal Krimis gelesen, weil sie dich so aufwühlen.«

Ich nickte. »Ich kann es mir selbst nicht erklären. Seitdem er mich zwingt, dass ich diese Psychoautorin Dolores Fritz betreue, habe ich den Wunsch, ihn umzubringen.«

»Alwine muss mindestens einmal pro Woche zu ihr an die Ostsee fahren«, sagte Silvie zu Özlem.

Ich erklärte: »Die alte Hexe wohnt mitten im Wald und erschreckt mich jedes Mal zu Tode.«

Özlem wusste: »Also ist Selbstschutz, wenn Alwine spielen durch in Kopf, wie sie abwehren Angriffe von Voigt.«

»Wahrscheinlich. Jedenfalls beruhigt es mich und ich schlafe danach friedlich ein«, sagte ich und aß auch eine Nuss.

Die Kellnerin trat an unseren Tisch und fragte mit Blick auf die leeren Gläser, ob wir noch etwas wünschten. Jetzt bestellte ich eine Runde und stand auf. »Entschuldigung, Mädels, ich bin gleich wieder da.«

Ich lief quer durchs Lokal Richtung Toiletten, die eine Etage tiefer im Souterrain lagen. Die Treppe führte in ein schwach beleuchtetes schwarzes Loch. Darüber hing ein raumhohes Bild, auf dem ein Mann mit einer Pistole nach unten auf die Köpfe der Toilettenbenutzer zielte. Eigentlich hasste ich die absurde Raumgestaltung, die ich als den Höllenschlund bezeichnete. Keine Ahnung, warum ich auf diese Bezeichnung gekommen war. Das Bild wirkte so echt, dass ich mich immer beeilte, darunter hindurchzuschlüpfen. Möglichst sah ich dabei weg. Doch heute blieb ich auf der ersten Stufe stehen und betrachtete es ausgiebig. Angeregt von unserem Gespräch sprang meine Fantasie an. *Peng! Er taumelte, stolperte, stürzte polternd von Stufe zu Stufe in die Tiefe hinab und blieb reglos liegen.* Wollte ich wieder glücklich werden, musste ich es einfach tun. Der Gedanke an meine Mutter kam hoch. Ich sah ihr lachendes Gesicht, als sie mich an diesem Sommermorgen 1998 aus dem Schrank holte. Ich musste am Vorabend beim Lesen eingeschlafen sein und die Nacht darin verbracht haben. Sie hatte die Haare hochgesteckt, trug ein buntes Kleid und Lippenstift. Sonst kannte ich sie nur in Schwarz und Grau.

Ich misstraute ihrer Fröhlichkeit und hielt Ausschau nach meinem Vater. Sie nahm die Kissen heraus und sagte: »Ab heute bist du zu groß für das Versteckspiel in der Kajüte.«

Und genauso fühlte ich mich heute: Ich war zu groß geworden, um mich von Voigt beherrschen zu lassen. Also musste ich etwas tun, damit er aus meinem Leben verschwand. Entschlossen klemmte ich die Tasche unter den Arm und stieg in den Höllenschlund hinab, bog um die Ecke und öffnete die Tür der Damentoilette. Hinter mir klapperten Absätze. Jemand rannte die Treppe herunter. Eine bildhübsche Frau in einem kurzen Trägerkleid hetzte so rücksichtslos an mir vorbei, dass sie mich gegen die Tür schubste und mir mit dem Absatz ihrer silbernen High Heels auf die Zehen trat. »Ey!«, schimpfte ich. Die hatte es aber eilig.

Doch anstatt auf die Toilette zu gehen, schmiss sie etwas ins Waschbecken, das metallisch klang, öffnete das hüfthohe Fenster, kletterte hinaus und verlor dabei einen Schuh, der auf den Fliesenboden fiel. Ohne sich umzudrehen, zog sie die andere Sandalette aus und rannte davon. Ich fixierte das blutige Messer, das sie ins Waschbecken geworfen hatte, und betrachtete dann mein ratloses Gesicht im Spiegel.

Bevor ich mir noch einen Reim darauf machen konnte, knallte die Toilettentür neben mir gegen die Wand. Ein Kerl in Lederjacke richtete seinen finsteren Blick und seine Pistole auf mich. Ich guckte also in die Mündung einer Waffe und hätte mir vor Schreck fast in die Hose gemacht.

»Sorry!«, sagte er, nahm die Knarre herunter und begann die Räumlichkeiten zu inspizieren. Nachdem er alle Kabinen durchsucht hatte, fluchte er: »Mist, verdammter!« Dann wandte er sich zu mir: »Haben Sie eine Frau gesehen?«

»Äh, ja. Die hatte es ziemlich eilig, ist durchs Fenster. Wahrscheinlich längst über alle Berge«, antwortete ich bemüht gelassen und guckte auf meine zitternden Hände. Warum war ich bloß so nervös? »Bevor ich Ihnen weitere Fragen beantworten kann, muss ich aber dringend das erledigen, weshalb ich hierhergekommen bin«, sagte ich und hoffte, dass es lässig klang. »Sie entschuldigen mich?« Widerstrebend machte er mir Platz und ich entschwand in die nächste Toilettenkabine. Schnell entleerte ich meine gestresste Blase und richtete mich tief durchatmend auf. *Puh!* Das hatte ich nötig gehabt.

So cool wie möglich stieß ich die Tür auf und stolzierte zum Waschbecken. Ohne den Typen eines Blickes zu würdigen, drehte ich den Wasserhahn auf. Meine Hände zitterten immer noch. Ich wollte aber nicht, dass er das sah. Also konzentrierte ich mich auf die Bedienung des Seifenspenders. Erstens ging mich die Angelegenheit nichts an und zweitens plante ich gerade den Mord an meinem Chef, da sollte mich so ein kleiner Zwischenfall wie eben doch nicht erschüttern, oder?

Er musterte mich skeptisch von der Seite. Ich hob die seifigen Hände: »Ich habe mit der Frau nichts zu tun.« Ich wandte mich wieder meinen Händen zu und spülte den Schaum ab.

»Das habe ich mir schon gedacht.«

Der Wasserdampf beschlug meine Brille. Ich guckte ihn wie durch einen Nebelschleier an, nahm die Sehhilfe ab und putzte sie am Rocksaum. »Warum sind Sie hinter ihr her?«

»Diese Mistbiene hat mich beklaut.«

Ich setzte die Brille wieder auf. »Und deshalb wollen Sie sie erschießen? Ist das nicht ein bisschen überzogen?« Das heiße Wasser rauschte weiterhin ins Waschbecken. Ich starrte ihn an. Der Kerl sah wild aus. Grüne Augen, strubbelige Haare und glatt rasiert. Eine winzige Narbe durchtrennte seine linke Augenbraue. Er war keiner von diesen Hipstern, die uns Frauen mit ihren karierten Hemden und grässlichen Bärten vortäuschten, dass sie geradewegs vom Holzhacken aus den kanadischen Wäldern kämen. In Wahrheit klebten sie aber den ganzen Tag am Schreibtisch hinterm Computer fest und schwitzten höchstens vom Buchstaben-, Bilder- oder Zahlenschubsen.

Mein Blick wanderte zum Mund des Fremden. Er biss die Zähne zusammen, während er sich am Waschbecken neben dem Fenster eine Hand unter fließendem Wasser wusch. Aus einer tiefen Schnittwunde, die diagonal über die Handfläche lief, strömte Blut. Neben sich hatte er das Messer, die Pistole und den silbernen Schuh, den jetzt ein blutiger Handabdruck zierte, abgelegt. In diesem Moment kam er mir vor wie der Prinz aus *Drei Haselnüsse für Aschenbrödel* ... also zumindest, wenn der in einem Remake von Rupert Friend aus *Homeland* gespielt werden würde. Ich liebte den Film und hatte ihn mindestens tausendmal gesehen.

So würde er die Blutung nie stoppen.

»Sie müssen den Arm über den Kopf hochhalten, dann blutet es weniger«, riet ich ihm.

Er streckte den linken Arm in die Höhe. Jetzt lief ihm das Blut am Handgelenk herunter.

Ich suchte nach Papiertüchern. Die Halterung war leer. Also holte ich eine Rolle Toilettenpapier und machte ihm einen provisorischen Druckverband. »Drücken und hochhalten!«, befahl ich.

Er gehorchte. Mit der anderen Hand griff er die Pistole und steckte sie weg. Obwohl er so grimmig guckte, dachte ich abermals, dass er verdammt schöne Augen hatte.

»Haben Sie ein Handy dabei? Ich müsste jemanden anrufen und meine Kreditkarte sperren«, bat er.

Ich klaubte das Handy aus meiner Umhängetasche, entsperrte es und legte es ihm in die gesunde Hand. Er googelte nach der allgemeinen Kartensperrnummer.

Ich zog seinen Arm herunter und kontrollierte den Druckverband. Es blutete immer noch, aber deutlich weniger. Vorsichtig löste ich die oberste Schicht des durchgeweichten Toilettenpapiers und ersetzte es durch neues. Er hielt still und beobachtete mich kurz.

Unsicher fragte ich: »Das sah professionell aus, wie Sie mit Ihrer Waffe herumgefuchtelt haben. Machen Sie das beruflich?«

Er runzelte die Stirn. »Sie suchen einen Profikiller?«, fragte er geradeheraus und zeigte auf den Suchverlauf von Google in meinem Handy.

Hastig antwortete ich: »Ähm, ich habe wegen der Glaubwürdigkeit einer Textpassage in einem Thriller recherchiert.«

Damit es noch glaubwürdiger klang, ergänzte ich: »Ich bin Lektorin.«

»Oh, ich dachte, Sie wollen jemanden umbringen lassen. Hätte ja sein können, dass Ihr Freund Sie betrogen hat.« Er lachte freudlos und wählte dann die Nummer, um seine Kreditkarte zu sperren. Ich wartete, bis er das Telefonat beendet hatte.

»Ich habe keinen Freund«, sagte ich dann und spürte, wie mir die Röte am Hals aufstieg, als er mich musterte.

Er übergab mir das Handy und bedankte sich auch wegen des Verbandes. Dabei berührten sich unsere Fingerspitzen und ich genoss das Gefühl mehr, als ich gedacht hätte. Ich zuckte zurück.

»Und? Ist die Textpassage in Ihrem Thriller glaubwürdig?«, fragte der Fremde.

Völlig verwirrt von meiner körperlichen Reaktion kam ich ins Stottern. »Ja, das heißt, nein ... ich bin bisher zu keinem brauchbaren Ergebnis gekommen ...«

»Fragen Sie mich. Vielleicht kann ich Ihnen ja weiterhelfen.«

Mir klappte die Kinnlade herunter. »Sie sind ... Profikiller?«

Seine Mundwinkel verzogen sich spöttisch. Und ich konnte mich überhaupt nicht vom Anblick seiner Lippen lösen. »Ich gehöre zu den Guten. Marco Kühn«, antwortete er.

Jetzt starrte ich ihn an. »Polizist? Sie sind ...«

»Das klingt, als wären Sie enttäuscht.« Er zog die Augenbrauen zusammen und ich spürte, wie er versuchte, meine Gedanken zu ergründen.

Das Wort »Polizist« wirkte auf mich wie eine eiskalte Dusche. »Nein, nur verwirrt!«

Oh Mann, genau in dem Moment, wo ich einen Mord plane, treffe ich den tollsten Typen auf dem Damenklo, der ausgerechnet ein Bulle ist. Perfektes Timing. Oder schlechtes Omen?

»Entschuldigung, aber die Mädels warten«, sagte ich unterkühlt. Bloß raus hier, bevor er mich dazu bringt, ein Geständnis für eine Tat abzulegen, die ich noch gar nicht begangen habe.

Doch er hielt mich mit seiner verletzten Hand zurück. Dann zog er einen Stift aus der Lederjackentasche und kritzelte seine Telefonnummer auf einen Zettel: »Falls Sie mit Ihrer Recherche nicht weiterkommen.«

Ich nickte nur kühl, nahm den Zettel und eilte zur Tür hinaus. Hastig nahm ich gleich zwei Stufen auf einmal aus dem Höllenschlund. Oben angekommen, betrachtete ich mein gerötetes Gesicht im Spiegel.

Spieglein, Spieglein an der Wand. Wer ist der schönste Polizist im ganzen Land?

Seufzend zerriss ich den Zettel mit Marco Kühns Telefonnummer. »Schade, keine Zeit für Rupert Friend!«, murmelte ich und schmiss ihn in den nächsten Papierkorb.

Als ich an den Tisch zurückkam, schmiedeten Özlem und Silvie immer noch Mordpläne. Sie schienen gar nicht bemerkt zu haben, dass ich ungewöhnlich lange auf der Toilette gewesen war.

Silvie sah mich mit glasigem Blick an. Kichernd fragte sie: »Wusstest du, dass Özlem Taucherin ist?« Ohne meine Antwort abzuwarten, redete sie weiter: »Und sie hat eine Idee, wie wir unseren gemeinsamen Freund abmurksen, umlegen, vernichten, um die Ecke bringen ...«

»Psst! Nicht so laut«, sagte ich und hielt Ausschau nach meiner Toilettenbekanntschaft, denn ich fühlte mich beobachtet. Zum Glück konnte ich ihn nirgends sehen. Özlem fragte: »Jemand du suchen?«

Ich schüttelte verneinend den Kopf. »Besser, wir besprechen unser Vorhaben woanders weiter. Kommt, wir zahlen! Ich habe zu Hause noch eine Flasche Merlot ... und den Film *Kill the Boss* in der Mediathek.«

Plötzlich hatte ich es verdammt eilig, die Bar zu verlassen.

Kapitel 7

Herr Giovanni begrüßte uns schwanzwedelnd, leckte Özlem und auch Silvie die Hand. Hunde waren eben nicht nachtragend. Silvie kraulte ihm den Kopf. »Hab dich vermisst, mein Alter.«

»Ach? Und wieso hast du dann damals im Büro die Hetzkampagne gegen ihn unterstützt?«, fragte ich und stemmte die Hände in die Hüften.

»Es tut mir soo leid ...« Schuldbewusst senkte sie den Kopf.

Ich winkte ab: »Vergiss es!«

Wir traten ins Wohnzimmer.

»Klein, aber fein!«, sagte Özlem und bewunderte meine minimalistische Einrichtung.

»Wozu mehr besitzen, als man zum Leben braucht? Ich bin in einer einfachen Hütte aufgewachsen und brauche keinen Palast«, sagte ich und bot den beiden mit einer ausladenden Geste Platz an.

Während Silvie und Özlem es sich auf dem Sofa gemütlich machten, köpfte ich die Flasche Merlot, holte drei Allzweckgläser – spezielle Weingläser besaß ich nicht – und stellte sie auf dem umfunktionierten Koffer ab. Herr Giovanni hockte sich vor Silvie und legte ihr fordernd die Pfote auf den Schoß. »Okay, du hast was gut bei mir.« Sie schnappte sich ein Kissen, rutschte zu ihm auf den Langflorteppich und lehnte sich mit dem Rücken ans Sofa.

Özlem nahm mir die Flasche ab und goss uns ein. Ich suchte mit der Fernbedienung nach dem Film *Kill the Boss* in der Mediathek. Von der Hollywood-Komödie hatte ich gehört, sie auf die Wunschliste gesetzt, aber nie gesehen.

Ich fläzte mich in den Lesesessel.

»Vielleicht sollten wir uns etwas aufschreiben«, schlug Silvie vor. Özlem bekräftigte den Vorschlag mit einem Nicken. Also quälte ich mich in Zeitlupe wieder hoch, holte Papier sowie Stift und reichte beides an Silvie weiter. »Dann übernimmst du aber das Protokoll.«

Sie stöhnte. »Bin ich ja gewohnt.«

Gebannt folgten wir dem Geschehen auf dem Bildschirm. Würden wir hier die gewünschte Anregung finden?

Nach dreißig Minuten drückte ich auf Pause. »So ein Schwachsinn!«

»Lass doch laufen. Ich finde das spannend«, protestierte Silvie.

Özlem pflichtete mir bei: »Alwine recht haben, uns nicht helfen diese Film, wo jeder Chef von andere umbringen.«

»Wieso, wartet doch erst mal ab!« Silvie presste sich das Kissen vor den Bauch, das sie als Schreibunterlage benutzte.

Ich rutschte nach vorn auf die Sesselkante und sagte im Ton einer Lehrerin, die dem letzten Schüler noch begreiflich machen will, dass die Erde rund ist: »Silvie, wir haben nur *einen* gemeinsamen Boss.«

»Klar, aber ich möchte trotzdem sehen, wie sie es anstellen. Der Rat von Motherfucker Jones, dass es wie ein Unfall aussehen muss, ist gut.«

»Ich dachte, zu dieser Erkenntnis waren wir bereits im Rizz gekommen?«

»Ja, schon, aber ... nun mach wieder an. Ich muss wissen, wie es ausgeht.«

Augenrollend gab ich nach und gönnte ihr den Spaß, trank meinen Wein und wartete geduldig bis zum Abspann.

»Motherfuckers Tipp, dass der Unfall passiert, wenn sie nicht vor Ort sind, passt doch zu deiner Idee«, sagte Silvie mit leuchtenden Augen zu Özlem.

Die überlegte. »Stimmt! So es funktionieren kann.«

Anscheinend hatte ich da etwas Entscheidendes in der Planungsphase unseres Mordprojektes verpasst, während ich mich auf der Damentoilette in einen Polizisten verguckt hatte. »Den Plan kenne ich noch nicht. Könntet ihr mich bitte aufklären?«

»Das haben wir dir doch schon erzählt, nachdem du von der Toilette gekommen bist«, sagte Silvie.

Wahrscheinlich war ich mit meinen Gedanken bei Marco Kühn und hatte nur mit halbem Ohr hingehört. Ich sagte: »Ich hatte wohl zu viel Alkohol! Jetzt bin ich aber wieder nüchtern.«

»Özlem ist eigentlich Taucherin von Beruf und Bastian fährt jeden Sonntagmorgen mit dem Schlauchboot zum Angeln auf den Schaalsee«, sagte Silvie. Obwohl sie so wütend auf ihn war und wir ernsthaft beschlossen hatten, ihn umzubringen, nannte sie ihn schon wieder *Bastian*, als wäre er ihr Bruder oder bester Freund. Irgendwie klang das falsch. Das war, wie wenn jemand Kaninchen Namen gab, sie aufpäppelte, streichelte – und dann schlachtete und aufaß.

Özlem übernahm die Erklärung. »Kalte Wasser, du können nur kurz schwimmen ohne Neoprenanzug. Muskel krampfen. Voigt seien schlechte Schwimmer. Ich wissen. Er mir sagen.«

»Und trotzdem wagt er sich aufs Wasser?«, staunte ich.

»Mit Sicherung!«, sagte Silvie.

»Er immer haben Rettungsweste dabei. Aber ich kann machen kaputt. Er fallen in Wasser und ziehen an Leine, aber Rettungsweste blasen nicht auf. Boot gehen unter, er ertrinken. Verstehen?«

Ich machte große Augen. »Und wie willst du es anstellen, dass Voigt ins Wasser fällt?«

»Ich tauchen mit Messer, schlitzen auf Boden von Schlauchboot vorher … Es dauern eine Weile, bis Luft aus Boot, er nicht merken, bis er ist mitten auf dem See«, erläuterte sie und untermalte ihre Rede wieder mit großen Gesten.

»Und er geht wirklich jeden Sonntag angeln, auch bei Mistwetter?« Das konnte ich mir bei Voigt überhaupt nicht vorstellen. Der hatte doch schon Probleme damit, wenn ihm ein Lufthauch seine Frisur durcheinanderbrachte. Angeln bei Wind und Wetter brachte ich eher mit kernigen Typen in Verbindung, die eigenhändig Häuser bauten, Bäume fällten, Bären schossen oder Verbrecher jagten und nach herbem Parfüm und frischem Schweiß rochen. Solche Typen wie Marco Kühn. Ich zensierte meinen letzten Gedanken und wischte das Bild des Anglers in Regenjacke und Gummistiefeln, der das Gesicht des Kommissars hatte, einfach weg wie ein Tinderprofil.

»Jeden!«, sagte Özlem und nickte entschlossen.

Wir schauten in der App, wie sich das Wetter am Wochenende in Norddeutschland gestaltete. Die drei letzten Sonnentage waren ein kurzes Frühsommerintermezzo, das ab dem Wochenende wieder zu den für Hamburg und den Norden üblichen unterkühlten Temperaturen wechselte: Regen, Wind und höchstens zehn Grad.

Silvie zog die Schultern hoch. »Brrr! Und ich dachte, wir bekämen auch einmal einen ordentlichen Frühling. Da hab ich mir das kurzärmlige Kleid völlig umsonst gekauft.« So wie sie dabei die Mundwinkel herunterhängen ließ, konnte sie unserer Bundeskanzlerin echt Konkurrenz machen.

»Für unser Vorhaben ist das Wetter perfekt«, munterte ich sie auf.

Wir stießen an und schütteten den Wein auf ex in die Kehlen, als müssten wir uns Mut antrinken. Ich suchte in der Playlist den Schlusssong meines Lieblingsmusicals, »Tanz der Vampire«, und drehte die Musik voll auf. Schwankend erhoben wir uns von Fußboden, Sessel und Sofa und breiteten während des einleitenden Sprechgesangs von Professor Ambrosius die Arme aus. Wir tanzten nach dem Rhythmus in abgehackten Bewegungen wie Untote um den Koffertisch. Ich ballte die Hand zur Faust und schmetterte mein Solo in das imaginäre Mikrofon: »Sei ein Schwein, lala ... dich zur Sau ... nur nicht zimperlich, die Sitten sind rau ... lala ...« Silvie übernahm den nächsten Part und stieg auf den Tisch. »Zeig deine Faust, denn sonst wirst du geschlagen, lalala ...«

Wir richteten die Finger auf Özlem. Sie sang nur »lalala, lalalala«, weil sie den Text nicht kannte. Also übernahmen Silvie und ich gemeinsam: »... musst du lernen, über Leichen zu gehen ... lalalala ...«

Silvie stieg vom Tisch. Wir sahen uns an und schmetterten den Refrain gemeinsam. »Wir trinken Blut, wir haben null Moral, was aus unserm Chef wird, ist uns scheißegal!«

Kapitel 8

++++ Samstag, 13. Mai, bis Donnerstag, 18. Mai 2017 ++++

Der Plan stand. Wir nahmen uns ein paar Tage Zeit, um alles vorzubereiten. Außerdem mussten wir den angekündigten Temperatursturz abwarten und Voigt am kommenden Wochenende erst einmal ausspionieren, damit wir wussten, wann genau er am Sonntagmorgen immer zum Angeln auf den See hinausfuhr.

Dafür richteten wir uns am Samstag ein verstecktes Campinglager auf der seinem Bootshaus gegenüberliegenden Uferseite ein. Das Bootshaus befand sich in Alleinlage auf einer Art Ponton am Ostufer direkt auf dem Schaalsee und war nur über einen etwa fünfzig Meter langen Holzsteg erreichbar.

Von unserem Observierungsposten am Westufer beobachteten wir ihn abwechselnd die ganze Nacht mit dem Feldstecher.

Gegen vier Uhr morgens weckte mich Özlem und übergab mir das Fernglas. Sie schlüpfte in ihren Schlafsack, während ich schlaftrunken aus meinem kroch und mich im Gebüsch auf die Lauer legte.

Es war stockdunkel, still und schweinekalt. Ein Lagerfeuer konnten wir ja nicht machen.

Bei den Temperaturen knapp über dem Gefrierpunkt starb man ohne Kleidung bestimmt an Unterkühlung. Vielleicht sollten wir ihn kidnappen und nackt an einen Baum binden?

Ich pustete in die eiskalten Hände. Eine Wasserdampfwolke verließ meinen Mund. Auf der anderen Uferseite passierte nichts. Voigt schlummerte friedlich im warmen Bett, während wir uns hier draußen eine Blasenentzündung holten.

Gegen sechs Uhr kurz nach Sonnenaufgang kam endlich Bewegung in das Stillleben, das ich längst steifgefroren durch das Fernglas betrachtete. Voigt schmiss den Außenbordmotor seines Schlauchbootes an und fuhr auf den See hinaus. Er stöpselte Kopfhörer in die Ohren, warf die Angel ins Wasser und wartete. Nach einer weiteren halben Stunde reichte es mir. Ich bibberte trotz Wolldecke. In meinem Unterbauch zog es schmerzhaft. Die Blasenentzündung kündigte sich an. Toll! Alles wegen Voigt! Wie ich ihn hasste.

Sein Schlauchboot schaukelte friedlich auf dem Wasser, über dem eine Nebelschicht schwebte. Außer ihm keine Menschenseele weit und breit. Nur das Rauschen des Schilfs und das Schnattern von Enten war zu hören. Die perfekte Situation für unseren Anschlag.

Silvie und Özlem schlichen heran. Ich hob den Daumen und reichte das Fernglas weiter. Beide lächelten zufrieden. Wir hatten genug gesehen und zogen uns zurück. Wenn er wie bei allen anderen Gewohnheiten genauso berechenbar war, würde er nächsten Sonntag wieder gegen sechs Uhr morgens kurz nach Sonnenaufgang auf den See hinausfahren. Dann konnten wir zuschlagen.

Montag kamen wir drei völlig verschnupft mit roten Nasen ins Büro.

Voigt musterte uns irritiert, hielt sich sofort ein Taschentuch vor das Gesicht, damit er sich bloß nicht ansteckte, und ließ einen blöden Spruch ab. Überhaupt schien er uns instinktiv immer dann zu stören, wenn wir etwas zu besprechen hatten. Deshalb rissen wir uns zusammen und gingen uns bewusst aus dem Weg. Es wäre ja auch zu auffällig, wenn die ehemaligen Feindinnen plötzlich immer ihre Köpfe zusammensteckten.

Mit der Aussicht, dass wir nur noch eine Woche Voigts Schikanen ertragen mussten, war ich sogar bereit, die verrückte Krimiautorin Dolores zu besuchen.

Gleich Dienstag schickte ich ihr einen Brief – sie lehnte Telefon und Internet ab, was ich sehr altmodisch fand – und kündigte mich für Donnerstag um drei an.

Nach einhundertfünfzehn Kilometern Fahrt über Ahrensburg und an Lübeck vorbei parkte ich im Brooker Wald nur zehn Meter von Dolores' Grundstück entfernt, das von einem Jägerzaun eingefasst war.

Ringsum rauschten die Kiefern im eisigen Ostwind. Das ehemalige Forsthaus mit Ställen und einer Scheune stand in Alleinlage zwischen Schlossgut Groß Schwansee und Boltenhagen, etwa fünfhundert Meter von der Steilküste zur Ostsee entfernt. Man erreichte es nur über einen unbefestigten Waldweg. Hier lebte die Schriftstellerin abseits wie ein Eremit mehrere Kilometer von der Zivilisation, in diesem Fall dem nächsten Dorf, entfernt.

Als ich aussteigen wollte, begann es zu regnen. Mich fröstelte und ich musste niesen. Unser Campingwochenende hatte mir zwar keine Blasenentzündung, aber einen fetten Schnupfen eingebracht. »Sebastian Voigt, meine Rache ist dein!«, schimpfte ich und schnäuzte mir die Nase.

Dicke Tropfen platschten auf die Windschutzscheibe. Bloß gut, dass eine meiner Regenjacken immer im Auto lag. Ich stieg aus, holte sie aus dem Kofferraum, zog sie an, rannte über den Schotterweg und klingelte an der verschlossenen Gartenpforte. Alles blieb still.

Der Vorgarten war bunt mit Frühblühern bepflanzt. Neben der Haustür stand eine alte Schubkarre, die Dolores Fritz zu einem Blumenkübel für Tulpen umfunktioniert hatte. Jetzt war es schon Anfang Mai und ihre Blüten leuchteten in allen Farben. Der Regen prasselte so stark auf die zarten Blütenblätter, dass einige bereits nach unten segelten. Die Kaiserkronen bogen sich unter ihrer nassen Last. Krähen jagten sich krächzend über mir gegenseitig die Beute ab. Ein Käuzchen schrie, als warnte es die Bewohnerin des Hauses vor der Ankunft eines Eindringlings.

Das Lehmhaus besaß kleine, doppelt verglaste Fenster und eine niedrige Tür, die sich unter dem übermächtigen Schilfdach zu ducken schien. Drinnen brannte kein Licht. Kein Hundegebell kündigte einen Besucher an. Dolores öffnete nicht.

Ich klingelte Sturm. Von der Kapuze meiner Regenjacke tropfte mir das Wasser auf die Nase. Kälte und Feuchtigkeit krochen mir über die Füße an den Beinen hoch. Was für ein Schietwetter! Da schickte man ja keinen Hund vor die Tür.

Im Haus rührte sich nichts. Missmutig stapfte ich durch den aufgeweichten Boden am vorderen Zaun entlang, damit ich Einblick in den Hof zwischen Wohnhaus und Scheune bekam. Dabei versank ich im Morast fast bis zum Knöchel. Meine Sneaker schluckten Wasser. *Reizend!* Ich schüttelte den Fuß und ärgerte mich, dass meine Gummistiefel zu Hause standen.

Dolores' alter Pickup, den sie liebevoll »Blechwilli« nannte, parkte in der offenen Scheune. Das Tor der Grundstückseinfahrt war mit einem Vorhängeschloss gesichert.

Dass sie Heidelbeeren oder Pilze sammelte, schloss ich um diese Jahreszeit aus. Und Feuerholz stapelte sich zehn Meter lang an der Außenseite der Nebengebäude bis unters Dach. Hatte sie meinen Brief nicht bekommen? War sie im Garten hinter der Scheune? Bei dem Wetter?

Dann wären ihre zwei Rottweiler Bruno und Klausi nach vorne gerannt gekommen und hätten mich angekläfft.

Ratlos guckte ich mich um. Dunkle Wolken hingen mit ihren vollgefressenen Bäuchen in den Tannenwipfeln.

Ich vermutete, dass sie über ihrem Manuskript brütete. Sie war ein Workaholic.

Vielleicht hatten Bruno und Klausi gebellt, als ich noch im Auto saß, und ich hatte es nicht wahrgenommen. Ihre Hunde hörten aufs Wort. Wenn sie ihnen befahl, still zu sein, gaben sie keinen Mucks von sich.

Ich lauschte und vernahm ein rhythmisches Geräusch vom hinteren Teil des Grundstücks. Hackte sie etwa doch noch mehr Holz?

Bis zum Ende des Zauns lief ich am Wohnhaus vorbei, dann bog ich um die Ecke.

Neben der Grundstücksbegrenzung gab es einen Trampelpfad, der bis in den Wald und zum Ende von Dolores' Besitz führte. Ich pirschte durchs Gebüsch.

Plötzlich gab der laubbedeckte Boden unter mir nach und ich krachte ungebremst in eine mindestens zwei Meter tiefe Grube.

»Haaaaaaaa! Autsch!«

Dank der Laub- und Tannennadelschicht war der Aufprall recht weich. Ich bewegte meine Glieder. Nichts weiter passiert.

Es stank widerlich. Wahrscheinlich wurde früher hier drinnen das Abwasser gesammelt.

Voll Wut und Ekel wischte ich mir die Hände an der Hose ab. Wenigstens hatte ich heute die Kontaktlinsen in den Augen anstatt meiner Brille auf der Nase.

Ich kam auf die Knie und hielt inne. Bewegte sich da etwas unter der Blätterschicht? Das wenige Licht sickerte in einem Strahl mittig auf den Boden. Die Ränder der Grube blieben finster. Ich schaute hoch. Ohne fremde Hilfe kam ich hier nie raus. Es raschelte. Ich guckte nach unten, meine Augen folgten dem Geräusch, das aus einer Ecke kam. Dazu vernahm ich ein leises Schnarren.

Ich erstarrte. Aus der Dunkelheit glotzten mich sechs glühende Augenpaare an.

Ratten, das waren eindeutig Ratten. »Ahhhh ...«, schrie ich. Sie hockten jetzt unbeweglich unter dem Laub. Blanke Angst schnürte mir die Kehle zu. Meine Finger ertasteten einen Knüppel. Ich griff danach und umklammerte ihn.

Stille, absolute Stille. Ich hörte nur den Wald über mir und mein Blut in den Ohren rauschen. Das rhythmische Geräusch hatte aufgehört.

Plötzlich piepste der Feind zum Angriff. Ich erhob den Stock, schlug um mich und brüllte: »Dolooooores!«

Über mir erschienen der zerzauste Kopf der verrückten Alten und die Köpfe ihrer beiden Hunde. »Ist der kleine Blindfisch in die Grube gefallen?« Sie lachte sich kaputt und kriegte sich gar nicht wieder ein.

»Hol mich *sooooofort* hier raus!«, rief ich verzweifelt und schaute mich ängstlich nach den Ratten um.

Sie stand jetzt in voller Größe über dem Loch, wischte sich die Freudentränen ab, zückte ihre Elektrozigarette, paffte und beobachtete mich. Wieder holte sie ein Lachkrampf ein und sie verschluckte sich beinahe am Rauch, während sie mich nachäffte, wie ich mit dem Stock herumfuchtelte. Der Vanillegeruch zog bis zu mir herunter.

Urplötzlich sagte sie: »Gudi!«, und klappte eine Falltür um. Licht strömte in mein Gefängnis und ich sah, dass die Ratten aus Plüsch waren und ihre Geräusche aus einem Minilautsprecher kamen, den Dolores anscheinend in der Ecke versteckt hatte. Sie schob eine Leiter zu mir herunter. Bevor ich die erste Sprosse erklomm, rief ich wütend zu ihr hinauf: »Das ist Körperverletzung!«

Mühsam kletterte ich hoch. Die Autorin war keinen Schritt zurückgewichen und deshalb guckte ich ihr direkt ins Gesicht. Mit ihren Glubschaugen, die hinter den dicken Brillengläsern noch größer wirkten, sah sie aus wie ein kurzsichtiger Koboldmaki.

»Du hast leider besonnener reagiert, als ich erwartet habe. Mein Opfer darf den Holzknüppel nicht so schnell finden ...«, murmelte sie und blies mir eine dicke Wolke Vanillerauch direkt ins Gesicht.

»Dolores, du hast mich zu Tode erschreckt«, jammerte ich hustend und bemühte mich, die Fassung zu wahren, obwohl ich ihr am liebsten mit einer Anzeige gedroht hätte. Aber ich durfte unsere Bestsellerautorin nicht vergraulen.

Widerstrebend nahm ich ihre Hand, die sie mir hilfreich anbot, während ich von der Leitersprosse auf den Boden wechselte. Bruno und Klausi begrüßten mich knurrend, mit gefletschten Zähnen. »Aus!« befahl Dolores ihnen und fragte mich in versöhnlichem Tonfall: »Kaffee oder Tee?«

»Nichts«, antwortete ich stinksauer.

Dolores hielt mit einer Hand meinen Ärmel fest, während sie paffte. Ich riss mich los und stapfte in großen Schritten zurück zum Auto: »Du bist doch wahnsinnig.«

Ich suchte den Autoschlüssel in der Jackentasche und entriegelte den Fiat von Weitem. Die Hunde und Dolores folgten mir auf den Fuß. Mit ihrem Hüftleiden, dessen Ursache ein verkürztes Bein war, hatte sie Mühe, mit mir Schritt zu halten. Sie sagte in zuckersüßem Ton: »Ich hab extra deine Lieblingskekse gebacken.« Dabei kam sie mir vor wie die Hexe, die Hänsel und Gretel mit Pfefferkuchen ins Haus lockt.

»Ach, hast du vor, deine neue Protagonistin zu vergiften, oder worauf muss ich mich gefasst machen, was du an mir testen willst?«

»Papperlapapp! Ich habe unten im Keller einen wunderschönen Sektionsraum wie in der Pathologie eingerichtet. Dort will ich dir eine Überraschung zeigen.« Ich drehte mich um. Ihr Mund verschob sich zu einem hinterhältigen Grinsen. Mir lief es eiskalt den Rücken herunter. Und das lag nicht am Regen, der meine Jacke fast durchgeweicht hatte. Noch zwei Schritte trennten mich von meinem Auto.

Ihr freundlicher Tonfall änderte sich schlagartig. Dolores befahl: »Bruno! Klausi!« Die Hunde stellten mich und knurrten mich an. Ich blieb reglos stehen. Dolores erreichte mich: »Nun hab dich nicht so! Du sollst doch bloß mit mir zusammen eine Katze sezieren. Wir hassen Katzen, stimmt's Bruno? Klausi?«

Ich schluckte. Ihre Augen begannen zu leuchten. »Und kleine Angsthasen, hahaahaha!«, lachte sie mich aus. In dem Moment fuhr ich mit den Fingern in meine Jackentasche. Dort versteckten sich garantiert noch ein bis zwei Leckerlis vom letzten Spaziergang mit Herrn Giovanni.

Ich fühlte sie.

Dolores packte mich am Arm und befahl: »Ab ins Haus mit dir!«

Ich riss mich los, warf die Leckerli weit weg und rief: »Bruno, Klausi, holt!« Bloß gut, dass die beiden Hunde genauso verfressen waren wie meiner. Sie rannten los. Ich machte zwei Schritte und riss die Fahrertür auf. Die alte Hexe versuchte mich vom Wagen wegzuzerren. Ich sprang hinters Steuer, schlug die Tür zu und verriegelte sie. Dolores stampfte wie eine Dreijährige mit dem Fuß auf und brüllte: »Dein Programmleiter hat mir versprochen, dass du mich inspirierst!«

Ich ließ den Motor an und die Seitenscheibe einen Spaltbreit herunter. »Das tue ich auch, aber nicht so! Da hat er etwas missverstanden!«

Sie stutzte kurz, dann platzte sie beinahe vor Wut: »Ich hasse ihn! Erst schleppt er mich zu diesem neuen Verlag, verlangt einen weiteren Megabestseller und dann kümmert er sich nicht um mich ...« Ich hörte noch, wie sie rief: »Das wird er mir büßen!« Mit Vollgas und quietschenden Reifen raste ich davon.

Das war eindeutig das letzte Mal, dass ich mir von der Verrückten hatte Angst einjagen lassen. Nach Voigts Tod würde mich niemand mehr zwingen, mich dem auszusetzen.

Im Rückspiegel sah ich, dass Dolores nachdenklich zwischen Bruno und Klausi vor ihrem Grundstück stand. Sollte die Psychopathin sich ruhig noch ein letztes Mal bei ihrem Programmleiter beschweren, mir doch egal. Sonntag wird Sebastian sterben!

Kapitel 9

++++ Freitag, 19. Mai, bis Sonntag, 21. Mai 2017 ++++

Endlich Freitag! Aber es lag kein ruhiges Erholungswochenende vor uns ...

Özlem berichtete Silvie und mir, dass Voigt sie beauftragt hatte, den Kühlschrank in seinem Bootshaus zu füllen, weil er die Woche stets mit einer Afterworkparty ausklingen ließ. Mit seinen Gewohnheiten war der Typ sowas von berechenbar. Schade, dass das nicht auch auf seine Gefühlsausbrüche zutraf.

Außerdem sollte Özlem im Anglerbedarf verschiedene künstliche Köder, sogenannte Wobbler und Jerkbaits, kaufen, damit er endlich den Hecht fangen und auf Instagram prahlen konnte. Er war einer dieser Selbstdarsteller, die in den sozialen Medien mit perfekt inszenierten Bildern um Aufmerksamkeit bettelten. Nach dem Motto »mein Haus, mein Auto, mein Fisch« posierte er mit ständig wechselnden Damen an der Seite für seine wahrscheinlich ebenso verblendeten und arroganten Follower.

Wer's braucht? Mich wunderte, dass er noch keinen trendigen Holzfällerbart trug. Aber wahrscheinlich reichte ihm, dass er sich vom Onlineshop *Rolando* die Klamotten zusammenstellen ließ, ein Service für Leute, die keinen eigenen Stil hatten. Die wechselnden Kombinationen aus Schuh, farbigen Socken, Gürtel, Hemd, Jackett und Hose, die er stets trug, hatte ich eindeutig in der Werbung gesehen.

Aber eigentlich war es auch sehr praktisch, dass er sein ganzes Leben öffentlich teilte. So wussten wir immer, wo er sich gerade aufhielt.

Während Voigt am Samstag seinen Rausch ausschlief, beseitigte Özlem die Spuren der nächtlichen Orgie. Die beste Gelegenheit, um sich am Schlauchboot zu schaffen zu machen, das in der Wassergarage unterhalb des Wohnbereichs parkte, zu der Özlem sonst keinen Zugang hatte.

Alles lief nach Plan. Es machte den Kontrollfreak nicht einmal misstrauisch, dass sie seinen Schlüssel für die Bootsgarage nahm, um ihm die gekauften Köder direkt zum Angelzeug zu stellen. Unbemerkt von Voigt schaffte sie es, so viel Benzin aus dem Außenbordmotor abzulassen, dass er noch bis auf den See hinaus, aber nicht wieder zurückkommen würde. Dann manipulierte sie die Rettungsweste so, dass sie sich auf keinen Fall aufblasen würde. Özlem hatte Erfahrung und wusste genau, was sie tat, denn als Tochter eines Tauchschulenbesitzers und Tauchlehrerin war sie quasi auf dem Wasser groß geworden und mit Booten vertraut.

Das alles berichtete sie uns stolz, als wir uns am Abend zu einem Glas Wein im Rizz trafen. Obwohl mir etwas bange war, erhob ich mein Glas und stieß mit den anderen an. Wenn ich meine Wohnung behalten wollte, blieb mir nichts anderes übrig, als unseren verrückten Plan durchzuziehen.

Obwohl Motherfucker Johes in *Kill the Boss* ausdrücklich davor warnt, bei dem Mordversuch vor Ort zu sein, begleiteten wir Özlem am frühen Sonntagmorgen zum See. Ohne ihr Zutun würde Voigt nämlich nicht von alleine ins eiskalte Wasser fallen.

Da keiner wusste, dass sie eine erfahrene Taucherin war, würde sie niemand verdächtigen.

Nach einer Stunde Fahrt erreichten wir das gegenüberliegende Seeufer, von dem wir Voigts Angeltrip am letzten Sonntag ausspioniert hatten. Dieses Mal hatte ich mir vorsorglich Gummistiefel und zwei Paar Socken angezogen. Der Wind blies kalt durch unsere Jacken und das Schilf am Ufer, das sich ehrfürchtig verneigte.

»Bei dem Wetter jagt man ja keinen Hund vor die Tür!«, sagte ich und war froh, dass ich Herrn Giovanni auch dieses Mal zu Hause gelassen hatte. Ich hatte ihn gegen drei Uhr nachts aus dem Tiefschlaf gerissen, ihn gefüttert und war mit ihm Gassi gegangen, damit er mir nicht in die Wohnung pinkelte. Eine halbe Stunde später hatte er wieder im Bett gelegen und seufzend eine Augenbraue hochgezogen, weil ich ihn zum Abschied vor Aufregung vollgequatscht hatte.

Ja, ich stand ganz schön unter Strom. Schließlich begeht man nicht jeden Tag einen Mord.

Während Özlem mit Silvies Hilfe, versteckt hinter Büschen, in ihren Neoprenanzug schlüpfte, pirschte ich mich geduckt durchs Schilf und überprüfte noch einmal die Wassertemperatur mit einem Badethermometer. »Vier Grad«, sagte ich zu den beiden triumphierend, nachdem ich unser geschütztes Plätzchen wieder erreicht hatte. Das war verdammt kalt und würde ihm nach kurzer Zeit die Muskeln regelrecht einfrieren lassen. Hinzu käme der Schock, wenn er ins Wasser fiel. Vielleicht bekam er schon dadurch einen Herzschlag oder ein Lungenödem.

Silvie reichte Özlem die Sauerstoffflasche. Özlem kroch mit den Armen in die Träger und schnallte den Sicherheitsgurt um den Bauch. Die Taucherbrille saß ihr wie ein Horn auf der Stirn. Die schwarze Kapuze des Neoprenanzugs hatte sich rund um ihr Gesicht festgesaugt, in dem ich keine Spur von Nervosität entdeckte. Nicht eine ihrer Locken blitzte hervor. Sie hob abwechselnd die Beine, machte sich locker und streifte die Gummihandschuhe über. Sie war bereit, das Unvermeidliche zu tun, um uns von einem Tyrannen zu befreien, der andere Leben völlig emotionslos zerstörte und sich sogar noch daran ergötzte, wenn die Menschen unter ihm litten.

Silvie hielt Özlem und mich am Arm fest. »Die Welt hat solche Menschen wie Voigt nicht verdient. Dexter wäre stolz auf uns«, sagte sie wie ein Gebet und bezog sich dabei auf den Polizisten aus der gleichnamigen Fernsehserie, der Verbrecher umbrachte, die vor Gericht ihrer gerechten Strafe entgangen waren.

Özlem watschelte in ihren Flossen zum Wasser und ließ sich im Schutz des Schilfs hineingleiten.

Nervös schaute ich auf meine Armbanduhr, die ich vom guten Herrn Jakobus, dem Buchhändler, zum achzehnten Geburtstag geschenkt bekommen hatte. Ihm gehörte die kleine Buchhandlung, in der meine Mutter bis zur Rente gearbeitet hatte. Obwohl das Überleben des Geschäfts in Zeiten der großen Ketten und Onlinehändler immer schwerer geworden war, hielt er daran fest und hatte sein Geschäft bis zu seinem eigenen Ruhestand vor ein paar Jahren betrieben. Er lebte Kästners Idee der literarischen Apotheke und war davon überzeugt, dass das richtige Buch zum richtigen Zeitpunkt wie Medizin wirkte.

Eigentlich trug ich keinen Schmuck, weil sich Ringe, Ketten, Ohrringe oder Armbänder wie Fremdkörper auf meiner Haut anfühlten. Wollte ich wissen, wie spät es war, schaute ich aufs Handy. Doch das hatte ich zu Hause gelassen und es Özlem und Silvie auch geraten, damit man später nicht nachprüfen konnte, dass wir jemals hier gewesen waren. Man wusste ja nie, was die Polizei über das Auslesen von Handydaten heutzutage alles herausbekam. Wir mussten vorausschauend denken. Angenommen, die Polizei ermittelte nach Voigts Tod wegen Mordverdachts, kostete einen so ein winziger Fehler nachher die Freiheit.

Bei dem Gedanken wurde mir ganz übel. Ich sah zwar in meiner Verzweiflung keinen anderen Ausweg, als Voigt umzubringen, aber was würde passieren, wenn uns wirklich jemand auf die Schliche käme? Allein schon der Gedanke, was aus Herrn Giovanni werden würde, wenn ich ins Gefängnis käme, schnürte mir die Kehle zu.

Ich putzte mir die Nase und bemühte mich um Konzentration. Jeder kleine Fehler konnte uns den Kopf kosten. Nervös flüsterte ich: »Wo bleibt er? Es ist zehn nach sechs.« Trotzig verschränkte ich die Arme vor der Brust. Wahrscheinlich hatte er bei dem Sauwetter doch keine Lust gehabt, an einem Sonntag mitten in der Nacht aufzustehen. Ich verstand sowieso nicht, wie Angler sich stundenlang mit einer Rute in einen Kahn setzten, um abzuwarten, dass ein dämlicher Fisch den Köder mit einem Festmahl verwechselte.

Mir fiel auch etwas Besseres ein, wie ich meine Zeit verbringen konnte, anstatt hier mit feuchten Füßen und klammen Sachen, dank meiner beschlagenen Brille halb blind, herumzustehen. In der Nacht war ich so aufgeregt, dass ich die Kontaktlinsen einfach nicht ins Auge bekommen hatte. Ich nahm die Brille ab und wischte mir die nassen Haare aus dem Gesicht.

Silvie stupste mich an. »Da, er kommt.« Wir sahen, wie sich in der Bootsgarage etwas bewegte. Das heißt, die anderen sahen es, ich nahm nur verschwommene Umrisse wahr. Hastig wischte ich meine Sehhilfe am letzten trockenen Zipfel der Strickjacke ab und setzte sie mir auf die Nase.

Nun hatte ich wieder den Durchblick und sah Voigt, der, gehüllt in einen leuchtend gelben Ostfriesennerz, passend zu gleichfarbigen Gummistiefeln und Hut, in der Bootsgarage herumlief.

Silvie hielt sich das Fernglas vor die Augen. »Er legt Angeln und zwei Eimer ins Boot. Jetzt sucht er was in irgendwelchen Schachteln.« Ich riss ihr das Fernglas aus der Hand und schob es mir vor die Brillengläser. »Er telefoniert?«

Keine Sekunde später klingelte es in Özlems Tasche.

»Scheiße!« Wieso hatte sie denn ihr Handy mit? Der schrille Ton einer Schulglocke hallte durch die Stille. Ich sah noch, wie Voigt sich stutzig umblickte.

»Scheiße! Scheiße! Scheiße!«, fluchte ich, warf Silvie das Fernglas zu, rannte zu unserem Versteck, fummelte das schrillende Handy raus und drückte Voigt weg. »Puh!« Schnell schaltete ich es auf stumm und brachte es Özlem, die mit den Augen rollte. »Ich vergessen wegen Aufregung.« Sie nannte mir ihr Passwort und ich tippte für sie die Zahlenkombination ein, weil das mit den Gummihandschuhen unmöglich war.

Derweil spähte Silvie durchs Fernglas. »Er schreibt eine SMS.«

Auf Özlems Display ploppte eine Textnachricht auf:
Wo sind die verdammten Hechtköder?

Sie nahm Silvie das Fernglas ab, schaute durch und sagte: »Blödmann, natürlich in blaue Schachtel, links über seinem Kopf.«

In meiner Aufregung tippte ich: *Blaue Schachtel links über deinem Kopf* und drückte auf Senden.

Nachdem er die Nachricht gelesen hatte, griff er in eine blaue Schachtel links über seinem Kopf, stutzte und blickte suchend über den See. Scheiße! Wir gingen im Schilf in Deckung. Ich hatte das Gefühl, mein Herz setzte aus. Was machte er denn jetzt?

Silvie, die ihn mit dem Fernglas im Visier hatte, sagte: »Bloß nicht bewegen. Er sucht mit einem Feldstecher das Ufer auf unserer Seite ab.«

Anfängerfehler!

Um ihn auszubügeln, hackte ich mit steifgefrorenen Fingern auf Özlems Handytastatur:
Wenn du Mitte vor Holztisch in Bootsgarage stehen. Sonst noch was? Oder ich kann weiterschlafen?

»Jetzt legt er den Feldstecher weg und schaut auf sein

Handy«, sagte Silvie leise. »Er liest und verstaut das Fernglas wieder im Schrank.«

»Puhh!« Wir guckten uns erleichtert an und atmeten synchron aus. Das war gerade noch einmal gut gegangen.

Silvie übergab mir das Fernglas mit zitternden Händen. »Guck du, ich halte das nicht aus.«

Ich schluckte und sagte: »Okay«, hob das Fernglas an die Augen, beobachtete, was auf der anderen Seite des Sees an Voigts Bootshaus vor sich ging, und kommentierte das Geschehen. »Er legt die blaue Schachtel in einen Eimer, steigt ins Schlauchboot, macht es los und holt die Leine ein.« Mein Mund war ausgetrocknet wie eine afrikanische Wüste. Das Sprechen fiel mir schwer. »Jetzt ... jetzt schmeißt er den Motor an. Verdammt, er stottert ...«, sagte ich und guckte Özlem mit großen Augen an, während Silvie sich die Hände vors Gesicht hielt. Özlem sagte in beruhigendem Ton: »Das normal. Kein Grund zu Sorgen.«

Und tatsächlich, nach drei Versuchen bewegte sich das Boot. »Bobobobobobbbbb«. Der Wind trug das Blubbern des Motors übers Wasser. Wie am letzten Sonntag schipperte er etwa tausendfünfhundert Meter bis zur Mitte des Sees hinaus, schaltete den Motor aus und stöpselte sich Kopfhörer in die Ohren. Nachdem er sich die unaufgeblasene Schwimmweste übergezogen hatte, warf er seine Angelrute aus.

Es ging los. Özlem hob den Daumen, schob die Taucherbrille vor die Augen und steckte sich das Mundstück des Schlauchs, der mit der Sauerstoffflasche auf ihrem Rücken verbunden war, zwischen die Lippen. Lautlos glitt sie ins Wasser und verschwand unter der Oberfläche. Stille. Allein das Prasseln des Regens auf das Schilf und den See war zu hören.

Jetzt gab es kein Zurück mehr. Silvie nahm meine Hand und drückte sie. Ich drückte zurück. So hockten wir wortlos nebeneinander und warteten ab, was passieren würde. Das Fernglas hatte ich beiseitegelegt.

Plötzlich riss es ihm die Arme nach vorn, weil etwas an der Angel zog. Geschickt bewegte er die Rute in die Gegenrichtung, stand auf, um mit seinem Körper ein Gegengewicht zu erzeugen. Er rollte die Schnur bis zum Anschlag aus, kurbelte sie ein. Die Rute bog sich durch. Er zog und kurbelte, zerrte und zerrte, in Erwartung des Riesenfangs. Die Schnur gab plötzlich nach und Voigt schwankte. Das Boot kam ins Schleudern. Er verlor das Gleichgewicht und fiel rücklings über Bord ins eiskalte Wasser. Er tauchte unter, kam prustend und mit den Armen rudernd wieder hoch. Derweil trieb das Boot ab und entfernte sich geschwind. Die Distanz betrug schon mehr als zwanzig Meter. Da mobilisierte der Selbsterhaltungstrieb all seine Kräfte. Er kämpfte sich bis zum Boot. Irgendwie schaffte er es, seinen Körper wieder hineinzuhieven. Bibbernd streifte er die Stiefel von den Füßen und kippte das Wasser darin über Bord. Er riss an der Schnur des Außenbordmotors. Der stotterte und sprang dieses Mal auch beim dritten Versuch nicht an. Voigt fluchte und schrie lauthals vor Wut über den See, dass die Enten im Schilf flatternd davonflogen.

Plötzlich blickte er entgeistert auf seine Füße, kniete nieder und schöpfte hektisch Wasser mit dem Eimer aus dem Rumpf.

Schneller und schneller, während das Boot langsam in Schieflage geriet, weil es sich immer mehr füllte.

Kein Zweifel, Özlem hatte das Boot gründlich aufgeschlitzt!

Mittlerweile trieb Voigt hilflos im Wasser und zerrte verzweifelt an seiner nutzlosen Schwimmweste, die sich einfach nicht aufpustete. Wir hatten wirklich an alles gedacht!

Der Regen hörte auf und der Wind trieb die Wolkenherde auseinander. Sie machten der Sonne Platz. Voigt schrie aus vollem Hals und riss sich die schweren Klamotten vom Leib.

Gerade als er unterging, schob eine Horde Jugendlicher in Feuerwehrmontur nur wenige hundert Meter von ihm entfernt drei Kähne ins Wasser.

Verdammt, wo kamen die denn jetzt her?

Sie zeigten auf den Gekenterten, sprangen in ihre Boote und ruderten im Eiltempo zu unserem Boss, der wild mit den Armen herumfuchtelte. Entsetzt beobachteten wir, wie sie den Ertrinkenden über den Rand in einen der Kähne hoben, während sein Schlauchboot in Zeitlupe unterging.

Silvie und ich sahen uns sprachlos an. Das war's dann wohl!

Kapitel 10

Ich drückte das Gaspedal bis zum Anschlag durch. Die Rückfahrt nach Hamburg verbrachten wir stumm, mit hängenden Schultern und ebensolchen Gesichtern.

Die Stadt begrüßte uns sonntagsträge mit leeren Straßen.

Ich fühlte mich erschöpft und hätte mich am liebsten für den Rest des Tages unter der Bettdecke verkrochen. An den morgigen Montag mochte ich gar nicht denken. Mein Hals kratzte und ich fror. Bestimmt hatte ich mich bei der Aktion noch mehr erkältet. Ich konnte zum Arzt gehen und mir einen Krankenschein geben lassen. Ach was, damit verschob ich das Elend nur auf später. Irgendwann musste ich zurück ins Büro, wo Voigt leider immer noch im Chefsessel saß.

Hach! Was machen wir denn jetzt? »Sollen wir aufgeben?«, fragte ich in die Runde. »Niemals«, antwortete Özlem.

Ich nickte seufzend. Mein Blick streifte Silvies im Rückspiegel. Sie presste die Lippen zusammen und zuckte ratlos mit den Schultern. Ich drehte mich zu ihr um und sagte: »Na komm. Wir haben die Sache angefangen, nun müssen wir sie auch zu Ende bringen!«

»Ich bin ja dabei«, erwiderte sie. »Aber wie sollen wir es bloß anstellen, dass es wirklich funktioniert?«

Vor meiner Haustür hielt ich am Straßenrand und schaltete den Motor aus. Wir blieben im Auto sitzen. Nachdenklich kaute ich auf der Unterlippe herum. »Wir brauchen ein hochwirksames Gift, das schnell wirkt und später bei der Obduktion nicht nachweisbar ist.«

Wir googelten. An Würfelqualle, Rizin, Wunderbaum und

Tollkirsche kamen wir schlecht ran. Rattengift oder ein Medikament von Silvies Mutter wirkten zu langsam. Silvie saß hinten, rutschte nach vorn und steckte ihren Kopf zwischen Fahrersitz und Beifahrersitz. »Ich kenne noch Brechnuss aus Krimis von Agatha Christie. Oder wir sammeln die Maiglöckchen, die gerade so schön im Parkfriedhof Ohlsdorf zwischen den Gräbern blühen. Damit präparieren wir ein Lebensmittel in seinem Kühlschrank. Du hast doch den Schlüssel, Özlem«, sagte sie.

Ich drehte mich zu den beiden. »Dann lasst es uns aber sofort erledigen, bevor er vom Bootshaus zurückkommt. Ich halte das nicht mehr aus!« Ich griff zum Zündschlüssel.

Özlem hielt mich am Arm zurück. »Problem eins, Kühlschrank leer. In Hamburg er immer essen gehen.«

»Gut, dann ist die Idee mit den Maiglöckchen gestorben.«

»Aber etwas zu trinken wird der doch im Haus haben?«, fragte Silvie.

Özlem nickte und ich sagte: »Also brauchen wir flüssiges Gift.«

»Damit wir haben Problem Nummer zwei: Wo du wollen an Sonntag herbekommen gute Gift?«

Mir kam eine grandiose Idee. »Aus dem Bahnhofskiosk«, sagte ich geheimnisvoll. Beide guckten mich zweifelnd an.

Also ergänzte ich: »Ein oder zwei Zigaretten würden reichen.«

Silvie lachte auf. »Aber er raucht doch gar nicht.«

Özlem hob eine Hand, was so viel heißen sollte, lass Alwine ausreden.

Ich erklärte: »Das Nikotin im Tabak wird beim Rauchen verbrannt, aber beim Verzehr reichen schon 12 Milligramm aus, um einen Menschen zu töten. Genauso viel Nikotin enthält eine Zigarette. Gehen wir auf Nummer sicher, mischen wir ihm zwei in ein Getränk.«

Silvie verzog angeekelt den Mund. »Tabak in Bier, Limo oder Saft trinkt niemand freiwillig.«

»Von Freiwilligkeit ist keine Rede, wenn wir es ihm beimischen.«

»Das schmeckt man doch raus. Selbst wenn wir den Tabak zu Mehl mahlen, setzt er sich unten ab.«

Ich sagte: »Ich rede von Liquid für E-Zigaretten mit Geschmack. Das gibt es in verschiedenen Nikotinkonzentrationen und ist flüssig.«

»Woher weißt du das?«, fragte Silvie. Unsere Blicke trafen sich im Rückspiegel. »Rauchst du neuerdings?« Das klang wie ein Vorwurf.

»Dolores! Anstatt Zigaretten bringe ich ihr manchmal so ein Vanilleextrakt für ihre E-Zigarette mit.« Mir fiel ein, dass ich es ihr am Donnerstag in meiner Wut nicht übergeben hatte. Es musste irgendwo in der Tiefe meiner Handtasche stecken, die ich jetzt allerdings nicht dabeihatte. Na klar! Und bei der Gelegenheit kam ich auf eine weitere Idee. Sollten wir aus irgendeinem Grund ins Visier der Polizei geraten, konnten wir den Verdacht auf Dolores lenken. Vielleicht würde ich sie damit auch gleich los. Davon sagte ich den Mädels aber erst einmal nichts. Ich wies sie an, im Auto sitzen zu bleiben, und rannte nach oben, um die »Mordwaffe« zu holen.

Herr Giovanni begrüßte mich schwanzwedelnd. Ich vertröstete ihn auf später und kraulte ihm kurz die Ohren. Er verstand und trottete ins Wohnzimmer, wo er seine alten Knochen krachend auf das Sofa bettete.

Nach fünf Minuten schmiss ich Özlem das Liquid in den Schoß. Ich setzte mich hinters Steuer und wies auf die Nikotinkonzentration von 12 Milligramm hin. Özlems las das Etikett. Wir sahen sie an. Ihr Lächeln erstarb im nächsten Moment. »Was ist?«, fragten Silvie und ich wie aus einem Munde.

»Die Geschmacksrichtung nicht passen.« Sie kratzte sich am Kopf.

»Das Zeug gibt's auch mit Kirsch-, Erdbeer-, Minze- oder Melonenaroma.«

»Minze!« Ihr Gesicht hellte sich auf. »Wir ihm bereiten schöne Limetten-Minz-Limonade.«

Im Zeitungskiosk auf dem Hauptbahnhof kauften wir für 7,80 Euro das mörderische Konzentrat gleich in doppelter Ausführung.

Aus der danebenliegenden Bäckerei drang uns ein verführerischer Brötchenduft in die Nase und brachte uns kurzfristig vom Weg ab. Wir konnten nicht widerstehen. Einstimmig stellten wir fest, dass so ein Mordversuch hungrig machte. Also legten wir eine Frühstückspause ein und hockten uns mit Cappuccino, Tee und warmen Croissants in die hinterste Ecke des Cafés.

Gut gestärkt lotste uns Özlem zu Voigts Wohnung nach Winterhude.

Mit einer Fernbedienung öffnete sie das Tor der Tiefgarage.

War er doch unerwartet von seinem Wochenendtrip zurück, würde der Sportwagen dort stehen und wir mussten unseren Plan verschieben.

Der Stellplatz, der zum Loft gehörte, war leer. Wir parkten gegenüber, gut versteckt hinter einer Betonsäule.

»Los, wir müssen uns beeilen!«, spornte Özlem uns an. Schnell nahmen wir den Fahrstuhl bis in den fünften Stock, wo Voigt auf 140 Quadratmetern alleine wohnte.

Özlem wies uns an, die Schuhe auszuziehen. Silvie verteilte Gummihandschuhe, die Özlem dankend ablehnte.

»Damit wir keine Fingerabdrücke hinterlassen«, sagte Silvie.

Özlem entgegnete: »Ich machen hier sauber. Meine DNA und Fingerabdrücke hier sowieso überall kleben an Möbel.«

Während Silvie und ich die Handschuhe überstreiften, öffnete Özlem die Tür und wir nahmen die Schuhe mit rein.

»Wow!«, entfuhr es mir beim Anblick der lichtdurchfluteten Wohnung, die sich u-förmig um eine Dachterrasse über die gesamte Etage des Altbaus erstreckte. Weiße Wände, weißes Sofa und weiße Hochglanzmöbel bildeten einen Kontrast zu übergroßen Schwarz-Weiß-Fotografien – Ansichten von hippen New Yorker Stadtteilen wie Brooklyn und Manhattan.

Eine schwarze Stehlampe mit drei Stativfüßen stand auf dem unbehandelten Holzfußboden vor der Fensterfront zur Straßenseite. Vom Sims des gegenüberliegenden Kamins grinste uns Jack Nicholson vom Cover eines Bildbandes fies an.

Es gab einfach nichts Gemütliches. Keine Teppiche, keine Vorhänge, keine Sofakissen. Das Konzept setzte sich in Schlafzimmer, Esszimmer, Küche, Bad sowie Arbeits- und Gästezimmer fort. Alles war blitzblank, sah unbenutzt und steril wie im Showroom eines Designermöbelhauses aus. Wenige Dekorationselemente waren perfekt in Szene gesetzt und wirkten dadurch unpersönlich. »Da traut man sich ja gar nicht, sich hinzusetzen, geschweige denn etwas anzufassen. Bist du sicher, dass Voigt hier wohnt?«

Silvie sagte: »Er ist ein Kontrollfreak und hasst Unordnung.«

Das machte ihn mir nicht sympathischer. »Man kann es auch übertreiben«, entgegnete ich und streckte meine Hand nach einer Glaswürfelskulptur aus, die das Tageslicht in einer inneren Kugel widerspiegelte. Interessant. Özlem stellte sich mir in den Weg. »Anfassen und verrücken bitte nicht! Dies seine Heiligtum.« Sie zeigte auf die wenigen Dekorationsgegenstände. »Er damit sehr eigen sein.«

Ich nahm den Arm herunter. »Ach, und wie wischst du Staub? Drumherum?« Sie nickte. »Mit Wedel wie in Museum.«

In der Küche öffnete ich den Kühlschrank. Dort liefen sich

die Mäuse wirklich die Hacken wund. Gähnende Leere. »Designermöbel, Sportwagen und Markenklamotten, aber nix zu essen im Haus!«

Beim Anblick des Getränkevorrats, einer angefangenen Flasche Schweppes Grapefruit, kratzte sich Özlem am Kopf. Zwei mit Lemon-Minz-Geschmack waren leer. »Andere vier Flaschen er mitgenommen zu Wochenendhaus.« Ratlos hob sie die Schultern und zog eine Schnute.

»Dann schütten wir es eben zum Grapefruitgeschmack. Wenn er heute durstig nach Hause kommt und nichts anderes da ist, wird er schon den Rest trinken«, sagte Silvie und drehte der halbvollen Flasche den Deckel ab.

Özlem unterbrach sie: »Vergiss es! Er trinken immer aus. Wenn er Flasche nur getrunken halb, ihm schmecken das nicht. Das er rühren nicht noch einmal an.«

»Ich könnte schnell losfahren und ihm eine Lemon-Minze kaufen, die stellen wir hin«, sagte ich.

Özlem schüttelte auch zu meinem Vorschlag verneinend den Kopf: »Er genau wissen, wie viele Flaschen am Freitag ich kaufen. Er sehr misstrauisch seien und würde trinken nie.«

Ich fragte: »Du meinst, er hat Angst, dass du ihn vergiften willst?«

»Wie ich sagen soll? Er haben sehr feine Antennen. Kleinste Veränderung ihn machen unruhig. Ich nur vergessen eine Ecke zu putzen, er es mitbekommen sofort. Ich nicht wissen, wie er machen?«

»Vielleicht überwacht er dich«, warf Silvie ein.

Ich erstarrte. »Du meinst, er hat Kameras installiert?«

Unsere Blicke trafen sich. »Scheiße!« Wir sahen uns suchend um und kontrollierten Lampen, Bilder, die wenigen Dekorationsgegenstände und die Lautsprecherboxen akribisch. »Da ist nichts. Er ist Germanist und Literaturwissenschaftler, kein CIA-Agent«, sagte Silvie.

Ich inspizierte das Bücherregal und ergänzte: »Mit einer Vorliebe für Thriller.«

»Trotzdem! Wie soll er an hypermoderne Überwachungstechnik rankommen, die quasi unsichtbar ist.« Sie hob den Bildband auf dem Kaminsims an. »Clean!

»Hoffen wir, dass du recht hast.«

»Wir befinden uns in einem emotionalen Ausnahmezustand und leiden wahrscheinlich unter Verfolgungswahn«, murmelte ich.

»Dann nur bleiben Kaffee morgen in Büro. Los, wir besser abhauen«, sagte Özlem.

Silvie verschränkte die Arme vor der Brust. »Aber wir wollten es doch so machen, dass es nicht auf uns hinweist, an einem Ort, wo wir nicht anwesend sind. Im Büro ist es viel zu offensichtlich. Die anderen haben gehört, wie wir uns gestritten haben.«

Ich hatte eine Idee, streifte mir die Handschuhe ab und sagte im Hinausgehen: »Wir könnten den Verdacht auf Dolores lenken. Sie ist eine Psychopathin.«

Özlem schlüpfte im Flur in ihre Schuhe und fragte: »Sie haben Motiv, Chef bringen um?«

Silvie winkte ab »Eigentlich bewundert er sie und erfüllt ihr jeden Wunsch.«

Ich überlegte laut. »Er hat mich zu ihrer Lektorin bestimmt, ich bin am Donnerstag einfach weggefahren und er hat es am Freitag versäumt, mich dazu zu bringen, dass ich noch mal zu ihr rausfahre. Sie war richtig sauer auf ihn, weil er sie zu unserem Verlag geschleppt hat. Einerseits fühlt sie sich von ihm im Stich gelassen, andererseits total unter Druck gesetzt, weil er verlangt, dass sie den nächsten Megabestseller produziert. Er hat ihr versprochen, dass ich ihr als Muse diene, indem ich alles über mich ergehen lasse, was sie sich an Gemeinheiten ausdenkt. Ich habe ihr gesagt, dass das ein Missverständnis ist. Das hat Dolores sehr wütend auf Voigt gemacht. Sie fühlt sich so richtig von ihm verarscht ... Wie gesagt, sie ist eine unberechenbare Psychopathin.«

Silvie fragte: »Und wie machen wir es?«

Die Antwort hatte ich sofort parat. »Wir schicken unserem heißgeliebten Chef mit einem Boten einen Pralinengruß von Dolores.«

Özlems Augen leuchteten auf. »Minze! Am liebsten er essen Schokolade mit Geschmack von Minze. Ich immer für ihn bei Aldo kaufen.«

»Du gehst bei Aldo für ihn einkaufen?«

»Voigt sagen, andere Laden zu teuer.«

Ich machte große Augen und zeigte demonstrativ auf die Wohnungseinrichtung. »Da hängen Boss- und Armani-Anzüge im Schrank, selbst seine Socken haben ein teures Logo.«

Silvie verschränkte die Arme vor der Brust. »Er ist nicht nur ein Kontrollfreak, sondern auch ein Geizkragen. Die Abendessen mit ihm habe ich bezahlt oder gleich selber für ihn gekocht. Er hat mich nicht einmal eingeladen.«

»Warum hast du dich überhaupt mit diesem Ekel eingelassen?«, fragte ich Silvie, die daraufhin betreten ihre Schuhspitzen musterte. »Ich weiß! Ich war blöd«, murmelte sie.

»Sogar ziemlich blöd«, pflichtete ich ihr bei.

Silvie rechtfertigte sich: »Ich bin ein C-Klasse-Mädchen und er ist ein A-Klasse-Mann. Solche Männer lassen mich sonst links liegen. Aber er hat mich umworben und mir Komplimente gemacht ...«

»Wenn das A in A-Klasse für Arschloch steht, gebe ich dir recht. Der Typ hat dich schamlos ausgenutzt«, schimpfte ich.

»Ich hab's doch kapiert!« Sie schlüpfte in ihre Turnschuhe.

Wir folgten Özlem aus dem Apartment. Sie schloss die Wohnungstür ab und fragte: »Und wenn er bedanken für Geschenk und anrufen diese Dolores?«

»Das wird nicht passieren, weil sie kein Telefon besitzt. Er müsste zu ihr rausfahren oder ihr einen Brief schreiben«, antwortete ich und drückte auf den Knopf des Fahrstuhls.

Silvie warf ein: »Aber wenn die Polizei später herausfindet, dass er als Nichtraucher an einer Überdosis Nikotin gestorben ist, werden sie doch ermitteln und Rückschlüsse ziehen, dass die Pralinen schuld waren, oder?«

»Genau. Und dann werden sie Dolores verdächtigen«, sagte ich triumphierend. Die Tür zum Fahrstuhl öffnete sich brummend. Wir quetschten uns zu dritt in die winzige Kabine. »Und wenn sie es abstreitet, wird ihr niemand glauben, weil wir das Päckchen in ihrem Namen aufgeben. Und sie raucht E-Zigaretten.«

Sylvie und Özlem schüttelten zwar nur zweifelnd den Kopf, aber ich war mir meiner Sache absolut sicher.

Bloß gut, dass wir auf dem Bahnhof gleich einen ganzen Stapel Pfefferminzpralinenschachteln gekauft hatten, denn die ersten zwei Versuche hatten wir definitiv versaut. Zum Befüllen benutzten wir eine Einmalspritze, die Silvie von ihrer kranken Mutter noch vorrätig hatte.

Es war schwieriger als gedacht, die Pralinen unsichtbar zu präparieren. Erst nachdem wir sie kurz eingefroren hatten, schmolz uns die Schokolade nicht mehr unter den Fingern weg.

Dann offenbarte sich uns Problem Nummer zwei: Die Kanüle ließ ein gut sichtbares Einstichloch zurück. Wir experimentierten mit einer halben Schachtel Pralinen und vergeudeten eine ganze Ampulle Liquid, bis wir die perfekte Stelle gefunden hatten. Man musste die Nadel schräg in den unteren Rand der Praline einführen, dann war der Einstich kaum zu sehen, wenn man das Loch danach kurz erhitzte und zuschmierte. Eine Riesensauerei!

Problem Nummer drei hieß Verpackung. Hier bewies Özlem Fingerspitzengefühl. Sie löste die Pappschachtel so gekonnt aus der eingeschweißten Folie, dass sie sie hinterher ohne sichtbare Spuren wieder einpassen konnte.

Nach vier Stunden sah es in meiner Wohnung aus wie auf einem Schlachtfeld. Oder wie nach einem Kindergeburtstag, bei dem sich eine Horde Sechsjähriger im Zuckerrausch mit Schokolade und Klarsichtfolie beworfen hatte. Aber das war mir völlig egal, denn auf meinem Koffercouchtisch lag nun die perfekte Mordwaffe in Form von perfekt eingewickelten tödlichen Pralinen.

Ich klemmte die Grußkarte in die alte Olympia-Schreibmaschine, auch ein Erbstück vom lieben Herrn Jakobus, die bei mir bisher nur zur Zierde auf dem Schreibtisch gestanden hatte. Als Jugendliche hatte ich immer darauf herumgetippt, wenn ich meine Mutter in der Buchhandlung besuchte.

Herr Jakobus war fest davon überzeugt, dass mir die alte Schreibmaschine irgendwann einmal Glück bringen würde. Wenn das hier gut ging, sollte er damit recht behalten. Allerdings anders, als er es sich wohl für mich erhofft hatte. Der alte Buchhändler war nämlich fest davon überzeugt, dass ich genügend Talent besaß, um selbst ein gutes Buch zu schreiben. Ich fühlte mich zwar geschmeichelt, bezweifelte aber stark, dass ich wirklich das Talent dafür besaß.

So oder so hatte Herr Jakobus mir mit diesem Geschenk einen riesigen Gefallen getan, denn Dolores benutzte das gleiche Modell für ihre Manuskripte.

Ich tippte.

Danke schön!
Mörderische Grüße.
Dolores

Das war genau in ihrem Stil. Dabei fiel es mir wie Schuppen von den Augen. Na klar! Ich sagte: »Wir müssen es nicht einmal bei der Post aufgeben. Ich selbst lege es ihm morgen früh auf den Schreibtisch. Schließlich war ich am Donnerstag bei ihr. Da sie weder telefoniert noch E-Mails schreibt, wird er denken, sie will sich auf diesem Wege für die Unterstützung bei ihrer Schreibblockade bedanken und hat mir die Pralinen mitgegeben, um das Porto zu sparen.«

»Und warum hast du es ihm dann nicht schon am Freitagmorgen gegeben?«, fragte Silvie provokant, um mir auf die Sprünge zu helfen.

Stimmt! Ich stotterte herum: »Weil ..., weil ... ich ihn nicht stören wollte?«

»Sehr fadenscheinig!«, sagte sie, weil ihr meine Erklärung nicht glaubwürdig genug erschien.

»Ich hab es bei dir für ihn abgegeben.«

Silvie presste ängstlich die Lippen zusammen. Sie hatte eindeutig Schiss, es ihm zu überbringen.

»Warte! Ich frage ihn morgen früh, ob Dolores' Pralinengruß bei ihm angekommen ist. Ist er natürlich nicht, denn du wolltest mir eins auswischen und hast das Geschenk zurückgehalten. Ich hole es mir bei dir mit einem entsprechenden Kommentar ab. Er soll ruhig denken, dass wir uns immer noch anzicken. Das wiegt ihn in Sicherheit. Dann übergebe ich ihm die Pralinen und bestelle ihm den Gruß von Dolores.«

Özlem nickte zustimmend. »Wir ihn schlagen mit eigene Waffen, sehr gut.«

Kapitel 11

++++ Montag, 22. Mai 2017 ++++

Obwohl Silvie, Özlem und ich überpünktlich am nächsten Morgen im Verlag ankamen, waren wir leider nicht die Ersten.
Oh nein, Voigt ist schon da. Jetzt ganz ruhig bleiben, Alwine!
Mit zitternden Fingern klopfte ich an die geschlossene Tür zu seinem Büro.

»Was ist?«, rief er unwirsch. Am liebsten wäre ich gleich wieder umgedreht. Aber ich musste stark sein, dies war wohl meine einzige Chance, meinen Job zu behalten. Nur dann könnte ich dafür sorgen, dass Herr Giovanni und ich nicht auf der Straße landeten. Irgendwie klang es ganz schön widersinnig: Ich musste meinen Chef umbringen, um meinen Job zu behalten. Aber so war es nun mal. Besondere Zeiten verlangten besondere Maßnahmen.

Deshalb atmete ich tief durch, straffte die Schultern und trat ein. »Guten Morgen!«, sagte ich knapp und fragte: »Ist das Geschenk von Dolores am Freitag bei Ihnen angekommen?«

»Welches Geschenk?« Er zuckte unwissend die Achseln.

»Na, herzlichen Dank auch!« Gespielt genervt rollte ich die Augen und lief zurück ins Vorzimmer. Dort fragte ich Silvie so laut, dass Voigt es auch garantiert hörte: »Wieso hast du denn dem Chef Dolores' Geschenk nicht gegeben?«

Silvie holte die Pralinenschachtel unter ihrem Schreibtisch hervor und zwinkerte mir verschwörerisch zu. »Uuuups, das hab ich wohl vergessen!«, flötete sie keck.

Ich zwinkerte zurück. »Ha, ha! Das glaubst du doch selber

nicht, du falsche Schlange«, rief ich dann empört, riss ihr die Schachtel aus der Hand und marschierte damit zu Voigt ins Büro zurück. »Einen schönen Gruß von Dolores! Es geht voran.«

Er musterte mich mit einer hochgezogenen Augenbraue, als wolle er mir nicht glauben: »Tatsächlich?«, sagte er, nahm das Geschenk entgegen und las die daran befestigte Karte. »Na dann, erzählen Sie mal!«, forderte er mich auf und deutete mir mit einer Handbewegung an, dass ich mich hinsetzen sollte.

»Ich will genau hören, wie Sie das angestellt haben. Wann wurde denn aus der kleinen Romantiklektorin die Expertin für schreibgehemmte Bestsellerautorinnen? Das hätte ich Ihnen ja gar nicht zugetraut.«

Ich ignorierte seine herablassenden Worte. »Wie ich das angestellt habe?«

Was erzählte ich ihm denn jetzt? Ich täuschte Geschäftigkeit vor. »Ich habe leider gar keine Zeit, das alles zu erläutern. Sie wissen doch, dass auf mich noch ein Stapel unverlangt eingesandter Manuskripte wartet, die Sie mir zur Begutachtung gegeben haben.«

»Lassen Sie doch die blöden Gutachten, unwichtig...« Er wies abermals auf den freien Stuhl und erwartete, dass ich ihm Bericht erstattete. Ich setzte mich auf die Stuhlkante. »Ich habe geklingelt und sie hat nicht geöffnet. Dann bin ich ums Grundstück und in eine Grube gefallen. Wie sich dann herausgestellt hat, war das kein Zufall. Sie hatte sich wieder ein Schreckensszenario für ihre Protagonistin ausgedacht, dass sie an mir getestet hat«, sagte ich wahrheitsgemäß und bemühte mich, nicht an die glühenden Augenpaare zu denken. »Meine Angst hat sie anscheinend inspiriert.« Ich lächelte verkniffen. Er lachte schallend, öffnete die Pralinenschachtel und reichte sie über den Tisch. »Ach, Sie Arme, haha. So haben Sie Dolores also inspiriert, indem Sie naiv in ihre Falle getappt sind. Aber egal, wie Sie es angestellt haben, Sie haben sich eine Belohnung verdient.« Er wischte sich die Lachtränen von der Wange. »Warum so nervös?«, fragte er, zog die Augenbrauen zusammen und sagte zuckersüß: »Das müssen wir doch feiern, wenn Sie schon mal so erfolgreich waren.«

Ich erhob beide Hände. »Danke, ich verkneife mir gerade jede Form von Zucker.«

»Das haben Sie doch nicht nötig«, sagte er anerkennend und taxierte meine Hüften. »Kommen Sie, eine kleine Praline bringt nicht gleich Ihre Diät durcheinander.« Er nötigte mich, zuzugreifen. Mir kam es vor, als hätte ich ein Eigentor geschossen. Kalter Schweiß rann mir den Rücken herab.

Er beobachtete mich und freute sich ganz offensichtlich, dass ich mich so unwohl fühlte. »Dolores wäre ganz sicher beleidigt, wenn Sie nicht zugreifen.«

Ich erstarrte. Er schmunzelte. »Oder haben Sie etwa Angst, dass sie uns vergiften will?«

»Haha«, lachte ich und hoffte, dass es nicht so künstlich klang, wie es sich anfühlte. »Zuzutrauen wäre es ihr, oder?«

Er lachte mit, aber es wirkte ebenso unecht. Dann rief er Silvie herein und bot ihr ebenfalls eine Praline an. »Ein kleiner Gruß von unserer Lieblingsautorin. Frau Werkmeister hat leider Angst, dass sie uns vergiften will. Da dachte ich, Sie testen es für uns. Sollte Ihnen schlecht werden, rufe ich natürlich sofort den Notarzt.«

Silvie sah mich panisch an. Er sagte »Das war ein Scherz, Silvie! Was ist denn bloß heute mit Ihnen beiden los? Haben Sie Ihre Tage, oder was? Komm schon, Silvie, du kannst doch Pfefferminzschokolade sonst nicht widerstehen.« Ihr Blick wanderte wieder zu mir. Sie griff zu, bedankte sich und sagte: »Die esse ich später, nach dem Mittagessen.« Hurtig machte sie auf dem Absatz kehrt und wollte gehen. Doch Voigt rief sie zurück und fragte misstrauisch. »Was ist denn jetzt? Sonst schiebst du dir auch alles sofort in den Mund.« Dabei lächelte er abfällig.

Sie hielt seinem Blick stand, steckte die Praline todesmutig zwischen die Lippen und verließ fluchtartig den Raum.

»Ihre Angst ist völlig unbegründet«, sagte er zu mir, setzte sich auf die Schreibtischkante und wartete darauf, dass ich eine Praline nahm. Genauso kühn wie Silvie tat ich ihm den Gefallen und schluckte sie im Ganzen herunter. So würde es hoffentlich eine Weile dauern, bis sich der Schokoladenmantel auflöste und das Gift im Inneren freigab.

»Ich will Sie ja nicht unterbrechen, aber ich müsste jetzt mal dringend, Sie wissen schon, wenn die Natur ruft und so ...«, entschuldigte ich mich, stand auf und eilte auf schnellstem Wege zur Damentoilette. Dort steckte ich mir den Finger in den Hals und würgte den Mageninhalt heraus, bis mir die Tränen kamen.

Mir war zwar immer noch etwas übel, aber ich schien mich wenigstens nicht vergiftet zu haben. Völlig entkräftet kniete ich vor der Porzellanschüssel.

Das war knapp gewesen. Irgendwie schien Voigt etwas zu ahnen. In meinem Kopf ließ ich die letzte halbe Stunde noch mal im Zeitraffer an mir vorbeilaufen. Wodurch hatte ich mich bloß verraten? Bei ihm war ich eigentlich immer nervös, das dürfte ihn doch nicht misstrauisch machen.

Trotzig dachte ich: Entweder schluckt er das Gift oder wir müssen uns eben eine neue Variante ausdenken, ihn um die Ecke zu bringen.

Die Angst kroch in mir hoch. *Mist, wenn er überlebt, wird er rauskriegen, dass der Pralinengruß von Dolores gefakt war und ich ihn wegen ihrer Schreibblockade belogen habe.* Ich wollte mir gar nicht ausmalen, was dann passieren würde. Fristlose Kündigung?

Meine Knie zitterten, als ich aufstand. Jemand öffnete die Tür und betrat den Vorraum zu den Damentoiletten. Ich riss mich zusammen und spülte. Eine Stimme rief: »Alwine?« Öz-

lem. Ich atmete tief durch und trat aus der Kabine. Sie guckte besorgt. »Gut alles?« Nickend sagte ich: »Raus«, und deutete mit einer Handbewegung an, dass ich mich übergeben hatte.

Silvie stürzte zur Tür herein und schloss sie hinter sich. »Und?«

»Ich habe eine geschluckt und sie wieder ausgespuckt.«

»Ich hatte sie nur im Mund und bin vor Angst fast gestorben. Wir wollten dich gerade bei ihm rausholen. Hat er eine gegessen?«, fragte Silvie.

»Nein, nicht solange ich bei ihm im Büro war.«

»Meinst du, er ahnt etwas? Sonst kann er sich bei Pfefferminzschokolade nicht bremsen und plündert sogar meinen Vorrat in der Schreibtischschublade.«

»Es ist morgens um neun. Bestimmt hat er gerade erst gefrühstückt und ist satt. Oder er ahnt, dass wir etwas im Schilde führen«, erwiderte ich düster.

Nach der Mittagspause trafen wir uns wieder heimlich auf dem Damenklo. Silvie wusste zu berichten, dass die Pralinenschachtel immer noch auf dem Schreibtisch stand und bis auf die zwei Stück, die er ihr und mir aufgezwungen hatte, noch voll war.

»Hätte er etwas gemerkt, hätte er sie entsorgt, oder?«

»Ich weiß nicht, irgendwie verhält er sich komisch.«

»Warum? Weil er verschmäht Schokolade?«, fragte Özlem und versuchte uns zu beruhigen. »Er gestern beinahe ertrunken ist. Vielleicht er haben noch Trauma und ihm gehen schlecht, weil er schlucken Wasser von See?«

Özlem hatte recht, eigentlich verhielt er sich wie immer. Es war offenbar sein liebstes Hobby, uns zu schikanieren und mit fiesen Sprüchen zu verunsichern. Er spürte, dass wir Angst vor seiner Unberechenbarkeit hatten, und genoss es deshalb umso mehr, seine Macht auszuspielen. »Vielleicht bilden wir uns das ja wirklich nur ein«, pflichtete ich Özlem bei.

Aber ganz sicher war ich mir da nicht.

Kapitel 12

Eine Stunde vor Feierabend brütete ich über einem Exposé für einen historischen Roman, das eine Agentur eingereicht hatte. Eigentlich nicht mein Ressort, aber die Kollegin war krank und hatte mich gebeten, es in Vertretung bei der nächsten Redaktionssitzung vorzustellen, damit es im übernächsten Herbstprogramm berücksichtigt werden konnte.

Voigt hatte mich vorhin angerufen und mir für die Begutachtung der unverlangt eingesandten Manuskripte eine großzügige Deadline eingeräumt. Als Dank dafür, dass ich das Problem mit Dolores' Schreibblockade gelöst hatte. *Wenn der wüsste ...* Und warum klang er eigentlich immer noch so quicklebendig?

Es fiel mir schwer, mich auf die Worte zu konzentrieren. Meine Gedanken kreisten um Voigt und die Pralinenschachtel. Ich musste jeden Satz dreimal lesen, bevor ich den Sinn verstand. Ständig glotzte ich aufs Handy, das in Sichtweite neben der Computertastatur lag. Gerade als ich mir die Bedeutung des Verbs *verballhornen* auf einem Schmierzettel notierte, brummte mein Smartphone. Endlich! Eine WhatsApp-Nachricht von Silvie ging ein. *Damentoilette, jetzt!* stand auf dem Display.

Ich ließ den Stift fallen, eilte über den Flur und traf zeitgleich mit Özlem ein. Silvie erwartete uns bereits mit herunterhängenden Mundwinkeln. Mit einer Kopfbewegung zu den Kabinen fragte Özlem, ob die Luft rein sei. Silvie nickte und zauberte die Pralinenschachtel hinter ihrem Rücken hervor. »Voigt ist vor zwei Minuten gegangen«, sagte sie und zog eine Schnute.

Özlem und ich ließen enttäuscht die Schultern hängen. Silvies Gesicht erhellte sich augenblicklich. »Ta ta! Leer!«, verkündete sie, riss die Schachtel auf, tänzelte damit vor unserer Nase herum und berichtete aufgeregt. »Vor vierzig Minuten habe ich ihm Kaffee gebracht. Da stand der Pralinenkasten noch unberührt auf seinem Schreibtisch. Wahrscheinlich hat ihn das Gespräch mit Herrn Krohn so frustriert, dass er sich mit den Pralinen beruhigen musste.«

»Was ist denn passiert?«, fragte ich.

»Keine Ahnung, aber es ging ziemlich laut bei der Auseinandersetzung zu. Krohn ist kochend vor Wut mit hochrotem Kopf aus Sebastians Büro gestürmt, hat von mir Wasser verlangt, eine Tablette geschluckt und ist dann zum Fahrstuhl abgerauscht. Kurz darauf hat Voigt alle weiteren Termine für heute abgesagt. Er sah blass aus und hat geschwitzt. Als ich ihn darauf ansprach, meinte er, ihm ginge es plötzlich schlecht. Er hat noch gescherzt, das würde doch hoffentlich nicht an den Pralinen liegen, die er gerade vor Wut in sich hineingestopft hätte. Dann ist er mit seiner Tasche zum Fahrstuhl«, berichtete Silvie triumphierend.

»Was denkt ihr, wann er hinüber ist?«, fragte ich, denn mich beschlich ein ungutes Gefühl. »Hoffentlich schafft er es nicht mehr, den Notarzt zu rufen, der ihm im letzten Moment noch den Magen auspumpt.«

Özlem verschränkte die Arme vor der Brust und meinte: »Wir hätten ihm das Handy stehlen sollen.« Silvie presste die Handflächen zusammen und es sah aus, als schickte sie ein Stoßgebet zum Himmel. Dann richtete sie den Blick wieder auf uns. »Wenn wir Glück haben, fährt er sich in dem Zustand mit seinem Wagen tot. So wie er immer rast.«

»Schade um das Auto!«, sagte ich.

Das Grummeln in meinem Bauch verstärkte sich.

Plötzlich öffnete sich die Tür zu den Damentoiletten und wir wurden von Verena aus dem Marketing gestört.

Özlem hantierte geschäftig mit Blick nach unten am Waschbecken herum und kontrollierte die Seifenspender. Silvie warf die Pralinenschachtel in den Mülleimer, dessen Inhalt Özlem sogleich in ihren Müllsack am Putzwagen vor der Tür entsorgte. Ich wusch mir die eiskalten Hände und lief mit zittrigen Knien und verkrampften Schultern zurück in mein Büro.

Von draußen erklang das Martinshorn. Ich eilte zum Fenster und schaute nach unten auf die Straße. Der Krankenwagen bog direkt in die Auffahrt zur Tiefgarage ein. *Scheiße!* Wir hätten ihm doch das Handy stehlen sollen. Ohne zu überlegen, stürzte ich den Flur entlang zu Silvies Büro. Wir stießen auf der Ecke fast zusammen, denn sie war mit Özlem bereits auf dem Weg zu mir. Unsere Blicke trafen sich. Wir bremsten und drehten in geschlossener Formation ab zum Fahrstuhl. Ich drückte den Knopf. Nichts passierte. Der Fahrstuhl hing in der Tiefgarage fest. Wir hetzten sechs Etagen die Treppe hinunter, bis wir vor der Stahltür zur Tiefgarage stoppten. Ich nahm die Klinke in die Hand und drehte mich noch einmal zu Özlem und Silvie herum. Ihre Gesichter sahen angespannt aus. Bevor ich die Klinke herunterdrückte und die Tür öffnete, atmeten wir alle geräuschvoll aus.

Kapitel 13

Uns empfing Lichterflackern und hektisches Stimmengewirr. Die Türen des Krankenwagens standen offen.

Rettungssanitäter und ein Notarzt versuchten zwischen den parkenden Autos hinter dem BMW des Verlegers einen Menschen wiederzubeleben. Wie erstarrt blieben wir am Eingang stehen. Voigts Sportwagen stand mit geöffneter Kofferraumklappe gegenüber von uns.

Adrenalin schoss mir in Lichtgeschwindigkeit durch die Adern. Ich suchte Silvies und Özlems Blick. Ihnen ging es genauso. Ich dachte nur: Oh nein, bitte rettet ihn nicht in letzter Minute!

Einer der Männer rief: »Weg!« Dann tauchte der Notarzt hinter dem BMW auf und fuhr sich mit den Fingern durchs Haar. Er zuckte mit den Schultern. »Exitus«. Nun erhoben sich auch die anderen zwei. Einer wandte sich ab und telefonierte.

Der andere sah unsere neugierigen Blicke, steuerte auf uns zu und bat uns, die Garage zu verlassen. »Was ist denn passiert?«, fragte Silvie. Ihre Stimme zitterte. Özlem versuchte, einen Blick auf die am Boden liegende Person zu erhaschen, und wurde zurückgedrängt. Silvie nutzte die Chance und mogelte sich vorbei. Sie drehte sich zu uns um. Die Farbe war ihr aus dem Gesicht gewichen. »Es ist Herr Krohn!«

»Waaaas?«, rief ich und schritt energisch auf die Parklücke zu, um mich mit eigenen Augen von der Katastrophe zu überzeugen.

Voigt saß mit einer Decke über den Schultern auf dem Betonboden und lehnte matt am Benz des Verlegers. Vor ihm lag Hubertus Krohn, leblos, mit gelockertem Schlips und aufgerissenem Hemd. Voigts eisiger Blick bohrte sich wie eine Lanze in mein Gehirn. Ich blieb wie erstarrt stehen. Unfähig mich zu bewegen, zu denken ...

Hubertus war tot? Der andere Rettungssanitäter stellte sich mir in den Weg und sagte: »Gehen Sie bitte weiter.« Ich konnte nicht. Etwas in mir konnte es nicht glauben und drängte mich, Hubertus zu berühren, ihn aufzuwecken. Ich musste ihn doch nur wachrütteln, dann würde er schon die Augen öffnen. »Das ist Hubertus, unser Verleger«, stammelte ich und trat energisch auf den Rettungssanitäter zu. »Er ist ein alter Mann und manchmal schneller erschöpft wegen seiner Herzschwäche.« Er hielt mich fest. Ich drängte mich an ihm vorbei, kniete nieder, berührte Hubertus an der Hand. Sie war noch warm. Trotzdem spürte ich, dass das Leben in ihm erloschen war. Meine Finger, meine Hände, mein ganzer Körper begannen unkontrolliert zu zittern. Mir war so kalt.

Mein Ziehvater war tot, unwiderruflich. Wie ein Film liefen Erinnerungen an Situationen vor meinem geistigen Auge ab, in denen wir miteinander um Buchprojekte gerungen, Erfolge gefeiert und Niederlagen verarbeitet hatten. Ich biss mir auf die Unterlippe. Tränen schossen mir in die Augen. Mein Körper schmerzte, als hätte ich einen Triathlon hinter mir. Ja, ich hatte ihn geliebt wie einen Vater und wäre lieber seine Tochter anstatt die meines wahren Vaters gewesen.

Der Rettungssanitäter sagte: »Kommen Sie bitte!«, und zog mich wieder auf die Füße. Özlem und Silvie stützten mich. Seine Frage: »Geht es Ihnen gut?«, erreichte mich aus weiter Ferne, obwohl er direkt neben mir stand.

Über die Schulter des Rettungsassistenten erdolchte ich Voigt mit einem Blick.

Der Arzt wandte sich jetzt an ihn, bedankte sich und bekundete ihm, dass er in puncto Erste Hilfe alles richtig gemacht hatte. »Leider liegt es nicht immer in unserer Hand ...«

Voigt verzog den Mund zu einem schiefen Lächeln in meine Richtung, drehte sich weg und übergab sich. Ich hätte danebenkotzen können. Dieses Arschloch lebte und Hubertus war tot. Wieso? Wieso war diese Welt so ungerecht?

In den nächsten Stunden bewegte ich mich wie in Trance. Ich funktionierte wie eine Maschine, alle meine Sinne schienen betäubt. Das lag wahrscheinlich an der Spritze, die mir der Notarzt noch in der Tiefgarage gegeben hatte. Er hatte gesagt, dass ich nach Hause gehen sollte. Silvie und Özlem hatte er gebeten, mich zu begleiten. Voigt, der unter einem Schock litt, hatten sie im Krankenwagen mitgenommen, während Hubertus mit dem Leichenwagen abtransportiert wurde.

Die große Aufregung im Büro, der Zusammenbruch von Frau Krohn – alles war wie ein schlechter Schwarz-Weiß-Film an mir vorbeigerauscht.

Erst am Abend kam ich wieder zu mir und spürte als Erstes meinen trockenen Mund. Die Zunge klebte mir am Gaumen. Ich lag im Bett und Özlem saß daneben. Sie legte meine Hand in ihre und fragte: »Besser?«

Ich wusste nicht, ob es mir besserging. »Durst«, sagte ich und leckte mir über die Lippen, die sich wie Schleifpapier anfühlten.

Özlem reichte mir ein Glas. Ich schüttete das kühle Wasser so gierig in meinen Schlund, dass es mir an den Seiten aus dem Mund lief, weil ich gar nicht so schnell schlucken konnte. Erst als das Glas leer war, setzte ich es ab.

»Wo ist Silvie und wo ist ...?«, fragte ich und guckte mich nach Herrn Giovanni um.

»Sie ist spazieren mit Hund von dir. Wir ihm gegeben Futter aus grüne Tonne in Abstellkammer. War richtig, ein Becher voll?« Ich nickte. »Danke, dass ihr euch um ihn und auch um mich kümmert.« Özlem nahm mir das Glas aus der Hand und lächelte. »Wir Freunde sind.«

Stimmt, das unterschied echte Freunde von falschen, dass sie sich auch in schlechten Zeiten umeinander kümmerten und nicht nur bei Partys zur Stelle waren.

Herr Giovanni stürmte herein und schleckte mir begeistert das Gesicht ab. Silvie trat hinter Özlem. Ihr Lächeln wirkte besorgt. »Alles okay?«

»Geht schon. Danke, dass du dich um meinen Schatz gekümmert hast«, sagte ich. Sie lächelte. »Kein Problem.«

Ich schlug die Bettdecke zurück und setzte die Füße auf den Teppich. »Wie soll es denn jetzt weitergehen? Hubertus ist tot und Voigt lebt immer noch.« Vor meinem inneren Auge sah ich das fiese Grinsen des Programmleiters und schauderte.

Hatte er gemerkt, dass mit den Pralinen etwas nicht stimmte, und sie deshalb Hubertus angeboten? Ein sehr ungutes Gefühl kroch in mir hoch. Waren wir etwa dafür verantwortlich, dass Hubertus gestorben war?

Oh, Gott! Mir wurde schwindlig. Ich schlug die Augen nieder. »Alwine?«, fragten meine Freundinnen. Sie hielten mich fest. Ansonsten wäre ich wohl vom Bettrand gerutscht. Ich fragte: »War es zu offensichtlich, dass die Pralinen vergiftet sind, weil wir uns geweigert haben, sie zu essen?«

»Du meinst, Sebastian hat sie Herrn Krohn angeboten, um ... Dann sind wir schuld, dass er ...« Silvie hielt sich die Hand vor den Mund.

Özlem sagte: »*Alqarf! Quatsch!* Aber Voigt es ging doch schlecht.«

»Vielleicht haben beide davon gegessen, als sie das Gespräch hatten. Er hat sie Herrn Krohn genauso arglos angeboten wie uns.« Silvie kratzte sich an der Stirn.

»Hubertus mag keine Schokolade«, sagte ich und berichtete

von Voigts triumphierendem Grinsen in der Tiefgarage. »Das war genau wie heute Morgen, wo er mich und Silvie genötigt hat, von den Pralinen zu essen. Ich denke, er hat wirklich etwas geahnt.« Die nackte Angst kroch mir den Rücken hoch. Mein Nacken verkrampfte. »Oh Mann! Und was jetzt?«

Özlems Handtasche brummte auf der Kommode neben der Schlafzimmertür. Sie holte das Handy heraus, las die eingegangene Nachricht und verdrehte die Augen. »Voigt verlangen, dass ich spielen Krankenschwester. Er mir schicken Einkaufsliste. Wollen Sachen haben sofort. Das ich mussen erledigen. Jetzt.«

»Er befiehlt und du springst«, stellte ich fest.

»Was ich sollen tun? Er mich haben in der Hand. Er zerstören kann Leben mit einem Anruf. Mir gehen um meine Familie, brauchen Unterstützung von mir. Ich nicht riskieren kann, lieber ich gehorchen.« Özlem lächelte entschuldigend, raffte ihre Sachen zusammen und eilte davon.

Kapitel 14

++++ Dienstag, 23. Mai 2017 ++++

Am nächsten Morgen rief Margarethe Krohn die Mitarbeiter des Verlags im Konferenzraum zu einem spontanen Meeting zusammen. Sie hatte einen Mann an ihrer Seite, der sich als ihr Anwalt vorstellte. Frau Krohn nahm die dunkle Sonnenbrille ab und legte sie auf den Holztisch, um den wir alle saßen. Heute war sie von Kopf bis Fuß in Schwarz gekleidet und hatte das graue Haar zum Knoten gebunden. Trotz des dick aufgetragenen Make-ups schimmerten ihre tiefen Augenringe durch und sie wirkte über Nacht um Jahre gealtert.

Wir begannen mit einer Schweigeminute. Gemeinsam gedachten wir stumm des Verlegers, der im Gegensatz zu seiner Frau bei allen beliebt war, weil er stets ein offenes Ohr für die Mitarbeiter hatte.

Nicht nur bei mir flossen die Tränen.

Margarethe Krohn räusperte sich und sagte gefasst: »Hubertus war immer stolz auf unseren Verlag. Er hat für ihn gelebt. Wir müssen jetzt alles tun, die Geschäfte weiterzuführen. Die Zeiten sind schwierig und die Zahlen schlecht. Wir müssen das Programm umstrukturieren. In Gedenken an ihn erwarte ich, dass Sie mit Hochdruck daran arbeiten, die Verkaufszahlen wieder zu verbessern. Nichts anderes wäre in seinem Sinn. Deshalb habe ich entschieden, dass Herr Voigt die Geschäftsführung übernimmt. Ihm obliegen in Abstimmung mit mir alle Entscheidungen darüber, welche Bücher wir veröffentlichen. Nun bitte ich Sie, an Ihre Arbeit zu gehen und die Anweisungen von Herrn Voigt zu befolgen, die er Ihnen per Mail gesendet hat beziehungsweise noch sendet. Er muss sich von gestern, vom vergeblichen Versuch, meinen Mann wiederzubeleben, erholen und wird heute von zu Hause aus arbeiten. Ich verlasse mich auf Sie.«

»Selbstverständlich«, murmelte ich.

Frau Krohn setzte sich die Sonnenbrille wieder auf und rauschte mit ihrem Anwalt im Schlepptau davon. Wir gingen zurück an unsere Arbeitsplätze.

Den Flur erfüllte eine nie da gewesene Stille. Niemand redete oder lachte. Ich öffnete mein digitales Postfach. Darin fand ich gleich mehrere E-Mails von Voigt, in denen er mir auftrug, den Ankündigungstext für die Buchhandelsvertreter von Dolores' neuestem Werk zu verfassen, natürlich mit einer völlig unrealistischen Deadline. Wie sollte ich das machen, wenn mir noch nicht einmal ein ordentliches Exposé von ihr vorlag? In einer anderen E-Mail forderte er, dass ich die ersten fünf Kapitel eines weiteren blutrünstigen Manuskriptes von Dolores überarbeite. Dabei handelte es sich um ihren ersten Versuch in diesem Genre, der ewig in der Schublade gelegen hatte und nun den Programmplatz bekommen sollte, den mein Herzensprojekt *Champagner im Dünensand* hätte bekommen sollen.

Ich fasste es nicht. Das war doch von vornherein sein Plan gewesen. Innerlich kochend las ich mich in Dolores' frühes Werk ein. Was für ein haarsträubender Schwachsinn! Der Veröffentlichung in seinem Namen hätte Hubertus nie zugestimmt. War das der Grund, warum sich beide gestern so gestritten hatten?

Mir fiel es schwer, mich zu konzentrieren. Ich stand auf, verließ mein Büro und ging erst einmal auf die Toilette. Dort traf ich auf Özlem. Sie polierte die Spiegel über den Waschbecken.

Sie nahm mich beiseite und sagte: »Umgehen Gerücht, Herr Krohn seien an Versagen von Herzen gestorben.«

»Ja, und?« Ich verstand nicht, worauf sie hinauswollte.

Sie flüsterte fast tonlos: »Nikotin nur Atemlähmung auslösen. Wir nicht können schuld sein.« Özlem legte sich den Finger auf die Lippen. In der hinteren Kabine rauschte die Wasserspülung. Die Tür ging auf und Waltraud aus dem Korrektorat trat ans Waschbecken und wusch die Hände. Ihre Wimperntusche war verlaufen, sie hatte offensichtlich geweint. Ich nickte ihr stumm zu. Die Trauer verband uns.

Erst als wir wieder allein waren, sagte Özlem: »In Küche bei Voigt ich gestern einräumen Kühlschrank. Er in Wohnzimmer gesprochen mit Frau an Telefon, sehr vertraulich. Oder man sagen verliebt? Er gehen in Bett und schlafen. Ich gucken, wer angerufen. Frau Krohn.«

»Du meinst, er und sie haben gemeinsame Sache gemacht? Puh!« Ich rückte mir die Brille zurecht. Es kursierte zwar bereits das Gerücht, dass Voigt über das Wohlwollen der Frau des Verlegers an den Posten des Programmleiters gekommen war, aber wenn die beiden ein Verhältnis hatten, war das dann doch ziemlich brisant. Das würde ja heißen, dass sich Margarethe Krohn einen Liebhaber vor den Augen ihres Mannes gehalten hatte. Ganz schön dreist oder besser gesagt, gefühlskalt.

Traute ich ihr das zu? Ich wiegte den Kopf hin und her. »Aber wenn es nicht an den Pralinen lag, war es vielleicht ein natürlicher Tod? Immerhin war er herzkrank und hat sich tierisch aufgeregt bei dem Gespräch mit Voigt, hat Silvie gesagt«, gab ich zu bedenken.

»Was machen sonst in solche Situation Herr Krohn?«

»Sonst hat er seine Tabletten geschluckt, die er immer bei sich trug.«

Özlem hielt sich beim Überlegen die Nase zu.

Ich sagte: »Silvie meinte, Hubertus sei aus Voigts Büro gestürmt und habe sich eine Tablette in den Mund geschoben.«

»Was, wenn Tablette war unwirksam?«

»Du meinst, jemand hat sie ausgetauscht?«

Özlem griff in ihre Schürzentasche und holte ein leeres Tablettenröhrchen heraus. »Sahen Herr Krohns Herztabletten so aus?« Sie löste den Deckel ab und nahm eine weiße Tablette zwischen die Finger.

Ich nickte und nahm ihr das Röhrchen aus der Hand, um es eingehend zu studieren. »Woher hast du die?«

»Aus Voigts Mülltonne.«

»Aber das sind Placebos.«

»Sicher?«

»Steht drauf.«

»Ich mich nicht trauen, davon zu essen.«

Vor Aufregung war mir wieder mal die Brille verrutscht. Ich nahm sie ab. Jetzt sah ich alles verschwommen. Seufzend setzte ich sie wieder auf. »Man müsste die Tabletten im Labor auf ihre Inhaltsstoffe untersuchen.« Dabei kam mir eine Idee. »Vielleicht werden wir Voigt los, wenn wir der Polizei einen anonymen Hinweis geben. Dann kommt er in den Knast. Das erspart uns den Mord.«

Özlems Augen blitzten begeistert auf. Jetzt mussten wir nur noch Silvie davon überzeugen.

In der Mittagspause gingen wir aus dem Haus zum Stehimbiss um die Ecke. Es regnete in Strömen. Noch bevor wir bestellten, eröffnete Özlem Silvie, was sie bei Voigt zu Hause gehört hatte. Bei der Information über das Telefonat blieb Silvie der Mund offen stehen. Nachdenklich kniff sie die Augen zusammen. »Manchmal habe ich es geahnt, dass da noch eine andere ist. Wenn er mit mir im Bett lag, gingen in seinem Handy Nachrichten ein, die er immer als unwichtig abgetan hat. Dann hat er aber doch heimlich darauf geantwortet, wenn er dachte, ich merke es nicht. Dass die andere Frau Krohn sein könnte, hätte ich nicht gedacht. Obwohl? Einige verdächtige Situationen gab es schon. Besonders wenn sie kurz vor Feierabend bei ihm hereinschneite und er mich nach Hause geschickt hat.« Ihren Mund umspielte ein süffisantes Lächeln. »Ich bin dabei!«

Wir gaben unsere Bestellung auf und schmiedeten bei Kebab und Krautsalat einen Plan.

Den ersten Schritt, einen anonymen Anruf bei der Polizei, setzten wir gleich nach dem Essen um.

Wir kauften ein Prepaid-Handy und rissen es direkt vor dem Elektroladen aus der Verpackung. Özlem fummelte mit nassen Fingern die SIM-Karte heraus, wischte sie mit dem Pulloverärmel trocken und setzte sie geschickt in das Mobiltelefon ein. Dann liefen wir zum Ufer der Binnenalster, wo bei dem Sauwetter heute kaum Leute unterwegs waren.

Silvie war viel zu aufgeregt, was bedeutete, dass sie anfing zu stottern. Özlem hatte Angst, dass sie die Worte verdrehte und sie niemand verstand. Also hielten sie mir das Handy hin. Meine Brille war beschlagen. Ich atmete einmal tief durch, putzte sie, nahm das Handy und wählte die Nummer der Polizei.

»Guten Tag! Ich habe einen sehr wichtigen Hinweis im Todesfall des Verlegers Hubertus Krohn«, sagte ich mit verstellter Stimme. »Mein Name?« Ich zog eine Grimasse. Silvie und Özlem hielten die Luft an. »Mein Name tut nichts zur Sache«, bügelte ich über die Frage der Polizistin am anderen Ende der Leitung hinweg und brachte mein Anliegen vor: »Der neue Geschäftsführer des Phönix Verlags und die Ehefrau des Verlegers haben ein Verhältnis. Ich denke, Sie sollten den Fall einmal genau untersuchen, weil es durchaus sein kann, dass Herr Voigt den Verleger ermordet hat.« Ich beendete das Gespräch, indem ich die rote Taste drückte. Das Handy warf ich im hohen Bogen ins Wasser.

Silvie fragte: »Und nun?«

»Gehen wir an unsere Arbeit zurück und lassen die Polizei ihren Job machen.«

Gegen fünfzehn Uhr saß ich bei geschlossener Tür in meinem Büro mit Dolores' fürchterlichem Erstling, der besser in der Schublage geblieben wäre. Wie sollte ich aus dem Geschwafel bloß einen verkäuflichen Text produzieren? Der Plot war an den Haaren herbeigezogen, die Figuren unglaubwürdig, ganz zu schweigen von den Löchern und Logikfehlern in der Handlung. Stil und Grammatik hätten einem Fünftklässler eine glatte Sechs eingebracht. Am liebsten hätte ich das Manuskript in den virtuellen Papierkorb gepfeffert, aber ich riss mich zusammen. Das Ende des Stillhaltens war schließlich absehbar. Ich quälte mich durch die Beschreibung der Foltermethoden des Serienkillers. Mir liefen Schauer über den Rücken. Meine Hände begannen zu schwitzen. »Muss man es so detailliert ausführen?«, fragte ich mich. Sie wollte Angst und Abscheu bei ihren Lesern erzeugen, aber trotzdem. Ich wollte so etwas nicht freiwillig lesen.

Silvie steckte ihren Kopf zur Tür hinein. »Die Polizei ist da«, sagte sie erfreut. »Ein Kommissar befragt die Chefin. Wir sollen uns bitte noch alle bereithalten und nicht vor siebzehn Uhr in den Feierabend gehen, darum hat Frau Krohn gebeten.«

Ich rutschte auf die Stuhlkante. »Was hat das mit uns zu tun?«, fragte ich ein wenig nervös. Dass sie uns im Fall einer Ermittlung verhörten, war mir klar, aber dass das so schnell ging, eben nicht.

»Keine Ahnung, was er wissen will. Ich wollte dich nur vorwarnen, dass es jetzt losgeht.«

»Okay«, sagte ich und machte mich weiter über den Text her. Eigentlich war das völlig sinnlos, denn ich konnte mich nicht mehr konzentrieren und las jedes Wort dreimal, weil ich es sofort wieder vergaß.

Hoffentlich erkannte der ermittelnde Kommissar meine Stimme nicht. *Beruhige dich, du hast mit einer Polizistin telefoniert.*

Moment, zeichnete die Polizei eingehende Anrufe nicht auf? Jedenfalls war das in Krimiserien immer der Fall. Dort analysierten sie auch die Stimmen der anonymen Anrufer. Da hatte ich mir mit meiner Naivität wohl selber ein Bein gestellt. Daran hätte ich eher denken müssen.

Ich war aufgeregt wie vor der Matheprüfung. Nein, ich wollte nicht befragt werden. Ich lauschte an der Tür, ob sich draußen im Flur etwas bewegte. Alles war still.

Da sich mein Büro in der hintersten Ecke des Verlages befand, bekam ich immer wenig vom übrigen Geschehen mit. Normalerweise begrüßte ich diesen Umstand, weil ich so zwischen den Meetings und Terminen im Tagesgeschäft ungestört an den Lektoraten arbeiten konnte und nicht ständig abgelenkt wurde. Die Ungewissheit über das, was da vorne am anderen Ende des Flures vor sich ging, machte mich aber nun ganz hibbelig. Mein Magen verkrampfte sich vor Anspannung.

Ich schnappte mir die leere Teetasse und lief in die Kaffeeküche. Niemand da. In Zeitlupe wusch ich die Tasse unter fließendem Wasser ab und rieb sie mit dem Geschirrtuch trocken. Dabei grübelte ich. Konnte ich einfach zu Silvie ins Vorzimmer marschieren – oder machte mich das verdächtig?

Wo war eigentlich Özlem? Ich vermisste ihren Putzwagen auf dem Flur, der sonst immer vor dem Raum stand, in dem sie beschäftigt war. *Sie wird doch nicht schon Feierabend gemacht haben?*

Ich stellte die blitzblank polierte Tasse in den Küchenschrank über der Spüle und hängte das Geschirrtuch zum Trocknen auf die Heizung unterm Fenster.

Als ich aus der Kaffeeküche trat, kam gerade Frau Krohn aus ihrem Büro. Ich machte einen Schritt zurück. Hoffentlich hatte sie mich nicht gesehen. Schritte näherten sich der Küche, Frau Krohn unterhielt sich mit jemandem.

Ich hantierte geschäftig mit der Kaffeemaschine herum, legte die Filtertüte ein und schaufelte Kaffeepulver in den Trichter. »Da würde ich gerne einen nehmen«, sagte eine Männerstimme in meinen Rücken. Ich drehte mich um und mir fiel der Löffel aus der Hand.

Marco Kühn.

Er lächelte breit. Meine Knie zitterten. Ich schob mir die Brille zurecht. Zeitgleich gingen wir in die Hocke, um den Löffel aufzuheben. Im nächsten Moment knallten unsere Köpfe unsanft zusammen. »Autsch!«, jammerte ich. Kühn rieb sich die Stirn und murmelte: »Entschuldigung.«

In einem Liebesroman wäre das nicht passiert. Da hätten wir gemeinsam nach dem Löffel gegriffen, unsere Finger hätten sich berührt und dann hätte ich einen elektrischen Schlag verspürt und …

In der Realität spürte ich nur, dass ich gerade eine dicke Beule an der Stirn bekam.

Frau Krohn erschien im Türrahmen und riss mich aus meinen Gedanken. »Hier sind Sie ja! Frau Werkmeister, ich hatte Sie schon angerufen. Das hier ist Kriminalkommissar Kühn von der Mordkommission«, sagte sie förmlich.

Wir standen auf und ich putzte den Löffel am Rocksaum ab. Frau Krohn musterte unsere roten Köpfe irritiert. »Der Herr Kommissar hat einige Fragen an Sie bezüglich des Todes von Hubertus.« Ihr Mund verzog sich abschätzig und ihr Blick ließ deutlich werden, dass sie mich nicht ausstehen konnte. »Sie waren ja zum Zeitpunkt des Geschehens in der Tiefgarage …«, fuhr sie fort. Es klang wie eine Anschuldigung, aber ich durfte mich jetzt nicht provozieren lassen. Mühsam schluckte ich meine Wut wie eine vergiftete Schokopraline im Ganzen herunter.

Marco Kühn schien die Spannungen zwischen Frau Krohn und mir zu bemerken. Schlagartig erlosch der Glanz in seinen Augen und er nahm die professionelle Haltung wieder ein, die er nach unserem Zusammenstoß kurz verloren hatte.

Er hob die Hand beschwichtigend gegenüber Frau Krohn, um ihr deutlich zu machen, dass er nun übernahm. Zu mir sagte er: »Keine Angst, ich habe nur ein paar Routinefragen. Können wir uns hier ungestört unterhalten, oder gehen wir besser in Ihr Büro?«

»In mein Büro«, antwortete ich. Es war deutlich, dass er mich allein befragen wollte. Zähneknirschend überließ Frau Krohn ihm das Feld und stolzierte aus der Küche.

Um Platz für Kühn zu schaffen, räumte ich in meinem Büro schnell den Besucherstuhl frei, der mir normalerweise eher als Ablage für Manuskripte, Mützen, Regenschirme, angebrochene Kekspackungen und was sonst noch so herumflog, diente. Nervös setzte ich mich auf den Drehstuhl an den Schreibtisch und wandte mich dem Kommissar zu, der ebenfalls Platz genommen hatte.

Aus dem Keramikbecher in seiner Hand dampfte es. Er nippte an dem heißen Kaffee. Dabei musterte er mich amüsiert, weil ich mir die Beule an meiner Stirn rieb.

Sein Blick wanderte an mir vorbei. Neugierig las er die Überschrift auf dem Computerbildschirm hinter mir und fragte: »Dolores Fritz – Lebendig begraben?« Interessiert zeigte er mit dem Finger auf die Schrift. »Ihr neuer Thriller. Ist es genauso, wie ich es mir vorstelle?« Marco Kühn pustete in seine Tasse.

Ich verdrehte die Augen. »Schlimmer.«

»Das klingt, als würden Sie solche Geschichten nicht besonders mögen.« Er trank einen Schluck.

Ich verschränkte die Arme vor der Brust. »Sie haben es erkannt.«

»Muss man als Lektorin nicht genauso begeistert von der Story sein wie der Autor?«

»Eigentlich schon, deshalb schlagen Lektoren ja nur Manuskripte für die Programme vor, von denen sie überzeugt sind. Manchmal kann man sich seine Projekte und die Autoren, mit denen man zusammenarbeiten muss, aber nicht aussuchen.«

»Verstehe. Aber Sie mögen Triller im Allgemeinen?«

»Nein. Ehrlich? Ich muss nicht lesen, wie es sich anfühlt, in einem Schrank eingesperrt zu sein, während sich draußen Menschen die Köpfe einhauen«, entfuhr es mir ungewollt. Ich biss mir auf die Zunge.

Wieder warf er mir einen forschenden Blick zu. Ich wich ihm aus und versuchte, vom Thema abzulenken: »Aber Sie sind bestimmt nicht hier, um etwas über meine Lesevorlieben zu erfahren.«

»Stimmt. Ein anonymer Anrufer behauptet, dass Herr Krohn keines natürlichen Todes gestorben sei.«

»Aha«, sagte ich. Meine Hände wurden feucht. Jetzt fühlte ich mich doch ertappt.

Marco Kühn sprach weiter: »Frau Krohn meinte, Sie hätten ein sehr ... inniges Verhältnis zu ihrem Mann gehabt.« Dabei betonte er das Wort innig.

Ich wechselte die Sitzposition, schlug die Beine übereinander und rechtfertigte mich. »Ja, allerdings, aber nicht so, wie Sie es vermuten oder wie Frau Krohn es Ihnen weismachen wollte.«

»Was vermute ich denn?«

»Dass ich ein Verhältnis mit ihm hatte?«

»Und, hatten Sie?«

»Nein!«

»Frau Krohn war sich da nicht sicher«, wandte er ein.

»Ach? Man geht ja immer von sich selbst aus.«

»Wie darf ich das verstehen?«

Ich presste die Lippen zusammen. Das Gespräch nahm eine völlig falsche Wendung. Ich versuchte abzulenken. »Hubertus war so etwas wie ein Vater für mich. Er hat mir alles beigebracht, was ich als gute Lektorin wissen muss.«

»Und das war Frau Krohn ein Dorn im Auge? Sie haben meine letzte Frage noch nicht beantwortet.«

Ich stellte mich dumm.

»Kommen Sie, Sie haben sich auf die Lippen gebissen. Eine typische Reaktion, wenn man etwas verschweigen will.«

»Ich möchte niemanden beschuldigen.«

»Also waren Sie nicht die anonyme Anruferin, die behauptete, dass Frau Krohn ein Verhältnis mit Herrn Voigt hat?«

Ich hielt die Luft an und merkte, wie mir die Röte am Hals hochkroch.

Marco Kühn reagierte nicht auf meine Verwirrung. Vielleicht war er auch einfach nur darin geschult, seine Gedanken zu verbergen. »Frau Krohn meinte, Sie hätten sich schon länger sehr geschickt zwischen sie und ihren Mann gedrängt.«

»Das ist doch Schwachsinn!«, platzte es aus mir heraus. Ich sprang auf, lief drei Schritte zum Fenster und schaute hinaus. Marco Kühn sagte hinter meinem Rücken: »Okay! Wenn Herr Krohn so etwas wie ein Vater für Sie war und Ihnen alles beigebracht hat, könnte man vermuten, er wollte Ihnen die Leitung des Verlags übergeben. Immerhin haben die Krohns keine Kinder, die einmal das Erbe antreten könnten.«

»Er hat meine Arbeit geschätzt.« Ich drehte mich wieder zu ihm um, blieb aber stehen und lehnte mich am Fensterbrett an.

»Und dann hat er Ihnen diesen Sebastian Voigt als Programmleiter vor die Nase gesetzt? Das muss Sie doch gekränkt haben?«

»Hat es nicht«, log ich und wäre am liebsten weggerannt. Das wäre aber gar nicht gegangen, weil Marco Kühn mir mit dem Stuhl, auf dem er saß, den Fluchtweg versperrte.

Er beugte sich nach vorn und sah mir direkt ins Gesicht. »Ihr Arbeitsverhältnis zu Herrn Voigt ist angespannt, wenn nicht gar zerrüttet. Sie zweifeln seine Entscheidungen an und haben vor einer Woche seine Kompetenzen vor dem Verleger infrage gestellt. Kann es sein, dass Sie ihm den Programmleiterposten neiden?«

»Nein! Dass ich ihn nicht mag, hat damit überhaupt nichts zu tun.«

»Womit dann?«

»Er, er ...«, stotterte ich herum und schloss schnell meinen Mund, bevor ich noch etwas Falsches sagte.

Marco Kühn holte zum Rundumschlag aus. »Herr Krohn hat sich letzte Woche auf die Seite Ihres Programmleiters gestellt. Ihnen hat er einen Rüffel vor der versammelten Handelsvertreterkonferenz erteilt, weil Sie in Ihrer Präsentation kompromittierende Bilder an die Wand geworfen hatten.«

»Meine Präsentation wurde sabotiert. Voigt wollte mich fertigmachen. Man müsste schon ziemlich durchgeknallt sein, um freiwillig Bilder aus dem Schmuddelheft auf der Handelsvertreterkonferenz zu präsentieren«, zischte ich wütend.

Der Kommissar führte seine Tasse betont langsam zum Mund und trank in Seelenruhe seinen Kaffee aus.

»Sie können sehr guten Kaffee kochen!«, sagte er und zeigte auf die leere Tasse, mit der er jetzt nicht wusste wohin. Ich nahm sie ihm ab.

»Danke!«, sagte er und ging direkt wieder auf Konfrontationskurs. »Also hatten Sie nun ein Verhältnis mit Hubertus Krohn?«

»Verdammt noch mal! Nein! Das sind nur blöde Gerüchte.«

Er atmete tief durch. »Setzen Sie sich!«, forderte er mich auf. Ich gehorchte.

Er sprach leiser weiter und guckte mir dabei tief in die Augen. »Am selben Abend besagter Handelsvertreterkonferenz treffe ich Sie zufällig auf der Damentoilette im Rizz und sehe im Suchverlauf Ihres Smartphones, dass Sie nach einem Profikiller gesucht haben.«

Er kratzte sich am Kinn, das heute nicht ganz so glatt rasiert aussah. »Und gestern stirbt Herr Krohn in der Tiefgarage. Sie eilen ihm hinterher. Warum? Ihr Fahrrad steht stets im Fahrradständer vor dem Gebäude.«

Ich war sprachlos, was er alles wusste.

»Ich werde Ihnen sagen, warum. Sie haben den Krankenwagen gehört und wollten sich überzeugen, ob Ihr Opfer im letzten Moment gerettet wird.«

Silvie und Özlem hatten natürlich gewartet. Zusammen verließen wir das Verlagsgebäude. Kaum dass wir auf der Straße standen, löcherten sie mich. »Und was hat der Kommissar dich gefragt?«

Immer noch sprachlos darüber, dass er mich verdächtigte, Hubertus Krohn umgebracht zu haben, starrte ich sie an. Beide schienen irritiert, zogen die Augenbrauen zusammen und fragten wie aus einem Mund: »Was ist denn mit dir? Du bist ja ganz blass.«

»Er denkt, ich hätte Hubertus gekillt. Wenn er Beweise hätte, wäre ich jetzt schon in Untersuchungshaft.« Ich schloss mein Fahrrad ab, hob es aus dem Ständer und blieb gedankenverloren mitten auf dem Gehweg stehen. Einige Passanten schimpften vor sich hin, weil sie einen Bogen um uns laufen mussten. Silvie motzte: »Ist ja gut, geht doch einfach weiter!«

Özlem legte ihre Hand auf meinen Arm. »Erzähl!«

Das Fahrrad schiebend, begleitete ich die beiden zur U-Bahn, obwohl ich in die andere Richtung musste. Erst jetzt erzählte ich ihnen von der Begegnung mit Marco Kühn auf der Damentoilette im Rizz.

»Oh, oh!«, entfuhr es Silvie. Sie hielt sich die Hand vor den Mund. Özlem sagte: »Wie heißen Spruch? Man immer treffen Person im Leben zweimal?« Wir nickten ihr zu und ich berichtete, dass Voigt im Verhör mit Marco Kühn jeden Verdacht geschickt auf mich gelenkt hatte.

»Ist der Kommissar blind? Du hast überhaupt kein Motiv.«
»Oh doch, Voigt hat ihm eingeredet, dass ich auf seinen Posten scharf sei. Angeblich wollte ich mich rächen, weil Hubertus sich auf Voigts Seite gestellt hat, nachdem er erkannte, wie unfähig ich bin.«
»Das ist ... wie man sagt? Er *mich* schlagen und schreien, dann er laufen, um zu beschweren sich!« Özlem schüttelte so empört den Kopf, dass ihr Kopftuch wippte.
Ich kaute auf meiner Unterlippe herum, nicht lasziv, sondern ratlos.
»Da ist unsere Aktion aber ganz schön nach hinten losgegangen«, stellte Silvie ernüchtert fest. Sie richtete die Handinnenflächen prüfend gen Himmel, weil es zu regnen begann. Rasch öffnete sie ihre Handtasche, holte einen Knirps heraus und spannte ihn über unseren Köpfen auf.
Ich setzte mir die Kapuze der Regenjacke auf. »Das kannst du laut sagen.« Mein Blick fiel auf die digitale Zeitanzeige im Schaufenster eines Elektroladens, an dem wir vorbeiliefen. »Ich muss los. Die Eltern von Toni sind aus dem Urlaub zurück und holen in vierzig Minuten Herrn Giovanni ab.«
Wir verabschiedeten uns und ich radelte im Feierabendverkehr und in strömendem Regen nach Hause. Der Wind blies mir die Tropfen ins Gesicht.
Wo hatte ich mich da nur hineinmanövriert? Ohne die Hand rauszuhalten, bog ich gedankenverloren in meine Straße ab. Hinter mir hupte ein LKW. Ich erschrak und sprang auf die Füße. Das war knapp! Breitbeinig stand ich auf der Fahrradspur mitten in einer Pfütze, hielt mich mit beiden Händen krampfhaft am Lenker fest und vergaß für einen Moment das Atmen. Links und rechts rauschte der Verkehr an mir vorbei.
Am Freitag beim Sturz ins Rattenloch beinahe einen Herzinfarkt erlitten, gestern fast vergiftet und heute um ein Haar unter die Räder eines LKW gekommen. Alles wegen Sebastian

Voigt! Langsam fragte ich mich, wer hier wem nach dem Leben trachtete.

Ich wartete eine Lücke ab und schob das Rad über die Straße auf den Fußweg. Ich war klatschnass. Dann stieg ich wieder auf den Sattel. Die Wut packte mich. Voller Kraft trat ich die letzten Meter in die Pedale, um mich abzureagieren. Kein Mord war auch keine Lösung für mein Problem!

Kapitel 15

++++ Mittwoch, 24. Mai 2017 ++++

Am nächsten Morgen lief ich wie Falschgeld herum. Ich hatte schlecht geschlafen, die halbe Nacht wach gelegen und mich von einer Seite auf die andere gewälzt. Nicht einmal die Mordfantasien halfen mir noch dabei, meinen Chef aus dem Kopf zu kriegen. Er tauchte immer wieder auf, bedrohlicher als je zuvor, und ich fühlte mich so machtlos wie das Kaninchen vor der Schlange. Ob das so etwas wie eine Vorahnung war?

Ich wusste bereits beim Aufstehen, dass es ein mieser Tag werden würde.

Doch schlimmer geht immer!

Gleich nach meiner Ankunft im Verlag zitierte Voigt mich ins Büro. Er trug wieder eine der Klamottenkombinationen, die ich aus der Werbung des Online-Händlers kannte. Sein Parfüm verströmte einen angenehm herben Duft. Trotzdem machte ihn das mir nicht sympathischer.

Ohne meinen Gruß zu erwidern, wies er mir mit einer Geste den Platz vor dem Schreibtisch zu. Er musterte mich feindselig. Dann lehnte er sich in Zeitlupe auf dem Chefsessel zurück und setzte ein falsches Lächeln auf. In einem zuckersüßen Ton sagte er: »Sie sehen aus, als hätten Sie schlecht geschlafen.« Sein Finger zielte direkt auf die Augenringe, die mir heute bis zum Bauchnabel hingen.

»Das war erst der Anfang, meine Liebe! Ich weiß genau, was Sie vorhaben.«

Ich fühlte mich ertappt und erstarrte zur Salzsäule. Voigt beugte sich weit nach vorn. »Nun sind Sie sprachlos«, freute er sich. »Wer auf die Jagd nach einem Tiger geht, muss auch damit rechnen, einen Tiger zu finden.« Wieder lehnte er sich zurück, als wolle er entspannen. Er genoss sichtlich, dass ihm seine Macht aus jeder Pore tropfte wie das Fett aus der knusprig gebratenen Weihnachtsgans.

Sein Gesicht versteinerte. Plötzlich schoss er mit dem Oberkörper nach vorn und zischte: »Sie waren der anonyme Anrufer. Sie wollen mir Krohns Tod in die Schuhe schieben, aber das war ein Eigentor.«

Ach, das meinte er. Ich atmete innerlich auf. Dass wir *ihn* umbringen wollten, hatte er also nicht mitbekommen.

»Dafür mache ich Sie fertig!«, drohte er.

Ich straffte meine Schultern und hob ergeben die Hände. »Okay, ich kündige. Ich bin raus. Dann müssen Sie sich keine Sorgen mehr machen«, bluffte ich und wartete gespannt, wie er reagieren würde.

Voigt kniff die Augen zu Schlitzen zusammen. Damit, dass ich aufgab, hatte er anscheinend nicht gerechnet. Er fuchtelte mit seinem Zeigefinger vor meiner Nase herum und sagte betont langsam: »Nein, so billig kommen Sie mir nicht davon. Sie gehören mir und werden ab jetzt das machen, was ich von Ihnen verlange, oder ich liefere Sie ans Messer, Sie kleine Klugscheißerin. Dann verrotten Sie im Knast und kriegen es mit den echten bösen Mädchen zu tun. Dagegen sind Dolores' Spielchen Kinderkram.«

Wie gelähmt starrte ich ihn durch meine Brillengläser an.

»Versuchen Sie es also gar nicht erst, mir Ihre Kündigung auf den Tisch zu legen. Glauben Sie mir, ich habe Beweise und es kostet mich nur einen Anruf bei Kommissar Kühn, dass Sie in Handschellen abgeführt werden.«

Was denn für Beweise? Bluffte er nun? Mein Instinkt sagte

mir, dass er das nicht tat. Er war zu gerissen. Mir fielen Filme und Bücher ein, in denen unschuldige Leute wegen Mordes verurteilt wurden, weil jemand der Polizei manipulierte Indizien zugespielt hatte. Und wenn ich mich an Marco Kühn wendete?

Der hatte dank Voigt ein völlig falsches Bild von mir. So ernst, wie unser letztes Gespräch geendet hatte, zweifelte ich daran, dass er mir glauben würde.

Oh, verdammt! Ich wollte mein altes Leben zurück. Das, bevor Voigt meinen Weg gekreuzt hatte.

Eines war klar, ich musste schnell handeln, sonst bekam Voigt die vollkommene Macht über mich und schaffte es noch, mich wirklich in den Wahnsinn zu treiben.

Bei allen Versuchen, ihn umzubringen, waren wir gescheitert. Sollten wir das Morden doch jemandem überlassen, der sich damit auskannte?

Von Ferne hörte ich Voigts Stimme. Er fragte: »Wie weit sind Sie mit Dolores' Erstling?«

»Kapitel zwei«, antwortete ich ergeben. »Es ist schwierig, die Handlung ist unlogisch, mit riesigen Plotlöchern, die man schon als Krater bezeichnen kann. Die Figuren sind sehr eindimensional, man findet keinen richtigen Zugang zu ihnen. Es ist überhaupt nicht mit ihrem Megabestseller vergleichbar.«

»Ja, dann machen Sie eben was draus«, unterbrach er mich genervt. »Sie können doch schreiben? Es wäre schließlich nicht der erste Roman, der hauptsächlich von der Lektorin geschrieben wird. Wir pushen den Titel mit einer Kampagne, Anzeigen in den gängigen Frauenmagazinen, dazu eine Skandalstory über die Autorin in der Bildzeitung. Die Platzierung auf den besten Tischen im Buchhandel ist bereits ausgehandelt. Es wird auch Buch des Monats in den Ketten. Vorableserunden sind vereinbart, sodass am Veröffentlichungstag mindestens hundert Rezensionen stehen.«

Ich hockte wie betäubt da. Er fragte: »Worauf warten Sie noch? Dass Sie Wurzeln schlagen? Ran an die Arbeit. In drei Tagen will ich Ergebnisse sehen und eine fertig lektorierte Leseprobe von dreißig Seiten auf dem Tisch haben. Stimmen Sie aber jede Änderung mit Dolores ab. Ich erwarte Ihr Feingefühl, denn ich habe keine Lust, dass sie sich nach dem Lesen der Fahne bei mir beschwert.«

»Aber ...«

»Was aber? Jetzt, wo Sie so einen guten Draht zu ihr haben, dass sie mir sogar Pralinen schickt, wüsste ich nicht, wo das Problem liegt. Fahren Sie zu ihr raus und reden Sie mit ihr.«

Ich wollte zum Protest ansetzen. Er unterbrach mich: »Das ist keine Bitte, das ist eine Anweisung! Denken Sie bei allem, was Sie tun, immer daran, dass sich das Telefon in greifbarer Nähe zu mir befindet und Kühns Nummer in meiner Kurzwahl gespeichert ist.«

Ich war bereits an der Tür, als er mich zurückrief: »Ach, da ist noch etwas.«

Ich zuckte unmerklich zusammen.

Der Drucker spuckte mehrere Papierblätter aus. Voigt stand auf, holte sie und breitete sie auf seinem Schreibtisch aus. Er hielt mir einen Stift hin. »Ihr Gehalt wird rückwirkend ab April um zwanzig Prozent gekürzt. Herr Krohn hatte ihre Position ungerechtfertigt viel zu hoch eingestuft. Überstunden werden übrigens für alle Mitarbeiter nicht mehr bezahlt. Sie sind angehalten, das Pensum in der Ihnen zur Verfügung stehenden Zeit zu schaffen. Auf dem entsprechenden Schriftstück fehlt nur noch Ihre Unterschrift.« Er lächelte gönnerhaft.

Fassungslos blickte ich auf den Betrag des neuen Bruttogehalts. Mir wurde flau im Magen. Wie sollte ich mit zwanzig Prozent weniger in der Tasche noch meine Schulden abbezahlen können?

Er hielt den Kopf schief und schaute mich fragend an, weil ich ihm den Kugelschreiber nicht abnahm. »Die Entscheidung liegt bei Ihnen.« Sein Blick wanderte zwischen Stift und Telefon hin und her. Ich ballte eine Faust. Mit der anderen Hand nahm ich den Kuli und unterschrieb.

»Kluges Mädchen«, sagte er zufrieden.

Kapitel 16

»Wir müssen uns treffen, achtzehn Uhr im Rizz. Es ist dringend«, sagte ich gleich zu Silvie und Özlem, nachdem ich aus Voigts Büro gekommen war. Ich hatte eine Entscheidung getroffen. Mit der Beantwortung ihrer Fragen, was denn los sei, vertröstete ich sie auf später.

Ich kam mit ein paar Minuten Verspätung in meiner Lieblingskneipe an. Özlem und Silvie saßen an gleicher Stelle, wo wir vor zwei Wochen zu dem Entschluss gekommen waren, dass wir uns nur von Sebastian Voigt würden befreien können, wenn er starb.

Ehrlicherweise musste ich zugeben, dass Özlem und Silvie zu dem Zeitpunkt mehr in der Klemme gesteckt hatten als ich.

Nun hatte ich ihr Niveau erreicht. Voigt hatte es in der Hand, mein Leben zu zerstören.

Mit dem Rucksack über der Schulter drängelte ich mich durch die Massen. Wie immer war es voll und laut. Der Deckenventilator rührte die stickige Luft.

Am Tisch begrüßte ich die Mädels mit einer Umarmung. Noch im Stehen verkündete ich: »Wir schaffen das nicht allein. Wir brauchen jemanden, der sich damit auskennt. Einen Profikiller!« Gespannt wartete ich ihre Reaktion ab und setzte mich.

Silvie und Özlem sahen mich besorgt an. Ich sprach weiter: »Wenn Ihr nicht mitmacht, verstehe ich das – nach allem, was schiefgegangen ist. Dann muss ich versuchen, alleine irgendwo Geld aufzutreiben.«

»Das klingt verdammt dringend«, meinte Silvie.

Özlem fragte: »Was heute passieren? Du laufen rum wie Zombie an ganze Tag.«

Ich schnappte mir eine Salzstange aus dem Becher vom Tisch und zerbröselte sie nervös, während ich davon berichtete, wie Voigt mir die Pistole auf die Brust gesetzt hatte.

»Willkommen im Club!«, sagte Silvie und hob den Arm, damit endlich ein Kellner unsere Bestellung aufnahm.

Özlem stemmte die Hände in die Hüften. »Dieses Schwein, miese!«

»So weit waren wir bereits vor zwei Wochen. Das Ziel ist geblieben. Alwine hat recht. Wenn wir ehrlich sind, haben wir es gründlich vermasselt, oder?« Ohne unsere Antwort abzuwarten, wandte Silvie das Gesicht zum Kellner, der jetzt neben mir stand, und bestellte drei Mexikaner. Anscheinend war sie der Meinung, dass wir etwas Härteres brauchten.

Sowie der Kellner weg war, pflichtete ich ihr bei: »Es ist doch schwieriger als gedacht, jemanden um die Ecke zu bringen, ohne Spuren zu hinterlassen.«

»Ich glaube auch, dass wir mit der eigenhändigen Ausübung eines perfekten Mordes ein wenig überfordert sind.«

»Ich dabei bin, aber haben nur zweitausend«, sagte Özlem.

Silvie zückte ihr Handy und öffnete eine App, mit der sie ihr Geld verwaltete. Sie schob die Unterlippe vor und rechnete. »Ich bin diesen Monat fast pleite. Erspartes besitze ich nicht. Aber ich kann meinen Vater anpumpen.«

»Du hast ihm vor zwei Wochen in aller Öffentlichkeit Rotwein ins Gesicht geschüttet«, gab ich zu bedenken.

Silvie hob die Hand in meine Richtung und tippte mit dem Zeigefinger der anderen auf ihr Smartphone. Sie hielt es sich ans Ohr. »Hallo Papa, ich wollte mich entschuldigen, es war nicht fair ...«, sagte sie kleinlaut, stand auf und ging vor die Tür, weil es hier drinnen einfach zu laut war.

Özlem und ich, wir guckten uns nur an. Jedes Wort wäre in dem Moment überflüssig gewesen.

Silvie kam zurück und steckte sich demonstrativ den Finger in den Hals, als könne sie kotzen. Sie setzte sich und sagte: »Ich habe das nur für uns getan, klar!«

»Und schenkt er dir was?«, fragte ich.

»Schenken? Mein Vater hat mir und meiner Mutter noch nie etwas geschenkt. In den Genuss kommen nur seine Gespielinnen. Er leiht mir maximal zweitausend.«

Özlem fragte: »Wenigstens zinslos?«

»Pfff! Das wäre ja wie ein Lottogewinn.«

»Ich kann 1500 Euro beisteuern«, sagte ich und verschwieg meinen Freundinnen, dass dieses Geld eigentlich für meine nächste Rate an die Bank gedacht war.

Da die Angelegenheit sehr dringlich war und keinen Aufschub duldete, machten wir uns noch am gleichen Abend auf den Weg nach Billstedt. Dort bewohnte Özlem in einem dieser heruntergekommenen Betonklötze ein Ein-Zimmer-Apartment.

Gleich um die Ecke von ihrem Wohnblock gab es ein Internetcafé. Von dessen Besitzer, Raschid, wusste sie, dass er nichts sah, nichts hörte und nicht redete. Das hatte sie von einem Landsmann gehört, der den langen und gefährlichen Weg der Flucht über das Mittelmeer und durch Europa bis nach Hamburg an ihrer Seite gewesen war. Sie hatten oft das letzte Wasser oder Brot miteinander geteilt und sich gegenseitig Mut gemacht, wenn sie vor Erschöpfung beinahe aufgegeben hätten. Doch nachdem er ihr noch die gefälschte Arbeitserlaubnis besorgt hatte, verlor sie ihn aus den Augen.

Wir trugen uns mit falschem Namen ein und bezahlten die Gebühr für zwei Stunden gegen Quittung. Die Extrazahlung drückten wir dem Inder mit dem blauen Turban gerollt in die Hand. Er ließ das Schmiergeld sofort in seiner Tasche verschwinden und beteuerte, dass er uns nie gesehen hätte.

Dann geleitete er uns an einen der freien Computerplätze und wollte wieder gehen. Silvie hielt ihn am Kaftan zurück und fragte leise: »Darknet?« Er machte große Augen, lächelte verschlossen und sagte: »Nix verstehn!«

Silvie nahm Hände und Füße zu Hilfe, zeigte erst auf Özlems schwarze Locken und dann auf das Nylonnetz an der Seite meines Rucksacks. »Schwarzes Netz«, sagte sie betont langsam und deutlich. Er schüttelte energisch den Kopf und wiederholte: »Nix verstehn!«

Bevor Silvie noch einen Handstand machte, unterbrach ich sie: »Lass gut sein! Er will nicht verstehen.«

Wir setzten uns links und rechts neben Özlem, die uns bereits eingeloggt hatte und bis zu Google vorgedrungen war. Da wir keine Idee hatten und auch niemanden fragen konnten, probierten wir es mit Stichworten wie *Waffen kaufen, Auftrag für Mord zu vergeben, Profikiller gesucht,* um der Suchmaschine den Weg ins Darknet zu entlocken. Eine Stunde später gaben wir genervt auf. Es war überdeutlich, dass wir keine Ahnung hatten, wie man in dieses sagenumwobene Darknet kam.

Jetzt hatten wir das Geld und wurden es nicht los, weil niemand den Job für uns erledigen wollte. Frustriert verließen wir den Laden. Der Frühlingswind wehte uns ins Gesicht. Ich schmeckte Staub und roch Fäulnis. Es war noch hell. Auf der Straße und den Plätzen zwischen den Häusern war ordentlich was los. Kinder kletterten auf rostigen Gerüsten oder spielten im Dreck. Jugendliche lungerten in Gruppen herum, rauchten, quatschten oder pöbelten Leute an. Zahnlose Männer mit grauen Gesichtern und Frauen mit bunten Leggins und fettigen Haaren hockten auf Plastikstühlen vorm Kiosk. Sie tranken Schnaps und Bier aus Flaschen und beschimpften einander.

Mit gemischten Gefühlen presste ich meinen Rucksack gegen den Bauch. Nicht dass ihn mir einer der zwielichtigen Gestalten klaute, die sich hier tummelten. Das fehlte uns in der

Auflistung der Katastrophen nämlich noch.

Vielleicht sollten wir einen Ratgeber darüber schreiben, wie man *keinen* Mord begeht. Ähnlich der »Anleitung zum Unglücklichsein« von Paul Watzlawick.

Sollte ich vielleicht doch Marco Kühn unauffällig dazu befragen? Mir würde schon eine Ausrede im Zusammenhang mit Dolores' Manuskript einfallen ...

Dolores' Manuskript! Ich musste nach Hause und eine Nachtschicht einlegen, sonst schaffte ich es nie bis zu Voigts Deadline. Ha, wie makaber!

Ich blieb ruckartig stehen. *Dolores!* Genau, das war es. Dolores war so verrückt, die wusste bestimmt, wie man einen Profikiller findet. Krampfhaft überlegte ich, in welchem ihrer Bücher ein Profikiller eine Rolle spielte. So wie sie für ihre Geschichten recherchierte, hatte sie garantiert versucht, sich mit einem in Verbindung zu setzen. Gleich morgen früh würde ich zu ihr rausfahren. Ich erzählte Silvie und Özlem von meiner Idee. Ihre Gesichter hellten sich auf und die herunterhängenden Mundwinkel zeigten wieder nach oben.

Da es Hoffnung für die Lösung unseres Problems gab, verspürte ich Hunger. Den ganzen Tag hatte ich vor Aufregung und Frust keinen Bissen heruntergekommen. Mir war schon richtig übel. »Wollen wir noch etwas essen? Ich bin am Verhungern«, sagte ich und blieb vor einer Dönerbude stehen.

Wir kehrten ein und bestellten uns jeder ein Lahmacun. »Setzt euch, ich bringe euch das Essen, wenn es fertig ist«, sagte der Mann hinter der Theke, der ein T-Shirt mit Aufdruck trug. Auf seiner Brust prangte der Spruch »Döner macht schöner«.

Also setzten wir uns an den einzigen freien Tisch und googelten so lange Dolores' Werke, bis der Dönerverkäufer uns das Essen brachte.

Neugierig lugte er über meine Schulter auf das Handydisplay. »Dolores Fritz kenn ich, das musst du lesen! Alle Bücher sind super!«, sagte er und hob strahlend den Daumen.

»Danke, ich bin auch ein großer Fan«, behauptete ich und hob ebenfalls den Daumen. »Wir rätseln aber gerade, in welchem Buch es um diesen Profikiller ging ... Weißt du das vielleicht noch?«

Seine Augen begannen zu leuchten.

Silvie und Özlem verstanden meine Taktik und grinsten. »Ja, wie hieß der doch gleich?«, fragte Silvie und rutschte aufgeregt auf ihrem Stuhl herum. Der Dönerverkäufer überlegte kurz. Ich sah in seinem Gesicht, wie die Datenbank hinter der Stirn ratterte.

»Ich weiß es: *Der Vollstrecker.* Hast du das gelesen? Das ist so krass blutig, wie er die Leute aufschlitzt, ey! Und trotzdem kommt er davon. Der perfekte Mord!«, rief er begeistert und freute sich, dass er unsere Quizfrage gelöst hatte.

Verstohlen klopfte ich ihm auf den Arm. »Danke, Kumpel, du hast uns echt weitergeholfen.«

»Bin ich froh. Ich hätte die ganze Nacht über den Namen und den Titel gegrübelt und nicht schlafen können!«, flötete Silvie und verneigte sich in seine Richtung.

»Kein Problem, Mädels, wenn ihr Mordfragen habt, kommt einfach zu Yasin.« Er zeigte auf sein Namensschildchen.

Özlem machte ein ernstes Gesicht. »Das aber nicht heißen, du echte Killer kennen?« Ihr Blick verriet mir, dass es einen Versuch wert war. Fragen kostete schließlich nichts.

Yasin antwortete ihr mit süffisantem Lächeln und einem Augenzwinkern. »Ich bin einer, meine Schöne!«

Özlem guckte skeptisch.

»Ein Ladykiller. Also wenn du einmal Bedarf hast ... «

»Dann frag Yasin!«, beendeten Silvie und ich den Satz im Chor. Wir lachten alle. Bloß gut, dass er nicht merkte, dass unser Lachen ziemlich künstlich klang.

Kapitel 17

++++ Donnerstag, 25. Mai 2017 ++++

Noch in der Nacht las ich Dolores' selbst publizierte Werke quer, um ihr die Fragen gezielter stellen zu können. Die Vorgänger zu ihrem Megabestseller waren auch schon blutrünstig, aber im Stil und Plot genauso hanebüchen wie ihr unveröffentlichter Erstling in diesem Genre. Deshalb hatte sie wahrscheinlich auch keinen Verlag dafür gefunden.

Ich hatte keine generellen Vorurteile gegenüber Selfpublishern, wie manche meiner Kollegen. Unter den Selfpublishern gab es beachtliche Werke und Autoren, vor denen ich den Hut zog. Es war viel schwieriger, ohne einen Verlag im Rücken Beachtung auf dem übersättigten Buchmarkt zu finden. Dolores' Werke gehörten für mich aber eher in die Kategorie Schrott.

Am nächsten Morgen entschuldigte ich mich im Büro, weil ich meiner »Lieblingsschriftstellerin« einen Besuch abstatten wollte und nicht abschätzen konnte, wie lange es dauern würde.

Voigt freute es sicherlich.

Um sie gnädig zu stimmen, kaufte ich ihr Vanilleliquid für ihre E-Zigarette und druckte die positiven Rezensionen zu ihrem letzten Buch aus. Gleich nach dem Frühstück machte ich mich auf den Weg.

Da sie weder per Telefon noch per Mail erreichbar war, hatte ich den Besuch dieses Mal nicht angekündigt.

Ich vertraute auf meinen Instinkt. Der sagte mir, dass sie vormittags zu Hause war, weil sie da schrieb. Außerdem konnte sie mir so keine Falle stellen wie beim letzten Mal.

Heute regnete es nicht. Bereits gegen acht Uhr schien die Sonne mit Vollkraft und der Himmel versprach einen wunderbaren Frühlingstag.

Ich tauschte die Brille gegen die Sonnenbrille und klemmte mich hinters Steuer meines altersschwachen Fiats. Sein Motor seufzte auf und sprang erst nach dreimaliger Aufforderung an. Leider besaß er keine Klimaanlage. Sobald ich die Stadt hinter mir gelassen hatte, öffnete ich die Seitenfenster eine Handbreit, um nicht vor Hitze zu zerfließen.

Bäume, Felder und Weiden, auf denen Schafe und Kühe grasten, rauschten an mir vorbei. Hin und wieder rumpelte ich über löchrige Straßen durch Dörfer, wo ich keine Menschenseele sah. Hier draußen auf dem platten Land tickten die Uhren sowieso anders als in der Großstadt.

Nach achtzig Minuten bog ich von der Landstraße in den Waldweg ab, der die einzige Zufahrt zu Dolores' abgelegenem Hof war.

Die Kronen des Mischwaldes bildeten ein Dach, das die Sonnenstrahlen nur vereinzelt eindringen ließ. Ich tauschte die Sonnenbrille wieder gegen die normale.

Nach einem Kilometer erschien das Haus mit dem Schilfdach auf dem Kopf und dem Blumengarten vor dem Bauch am Horizont. Mein Navi, das mit einem Gummipfropfen an der Frontscheibe klebte, sagte: »Sie haben Ihr Ziel erreicht.«

Ich parkte am Waldrand, schaltete den Motor ab und stieg aus. Dolores' Hunde bellten im Haus. Die frische Landluft, ein Gemisch aus Kiefern- und Rapsblütenduft, kroch mir in die Nase. Über mir flog eine Möwe kreischend vorbei. Es fühlte sich fast ein bisschen wie Urlaub an. Wenn Dolores nicht so beängstigend und exzentrisch wäre, könnte ich die Besuche bei ihr in dieser herrlichen Umgebung als kleine Auszeit von der Großstadthektik glatt genießen.

Ich atmete tief durch, marschierte die zehn Meter bis zur Gartenpforte und klingelte. In der zum Blumenkübel umfunktionierten Schubkarre leuchteten jetzt rote Geranien. Daneben standen die Holzpantinen der Bewohnerin auf dem Abtreter. Niemand öffnete. Also klinkte ich die Gartenpforte auf, die Hunde waren ja im Haus. Ich trat in den Vorgarten und klingelte an der Haustür. Kein Hundegebell. Das bedeutete, sie befahl Bruno und Klausi, still zu sein.

Oh Mann! Dolores öffnete nicht. Ich klopfte gegen die Fensterscheibe. »Dolores, mach auf, ich weiß, dass du da bist«, rief ich und lugte in das niedrige Wohnzimmer mit den überquellenden Bücherregalen, die ringsum an den Wänden bis unter die Zimmerdecke reichten. Ihre Hunde saßen wachsam mit gespitzten Ohren in ihren Körben. Plötzlich tauchte Dolores mit ihren Glubschaugen direkt vor mir hinter der Scheibe auf. Ich erschrak und wich zurück.

Sie kam an die Tür. »Alwine? Warum hast du denn deinen Besuch nicht angekündigt, du weißt doch, dass ich Überraschungen hasse. Jede Störung in meinem Tagesablauf ist tödlich.« Sie seufzte genervt. »Wie soll ich denn jemals wieder einen Bestseller schreiben, wenn du mir ständig auf die Pelle rückst?«, fragte sie barsch.

Ich wich einen Schritt zurück. »Entschuldige, dass ich dir die Gelegenheit vermasselt habe, mich zu erschrecken. Dafür habe ich dir Geschenke mitgebracht.«

Ich öffnete meine Tasche. Neugierig lugte Dolores hinein und sah den Papierstapel, den ich mit einem Gummiband zusammenhielt. Es handelte sich um die ersten fünf Kapitel ihres Erstlings, die ich bereits lektoriert hatte.

»Du hast gemordet und gestohlen.«

»Wie bitte?« Ich hatte keine Ahnung, was sie meinte.

»Alle Lektoren sind Figurenmörder und Wörterdiebe.«

Ihr Blick flackerte nervös. Sie schien tatsächlich Angst vor meiner Kritik zu haben.

Zur Aufmunterung überreichte ich ihr das Vanilleliquid für die E-Zigarette. Ein Bestechungsversuch, schließlich wollte ich sie versöhnlich stimmen.

Dolores nahm es, bedankte sich, sagte aber dann: »Eine Schachtel Marlboro wäre Lori lieber gewesen.« Sie redete gerne von sich selbst in der dritten Person und nannte sich dann *Lori*, was ich als ziemlich verstörend empfand. Vielleicht hatte sie sich beim Schreiben ihrer Bücher einmal zu oft in den Kopf eines Psychopathen versetzt ...

Nun ließ sie mich endlich herein. Bruno und Klausi rannten auf mich zu. Ich kraulte ihnen den Kopf.

»Es gibt einiges zu besprechen«, sagte ich und duckte mich instinktiv, um nicht mit dem Kopf am niedrigen Türrahmen anzustoßen, was bei meiner geringen Körpergröße in normalen Häusern unmöglich war.

Sie räumte einen Stapel der Zeitschrift *Mord und Totschlag* beiseite und bot mir einen Platz auf dem durchgesessenen Sofa an, das mitten in der dunklen Wohnstube stand. Sie fragte: »Kaffee oder Tee?«

»Tee«, antwortete ich, bevor sie in die Küche humpelte. Eins musste man ihr lassen, sie war ziemlich anspruchslos. Obwohl sie mit vier Millionen verkauften Exemplaren ihres Megabestsellers im letzten Jahr ein kleines Vermögen verdient hatte, lebte sie bescheiden.

Luxus interessierte sie nicht. Sie besaß zwar tausende Bücher und dieses Haus mit dem riesigen Grundstück in der herrlichen Lage mitten in der Natur, aber es war genauso alt und verschlissen wie die Möbel, ihr Auto und ihre Klamotten. Ich bezweifelte auch, dass sie sich regelmäßige Friseurbesuche gönnte, von Urlaub und Kultur ganz zu schweigen. Sie lebte allein für ihre

Hunde, das Federvieh, den Garten, ihre Bienen, schrieb und las wie eine Besessene. Meine Recherche hatte ergeben, dass sie nie verheiratet gewesen war. Von Kindern stand auch nichts in ihrer Biografie.

Ich vermutete, dass sie schon immer eine Außenseiterin gewesen war, die es vorzog, abgeschottet von anderen Menschen zu leben. Wahrscheinlich frei nach dem Motto Friedrichs des Großen: *Je mehr ich von den Menschen sehe, umso lieber habe ich meine Hunde.* Woran das wohl lag? Vielleicht wurde sie als Kind wegen ihrer körperlichen Behinderung oder der Glubschaugen gehänselt und hatte sich deshalb in ihre Fantasiewelt zurückgezogen. Später gab sie dann ihrem Schmerz in Form von grausamen Geschichten ein Ventil. Diese menschenverachtenden Täter töteten auf dem Papier stellvertretend all jene für sie, die ihr früher einmal Leid zugefügt hatten. Das konnte ich mir gut als Motivation dafür vorstellen, jedes noch so blutige Detail auszumalen. Ich nahm an, das verschaffte ihr die Genugtuung, weil sie ihre Peiniger im wahren Leben nicht bestrafen konnte. Das würde auch ihre Besessenheit erklären.

Vielleicht interpretierte ich da aber auch viel zu viel hinein und sie hatte einfach nur eine blühende Fantasie und einen gewaltigen Sprung in der Schüssel ...

Mein Tagebuch mit Mordfantasien kam mir in den Sinn. Im Grunde war ich, seitdem Voigt in mein Leben getreten war, genauso durchgeknallt wie Dolores. Weil dieser Mann Spaß daran hatte, Macht über mich zu haben, ermordete ich ihn jeden Abend auf dem Papier.

Nein, ich war anders! Ich wehrte mich gegen das Böse und ließ nicht zu, dass es mich zerstörte. So wie meine Mutter damals.

Mein Vater hatte sie jeden Tag gequält – bis zu dem Abend, an dem sie allen Mut aufgebracht hatte, sich und mich endgültig vor ihm zu beschützen. Sie hatte bis zu ihrem Tod nie darüber geredet, was passiert war, aber ich hatte es damals gespürt, dass er nicht freiwillig aus unserem Leben verschwunden war. Danach waren wir glücklich. Mama war so unbeschwert, als wäre ihr eine riesige Last von den Schultern genommen.

Den Eindruck, dass Dolores sich von ihrer Vergangenheit befreien konnte, hatte ich nicht. Sie war eine Gefangene in ihrem eigenen Netz, das sie über die Jahre um sich gespannt hatte.

Heute schien ihr jeder Schritt Schmerzen zu bereiten. Sie humpelte besonders stark und hatte Mühe, die zwei dampfenden Keramikbecher auf einer geschlossenen Keksdose zu balancieren. Sie stellte alles auf dem antiken Schachtisch vor dem Sofa ab. Ächzend setzte sie sich mir gegenüber in den Ledersessel, der mit einem Schaffell ausgekleidet war. »Der dusselige Wetterumschwung macht der alten Lori zu schaffen!«, sagte sie und musterte mich abschätzend aus ihren Glubschaugen. Ihre Wangen hingen schlaff nach unten. Sie öffnete die Keksdose und legte den Deckel beiseite. Mit einer Geste forderte sie mich auf, zuzugreifen. »Deine Lieblingskekse sind leider fast alle und nicht mehr frisch. Die habe ich das letzte Mal extra für dich gebacken, aber du bist ja einfach abgehauen.« Ihre Stimme klang vorwurfsvoll. Ich nahm mir einen und biss ab. Mit vollem Mund sagte ich: »Vergechzzen? Du hachzzt mich zu Tode erschreckt.«

Sie wich mir aus und schlug die Augen nieder. »Ja, ich weiß, böse, böse Lori! Aber ...«

Ich unterbrach sie: »Nichts aber!«, und kaute weiter. Die Kekse waren lecker und ich griff noch einmal zu, was Dolores zufrieden stimmte.

»Du kannst kaum erwarten, dass ich nach so einem Angriff gemütlich mit dir Tee trinke und Kekse esse. Das ist krank. Du solltest dich echt mal von einem Psychiater untersuchen lassen«, sagte ich und machte meiner Empörung Luft. »So kann man doch nicht mit Menschen umgehen. Ich verstehe, dass du das Verhalten der Opfer in deinen Büchern nachempfinden musst, um es authentisch in Worte fassen zu können. Aber reicht es nicht, wenn wir darüber reden? Ich bin deine Lektorin, nicht dein Versuchskaninchen.«

Dolores guckte mich schuldbewusst mit großen Augen an. Das hatte gesessen und ihr glatt die Sprache verschlagen. Mit Genugtuung dachte ich: Ja, ich musste mich wehren und Grenzen setzen, um selbstbestimmt durchs Leben zu gehen. Ab heute lasse ich mich nicht mehr zum Spielball ihrer Launen machen. Vielleicht reichte es ja, wenn ich Voigt genauso gegenübertrat und mich nicht von ihm einschüchtern ließ? Nein, das hatte ich bereits versucht. Ihn beeindruckte das wenig. Er war ein sadistisches Schwein, dem es Vergnügen bereitete, andere Menschen zu quälen. Ich dachte an Silvie und Özlem, die genauso litten wie ich. Nur wenn er starb, konnten wir uns aus seinen Klauen befreien.

Ich futterte einen weiteren Keks: »Die sind gut, sogar noch besser als die, die du mir das erste Mal, als ich bei dir war, angeboten hast. Du hast das Rezept verfeinert, oder?«, fragte ich in einem versöhnlichen Ton. Schließlich wollte ich mich nicht mit ihr streiten, sondern ihr entlocken, wie wir an einen Profikiller rankamen.

»Danke!«, sagte Dolores und fragte: »Schmeckst du die leichte Mandelnote heraus?«

Ich biss noch einmal ab. »Amaretto?«

»Arsen«, sagte sie lapidar. Mir blieb der Bissen im Halse stecken. Ich würgte ihn wieder hoch und spuckte ihn in die Hände. »Du bluffst doch?«

»Ich habe so eine vage Idee zu einem Giftmord und teste gerade aus, welches Gift am harmlosesten schmeckt, aber innerhalb weniger Minuten wirkt.

»Nikotin«, sagte ich und zeigte auf die E-Zigarette, die

neben ihrer Tasse auf dem Tisch lag. Dann rannte ich raus und schloss mich auf der Toilette ein, wo ich mir den Finger in den Hals steckte, bis mein gesamter Mageninhalt in der Porzellanschüssel landete.

Meine Augen tränten. Ich zitterte vor Anstrengung und spülte mir am Waschbecken den Mund mit kaltem Wasser aus, wusch mir das Gesicht und horchte in mich hinein, ob sich Anzeichen einer Vergiftung bemerkbar machten. Ich spürte nichts und sagte zu meinem Spiegelbild: »Diese Psychopathin macht mich fertig! Deshalb mache ich Voigt fertig, damit ich nie wieder hierherfahren muss!« Am liebsten hätte ich meine Tasche geschnappt und wäre abgehauen, aber ich hatte eine Mission. Also riss ich mich zusammen, trocknete mir Gesicht und Hände ab und ging zurück ins Wohnzimmer.

Dolores hockte zusammengekauert in ihrem Sessel und machte sich Notizen.

»Du bist heimtückisch. Das ist vorsätzliche Körperverletzung.«

»Böse, böse Lori!«, antwortete sie abwesend.

»Was machst du, wenn ich dich anzeige?«

»Wofür? Dass ich dir Mandelkekse serviert habe.« Sie zog an ihrer E-Zigarette und machte ein Gesicht, als ekelte sie sich. Mühsam hievte sie sich in den Stand, humpelte zu einer Kommode, zog die oberste Schublade auf, griff darunter und zauberte eine Zigarettenschachtel hervor. »Lori ist böse und schwach, oder?«, fragte sie mich.

Ich verkniff mir die Antwort.

»Scheiß drauf!« Sie steckte sich eine Zigarette an und nahm den ersten Zug genüsslich.

»Wirklich kein Arsen?«

»Ehrenwort.« Sie kreuzte die Finger, guckte wie ein Unschuldslamm, zog an ihrer Zigarette und blies den Rauch aus. »Ich wollte deine Reaktion sehen.«

»Oh Mann!« Ich schüttelte den Kopf, atmete tief durch und schluckte meine Wut herunter. »Wie sieht es denn mit deiner Schreibblockade aus? Unser Programmleiter wartet gespannt auf die neue Idee. Im nächsten Sommerprogramm bist du im April der Spitzentitel mit einem Thriller und dein Erstlingswerk hat den Platz im August bekommen. Voigt hat bereits alle heißgemacht. Wir müssen uns ranhalten, damit wir die Erwartungen erfüllen.«

Dolores rutschte unruhig hin und her. Sie fuhr sich mit den Fingern durchs Haar. »Ich kann nicht ... mir fehlt die Inspiration.«

Ich fragte: »Plot oder Figur?«

»Beides.«

»Wie wäre es damit: Eine Frau will ihren Chef töten, der sie quält, schafft es aber nicht allein. Deshalb engagiert sie einen Profikiller«, sagte ich so daher, als wäre es mir gerade eingefallen.

Dolores musterte mich nachdenklich. »Womit quält er die Frau denn?«

»Er hat Freude daran, ihr Leben zu zerstören. Vielleicht ist sie im Job besser als er. Das ärgert ihn, deshalb will er sie vernichten. Ein Narzisst«, schlug ich vor.

Dolores schob die Unterlippe vor. Begeisterung sah anders aus.

»Nicht so gut? Wahrscheinlich ist es schwierig zu schreiben.«

»Wie?«

»Wegen dem Profikiller. Also ich hätte keine Ahnung, wie eine unbescholtene Frau einen Profikiller beauftragt. Keine Ahnung, ob man dazu etwas im Internet findet. Aber dort recherchierst du ja sowieso nicht.« Ich machte eine rhetorische Pause und beobachtete ihre Reaktion. Sie rauchte gedanklich abwesend.

»In *Der Vollstrecker* hast du über einen Profikiller geschrieben. Hattest du dir da alles nur ausgedacht oder hast du dich von einem echten Profikiller beraten lassen?«

»Ich denke mir doch nicht einfach etwa aus!«, sagte Dolores entrüstet und erklärte: »Ein ehemaliger Schreibschüler aus Hamburg hat mich zu der Figur des Hans Maier inspiriert. Er kannte den Besitzer einer Spezialreinigungsfirma, die sich um besondere Aufträge kümmert.«

»Quatsch, das ist doch erfunden!«, sagte ich und winkte ab. Wie erwartet stand Dolores auf und kramte in einem der Berge an Recherchematerial herum, die sich neben ihrem Schreibtisch vor dem obligatorischen Feuerlöscher auftürmten. In jedem Raum des Reetdachhauses gab es einen, genau wie einen Rauchmelder. Sie war eine starke Raucherin und hatte Angst, dass durch eine glühende Zigarettenkippe ein Brand entfacht werden könnte.

Sie brauchte eine Weile, dann hielt sie mir zum Beweis ihrer Aussage eine handgeschriebene Telefonnummer hin. »Die Anzeige der Reinigungsfirma hab ich leider verlegt, aber das ist die Nummer, die er mir gegeben hat.«

»Und hast du den Killer gesprochen?«, fragte ich neugierig und prägte mir die Zahlen unauffällig ein.

»Ja, ja, er nennt sich ›die Krähe‹ und hat eine ziemlich heisere Stimme.«

Mein ungläubiger Gesichtsausdruck veranlasste sie zu dem Satz: »Zu dem Zeitpunkt besaß ich noch ein Telefon.«

»Aber getroffen hast du ihn nicht.«

Dolores druckste herum. »Nein«, sagte sie fast unhörbar. Ich spürte ihre Unsicherheit. »Er war zu keinem Gespräch von Angesicht zu Angesicht bereit. Das, was er mir am Telefon erzählte, müsse mir für meinen Krimi reichen, hatte er gesagt.«

»Verständlich, er wollte natürlich anonym bleiben.«

Dolores legte die Nummer zu ihrem Recherchematerial zurück. Ich nutzte den Moment, in dem sie mir den Rücken zukehrte, und notierte mir die Ziffern in meinem Handy. Dann tat ich so, als hätte ich eine wichtige Nachricht bekommen.

»Ach, Mist. Dolores, ich muss leider wieder zurück nach Hamburg.«

Dolores war enttäuscht. Ihre Mundwinkel rutschten herunter.

Ich übergab ihr noch die drei positiven Rezensionen: »Zur Aufmunterung, deine Leser warten auf Nachschub«, sagte ich, trank den Tee aus und stand auf. Sie legte die Zettel achtlos beiseite. In ihr arbeitete es. Ich spürte, dass sie nach einem Weg suchte, mich vom Aufbruch abzuhalten. »Es gibt da so eine Idee, die ich gern mit dir besprochen hätte.« Sie presste die Lippen zusammen und sah mich erwartungsvoll an.

»Okay«, sagte ich und setzte mich wieder hin.

»Was hältst du davon: Ein erfolgreicher Autor bringt eine Lektorin um, weil sie herausgefunden hat, dass sein Werk ein Plagiat ist.

»Hmm! Nicht schlecht«, log ich. Irgendwo hatte ich das schon einmal gelesen.

Dolores' Augen hellten sich wieder auf. Sie präsentierte mir eine recht wirre Geschichte: »Dahinter steckt eine Riesensauerei, das Komplott eines Verlags, der gute Manuskripte ablehnt und die Ideen dem Starautor des Hauses zuschiebt. Der schreibt sie mithilfe seines Lektors ein bisschen um. Damit landet der Autor Riesenerfolge. Als der Lektor allerdings mitten im Projekt Urlaub nimmt, betreut ihn eine andere Lektorin und deckt den Schwindel auf.« Ich konnte ihr kaum folgen, weil ich gedanklich schon zurück in Hamburg war.

Am besten rief ich Silvie und Özlem gleich an, wenn ich im Auto saß, dann konnten wir die Mittagspause sinnvoll nutzen.

Dolores tippte mich an. »Hast du überhaupt zugehört?«

»Klar, das ist gut. Das nehmen wir. Sebastian Voigt wird begeistert sein. Hast du ein Exposé geschrieben?«

»Ja, es ist aber noch nicht fertig ausformuliert.«

»Das macht nichts. Hauptsache, wir haben etwas für die Redaktionskonferenz, um einen Titel und die erste Ankündigung für den Handel besprechen zu können.«

»Wie du meinst«, sagte sie, wühlte auf ihrem Schreibtisch herum und übergab mir zögerlich vier abgegriffene Blätter, die sie mit ihrer alten Olympia beschrieben und mit tausend Randbemerkungen versehen hatte. Ich machte ihr Mut. »Genau dort machst du weiter. Du hast Täter, Opfer und Motiv. Ich finde die Idee mit dem Gift im Keks gar nicht so schlecht. Aber was hältst du von Nikotin als Tatwaffe?« Sie guckte mich mit zusammengekniffenen Augen an.

»Bereits 12 Milligramm sind tödlich«, sagte ich und warf einen Blick auf die Uhr.

Dolores nickte wissend. »Aber Tabak im Keks, das schmeckt man durch.« Während sie überlegte, drückte sie ihre Kippe auf dem Keksdosendeckel aus. Ich schielte zu der E-Zigarette auf dem Tisch und fragte scheinheilig: »Wie viel Nikotin enthält denn das Liquid in deiner E-Zigarette?«

Sie starrte mich an. »Stimmt, das wäre eine Lösung.«

Gegen Mittag raste ich zurück, als müsste ich das Rennen von Dakar gewinnen. Im Imbiss um die Ecke zum Verlag, wo niemand außer uns zu Mittag aß, traf ich mich mit Silvie und Özlem und zeigte ihnen voller Stolz meine Ausbeute, die Telefonnummer.

»Was du musstest dafür aushalten?«, fragte Özlem mitfühlend.

Ich rückte mir die Brille zurecht. »Ach, dieses Mal hat sie mich nur damit erschreckt, dass die Kekse, die ich gerade gegessen hatte, angeblich Arsen enthielten. War aber nur ein Bluff.« Ich winkte ab. »Dolores ist echt gaga. Keine Ahnung, was sie erlebt hat, das sie zu so einer Psychotante gemacht hat.«

Wir beschlossen, erst ein Wegwerfhandy zu kaufen, bevor wir die Nummer anriefen. Der Angerufene sollte auf keinen Fall zurückverfolgen können, wer wir waren. Man wusste ja nie. Da wir alle drei fast pleite waren, zweigten wir das Geld dafür von unserem Budget für den Auftragsmord ab. Irgendwie handelte es sich ja auch um Kosten, die damit zusammenhingen. Während sich Özlem und Silvie wieder an ihre Arbeitsplätze zurückbegaben, besorgte ich noch das Handy.

Erst dann ging ich an diesem Tag in den Verlag, wo ich aus Dolores' Entwurf ein brauchbares Exposé zusammenschrieb. Damit marschierte ich stolz erhobenen Hauptes in Voigts Büro und knallte es ihm auf den Schreibtisch. »Wie gesagt, sie ist wieder im Fluss. Zufrieden?«

Er lächelte gönnerhaft. »Na, da scheint unsere kleine Liebesromanlektorin ja ganze Arbeit geleistet zu haben. Ich sehe es mir mal an.«

Mit der Ausrede, dass ich mich hier wegen ständiger Anrufe schwer auf das Lektorat von Dolores' Erstling konzentrieren konnte, verabschiedete ich mich ins Homeoffice.

Zu Hause baute ich die SIM-Karte in das Handy ein, schrieb die Telefonnummer auf einen Zettel und legte beides nebeneinander auf den Koffertisch. Ungeduldig kreiste ich darum wie ein Löwe um seine Beute. Ich setzte mich aufs Sofa und kontrollierte, ob das Prepaid-Handy tatsächlich funktionierte. Mehrmals strich ich über den Zettel und verglich die Ziffern mit dem Eintrag in der Notiz-App meines Smartphones. Zuschlagen oder abwarten, bis Silvie und Özlem eintrafen?

Ich entschied mich für abwarten und zappte mich gedanklich abwesend durchs Nachmittagsprogramm im Fernsehen.

Wie sprach man einen Profikiller an? Wie formulierte ich den Auftrag? Nannte ich meinen Namen bereits am Telefon? Nannte ich ihn überhaupt oder gab ich mich als jemand anderes aus? Verwendete ich eine verschlüsselte Botschaft oder sagte ich ihm direkt, was ich von ihm erwartete? Fragen über Fragen, die mir weder Google noch Wikipedia beantworten konnten.

Meine Nervosität wuchs von Minute zu Minute. Um mich abzulenken, setzte ich mich tatsächlich an das Lektorat von Dolores' Werk. Dabei konnte ich mich aber nur schwer konzentrieren.

Nach drei Stunden Arbeit löschte ich alles, was ich an ihrem Text verändert hatte. Ständig wanderte mein Blick zur Uhr in der rechten unteren Ecke des Bildschirmes. Es war schon Viertel vor sechs. Wo blieben Silvie und Özlem nur?

Was, wenn die »Spezialreinigung« des Profikillers Aufträge nur zur üblichen Ladenöffnungszeit bis achtzehn oder neunzehn Uhr annahm? Dann verstriche ein weiterer Tag, an dem wir nichts erreicht hätten.

Es klingelte.

»Na endlich«, begrüßte ich Silvie und Özlem schon im Treppenhaus. Sie kamen abgehetzt hochgestiegen, streiften ihre Schuhe ab und schmissen ihre Taschen auf meine Flurkommode. »Er uns einfach nicht gehen lassen«, entschuldigte sich Özlem dafür, dass sie so spät kamen.

Silvie lachte auf. »Als hätte er geahnt, dass wir ein Komplott schmieden.«

»Nun seid ihr ja da. Wasser?«, fragte ich und holte bereits die Gläser aus dem Küchenschrank.

Nachdem sie ihren Durst gestillt hatten, schritten wir ohne große Umschweife zur Tat und versammelten uns um den Koffertisch. Ich war aufgeregt wie in der Schule, wenn mich die Lehrerin zur Tafel gerufen hatte und ich den deutschen Text darauf ins Englische übersetzen sollte.

Mit der Rückendeckung der beiden nahm ich das Handy. Es fühlte sich an, als würde ich glühende Kohlen anfassen. Als ich die Nummer wählte, schlug mir das Herz bis zum Hals. Ich rückte mir die Brille zurecht, die eigentlich richtig saß. Eine Geste, die mich seit Kindertagen beruhigte, wenn ich meine Nervosität unterdrücken wollte. Das Freizeichen ertönte.

Dann meldete sich eine Stimme, die überhaupt nicht heiser klang, wie Dolores sie beschrieben hatte. Wahrscheinlich hatte ich auch eine andere Assoziation, verband ich doch die heisere Männerstimme eines Profikillers mit der von Don Corleone aus dem »Paten«.

»Ja, bitte?«, fragte der Angerufene und klang dabei irgendwie genervt.

»Ich habe Ihre Nummer von einer gemeinsamen Freundin«, sagte ich und machte eine rhetorische Pause, um zu hören, wie er reagierte. Legte er gleich wieder auf, hatte Dolores mich verarscht. Fragte er nach, waren wir einen Schritt weiter.

Er fragte nach. Erfreut stellte ich das Telefon auf laut, damit Özlem und Silvie mithören konnten.

»Was hat Ihnen diese ›gemeinsame Freundin‹ denn erzählt?«

»Dass ... dass Sie mein Problem lösen können«, stotterte ich.

Er grunzte erschöpft. »In einer Stunde auf dem Hauptbahnhof, Gleis eins. Sie setzen sich auf die Bank hinter dem Snackautomaten. Ich erkenne Sie am Handy, das Sie nicht am Ohr haben, sondern vor Ihren Mund halten, und in das sie hineinsprechen, ohne dass Sie Kopfhörer im Ohr tragen.«

Mit dem Mittelfinger schob ich die Brille bis an die Nasenwurzel, atmete einmal tief durch und fragte: »Woran erkenne ich Sie?«

»Das ist nicht nötig. Es reicht, wenn ich Sie erkenne.«

Dann knackte es in der Leitung, weil er aufgelegt hatte.

Wir mussten uns beeilen.

Kapitel 18

Silvie bestand darauf, dass ich mich verkleidete. »Du musst deinen Typ verändern!«, sagte sie und warf einen Blick in meinen Kleiderschrank. Unter ihrer und Özlems Aufsicht schlüpfte ich in verschiedene Outfits, die mir die beiden zusammenstellten.

»Das Geld übergeben wir in bar. Sollte er fragen, nennst du einen falschen Namen. Wir müssen anonym bleiben. Falls etwas schiefgeht und er von der Polizei erwischt wird, darf keine Spur zu uns führen ...« Silvie redete ohne Punkt und Komma auf Özlem und mich ein. Natürlich hatte sie recht, aber es klang alles so selbstverständlich, als träfe sie sich jede Woche mit einem Profikiller und wüsste genau, wie man sich in so einer Situation verhielt.

»Dich viel älter machen Kostüm und Trenchcoat«, sagte Özlem zufrieden und half mir in das schwarze Kostüm, das ich mir vor vier Jahren für die Reise nach Sardinien zur Beerdigung meines besten Freundes gekauft hatte. In der Gouvernantentracht fühlte ich mich überhaupt nicht wohl. Einerseits erinnerte es mich an dieses schreckliche Ereignis und andererseits zwickten Rock und Blazer hinten sowie vorne und schnürten mir fast die Luft ab. »Ich will das nicht anziehen. Darin fühle ich mich verkleidet«, protestierte ich.

Silvie widersprach: »Das ist der Sinn der Sache.«

»Zu einem Vorstellungsgespräch soll man auch in Klamotten gehen, in denen man sich wohlfühlt. Das unterstützt das Selbstbewusstsein.«

Jetzt zerrte Silvie am Reißverschluss des Rocks. »Zieh den Bauch ein! Du verwechselst da was. Das ist kein Bewerbungsgespräch, aus dem du hinterher mit einem Job in der Tasche rausgehen willst. Du hast einen Job zu vergeben.«

Ich atmete aus. Der Reißverschluss platzte auseinander. »Kaputt!«, sagte ich und war froh, dass ich den Rock nicht mehr anziehen konnte. Silvie stöhnte. »Und nun?«

Ich zog den Blazer aus und stieg aus dem Rock. Özlem gab mir den olivgrünen Jumpsuit aus Seide mit den Hosenbeinen im Marlene-Stil, der seit zwei Jahren unbenutzt im Schrank hing. Ich hatte ihn mir in einem Anfall von »Jetzt muss ich mich für die harte Arbeit belohnen« gekauft, aber bisher nie getragen.

»Wow!«, sagte Silvie bewundernd »Das habe ich noch nie an dir gesehen.«

»Ich hatte ihn ja auch noch nie an.«

Özlem fragte: »Wieso?«

»Darin fühle ich mich fett und zu klein.«

»Quatsch. Hier, probier einmal die Schuhe dazu.« Silvie holte ihre High Heels aus dem Flur und gab sie mir. Zum Glück hatten wir die gleiche Schuhgröße. Ich schlüpfte hinein.

Özlem trat einen Schritt zurück und breitete die Arme aus. »Sehen total schick aus, wie reiche Frau in amerikanische Film mit Boot. Ihr kennen?«

Wir hoben die Schultern und machten ratlose Gesichter. »Film mit Musik von Liebe und Mann mit große Ohren.« Özlem stimmte eine Melodie mit lauter schiefen Tönen an, die kein Mensch erraten konnte. Wir lachten. Sie sagte: »Ich nicht kann singen.« Dann lachte sie mit, aber sie ließ nicht locker und holte ihr Handy heraus. Sie googelte arabische Stichwörter und zeigte uns ein YouTube-Video des Filmausschnittes aus *Die oberen Zehntausend*, wo Bing Crosby und Grace Kelly gemeinsam auf dem Segelboot *True Love* singen. Natürlich kannte ich den Film und das Lied. Es war so romantisch und trieb mir jedes Mal vor Rührung die Tränen in die Augen. Bei guten Liebesfilmen und Liebesromanen konnte ich Rotz und Wasser heulen. So stellte ich mir die echte Liebe vor. Hach!

Leider war die Realität oft nicht so romantisch. Die Kerle von heute zündeten doch Kerzen nur an, wenn der Strom ausfiel, oder? Vielleicht lag es daran, dass ich den Richtigen noch nicht gefunden hatte. Vielleicht erwartete ich aber auch zu viel oder war zu altmodisch. Der Mann meiner Träume musste mich finden und mindestens entführen, wenn er mich erobern wollte.

Ich wischte den Gedanken beiseite, denn jetzt ging es erst einmal darum, den Mann meiner Albträume loszuwerden. Und das stellte sich genauso schwierig dar.

Beide betrachteten mich wohlwollend. Doch dann zog Silvie eine Augenbraue hoch. »Problem sind die roten Haare. Eine Perücke wäre perfekt.«

»Das ist nicht dein Ernst, oder?«

»Wenn sich Carrie in *Homeland* mit Informanten trifft, setzt sie auch immer dunkelhaarige Perücken auf.«

Ich erinnerte mich dunkel daran.

»Das ist doch die einzige CIA-Agentenserie, die du guckst.«

Özlem reichte ihr ein orangefarbiges Kopftuch aus der Handtasche, dass Silvie mir probeweise um den Kopf schlang. »Jetzt noch den Trenchcoat und die Sonnenbrille mit den verspiegelten Gläsern, dann erkennt dich niemand.« Sie machte mir einen Dutt und Özlem verstaute ihn unter dem Tuch, befestigte es geschickt mit Klammern am Haaransatz, damit es nicht verrutschen konnte.

Ungeduldig ließ ich es geschehen und setzte mir dann die Kontaktlinsen ein, damit ich meine Brille zu Hause lassen konnte. Wenn die beiden sich so sicher waren, sollte ich mich auf sie verlassen und die Hilfe annehmen. Schließlich traf ich mich nicht jeden Tag mit einem Profikiller und gab einen Mord in Auftrag.

Özlem drückte meine Hand. »Keine Angst, wir dich begleiten und passen auf!«

Auf dem Hauptbahnhof war es voll, laut und roch unangenehm nach den verschiedenen Ausdünstungen der Imbissbuden und der schwitzenden Reisenden, die dicht gedrängt mit ihrem Gepäck Zugänge und Treppen bevölkerten. Ich reihte mich in den Menschenstrom und fuhr die Rolltreppe zum Gleis eins hinunter, von dem die S-Bahn-Linien S2, S1 und S11 Richtung Altona, Wedel und Blankenese im Minutentakt ankamen und abfuhren. Ich drehte mich kurz um. Silvie und Özlem folgten mir unauffällig.

Der schwüle Luftzug brachte auch keine Abkühlung. Mit dem Mantel überm Jumpsuit war ich für den warmen Frühlingsabend viel zu dick angezogen und hatte das Gefühl, dass mein Blut kochte. Die innere Hitze konnte natürlich an der Aufregung liegen. Nicht nur mein Nacken verkrampfte.

Unsicher sah ich mich um, stakste in den High Heels zu den Bänken, die Rücken an Rücken in der Mitte zwischen den Gleisen eins und zwei hinter dem Snackautomaten standen. Es gab keinen freien Platz. Der Zeiger der Bahnhofsuhr rückte an der sechs vorbei. Eine Minute nach halb sieben.

Ich stellte mich mit dem Gesicht zu Gleis eins gerichtet neben die Bank, zückte mein Smartphone, tippte wahllos darauf herum und tat so, als würde ich jemandem schreiben. Dabei scannte ich so unauffällig wie möglich die Umgebung suchend ab, ob sich mir ein Mann näherte.

Silvie zog sich eine Cola am Automaten. Özlem studierte den Fahrplan und schien ihn auswendig zu lernen. Eine schrille Stimme kündigte die verspätete Regionalbahn nach Lauenburg an und wurde von einem hereinkommenden IC übertönt. Vor meinen Augen fuhr die S3 nach Pinneberg auf Gleis eins ein. Die Reisenden nahmen ihr Gepäck auf und die Bank leerte sich.

Ich setzte mich auf den äußersten Platz, hielt mein Handy vor den Mund und tat so, als würde ich leise hineinsprechen. Gespannt wartete ich, was geschah.

Hinter mir fragte eine männliche Stimme, die ich von dem Telefonat wiedererkannte: »Sie sind allein?«

»Ja«, antwortete ich.

»Drehen Sie sich nicht um und tun Sie weiterhin so, als würden Sie telefonieren. Hier sind überall Überwachungskameras.«

Ich gehorchte.

»Ich stehe gleich auf und steige in die nächste Bahn. Sie nehmen sich die Zeitung, die ich liegen lasse. Bringen Sie morgen Abend fünf Minuten vor Ladenschluss einen roten Mantel in die Textilreinigung, deren Anzeige im Annoncenteil markiert ist. In die rechte Manteltasche stecken Sie ein Foto mit mehreren Personen und malen ein Herzchen um die Person, die rechts neben dem Opfer steht. Name und Adresse der Zielperson schreiben Sie mit Zitronensaft als Geheimtinte auf die Rückseite. In die linke Manteltasche legen Sie das Geld, zehn Riesen in einem Umschlag.«

»Ich habe nur fünftausendvierhundert.«

Er knurrte. »Schwierig, aber machbar.«

Ich atmete erleichtert auf.

»Bleiben Sie so lange sitzen und telefonieren Sie weiter, bis der Zug den Bahnhof verlassen hat. Dann steigen Sie in die darauffolgende S-Bahn.«

Er stand auf und schob mir die Zeitung zu. Ich steckte sie in meine Handtasche. Alles ging blitzschnell und unauffällig.

Die S2 nach Altona fuhr ein, leerte sich und saugte neue Menschenmassen auf. Die Zugtüren schlossen zischend und verschluckten die unscheinbare, schwarz gekleidete Gestalt mit dem Elbsegler, einer typisch norddeutschen Schirmmütze, auf dem Kopf. Ich sah ihn nur von hinten und würde ihn bei einer Gegenüberstellung wahrscheinlich nie wiedererkennen.

Das Geheimnis erfolgreicher Profikiller war eben, dass man es ihnen nicht ansah und zutraute, weil sie sich als ganz normale Bürger tarnten. Die »Krähe« hatte es geschafft, mich zu beeindrucken.

Die S2 fuhr los. Sobald ich die Rücklichter sah, stand ich langsam auf und stellte mich an das Gleis. Mit einem kurzen Blick zu Silvie und Özlem machte ich ihnen deutlich, dass sie mir folgen sollten.

Die S11 nach Blankenese fuhr ein und ich drängelte mich hinein. Silvie und Özlem gesellten sich zu mir und wir taten so, als würden wir uns nicht kennen. Am Dammtor, der nächsten Station, stiegen wir aus. Zielgerichtet verließ ich den Bahnhof, lief über den Theodor-Heuss-Platz zu einem Fußweg, der in einen kleinen Park führte und von Bäumen umgeben war. Dort wartete ich auf die beiden.

»Und?«, fragten sie und versicherten mir völlig verblüfft, dass sie überhaupt nicht bemerkt hatten, wie der Profikiller mit mir Kontakt aufgenommen hatte. Ich brachte sie auf den neuesten Stand.

»Wahnsinn! Der scheint sein Handwerk zu verstehen. An Überwachungskameras hätte ich gar nicht gedacht«, meinte Silvie ehrfürchtig.

»Ich denke, du guckst CIA-Agentenfilme?«, foppte ich sie, öffnete meinen Mantel, löste das Kopftuch und nahm die Sonnenbrille ab, die auf der Nase zwickte. Puh! War mir heiß. Dann zog ich die Zeitung aus der Handtasche und blätterte darin herum.

»Wir sollen morgen Abend einen roten Mantel in diese Reinigung bringen.« Ich zeigte mit dem Finger auf die Werbeanzeige einer Textilreinigung, die mit blauem Kuli umkreist war.

Silvie las die Adresse der Textilreinigung. »Am Georgsplatz, das ist ja um die Ecke vom Verlag.«

»Was er verlangen?«, fragte Özlem.

Ich antwortete: »Zehn Riesen.«

»Und?« Silvie knabberte an ihrer Unterlippe.

»Ich habe ihm gesagt, dass ich weniger habe. Das hat er akzeptiert.« Özlem runzelte die Stirn und fragte: »Wir haben Foto mit viele Menschen und Voigt?«

Silvie winkte ab. »Kein Problem, da nehmen wir das neue Pressefoto von seiner Verlagseinführung aus der *Buch Aktuell*. Das kann auch nicht auf uns zurückgeführt werden. Das mit der Geheimschrift kriegen wir ebenfalls hin.«

Ich lächelte. »Geheime Botschaften sind mein Spezialgebiet«, sagte ich und fühlte mich unserem Ziel ganz nah.

Wir gaben uns ein High Five. »Auf geht's, Mädels, den roten Mantel präparieren«, rief Silvie.

»Ich habe keinen roten Mantel«, stellte ich entsetzt fest. Silvie erstarrte. »Ich auch nicht, nur einen dunkelblauen.« Wir richteten unsere Augen auf Özlem. »La, no, nein!« Sie hob entschuldigend die Arme.

Silvie sagte: »Dann müssen wir eben einen kaufen.«

Diese Erkenntnis kam leider etwas spät. Alle Geschäfte schlossen in zehn Minuten.

Wir fuhren zu mir nach Hause. Unterwegs besorgten wir noch Gemüse, Knoblauch und Zitronen sowie eine Flasche Wein.

Wir mixten uns eine leckere Gazpacho und köpften die Flasche. Beim Essen durchforsteten wir die Onlineportale der Klamottenhändler. Rote Mäntel gab es in allen Varianten. Das einzige Problem war die Lieferzeit, denn es dauerte mindestens drei Tage.

»Die Krähe erwartet den Mantel aber morgen Abend«, gab ich zu bedenken, denn mein Gefühl sagte mir, dass es wichtig war, diese Verabredung einzuhalten. Außerdem wollte ich es endlich hinter mich bringen. Jeder Tag mit Voigt war ein verlorener Tag in meinem Leben.

Silvie schlug vor: »Dann gehen wir eben in der Mittagspause shoppen.«

Wir schnitten das Pressefoto aus der »Buch Aktuell« aus, deren Ausgaben gut sortiert im Stapel bei mir im Regal neben dem Schreibtisch lagen. Mit einem roten Edding malte ich ein Herz um den Kopf der Person, die rechts neben Voigt stand. *Hubertus.* Beim Gedanken an ihn musste ich seufzen.

»Du ihn mögen sehr«, stellte Özlem fest und sah mich aus ihren schwarzen Augen mitfühlend an.

»Er war immer wie ein Vater für mich. Jedenfalls stelle ich mir einen Vater so vor... wie Wind im Rücken, der dich vorantreibt.«

Özlem nickte verstehend. »Ich meinen Vater sehr lieben. Er getan alles für Familie. Er leider gestorben in Krieg bei Versuch retten Kind von Nachbarn aus eingestürzte Haus. Er immer zu mir genauso Respekt wie meine Bruder. Ihm wichtig waren Bildung, und dass ich kann versorgen auch ohne Mann.«

Ich nickte verstehend. »Das ist für Mädchen in eurer Kultur keine Selbstverständlichkeit.«

Silvie bemerkte: »Meiner war immer nur die Spucke in meinem Gesicht. Prost!« Sie kippte den Wein in ihrem Glas in einem Zug hinunter.

Ich erhob meins. »Auf die Väter, die ihre Töchter lieben und unterstützen.«

»Auf Hubertus Krohn, mögen er ruhen in Frieden«, sagte Özlem und stieß mit mir an.

Silvie füllte ihr Glas nach und sprach einen feierlichen Toast aus. »Auf die kommende Woche, auf unser neues Leben ohne Fremdbestimmung, Erpressung und Beleidigungen! Dann lassen wir uns weder von egozentrischen Vätern noch von sadistischen Chefs unterdrücken!«

Özlem und ich stimmten mit ein und riefen: »Auf unsere Freiheit!« Wir ließen die Gläser klirren.

Dann machten wir uns wieder an die Arbeit.

Kapitel 19

++++ Freitag, 26. Mai 2017 ++++

»Ich fasse es nicht, kein einziger roter Mantel.« Überall in den Alsterarkaden hingen nur diese abartigen Teile in Rosa. »Wer zieht denn so was an? Da sieht man ja aus wie Barbie«, sagte ich.

Özlem mahnte mit Blick auf die Uhr: »Wir müssen zurück. In sieben Minuten ist Ende von Pause. Kommt! Sonst er brummen euch wieder Überstunden auf. Und ich mussen noch Toilettenpapiere in Drogeriemarkt kaufen. Er sonst flippen aus, wenn haben keine Papiere zum Abwischen Popo in Haus.«

Im Sauseschritt marschierten wir zurück und achteten darauf, dass wir zeitversetzt die Etage des Verlags betraten.

Wenn Voigt uns ständig zusammen sah, würde er mit seinen feinen Antennen noch eine Verschwörung vermuten. Schließlich war er ein Kontrollfreak, der sich immer dann, wenn er misstrauisch wurde, etwas einfallen ließ, um seine Macht zu demonstrieren. Und um uns am Zusammensein zu hindern, würde er uns garantiert mit Aufgaben zuschütten. Das wollte ich heute keinesfalls riskieren.

Ich verzog mich schnell in mein Büro, verschanzte mich hinter dem Computer und arbeitete halbherzig am Lektorat von Dolores' Erstling.

Gedanklich ging ich immer wieder den Zeitplan für den Abend durch. Die Reinigung hatte bis achtzehn Uhr geöffnet. Regulärer Feierabend war um fünf. Bis zum Georgsplatz brauchten wir fünf Minuten zu Fuß über den Hauptbahnhof.

Dann mussten wir eben dort in den Boutiquen nach einem roten Mantel suchen.

Alsterarkaden, Europapassage und Gänsemarktpassage hatten wir schon in der Mittagspause erfolglos abgeklappert. Um noch in die Hamburger Meile zu fahren, war die Zeit viel zu knapp. Es blieben nur noch die Geschäfte in den Colonnaden, die waren aber eigentlich viel zu teuer.

Ich arbeitete weiter und zählte die Minuten bis zum Feierabend. Fünf Minuten davor fuhr ich den Computer herunter, schloss das Fenster und räumte meinen Schreibtisch auf. Dann schickte ich Silvie und Özlem eine WhatsApp-Nachricht und schlug als Treffpunkt den Bäcker um die Ecke vor. Sie bestätigten, dass die Luft rein war. Hoffentlich kam Voigt jetzt nicht in der letzten Sekunde an und wollte noch irgendetwas. Ich saß wie auf Kohlen. Punkt fünf sprintete ich los und schaffte es bis nach draußen, ohne von ihm erwischt zu werden.

Silvie und Özlem folgten mir beinahe auf dem Fuß. Wir trafen uns um die Ecke vor der Bäckerei, versicherten uns mit einem Rundumblick, dass niemand beobachtete, wie wir zusammen loszogen. Özlem machte Druck. »Reinigung schließen Tür in Minuten fünfunddreißig.«

»Das kann nicht sein.« Ich guckte auf ihre Uhr. »Dreiundfünfzig«, sagte ich etwas erleichtert und kam mir dabei vor wie eine Kandidatin bei *Shopping Queen*. »Tempo, Mädels!« Ich stürmte voran. Wir hatten keine Zeit zum Diskutieren.

In den Colonnaden eilten wir in die erstbeste Boutique.

Das Geschäft war leer. Die Verkäuferin beäugte uns reserviert und strahlte eine Aura aus, als gehörte ihr der Laden. Wahrscheinlich passten wir nicht in das Schema der Kunden, die hier sonst einkauften.

Sie stellte sich uns in den Weg, als müsste sie die Klamotten auf den Kleiderstangen vor unserem Zugriff beschützen. In überheblichem Ton fragte sie: »Die Damen wünschen?«

Silvie ließ sich davon nicht beeindrucken. Sie reckte ihr Näschen extra hoch, lächelte breit und antwortete: »Wir schauen uns nur um.« Sie machte einen Bogen um das menschliche Hindernis und stürzte sich auf die gefüllten Kleiderstangen, die links und rechts vor den verspiegelten Wänden hingen. Geübt schob sie Kleiderbügel hin und her und zog einen Mantel heraus, den sie uns zeigte.

»Der ist pink, nicht rot«, sagte ich.

Ungefragt mischte die Verkäuferin sich ein: »Ja, aber in Kombination mit Grau und Silberschmuck verleiht dieses besondere Einzelstück aus der diesjährigen Kollektion gerade blonden Frauen Frische. Natürlich harmoniert der Farbton auch mit Rot, das unterstreicht die Dramatik zum Beispiel in Kombination mit der entsprechenden Abendgarderobe. Möchten Sie probieren?«, fragte sie mit verkrampftem Gesicht.

»Danke!« Silvie schob die Hand der Verkäuferin zurück, die nach dem Kleiderbügel greifen wollte. Das Lächeln der Frau verriet, dass sie nichts anderes erwartet hatte. Doch Silvie behielt den Mantel in der Hand und suchte nach dem Preisschild. Sie zuckte kurz zusammen, als sie es fand. Zu uns sagte sie: »Siebenhundertneununddreißig.« Dann fragte sie die Verkäuferin: »Gibt's bei Ihnen Rabatt für Barzahlung?«

Die Verkäuferin schüttelte den Kopf. Sie bedachte uns mit einem mitleidigen Blick. Wahrscheinlich sollte ich mich wie ein Mensch zweiter Klasse fühlen, nur weil ich mir keine Designerklamotten leisten konnte.

Doch Silvie gab nicht auf. Sie guckte auf das Label im Kragen und googelte es. Nach einem kurzen Moment zeigte sie der Verkäuferin das Display. »Von wegen aktuelle Kollektion. Ihr Ladenhüter ist von 2015. Den bekomme ich im Internet für die Hälfte.« Silvie zog eine Schnute und gab der Verkäuferin einen Moment Zeit für ihr Entgegenkommen. Doch die schien nicht so schnell im Kopfrechnen zu sein. Also half Silvie ihr ein bisschen auf die Sprünge. »Ich nehme an, Ihr Gehalt ist geringer als meins und der Besitzer dieser Boutique beteiligt Sie mit einer Provision am Umsatz. Sie verkaufen uns den Mantel für vierhundert. Damit haben Sie immer noch ein gutes Geschäft gemacht. Ansonsten verlasse ich Ihren Laden sehr enttäuscht, weil Sie versucht haben, mich zu betrügen. Das würde ich dann natürlich überall im Internet kundtun. Das wollen wir doch alle vermeiden.« Die Verkäuferin schluckte, nahm den Mantel vom Bügel und stopfte ihn in eine schicke Papiertüte. Ich legte vierhundert Euro auf den Tisch und wir verließen den Laden. Wenn Silvie das immer so machte, wunderte es mich nicht mehr, wie sie sich trotz ihrer ständigen Geldnot die teuren Designerklamotten leisten konnte.

»Und wie verklickere ich unserem Profikiller, dass von den ausgemachten fünftausendvierhundert nur noch fünftausend übrig sind?«, fragte ich, nachdem ich kurz gerechnet hatte.

»Viertausendneunhundertneunzig!«, sagte Silvie und nahm einen Zehner aus dem Umschlag. »Du sagst ihm, es ist die Anzahlung, die letzten vierhundertzehn bekommt er erst, wenn der Auftrag ordnungsgemäß erledigt ist.«

Özlem kratzte sich unsicher am Kopf. »Das ich finden richtig, was Silvie sagen. Wenn er will haben Rest, mussen er erst erledigen Job.«

Silvie nickte entschlossen. Eigentlich hatte sie recht. Wir drückten gleich einem Unbekannten unsere gesamten Ersparnisse in die Hand. Wenn es nun ein Betrüger war, der mit unserem Geld verschwand? Ich öffnete meine Tasche und holte den Umschlag noch einmal hervor, zählte dreitausend Euro ab. »Er bekommt nur dreitausend als Vorkasse. Basta!« Beide guckten mich zufrieden an. Wir präparierten die Manteltaschen.

Dann marschierte Silvie mit dem Zehner in der Hand schräg über die Straße zur Würstchenbude, wo sie sich eine Rostbratwurst kaufte und reichlich Senf und Ketchup aus dem Eimer darüber verteilte. Sie kam zurück und biss hinein.

»Ich denke, du bist auf Diät?«, fragte ich und Özlem verzog angeekelt das Gesicht, weil das Fett nur so von Silvies Mundwinkeln tropfte. Silvie erstarrte und sagte mit vollem Mund: »Stimmt!« Plötzlich ließ sie das Brötchen mit der Wurst fallen. Özlem schrie auf, denn beides landete in der Einkaufstüte mit dem Mantel.

»Jetzt muss er in die Reinigung, oder?«, sagte Silvie mit breitem Grinsen, spuckte den Bissen in ihre Serviette und wischte sich Hände und Mund ab. Dann gab sie mir die restlichen acht Euro zurück.

Kapitel 20

In zehn Minuten schloss die Textilreinigung. Wir mussten uns beeilen, den Mantel loszuwerden.

Auf der Toilette eines Restaurants holte ich meinen Trenchcoat, Kopftuch und die verspiegelte Sonnenbrille aus dem Rucksack, verkleidete mich, tauschte Sneaker gegen High Heels und trug noch dunkelroten Lippenstift auf.

Silvie und Özlem umarmten mich. Silvie sagte: »Mach ihn fertig!«. Özlem gab mir ein »Viel Erfolg!« in Arabisch mit auf den Weg. Mein Gott, war ich nervös. Dabei galt es nur, einen Mantel in der Reinigung abzugeben.

Ich drückte den Mädels meinen Rucksack in die Hand, schnappte mir die Tüte und rückte mir die Brille zurecht. Im Stechschritt marschierte ich mit zusammengepressten Lippen zum Georgsplatz. Dabei hatte ich echt Mühe, in den Hochhackigen nicht umzuknicken.

Die Textilreinigung *Vitus Butenkötter* befand sich im Tiefparterre. Vorsichtig stieg ich die Treppe hinunter. Diese Absätze brachten mich noch um!

Beim Öffnen der Ladentür läutete es über mir. Der Geruch nach gestärkten Hemden und sauberer Wäsche wehte mir in die Nase.

Hinter dem Tresen aus dunklem Holz stand ein pickliges Mädchen mit Kopfhörern im Ohr, deren weiße Kabel am Hals in ihrem T-Shirt verschwanden. Kaugummi kauend zählte sie Zettel und spießte sie auf ein Brett, aus dem ein langer Nagel ragte. Ihr anklagender Blick streifte erst die Tüte in meiner Hand und wanderte dann in Zeitlupe zu meinem

Gesicht. Ich wusste, dass ich ihr den pünktlichen Feierabend versaute.

Vielleicht hat sie ein Date, dachte ich, weil ich Vorurteile hegte. Nur weil sie so antriebslos wirkte, musste sie nicht gleich Teil dieser Null-Bock-Generation sein, die nur konsumierte und immer den anderen die Schuld für ihren Frust gab, wenn sie im Leben nicht vorwärtskam. Deshalb grüßte ich sie besonders freundlich. Leider erwiderte sie weder mein »Guten Tag« noch mein Lächeln, sondern kaute stumm auf ihrem Kaugummi herum. Ihre Augen waren stumpf. Der Job ödete sie eindeutig an. Dafür konnte ich aber nichts. Wortlos holte ich den Mantel aus der Tüte und legte ihn auf den Tresen. Sie begutachtete den fettigen Senffleck und entfernte die Kopfhörer aus den Ohren.

Ich sagte: »Die Spezialreinigung, bitte.«

Sie seufzte, füllte einen Schein aus und tippte den stolzen Preis von 23 Euro in ihre Registrierkasse ein. Dann leierte sie in genervtem Ton herunter, dass bei der Spezialbehandlung die Metallknöpfe Schaden nehmen könnten. Sie hielt mir ihren Stift hin, damit ich bestätigte, dass ich die Information erhalten hatte. Ich unterschrieb mit falschem Namen. Danach riss sie das Blatt von ihrem Block, trennte einen Abschnitt ab, den sie mir übergab, und klemmte den anderen Teil an den Mantel. Dabei sagte sie: »Ich kann Ihnen aber nicht garantieren, dass das Problem vollständig beseitigt wird.« Ich hielt den Mantelsaum fest. »Das wurde mir aber versichert. Ich wollte doch die *Spezialreinigung*.«

Achselzuckend kontrollierte das Mädchen die rechte Manteltasche und fand das Foto. »Sie haben da was vergessen.«

Ich stutzte und nahm ihr das Foto aus der Hand. Hier stimmte was nicht!

Bevor die Picklige noch den Umschlag mit dem Geld in der anderen Tasche fand, riss ich schnell den Mantel an mich.

Irgendwie kam ich mir verarscht vor. Hatte sich der Typ auf dem Bahnhof einen Spaß mit mir erlaubt? Oder war ich gar Dolores auf den Leim gegangen? »Ich ... ich hab es mir anders überlegt«, stotterte ich.

Die Picklige prustete wie ein Flusspferd und regte sich künstlich auf. »Jetzt habe ich aber die Quittung ausgefüllt und den Preis in die Kasse eingegeben.« Wütend knallte sie den Stift auf den Tresen und schimpfte: »Sie haben ja keine Ahnung, wie kompliziert die Stornierung eines Auftrages ist. Eigentlich habe ich seit drei Minuten Feierabend.«

Enttäuscht zuckte ich mit den Schultern. Man sollte sich eben nie zu früh freuen. Das traf für sie genauso zu wie für mich.

Die ganze Aktion war eine Nullnummer. Wir hatten nichts erreicht und unser sauer verdientes Geld für einen hässlichen Designermantel ausgegeben, den wir mit dem dicken Fettfleck nicht einmal bei eBay verkaufen konnten. Ich kam mir so was von blöd vor! Wütend stopfte ich den Mantel in die Tüte und machte auf dem Absatz kehrt.

Die Picklige rief mich zurück. »Ich brauche den Zettel!«, verlangte sie.

Während ich das Stück Papier abfummelte, fluchte sie, weil sie den Preis in der Registrierkasse nicht gelöscht bekam. Ein älterer Mann steckte seinen Kopf durch die Hintertür. Er hatte eine Hakennase, ein spitzes Kinn, dunkle Knopfaugen und schwarzes, glänzendes Haar. Genervt fragte er: »Was gibt es denn jetzt schon wieder für ein Problem, Jenifer?«

Das war doch der Typ vom Bahnhof, oder? Ich hatte ihn ja nur von hinten gesehen, aber die Statur passte. Und die Stimme auch. Außerdem passte der Name »die Krähe« zu seinem Äußeren wie die Faust aufs Auge.

Jenifer stöhnte. »Eine Stornierung, ich kriege den Preis nicht raus.« Die Picklige gab den Kampf mit der Registrierkasse auf.

Ihr Chef löste das Problem mit einem Handgriff, musterte mich abschätzend und schickte Jenifer in den Feierabend. Zu mir sagte er entschuldigend: »Seinen Namen, seine Herkunft und seine Mitarbeiter kann man sich leider nicht immer aussuchen.«

Ich schob ihm die Quittung über den Tresen. Er ignorierte sie und sagte: »Der Mantel ist pink. Meine Mitarbeiterin hat die Anweisung, nur rote Mäntel ohne Taschenkontrolle an mich durchzureichen.«

»Ihre Mitarbeiterin meinte, Sie können nicht garantieren, dass das Problem vollständig beseitigt wird.«

»Sie hat keine Ahnung.«

Ich übergab ihm den Mantel und das Foto. Er sah es sich an und steckte es in die rechte Manteltasche zurück, entnahm der linken den Umschlag mit dem Geld und zählte es. Er runzelte die Stirn. »Für diese Summe erledigt Ihnen nicht einmal jemand Ihren Kanarienvogel. Ab zehn Riesen kommen wir ins Geschäft.«

»Aber wir hatten doch fünftausendvierhundert ausgemacht.«

»Ha! Vielleicht als Anzahlung.«

Ich schluckte und war für einen Moment sprachlos.

Er steckte das Geld wieder in den Umschlag »Das sind nur drei Mille.«

»Mehr konnten wir auf die Schnelle nicht auftreiben.«

Er horchte auf und fragte: »Wir?«

Scheiße! Jetzt hatte ich mich verplappert. Gedankenverloren nahm ich die Sonnenbrille ab.

Er schüttelte den Kopf und schob mir den Mantel zu. »Das erhöht natürlich das Risiko. Unter zwanzig ist da nix zu machen. Außerdem haben Sie mich gesehen.«

»Und Sie mich«, sagte ich, als ich die Sonnenbrille in meiner Hand bemerkte. Sie jetzt in dem dunklen Raum wieder aufzusetzen fand ich albern. Ich steckte sie in die Tasche. »Es gibt also keinen Grund für Sie, Angst zu haben, dass ich mich später rausreden kann, falls die Sache schiefgeht.«

Er grübelte.

»Hören Sie, wir sind drei wehrlose Frauen. Dieser Typ ist unser Chef. Er quält uns so sehr, dass wir keine andere Möglichkeit sehen, uns von ihm zu befreien. Wir halten es nicht mehr aus«, jammerte ich, um an sein Mitgefühl zu appellieren.

»Kündigen Sie doch.«

»Glauben Sie mir, das geht aus verschiedenen Gründen nicht.« Ich schlug die Augen nieder, guckte ihn wieder an und sagte: »Bitte nehmen Sie die dreitausend als Anzahlung. Wenn das Problem beseitigt ist, bekommen Sie noch einmal doppelt so viel.« Ich hatte zwar keine Ahnung, wie wir weitere sechstausend Euro auftreiben sollten, aber zur Not musste ich eben mein Auto verkaufen, Silvie noch mal ihren Vater anpumpen und Özlem ... Ach, uns würde schon etwas einfallen.

Seine Augen hellten sich für einen kurzen Moment auf. Er verzog keine Miene und kratzte sich am Kopf.

Enttäuscht warf ich den Umschlag mit dem Geld in die Tüte, stopfte den Mantel dazu und drehte mich um. »Warten Sie, ich hätte da vielleicht jemanden, den ich fragen könnte, aber versprechen kann ich Ihnen nichts«, sagte er, als ich schon nach der Türklinke gegriffen hatte.

Zögernd kehrte ich um. Mein ungläubiger Blick veranlasste ihn zu einem Kopfschütteln. »Dachten Sie etwa, ich erledige es selbst?«

»Setzen Sie sich!« Er zog sein Handy aus der Hosentasche und zeigte auf einen Stuhl neben dem Schaufenster, der ziemlich wacklig aussah. Dann verschwand er im Hinterzimmer. Ich hockte mich auf die Stuhlkante und stellte die Tüte mit Mantel und Geld zwischen meinen Füßen ab. Ich lauschte und hörte, wie er sich empörte: »Sechs? Drei! Dreieinhalb! Vier!«

Hinter mir klopfte es an die Scheibe. Silvie und Özlem. Mit wilden Gesten wollten sie wissen, was so lange dauerte und warum ich den Mantel immer noch nicht losgeworden war. Beschwichtigend erhob ich die Hände und gab ihnen zu verstehen, dass sie verschwinden sollten. Sie gehorchten.

Bloß gut, denn im nächsten Moment stand die Krähe, wie ich ihn insgeheim nannte, wieder im Laden. Er legte das Handy auf dem Tresen neben der Kasse ab. »Anscheinend haben Sie Glück.«

Ich gab ihm den Mantel und den Umschlag. Er nahm die Sachen entgegen und sagte: »Gehen Sie nach Hause. Ich melde mich, wenn Ihr Mantel fertig ist.« Dabei trug er ein zufriedenes Grinsen im Gesicht.

»Wie?«, fragte ich skeptisch.

»Was wie?«

»Wie wollen Sie sich bei mir melden, wenn Sie doch gar keine Kontaktdaten von mir haben?«

»Das ist nicht notwendig, ich werde Sie schon finden. Gehen Sie jetzt!« Er schob mich regelrecht aus dem Laden heraus und schloss hinter mir ab. Irgendwie traute ich ihm nicht über den Weg, aber die Erkenntnis kam eindeutig zu spät.

In Gedanken versunken lief ich vom Georgsplatz zur nächsten Straßenecke, wo Silvie und Özlem auf mich warteten. Sie platzten vor Neugierde. »Los, erzähl! Warum hat es denn so lange gedauert. Du warst ja fast dreißig Minuten in dem Laden.« Ich berichtete von dem Missverständnis und was dann geschehen war.

»Der Besitzer ist der Typ vom Bahnhof. Soweit ich es mitbekommen habe, vermittelt er nur die Aufträge. Er hat sich entrüstet, weil ich dachte, er erledigt es selbst.«

»Gab es Probleme wegen der Summe?«

Ich betrachtete meine Schuhspitzen, kratzte mich am Kopftuch und druckste herum. »Erst verlangte er zehntausend, dann zwanzig. Ich habe ihm versichert, dass die dreitausend nur die Anzahlung sind und wir ihm noch mal doppelt so viel geben, wenn der Auftrag erledigt ist.«

»Neuntausend. Puh!«

»Ich verkaufe mein Auto«, sagte ich.

Silvie verschränkte die Arme vor der Brust. »Dann frage ich noch mal meinen Vater.«

»Erst einmal er mussen erledigen Job«, sagte Özlem entschlossen und betrachtete ihren goldenen Ring, der nach einem Familienerbstück aussah.

Beide musterten mich. Özlem runzelte die Stirn. »Was ist?«

»Ich weiß nicht, ob es richtig war, diesem Kerl unser Geld zu geben. Irgendwie misstraue ich ihm.«

Kapitel 21

Wir liefen ein paar Schritte weiter bis zu einer Apotheke.

»Wenn du denken, er uns bescheißen, dann wir observieren ihn!«, schlug Özlem vor. »Du ihm gegeben analoges Foto. Du sagen, er machen nicht selbst, dann er geben Foto an Killer weiter. Geld er nicht auf Bank überweisen, sondern auch ihm geben in Hand. Wir ihn beobachten und dann wir wissen, wer Voigt sollen erledigen. Wenn Besitzer von Reinigung unternehmen nichts, dann wir uns holen Geld zurück.«

Özlem hatte gerade ihren letzten Satz beendet, da verließ die Krähe das Geschäft, verschloss die Tür sorgfältig und ließ ein Metallgitter herunter. Ich flüsterte: »Wir müssen vorsichtig sein. Er kennt mich.«

Die Krähe drehte sich um und stieg die Treppe zur Straße hoch.

»Rein mit dir!« Geistesgegenwärtig schob mich Özlem in die Apotheke. Beide drehten sich weg, als er an ihnen in Richtung Binnenalster vorbeilief. Ich studierte die Auslagen und fühlte mich genötigt, etwas zu kaufen, weil ich die einzige Kundin war und mich der blasse Apotheker, der ziemlich krank aussah, so erwartungsvoll anguckte. Ich legte Hustenbonbons auf den Verkaufstresen. Der Apotheker suchte nach dem Barcode auf der Verpackung.

Mann, wie lange brauchte der denn, um eine Tüte Rinola abzukassieren? Nervös hielt ich ihm das Kleingeld hin. Jetzt war auch noch die Papierrolle in der Kasse aufgebraucht. Ich fasste es nicht! »Moment!«, sagte er und setzte eine neue ein.

»Danke, ich brauche keinen Bon.« Ich legte ihm die Münzen

hin, steckte die Bonbons ein und eilte aus dem Geschäft. Von Weitem sah ich, wie Silvie und Özlem den Neuen Jungfernstieg überquerten und dem Reinigungsbesitzer folgten. Butenkötter wich auf dem Uferweg der Binnenalster Fahrradfahrern aus und ging geradeaus in Richtung Außenalster.

Auf der Binnenalster verabschiedete ein Ausflugsdampfer seine Gäste, die von Bord stiegen, mit einem Tutsignal. Das kleine Café am Ufer war gut gefüllt. Am Himmel kreischten zwei Möwen, die sich gegenseitig ihre Beute abjagten. Touristen nutzen das Licht der Abendsonne für Fotos und posierten dafür an der Uferpromenade. Schnell hatte ich in dem Gewimmel meine Freundinnen und die Krähe aus den Augen verloren.

Ich rannte, so schnell ich das auf den High Heels schaffte. Dann überquerte ich die Straße und folgte Silvie und Özlem in gebührendem Abstand. Beide waren ziemlich nah an der Krähe dran und spielten ihre Rollen authentisch: zwei Freundinnen, die sich auf einem Spaziergang angeregt unterhielten und den hutzligen Mann vor ihnen gar nicht beachteten.

Er trug einen Stoffbeutel in der Hand. Mit der Schiffermütze auf dem Kopf konnte man ihn für einen pensionierten Kapitän halten. Hin und wieder drehte er sich um, als wolle er sicherstellen, dass ihn niemand verfolgte. Ich war zu weit weg, als dass er mich bemerken konnte. Er marschierte direkt am Ufer der Binnenalster entlang und bog noch vor der Kreuzung Esplanade/Lombardsbrücke rechts in den kleinen Park ab, auf dessen abschüssiger Wiese unter den Bäumen Grüppchen von Jugendlichen im Gras lümmelten. Sie tranken Bier und ihrem Grölen nach zu urteilen wahrscheinlich auch härtere Sachen.

Ich blieb neben einem verschnörkelten Laternenmast aus Eisen stehen, an den ein Rennrad angeschlossen war. Daneben wuchs ein üppiger Busch. Ich tat so, als suchte ich nach etwas in meiner Handtasche. Dabei spähte ich vorsichtig nach unten über die Balustrade. Der Busch gab mir Sichtschutz.

Der Reinigungsbesitzer blieb vor einer der drei Bänke stehen, die in erster Reihe am Ufer standen. Misstrauisch beäugte er einen Obdachlosen, der mit angezogenen Beinen auf der Bank direkt neben dem Treppenaufgang schlief. Butenkötter lief zwei Bänke weiter. Wahrscheinlich wollte er mehr Abstand zwischen sich und den Gestrandeten bringen. Er setzte sich, legte den Beutel neben sich ab und versicherte sich nach hinten, dass der Obdachlose ihm nicht auf die Pelle rückte. Dann packte er ein Buch, ein Feierabendbier und eine Tüte vom Bäcker aus.

Silvie und Özlem schlenderten an ihm vorbei und blieben am Ufer stehen, um ihre Gesichter in die Abendsonne zu halten. Ihre Körpersprache verriet, dass sie sich etwas Spannendes erzählten. Ich hörte, wie sie kicherten. Sie deuteten auf die Ruderboote auf der Alster und winkten einem Stand-Up-Paddler zu. Dann sah es aus, als hätten sie sich entschlossen, den Rückweg anzutreten. Den älteren Herrn auf der Bank, der sich eine Brille aufsetzte und ihnen hinterherschaute, schienen sie überhaupt nicht wahrzunehmen. Sehr professionell.

Sie stiegen die Treppe zu mir hoch. Ich war so gut hinter dem Busch versteckt, dass sie mich gar nicht sahen. Hinter uns rauschte der Verkehr. Zwei aneinander vorbeifahrende Züge auf der Brücke neben uns machten einen höllischen Lärm, sodass sie erst auf mein drittes »Hey!« reagierten.

Nun versteckten wir uns zu dritt hinter dem Busch. Ich sagte: »Das sieht nach einem gewöhnlichen Feierabendpicknick aus, oder?«

Silvie nickte: »Ich könnte auch was zu essen vertragen.«

»Geduld!«, mahnte Özlem. »Achtet auf Buch!« Wir musterten sie mit fragenden Augen.

»*He is reading Shakespeare!*«, sagte sie auf Englisch, weil ihr vor Verwunderung anscheinend die deutschen Worte fehlten.

Das passte wirklich nicht zu dem Mann. Ich biss mir auf den

Daumennagel und überlegte. Musste ich das ungewöhnlich finden? Woher sollte ich wissen, was ein Vermittler von Profikillern las? Spontan hätte ich an Thriller gedacht, wenn ich einen Menschen wie ihn überhaupt mit Büchern in Verbindung brachte. Wir beobachteten die Krähe weiter. Butenkötter las, aß und trank in aller Ruhe und schrieb hin und wieder in ein Notizheft. Langsam schmerzten mir die Beine vom Stehen. Ich trampelte von einem Fuß auf den anderen. Silvie holte eine alte Banane aus der Handtasche, deren Schale bereits an einigen Stellen schwarz war. Sie schälte sie, biss ab und bot uns etwas davon an. »Nein, danke!«, lehnte ich ab. Özlem schien auch keinen Appetit auf das matschige Stück Obst zu haben.

Die Sonne klammerte sich wie ein Schiffbrüchiger an den Horizont. Doch ihre Kraft schwand. Sie rutschte in die Tiefe und es sah aus, als würde sie im Wasser ertrinken. Rechts unter uns leerte sich die Uferpromenade. Frauen schoben ihre Kinderwagen nach Hause. Größere Kinder hüpften um ihre Mütter herum. Die Abenddämmerung setzte ein.

Butenkötter trank das Bier aus und räumte sein Zeug zusammen. Sein angebissenes Sandwich warf er mitsamt der Tüte in den Papierkorb neben der Bank. »Was für eine Verschwendung!«, sagte Silvie empört. »Woanders sterben Menschen vor Hunger und er wirft Lebensmittel weg.«

»Vielleicht hat es ihm nicht geschmeckt«, mutmaßte ich.

Özlem blieb stumm. Sie schien voll auf irgendetwas konzentriert zu sein.

Das Buch lag noch auf der Bank. Die Krähe drehte sich Richtung Treppe um. Hoffentlich stieg er nicht hoch, dann waren wir gleich ziemlich aufgeschmissen. Ich guckte mich nach einer Fluchtmöglichkeit um.

Doch der Reinigungsbesitzer verharrte und warf einen Blick auf seine Armbanduhr. Erwartete er jemanden, der das Buch abholte?

Nein, er steckte es in den Beutel und lief den gleichen Weg zurück, den er gekommen war. Enttäuscht wollte ich aufgeben. »Das Buch hat doch keine Bedeutung«, sagte ich und winkte ab.

Özlem mahnte erneut zur Geduld und blieb regungslos stehen. Sie überlegte und zog dabei die Augenbrauen zusammen.

Ich drängelte: »Wenn du unbedingt willst, dass wir ihn weiterverfolgen, dann müssen wir los, sonst verlieren wir ihn am Neuen Jungfernstieg.«

Der Obdachlose erhob sich von seiner Bank.

»Wartet!«, sagte Özlem und guckte stur auf die Uferpromenade. Ich folgte ihrem Blick. Der Mann streckte die Glieder, stand langsam auf und lenkte seinen Schritt zu dem Papierkorb, in dem die Krähe ihren Abfall entsorgt hatte. Er wühlte darin herum, nahm die weggeworfene Bäckertüte, holte das angebissene Sandwich heraus und aß es weiter. Silvie und ich verzogen den Mund. War das eklig. Ich wendete mich ab und mahnte. »Kommt jetzt, sonst entwischt er uns.«

Özlem beobachtete den Obdachlosen weiter. »Wartet!«, rief sie erneut und sagte dann voller Überzeugung: »Das ist unser Mann!«

Wir liefen die drei Schritte zu ihr zurück und spähten auch wieder über die Mauer. Özlem sagte: »Turnschuhe von Mann neu. Das mir sofort aufgefallen.«

Der Mann mampfte.

Silvie meinte: »Die kann er irgendwo geklaut haben.«

»Oder sie sind aus einer Kleiderspende vom Roten Kreuz«, sagte ich und unterstrich meine Aussage mit einem Schulterzucken. Ich hielt neue Turnschuhe an den Füßen eines Obdachlosen nicht für ein Indiz, das ihn als Profikiller enttarnte. »Der Mann hat einfach nur Hunger.«

Özlem schüttelte den Kopf. Deshalb erklärte ich: »Wahrscheinlich hat er gesehen, wie die Krähe das halbe Sandwich in den Müll geworfen hat. Er hat nur darauf gewartet, dass der Alte aufsteht.«

»Seht ihr, er steckt die leere Bäckertüte ein.«

»Ja und?«

»Ihr mir vertrauen. Ich auf Flucht oft beobachtet Geldübergaben an Schlepper.«

Der Obdachlose lief los. In großen Schritten nahm er die Treppe und kam direkt auf uns zu. So schnell konnten wir nicht flüchten, geschweige denn uns verstecken, also blieben wir stehen und kicherten wie verliebte Teenagermädchen, die sich verabschieden wollten. Er musterte uns und bat uns mit einer Geste darum, zur Seite zu treten, damit er das Rennrad vom Laternenmast losschließen konnte. Mir fielen beinahe die Augen aus dem Kopf. Er bemerkte es und fragte: »Is' was?«

»Schickes Rad!«, sagte ich und reckte den Daumen in die Höhe, weil mir nichts Besseres einfiel. Okay, jetzt gab ich Özlem recht, ein Obdachloser mit einem teuren Rennrad war wirklich etwas ungewöhnlich, auch in Hamburg ...

Wir starrten ihn an. Er starrte kurz zurück, schwang sich dann auf den Sattel und radelte davon.

Das war er also, unser Killer.

Silvie fragte: »Was nun?«

»Er Geld bekommen, er übernehmen Auftrag. Wir nach Hause gehen«, antwortete Özlem zufrieden. Ich sagte: »Zumindest hat er breite Schultern und scheint einigermaßen sportlich zu sein. Ihm traue ich es eher zu, mit Voigt fertig zu werden, als diesem Hutzelmännchen aus der Reinigung.«

Silvie nickte. »Aber eins musst du dem Alten lassen, er hat die Geldübergabe wie ein echter Profi durchgezogen. Ich glaube nicht, dass er uns austricksen will.«

Kapitel 22

++++ Mittwoch, 31. Mai 2017 ++++

Eine halbe Woche später saß Voigt immer noch quicklebendig hinterm Schreibtisch und verbreitete mit seinem oberflächlichen Charme gute Laune bei den Jasagern im Verlag. Er fand sich und seine Witze großartig. Wer mitlachte, sich ihm unterordnete und bis ins Detail umsetzte, was er verlangte, hatte erst einmal nichts zu befürchten. Obwohl seine Laune schnell kippen konnte, denn er nahm jedes Wort, jeden Satz und jedes Komma unter die Lupe. Und wehe dem, der von Voigts Vorstellungen abwich. Dann wurde er laut und die Gesichter der Kollegen erstarrten. Köpfe senkten sich und Blicke fixierten die Schuhspitzen.

Seitdem Voigt im Sessel des Geschäftsführers thronte, führte er sich auf wie ein Diktator. Unsere Entscheidungs- und Handlungsfreiheit war praktisch gestrichen. Mitdenken und über Möglichkeiten diskutieren, die den Verlag voranbringen könnten, war unerwünscht. Wir waren die Erfüllungsgehilfen, die allein seine Ideen umsetzen sollten. Und das hieß gnadenlose Umstrukturierung des Programms, das nur noch aus Büchern bestand, die Schrecken verbreiteten. Ich mochte so etwas weder lektorieren noch lesen.

Jeder Morgen fühlte sich an, als würden wir mit Betreten des Büros an die Kette gelegt. Manchmal dachte ich, dass wir alle einem Psychopathen ins Netz gegangen waren. Irgendwie hatte er es sogar geschafft, Margarethe Krohn zu manipulieren. In den Konferenzen fuhr er der Verlegerin auf charmante Art über den Mund und riss alle Entscheidungsgewalt an sich. Setzte sie nur zum Widerspruch an, drohte er damit, den Verlag zu verlassen und Dolores mitzunehmen. In Zahlen verdeutlichte er, dass dies der Untergang von Phönix wäre. Also hielt die Krohn den Mund und fügte sich. Ich nahm an, dass er sie genau wie Silvie in eine emotionale Abhängigkeit gebracht hatte. Und wenn doch etwas dran war, dass er mit ihrer Hilfe Hubertus aus dem Weg geräumt hatte, oder umgedreht, sie ihren Mann?

Ich saß vorm Computerbildschirm und grübelte. Erpresste er Frau Krohn vielleicht genauso wie Silvie, Özlem und mich? Sollten wir uns mit ihr zusammentun?

Nein, sie mochte mich nicht und ich vertraute ihr nicht. Ein Anruf ging ein.

Voigt!

Ich erstarrte. Was wollte er denn von mir?

Ich nahm den Hörer ab. »In drei Minuten in meinem Büro«, sagte er knapp, ohne einen Grund zu nennen.

Meine Hände begannen unkontrolliert zu zittern. *Mist!* Ich hatte richtig Angst vor ihm.

Gefiel ihm meine Bearbeitung von Dolores' Erstling nicht, den ich in den letzten Tagen in mehreren Nachtschichten ergänzt und umgeschrieben hatte? Ich machte mich darauf gefasst, dass er mich gleich in der Luft zerreißen würde.

Um Zeit zu schinden, speicherte ich erst mal die Datei, an der ich gerade arbeitete. Ich wollte diesen psychischen Duck nicht mehr haben. Warum dauerte das nur so lange, dass der Auftragskiller zuschlug?

Ich atmete einmal tief durch und schlich wie ein geprügelter Hund in Voigts Büro.

»Aaaah, die Frau Werkmeister!« Er empfing mich überfreundlich und forderte mich auf, Platz zu nehmen.

Im nächsten Moment änderte sich sein Gesichtsausdruck und er wurde todernst. Als er die Augenbrauen zusammenzog, ging ich unwillkürlich in Deckung. Er räusperte sich, faltete die Hände wie zum Gebet und verhakte dann die Finger ineinander. Kurze Stille. Ich senkte den Kopf, schloss die Augen und hoffte, dass es bald vorbei war.

»Sehr gute Arbeit!«, lobte er mich plötzlich und zeigte auf die ausgedruckten Manuskriptseiten, die vor ihm auf dem Schreibtisch lagen. Irgendwie konnte ich mich nicht darüber freuen. Ein Lob aus seinem Mund?

Er musterte mich und lachte schallend darüber, dass er es geschafft hatte, mich derart zu verunsichern. »Nun freuen Sie sich schon«, befahl er, weil er bemerkte, dass mein Lächeln unecht war.

»Äh. Danke! War das alles, was Sie mir sagen wollten?«, fragte ich und stand auf, um der unangenehmen Situation so schnell wie möglich zu entkommen.

»Nein, es gibt da noch eine Kleinigkeit zu besprechen.« Seine zuckersüße Stimme machte mich misstrauisch. Er fragte: »Kaffee?«

Ich verneinte.

»Stimmt, Sie trinken ja nur Tee.« Er forderte Silvie über die Gegensprechanlage auf, mir einen Tee zu servieren.

»Dolores hat mir gestern in einem Brief von Ihrem letzten Besuch berichtet. Sie wollten wissen, wie man einen Profikiller engagiert?«

Ich erstarrte. Diese verdammte Petze! Dass ich spürte, wie mir die Röte am Hals hochstieg, machte es nicht einfacher. Warum tat sich in solchen Momenten nie der Boden unter einem auf, sodass man einfach verschwinden konnte? »Da muss Dolores etwas missverstanden haben. Es ging mir um die Glaubhaftigkeit in der Fiktion. Ich wollte bloß wissen, ob sie für ihren Roman *Der Vollstrecker* von 2013, in dem der Antagonist Hans Maier ein Profikiller ist, in einschlägigen Kreisen recherchiert und dafür Kontakt mit einem Auftragsmörder aufgenommen hat. Sie benutzt kein Internet und ich kann mich nicht erinnern, je ein Sachbuch bei ihr gesehen zu haben, wie Profikiller vorgehen. In ihrem Roman sind aber die Methoden detailliert beschrieben«, sagte ich und war überrascht, wie selbstbewusst mir diese Lüge über die Lippen kam.

In seinen Augen sah ich Bewunderung, aber auch, dass er mir misstraute. »Und ich dachte schon, ich muss aufpassen.«

»Wie meinen Sie das?« Ich stellte mich dumm und rückte meine Brille zurecht.

»Sie können mir nichts vormachen, weil Sie eine verdammt schlechte Schauspielerin sind.«

Es amüsierte ihn sichtlich, wie ich auf der Stuhlkante herumrutschte. Im nächsten Moment presste er kurz die Lippen zusammen und schüttelte den Kopf, bevor er sagte: »Nikotinvergiftung ...« Er machte eine rhetorische Pause.

Er ahnte etwas. Ich schwitzte.

»Gar keine schlechte Idee, die Sie Dolores da in den Kopf gepflanzt haben. Ich will, dass Sie heute noch zu ihr hinausfahren, um daran weiterzuarbeiten. Sie muss mit dem neuen Projekt langsam in die Pötte kommen. Sie sind ja jetzt ihre Muse ...« Er lächelte gönnerhaft.

Ich setzte zum Protest an. In diesem Moment betrat Silvie das Büro und servierte mir stumm meinen Tee. Voigt lachte herablassend und sagte: »Den können Sie gleich wieder mitnehmen. Frau Werkmeister ist der Appetit vergangen.« Silvie nahm die Tasse und vermied es, mich anzusehen.

»Ich habe die gesamte letzte Woche samt Wochenende durchgearbeitet und wollte heute einmal pünktlich Feierabend machen, weil ich einen privaten Termin habe«, protestierte ich.

Natürlich stimmte das nicht, aber ich hoffte, dass er einmal in seinem Leben nachsichtig mit mir war. In Wirklichkeit war ich einfach emotional zu instabil, um mich Dolores' Spielchen auszusetzen.

»Ihr Privatleben interessiert mich nicht. Noch einmal zum Mitschreiben: Dolores sorgt mit ihren Ideen dafür, dass wir alle unsere Miete bezahlen können. *Sie* sind ihre Lektorin und damit auch ihre Inspirationsquelle. Also tun Sie verdammt noch mal, was nötig ist, damit sie im Schreibfluss bleibt.«

»Das letzte Mal hat sie mir glaubhaft vermittelt, dass die Kekse, die ich gerade heruntergeschluckt hatte, mit Arsen vergiftet sind. Ich hatte Todesangst. Wissen Sie, wie sich das anfühlt?«

Sein Gesichtsausdruck sagte mir, dass es ihn null interessierte. Ich fühlte mich machtlos und gefangen. Es war nicht richtig, dass dieser Kerl über mein Leben bestimmte.

»Sie hat genau solchen Spaß daran, Menschen zu quälen wie Sie!«, platzte es aus mir heraus. »Ich muss mir weder von ihr noch von Ihnen alles gefallen lassen.«

Er griff zum Telefonhörer, tippte auf die Kurzwahl und sagte: »Silvie, verbinden Sie mich mit Herrn Kühn von der Hamburger Kriminalpolizei.«

Mist! Ich bedachte ihn mit einem wütenden Blick und schloss den Mund. Er legte den Hörer zurück auf die Gabel und fragte: »Und, hat Dolores Ihnen auch nur einen Kratzer zugefügt?«

»Nein, aber sie hat mich zu Tode erschreckt.«

»Sie muss die Angst in Ihren Augen sehen, um sich besser in die Opfer hineinversetzen zu können.«

»Dann kündige ich.«

»Das unterlassen Sie schön«, sagte er, zog seine Schreibtischschublade auf und wedelte mit einer Klarsichttüte vor meiner Nase herum, in der sich drei Pralinen befanden. »Der Kommissar ruft gleich zurück. Es liegt an Ihnen, was ich ihm erzähle. Wir wollen doch beide verhindern, dass Sie wegen Mordes im Gefängnis landen.«

Das Telefon klingelte. Voigt grinste hinterhältig und schwenkte dabei die Indizientüte. Mir wuchs ein Kloß im Hals zur Größe eines Tennisballs an. Mein Chef nahm den Hörer ab und begrüßte Kommissar Kühn freundlich mit einem flotten Spruch. Ich hielt die Luft an. Er musterte mich beim Reden. »Warum ich Sie unbedingt sprechen will, tja, es geht um eine Mitarbeiterin, Frau Werkmeister. Sie haben Sie bereits im Rahmen Ihrer Ermittlung zum Tod unseres Verlegers kennengelernt.« Er hustete, entschuldigte sich und bat um einen Moment Zeit, hielt den Hörer zu und fragte mit einem durchdringenden Blick, wie ich mich entschieden hätte.

Ich hob die Hände und fühlte mich grässlich dabei. Wie von ferne hörte ich, wie Voigt mit Kühn weitersprach: »Sie ist etwas schüchtern und hat mich vorgeschickt, weil sie sich nicht traut, Sie selber anzurufen. Frau Werkmeister ist die Lektorin von Dolores Fritz und unterstützt unsere Bestsellerautorin derzeit beim Entwurf ihres neuen Thrillers. Frau Fritz lebt zurückgezogen, ist, gelinde gesagt, etwas menschenscheu und steckt im Moment in einer Schreibkrise. Frau Werkmeister möchte ihr helfen und sucht nach Möglichkeiten für den perfekten Mord.« Seine Augen funkelten hinterhältig. Mir wurde ganz schwindelig.

»Natürlich will Frau Werkmeister das nur wissen, um unserer Autorin zu helfen.« Er lachte künstlich auf und redete weiter: »Unsere Alwine hat noch nicht allzu große Erfahrung mit dem Morden.«

Ich schluckte.

»Bleiben Sie dran! Sie sitzt vor mir. Dann können Sie direkt einen Termin mit ihr ausmachen.«

Er gab mir den Hörer in die Hand. Mit der anderen schob ich mir die Brille zurecht und stotterte: »Hallo, Herr Kühn. Vielen …, vielen Dank, dass Sie sich die Zeit nehmen würden.«

»Aber gerne, Frau Werkmeister. Ich finde das sehr interessant. Passt es Ihnen gleich heute?«

»Heute? Nein, heute geht es nicht. Morgen sieht es auch echt schlecht aus. Wie schade, aber ich habe gerade so viel zu tun.«

Aber Kühn gab nicht so leicht auf. »Dann hole ich Sie übermorgen von der Arbeit ab. Um siebzehn Uhr haben Sie Feierabend, oder?«

Woher wusste er das denn schon wieder? »Äh, ja, habe ich. Dann bis dahin. Auf Wiedersehen, äh, Wiederhören.«

In der Leitung knackte es. Ich gab Voigt den Hörer zurück. Er legte ihn auf die Gabel. »Na also, geht doch!«, sagte er und lächelte selbstgefällig.

Auf dem Weg zu meinem Büro gab ich Silvie und Özlem ein Zeichen, dass ich mich mit ihnen auf der Toilette treffen wollte. Mein Herz schlug bis zum Hals. Ich war kurz davor zu kollabieren.

Ich musste gleich noch meinen Kram zusammenpacken, denn ich würde heute nicht mehr zurückkommen. Die Hin- und Rückfahrt dauerte ja schon jeweils achtzig Minuten, wenn ich gut durchkam.

»Alles okay?«, fragte Silvie besorgt, nachdem sie die Toilettentür hinter uns geschlossen hatte. »Was hat Voigt denn von dem Polizisten gewollt?«

»Er wollte mich unter Druck setzen.«

»Man nicht fallen über seine Fehler. Man fallen über seine Feinde, die diese Fehler ausnutzen«, sinnierte Özlem.

»Er hat die Pralinen als Beweismittel aufbewahrt und mir damit gedroht, sie dem Kommissar zu übergeben. Es kommt mir so vor, als wüsste er Bescheid, was wir vorhaben. Das macht mir Angst.« Ich nahm Silvies Hand und sah ihr tief in die Augen. »Hast du dich verplappert?«

»Iiich? Na, hör mal!«

»Er ist tagsüber ziemlich nah an dir dran. Und du warst in ihn verknallt.«

Silvie verschränkte die Arme vor der Brust. Ich hatte sie beleidigt. »Na, herzlichen Dank! Özlem ist noch näher an ihm dran, wenn sie ihn zu Hause umsorgt. Aber sie verdächtigst du nicht?«

»Hört auf! Wir uns doch nicht gegenseitig beschuldigen werden. Wir immer zusammengehalten müssen. Ich denken, bluffen. Er seien schlauer Fuchs, er dich testen, Alwine. Er haben Spaß, wenn du zeigen Schwäche. Verstehen?«

Ich guckte wahrscheinlich ungläubig, denn Özlem erklärte weiter: »Du nicht wollen zu Dolores fahren, weil sie quälen dich. Deshalb er dich schicken hin, weil es ihn machen ... geil. Du verstehen? Würde es ausmachen dir nichts, ihm wäre egal. Arabische Sprichwort sagen, der Wolf sein Fell ändern kann, aber nicht seine Natur.«

Ich kniff die Augen zusammen. »Du meinst, ich kann ihm den Wind aus den Segeln nehmen, wenn ich keine Angst zeige?«

»Das ihm verderben Spaß. Und nach allem, was du erzählen, dieser Psychoautorin auch.«

Özlems Worte machten mir Mut. Ich reckte die Schultern.

»Danke!«, sagte ich und entschuldigte mich bei Silvie. Beide drückten meine Hände.

»Gemeinsam schaffen wir das!«, sagte Silvie.

Kapitel 23

Die Sonne blinzelte durch die Wolken, die der leichte Frühlingswind zum Tanz aufforderte. Über weite Strecken fuhr ich durch ein Meer von leuchtend gelben Rapsfeldern. Wenn ich nicht ausgerechnet auf dem Weg zu Dolores gewesen wäre, hätte ich den Ausblick wirklich genossen.

Als ich bei der Reetdachkate meiner Lieblingspsychopathin ankam, parkte ich wie immer am Waldrand. Schon beim Aussteigen hörte ich Bruno und Klausi im Haus bellen. Der Duft von frischem Grün zog mir in die Nase. Ich atmete ihn tief ein. Vogelmännchen balzten zwitschernd um die Aufmerksamkeit der Weibchen in den Wipfeln der Bäume über mir. Fast wie Urlaub, dachte ich abermals, während die Sonnenstrahlen meine Haut wärmten. Ich reckte ihnen für einen Moment das Gesicht entgegen.

»Du zeigst keine Angst, egal was passiert!« Während ich zur Gartenpforte lief, betete ich Özlems Rat wie ein Mantra vor mich hin. Nachdem ich an der Haustür geklingelt hatte, lauschte ich.

Das Hundegebell verstummte abrupt. Also war Dolores zu Hause und befahl den zwei Rottweilern, sich ruhig zu verhalten. Es dauerte einen Moment, bis sie die Haustür einen Spalt öffnete. Sie schob nur den Kopf hindurch. Ihr Haar wirkte zerzaust. Der Blick aus den Glubschaugen flackerte wirr. Es sah nicht so aus, als freute sie sich, mich zu sehen. Entweder hatte ich sie aus dem Mittagsschlaf geweckt, oder sie steckte in einer Depression.

Ich begrüßte sie freundlich. »Hallo Dolores, Sebastian Voigt meinte, du wolltest heute mit mir am Kapitelaufbau zu deinem neuen Werk arbeiten. Hier bin ich.«

»Gudi«, sagte sie, aber es kam ihr nur zögerlich über die Lippen. »Besser du fährst wieder, Lori geht es nicht besonders gut.«

Sollte ich die Gelegenheit nutzen und abhauen? Ich runzelte die Stirn. Voigt erwartete ein Ergebnis. Ich dachte kurz darüber nach, selbst eine ausführliche Kapitelübersicht zu verfassen und sie ihm am nächsten Tag unterzujubeln. Doch ich verwarf die Idee wieder, weil ich nicht wusste, wie lange der Profikiller noch brauchte. Kämen Voigt und Dolores dahinter, wäre der Zoff vorprogrammiert. Nein, ich musste etwas mit ihr zusammen aufs Papier bringen.

Ich lächelte sie aufmunternd an. »Dann kümmere ich mich ein bisschen um dich. Unser Geschäftsführer drängelt. Er verlangt neuen Stoff. Du kennst ihn länger als ich und weißt sicher, dass er da sehr fordernd ist. Zusammen kriegen wir das hin. Es muss ja noch nicht perfekt sein, aber dann habe ich morgen etwas zum Anbieten und du kannst dich ausruhen. *Gudi?*«

Sie wollte die Tür wieder schließen. Ich drückte dagegen. Jetzt war ich einmal hier und hatte die Angst überwunden. »Es dauert höchstens eine Stunde, dann bin ich wieder weg«, sagte ich entschlossen, trat in den Hausflur und schob sie regelrecht beiseite. Sie wirkte eingeschüchtert. Mein mutiges Auftreten schien also zu fruchten, stellte ich zufrieden fest.

Sie zog den Kopf ein, kniff die Augen zusammen und rief: »Pass auf!« Doch da spürte ich bereits den stinkenden Lappen auf Mund und Nase, roch Chloroform und taumelte in ein schwarzes Loch.

Ich wachte in einem dunklen Raum auf. Mir war kotzübel und in meinem Kopf hämmerte es von innen gegen die Schädeldecke.

Bumm! Bumm! Bumm!

Was für ein Schmerz.

Wo war meine Brille? Ich tastete die Umgebung ab. Nichts. *Scheiße!* Wo war ich?

Bumm! Bumm! Bumm!

Ich schloss die Augen und bemühte mein Gedächtnis. Was war passiert? Tausend Erinnerungsfetzen wirbelten durcheinander. Von ferne hörte ich Dolores' Stimme. Ich schoss mit dem Oberkörper hoch und öffnete die Augen krampfhaft.

»Ahhrr! Mein Kopf.«

Ich war bei Dolores. Sie hatte nicht gewollt, dass ich hereinkam. Doch ich hatte sie mutig überrumpelt, erinnerte ich mich vage.

»Man nicht fallen über seine Fehler. Man fallen über seine Feinde, die diese Fehler ausnutzen«, flüsterte ich vor mich hin. Wenn ich keine Angst zeigte, würde Dolores der Spaß am Foltern vergehen, genau wie Voigt, hatte Özlem gemeint.

War das hier eines von Dolores' Spielchen? Aber sie hatte doch vor mir gestanden und mich gewarnt.

Ich krabbelte auf allen vieren über den staubigen Betonboden. Es roch muffig wie in einem Keller.

Aha, ich war also in einem Keller. In ihrem Keller. Langsam gewöhnten sich meine Augen an die Dunkelheit. Die Umrisse der Gegenstände verschwammen ohne Brille. Vorsichtig tastete ich mich voran, suchte nach meiner Sehhilfe, einem Lichtschalter und der Tür. Holzkisten mit rauer Oberfläche standen um mich herum. Ich stieß gegen einen Eimer aus Metall. Er fiel scheppernd um. Mit ausgestreckten Armen arbeitete ich mich vorwärts. Meine Finger berührten die Wand. Davor verliefen dicke und dünne Rohre senkrecht. Ich richtete mich auf. In einer Metallhalterung hing eine nackte Glühbirne. Ich stieß mit dem Kopf dagegen. Als ich mich weiter vorantastete, fand ich eine Tür ohne Klinke. Sie ließ sich nicht öffnen. Das war ja klar.

Gut, dann musste ich eben warten, bis Dolores sich erbarmte, mich zu befreien. Wie hatte sie einmal gesagt: »In ausweglosen Situationen gibt es immer drei Möglichkeiten: Flüchten, ausharren oder kämpfen.« Heute entschied ich mich fürs Ausharren.

Mit den Fingern suchte ich die Wände ab und fand einen Lichtschalter. Doch so oft ich ihn auch drückte, es blieb dunkel. Was hatte ich auch erwartet?

Meine Kehle fühlte sich an wie ausgetrocknet. Ich ließ mich auf eine Kiste nieder. Unter mir knirschte es.

Verdammt, meine Brille! Hoffentlich war sie nicht kaputt.

Nein, alles heile. Ich setzte sie auf. Das brachte mir wenigstens etwas Orientierung. Nun konnte ich die Umrisse eines Kellerfensters ausmachen, dessen Scheiben mit einem dunklen Stoff abgehängt waren. Ich stand auf und schob den Lumpen beiseite.

»Ach du Scheiße!«, entfuhr es mir. Ich guckte in einen anderen Kellerraum. Er war schwach beleuchtet. Dort lag Dolores auf einem Metalltisch. Ihre Arme, Beine und der Hals waren mit Lederriemen festgeschnallt. Sie blutete aus vielen Schnittwunden. Ihr Kopf hing seitlich herunter. Sie hatte die Augen geschlossen.

Oh Gott! Was ging denn hier vor?

Ein breitschultriger Kerl schob sich mit dem Rücken zu mir ins Bild. Er trug schwere Stiefel und hatte eine Kapuze auf. In der Hand schwang er eine Peitsche, die scharf auf den Boden klatschte. Ich hielt die Luft an und lauschte. »Du Miststück, du hast mich ruiniert. Du hast mein Leben und alles was ich je geliebt habe zerstört, hast meine Seele in tausend Stücke gerissen …«, brüllte er verzweifelt.

Die Stimme klang so, als würde sie einem älteren Mann gehören. War das vielleicht ihr Ex?

Dolores flehte: »Es tut mir leid, ich mache es wieder gut, ich …«

»Da gibt es nichts wiedergutzumachen. Dafür ist es zu spät!«

War er die Leiche in ihrem Keller? Hatte sie ihn für ihren Erfolg geopfert und nun war er gekommen, um sich zu rächen und ihr Leben zu zerstören, weil er wahrscheinlich nichts mehr zu verlieren hatte?

Er schien sie jedenfalls überrascht zu haben. Deshalb wollte sie mich vorhin auch nicht hereinlassen. Deshalb der wirre Blick. Dolores hatte Angst gehabt, weil ihr Besuch sie bedroht hatte. Aber hätte sie dann nicht die Hunde auf ihn gehetzt? Vielleicht besaß er eine Waffe und hatte ihr gedroht, Bruno und Klausi eiskalt zu erschießen. Das hätte Dolores nie zugelassen. Sie liebte ihre Hunde über alles. Ich grübelte. Was sollte ich denn jetzt bloß tun?

Er schlug sie. Dolores wimmerte vor Schmerz. Dann machte er sich an dem Tisch zu schaffen. Ich sah nur seinen Rücken. Sie schrie auf: »Das kannst du nicht machen!«

»Doch, du wirst genauso in Stücke gerissen werden wie meine Seele.«

Er trat zur Seite und ich sah die Bombe, die er ihr an einem breiten Gürtel um den Bauch geschnallt hatte. Sie kicherte und es klang ziemlich verrückt. »Du bluffst doch nur.«

»Du hast mich benutzt und verarscht. Und du weißt, wozu ich fähig bin, wenn mich jemand hintergeht. Also mach dich bereit für deine letzte Reise.« Er legte einen Schalter um und ich hörte es ticken. Dolores schrie aus vollem Halse. Ich musste schlucken.

»Bitte nicht, Otto! Das ist Mord!«

Otto lachte auf. »Ja, genauso wie du es mir beigebracht hast.«

»Ich verstehe ja, dass du mich hasst, aber lass wenigstens das Mädchen gehen. Sie kann doch nichts dafür.«

»Denkst du wirklich, dass ich so dumm bin, Zeugen davonkommen zu lassen?«

»Dafür wirst du bis ans Ende deines Lebens im Gefängnis verrotten«, ächzte Dolores.

»Ha, ich würde mich niemals schnappen lassen! In zehn Minuten wird dieses Haus explodieren. Ehe Polizei und Feuerwehr hier draußen sind, vergehen mindestens weitere zwanzig Minuten. Bis dahin bin ich fast in Lübeck. Meine Fähre von Travemünde nach Schweden geht 18.03 Uhr. Alle werden denken, dass es sich um eine Gasexplosion handelt. Da hat sich die verrückte Schriftstellerin aus Versehen in die Luft gejagt, weil sie in ihrem Schreibwahn vergessen hat, den Gasherd abzudrehen. Du rauchst doch immer noch Kette, oder?« Er lachte schallend. »Oder werden sie denken, dass es Selbstmord war, weil du in einer Schreibkrise gesteckt hast und daran verzweifelt bist?«

Zwar fühlte ich mich wie in einem schlechten Film, doch leider befand ich mich in der Realität. Es wirkte zu echt, als dass es eins von Dolores' üblichen Spielchen sein konnte. Ich begann zu schwitzen. Würde ich gleich mitsamt meiner verrückten Autorin in die Luft fliegen?

Der Kerl gab Dolores einen Kuss auf die Stirn und machte sich vom Acker. Die Schriftstellerin schrie und zerrte an ihren Lederriemen, während die Bombe an ihrem Leib unaufhörlich tickte. Zehn Minuten hatte er gesagt, wahrscheinlich waren es jetzt nur noch neun oder acht. Dolores heulte hysterisch auf. Ihre Stimme überschlug sich. Ich rief ihren Namen und rüttelte an dem Fenster. Sie schniefte und atmete schneller. »Alwine? Alwine, wo bist du?«

»Hier im Keller nebenan. Er hat mich eingeschlossen«, rief ich.

»Versuch die Tür mit einem Brecheisen zu öffnen!«

Ich rannte und wühlte im Dunkeln in den Kisten herum. Wo sollte ich denn hier zwischen diesem ganzen Kram ein Brecheisen finden?

In einer Kiste oben im Regal lagen Werkzeuge: Hammer, Zange, Säge. Ich fand eine Feile aus Eisen. Doch die war zu dick und ließ sich nicht zwischen Rahmen und Tür schieben. Ich pfefferte sie beiseite und suchte weiter, bis ich einen Schraubenzieher in der Hand hielt. Mit all meiner Kraft schob ich ihn in der Höhe des Schlosses zwischen Rahmen und Tür und versuchte sie aufzustemmen. Der Schraubenzieher brach ab.

Fluchend wühlte ich nach einem passenden Gegenstand, um das Schloss zu knacken. In meiner Verzweiflung fiel mir ein blöder Knastwitz von Toni ein, der selbst in der hoffnungslosesten Situation mit dem Wissen, dass ihn der Krebs besiegen würde, nie seinen Humor verloren hatte.

Zwei Gefangene wollen ausbrechen. Sagt der eine: »Ich habe eine Taschenlampe. Du kannst an dem Strahl hochklettern.« Da antwortet der andere: »Ich bin doch nicht blöd, wenn du die Lampe ausmachst, fall ich runter.« Ich konnte nicht darüber lachen, denn mir fehlte das Gen für Galgenhumor.

»Alwine, wie weit bist du?«, rief Dolores panisch von nebenan und erinnerte mich daran, dass ich gerade selber in einer hoffnungslosen Situation steckte, wenn ich es nicht bald schaffte, die verdammte Tür aufzubrechen.

»Ich habe es gleich«, schrie ich

Die Bombe tickte gleichförmig vor sich hin. Der Schweiß lief mir mittlerweile in Bächen übers Gesicht und am Hals hinunter. T-Shirt und Hose klebten mir am Leib. Jetzt bloß die Nerven behalten! Verdammt, die Tür bekam ich nicht auf. Ich musste mich durch das Fenster zwängen, um so in den Kellerraum nebenan zu gelangen. Mit voller Wucht schwang ich den Hammer und schlug die Scheibe ein. Das Glas zersplitterte klirrend. Ich brach die restlichen Scherben aus dem Rahmen und holte mir Kisten, die ich zu einer Treppe aufstapelte. Rasch kletterte ich hinauf und schob mich vorwärts durch die Luke.

Auf der anderen Seite ging es anderthalb Meter nach unten.

Ich zog den Kopf wieder zurück, drehte mich um und kletterte rückwärts hindurch, damit ich mit den Füßen zuerst auf den Boden landete.

Dolores wimmerte. Sie sah schrecklich aus. Die Bombe tickte. Noch sechsunddreißig Sekunden.

»Nimm eine Zange! Du musst den Draht durchschneiden.«

Ich schnappte die kleinste der drei Zangen, die neben weiteren Folterinstrumenten auf dem Tisch lagen. Meine Hände zitterten. Dolores hustete und spuckte Blut.

Ich brüllte »Welchen? Rot, grün oder weiß?«

Noch einundzwanzig Sekunden. Dolores hyperventilierte.

»Weiß, nein rot!«, verbesserte sie sich, lachte bitter auf und sang mit verzweifelter Stimme: »Eins, zwei oder drei, drei Felder sind frei, du musst dich entscheiden...« Sie hatte definitiv einen seltsamen Humor.

Ich kniff die Augen zu Schlitzen zusammen, hielt die Luft an und entschied mich für Grün. Nichts passierte. Die Bombe tickte weiter. Noch zwölf Sekunden. Ich deutete auf den weißen Draht. Dolores schüttelte müde den Kopf. Meine Finger verkrampften und gehorchten mir nicht mehr. Tränen rollten über Dolores' Gesicht.

Mein Herzschlag setzte kurz aus. So oder so würde der Spuk im nächsten Moment vorbei sein. Ich nahm Dolores' Hand. Irgendwie wollte ich nicht alleine sterben. Mit der Zange durchtrennte ich den Draht. Eine Computerstimme erklang wie bei einem Navigationsgerät: »Sie haben Ihr Ziel verfehlt!« Ich spannte alle Muskeln an und vergaß das Atmen. Tränen stiegen mir in die Augen. Ich schloss sie und wartete auf den Knall, mit dem alles vorbei sein würde.

»*Game over!*«, sagte Dolores. »Zehn Minuten sind eindeutig zu unrealistisch.« Die Tür flog auf, das Licht ging an und Otto stapfte herein.

Sprachlos stand ich da und hörte wie durch einen Nebel, dass Dolores ihn anwies, sie loszuschnallen. »Beeil dich, ich muss Pipi und mache mir gleich in die Hose.«

Mir wurde schwarz vor Augen. Otto fing mich auf. »Alles in Ordnung?«

»Nichts ist in Ordnung!« Ich schubste ihn beiseite. »Sag mal, spinnst du jetzt total?«, brüllte ich Dolores an, die sich seelenruhig das Blut abwischte. »Ich hatte Todesangst. So kannst du nicht mit den Gefühlen eines Menschen spielen. Schluss jetzt! Heute bist du eindeutig zu weit gegangen. Das war das letzte Mal, dass ich dich besucht habe. Mach deinen Scheiß in Zukunft alleine!«

Dolores lachte gehässig. »Nun beruhige dich wieder. Es ist doch nichts passiert.«

Otto guckte deprimiert. »Habe ich Sie zu sehr erschreckt?«

»Zu sehr erschreckt? Sie haben mich mit Chloroform betäubt, in einen stinkenden Keller eingesperrt und mir weisgemacht, dass hier im nächsten Moment eine Bombe hochgeht. Das ist vorsätzliche Körperverletzung und Freiheitsberaubung. Dafür zeige ich Sie an.«

»Papperlapapp! Andre Gabalier ist Schauspieler, ich habe ihn engagiert. Er hat die Rolle des Otto nur gespielt. Außerdem war das doch deine Idee!«

»Was war meine Idee?«, fragte ich, immer noch fuchsteufelswild.

»Na, das Rachethema ... Ein Schriftsteller rächt sich an seiner Lektorin und vergiftet sie mit Nikotin in Pralinen.«

Irritiert schüttelte ich den Kopf, so hatte ich das bestimmt nicht gemeint. »Ja und? Von einer Bombe war da nicht die Rede.«

»Das und die Frage nach dem Profikiller haben mich zu der Figur des Otto inspiriert. Ein Schriftsteller, dessen Lebenswerk von einer Lektorin zerstört wurde, weil sie seine Meisterwerke als Plagiate entlarvt hat, begibt sich auf einen Rachefeldzug.«

Die Psychoschriftstellerin war vor Glück völlig aus dem Häuschen und fiel mir um den Hals. »Du hast meine Fantasie wieder in Gang gesetzt. Du bist meine Muse!«

»Du musst dich nicht bei mir einschleimen. Ich bin definitiv raus!«, sagte ich, machte auf dem Absatz kehrt und stieg die Kellertreppe hoch.

Dolores folgte mir bis zum unteren Absatz, hielt sich am Geländer fest und rief mir hinterher: »Sebastian versteht mich, weil mein Erfolg sein Erfolg ist. Er wird mir jeden Wunsch erfüllen, der meine Kreativität anregt.«

Ich blieb stehen.

Sie sagte: »Du kennst doch *Sie*, den Bestseller von meinem Freund Stephan Ring, den mit der verrückten Autorin? Ich könnte mir vorstellen, dass der liebe Sebastian eine Weile auf dich im Büro verzichten kann, wenn du mir helfen musst, meine Vision zu Papier zu bringen.«

Es fühlte sich an, als rammte sie mir ein Messer in den Rücken. Langsam drehte ich mich um. »Das ist nicht dein Ernst?«

»Doch. Ich will, dass du für eine Weile bei mir einziehst. Wir werden alle Situationen, die für den Plot meines neuen Romans relevant sind, gemeinsam durchleben und ich werde es dann aufschreiben. Natürlich werde ich die Rolle der Antagonistin haben und du darfst die Heldin sein.«

»Du bist doch vollkommen irre!« Ich schüttelte den Kopf und lief weiter. Unten rief Dolores: »Otto! Hol sie zurück!«

Nach meiner Tasche und den Autoschlüsseln musste ich nicht suchen. Sie lagen im Hausflur auf der zerschrammten Kommode, über der eine Machete hing. Sie stand gleich neben dem Eingang, wo ich auf die hinterhältigste Art und Weise überfallen worden war. Ich schnappte mir meine Habseligkeiten, ließ den Autoschlüssel in die Hosentasche gleiten und klinkte an der Tür. Sie war verschlossen. Zum Glück steckte der Schlüssel von innen. Doch noch bevor ich ihn im Schloss drehen konnte, hatte Otto mich schon eingeholt und hielt meinen Arm fest.

»Lassen Sie mich sofort los!«, fauchte ich ihn an.

Er griff fester zu. »Entschuldigung, aber Sie sollten sich das noch einmal überlegen. Dolores zahlt gut. Wissen Sie, wie viele arbeitslose Schauspieler da draußen rumlaufen?«

Ich versuchte seine Hand abzuschütteln. Er legte den anderen Arm um meinen Körper und nahm mich in eine Art Zangengriff. Er war zu stark. Ich konnte mich winden und drehen wie ich wollte und hatte trotzdem keine Chance. »Das ist Freiheitsberaubung! Dafür gehen Sie in den Knast!«, schrie ich und schlug mit der Handtasche nach ihm.

Dolores humpelte die Treppe hoch und baute sich vor mir auf. »Papperlapapp! Nun sei nicht so pupsig. Ein paar Wochen oder Monate wirst du es schon mit Lori aushalten. Freie Kost und Logis, dein Gehalt läuft weiter und du bekommst eine Bonuszahlung obendrauf.« Sie riss mir die Tasche aus der Hand.

Panisch rief ich: »Das hat ein Nachspiel. Dieses Mal kommst du nicht so einfach mit einer Entschuldigung davon. Ich zeige dich an. Dafür wirst du dich vor Gericht verantworten müssen.« Ich versuchte an die Machete über der Kommode ranzukommen. Doch es war vergeblich. Otto drehte mir den Arm um. »Autsch!« Ich trat nach ihm. Sein Griff wurde noch fester.

Unbeeindruckt von meinem Gezeter befahl Dolores ihrem Handlanger: »Ins Gästezimmer mit ihr.« Sie ging voraus und öffnete eine Tür. Der arbeitslose Schauspieler schob mich zurück in den Bauch des Hauses. Ich wehrte mich mit Händen und Füßen, schrie: »Lassen Sie los!«, und schlug auf ihn ein. Er ließ es über sich ergehen. Mit der Masse seines Körpers drängte er mich in den Raum. Das alte Krankenhausbett, das ich bepflanzt aus Dolores' Garten kannte, stand frisch lackiert und bezogen in der Mitte des Zimmers. Am Gitter des Kopfendes hing eine schwere Kette herunter. Daneben stand eine Bettpfanne.

Ich ahnte, was sie vorhatte.

Dolores lächelte mir ins Gesicht. Sie wählte ihre Worte mit Bedacht und ihr bedrohlicher Tonfall erinnerte mich an Voigt. »Erinnerst du dich an den Roman *Sie*, Alwine? Da bringt Anni ihren Lieblingsautor in ihre Gewalt und hackt ihm den Fuß ab, damit er nicht weglaufen kann. Sie gibt ihm Schmerzmittel und macht ihn von sich abhängig ...«

Mein Blick fiel auf das Beil, das neben dem Nachtschrank stand, auf dem Tablettenpackungen lagen. Eines musste man Dolores lassen, sie war eine Meisterin der Inszenierung. Und genauso eine Psychopathin wie Voigt, skrupellos und ohne jegliches Mitgefühl.

»Aber, Dolores, ich bitte dich! Wir sind hier doch nicht in einem Roman oder Film! Es kann dir doch nicht völlig egal sein, was ich empfinde«, flehte ich.

»Ich weiß, du hältst mich für verrückt. Böse, böse Lori! Aber hier geht es nicht um dich oder mich. Hier geht es allein darum, Situationen zu erschaffen, damit am Ende ein Roman herauskommt, der allen Erwartungen gerecht wird oder sie sogar übertrifft«, sagte sie lapidar. Dolores bückte sich und griff nach der Handschelle am unteren Ende der Kette, die am Kopf des Bettes befestigt war.

»Und weil du das allein mit Fantasie in deinem kranken Hirn nicht schaffst, missbrauchst du mich dafür?«

Sie schloss die Handschelle mit einem Schlüssel auf und klappte sie auseinander. »Wir müssen für unseren Job alle Opfer bringen. Eine Dolores Fritz lässt sich nicht von einer Schreibblockade ausbremsen!«

Otto schubste mich kraftvoll ins Bett und kniete sich auf

meine Brust, während er versuchte, meine Hände zu fassen zu kriegen. Ich zappelte und strampelte wie wild. »Und ich, Alwine Werkmeister, spiele da nicht mit. Ihr habt doch einen Sprung in der Schüssel!«, keuchte ich.

Dolores grapschte nun ebenfalls nach meinem Handgelenk. Ich trat mit dem Fuß nach ihr. Sie verlor das Gleichgewicht, taumelte drei Schritte rückwärts und krachte gegen die Wand.

Eines interessierte mich aber noch. »Weiß Voigt Bescheid, was hier vorgeht?«

»Er hat mich ja erst auf die Idee gebracht. So ein guter Junge...«, schwärmte Dolores benommen, während sie sich mühsam aufrappelte. Ich ergriff Otto bei den Oberarmen, krallte die Finger in seinen Kapuzenpullover und drehte mich mit einem Ruck zur Seite. Dabei riss ich ihn mit. Er verlor das Gleichgewicht und schlug wie ein nasser Sack zwischen Fenster und Bett auf dem Fußboden auf. Er stöhnte vor Schmerz. Mit einem Satz sprang ich auf, zückte den Autoschlüssel wie ein Messer aus der Hosentasche, bereit, ihn als Waffe zu benutzen. Dolores wich zurück. Ich schubste sie wieder gegen die Wand, rannte aus dem Zimmer und verriegelte die Tür mit dem Haken, der in Augenhöhe angebracht war.

Shit! Meine Tasche mit allen Papieren, Handy und Wohnungsschlüssel lag noch neben dem Bett. Egal. Für den Notfall schnappte ich mir die Machete von der Wand und marschierte zur Haustür hinaus, wobei ich mich kurz wie Rambo fühlte.

Draußen erschrak ich erst mal: Mein Auto war weg! Ich hetzte in den Hof und fand es in der Scheune, eingehüllt in eine Plane. Ich zog daran. Sie hing vorne an einem Seil fest. Mit der Machete schnitt ich das Tau durch und zog die Plane herunter. Das Rambomesser würde ich nun nicht mehr brauchen, ich warf es in hohem Bogen von mir und kletterte schnell in mein Auto. Doch als ich den Motor starten wollte, stotterte und röchelte mein treues Gefährt nur.

»Komm schon, altes Mädchen!«, rief ich und versuchte es immer wieder.

»Örrrrrrks«, brummelte mein Auto.

»Wenn die verrückte Dolores uns in die Hände kriegt, verarbeitet sie mich zu Hackfleisch und du landest garantiert auf dem Schrottplatz! Also gib alles!«, feuerte ich es an. »Jetzt!«

Das Getriebe schnaufte durch und meine Schrottkarre setzte sich endlich in Bewegung. Ich rangierte rückwärts und fuhr eine Milchkanne um, die als Blumenkübel diente.

Wäre Dolores nicht so bekloppt, hätte ich gerne einmal in ihrer Scheune gestöbert, weil sie wie ich eine Leidenschaft für das Upcycling hatte. Das war allerdings auch das Einzige, was uns verband. Anfangs hatte ich versucht, über unser gemeinsames Hobby eine Basis zu finden, um zu erreichen, dass sie mich als Gleichgesinnte sah und mich mit Respekt behandelte, anstatt mich rücksichtslos auszunutzen.

Langsam bezweifelte ich, ob sie überhaupt begriff, was sie mir mit ihren Spielchen antat. Ein Psychopath konnte sein Handeln zwar kognitiv einschätzen, aber empfand kein Mitgefühl. Es war ihr schlichtweg egal, wie es mir ging. Genauso wie es Voigt egal war.

Angeblich hatten fünfundzwanzig Prozent der Weltbevölkerung diesen Defekt, also jeder Vierte. Was hatte ich bloß für ein Pech, dass ausgerechnet zwei davon meinen Lebensweg gekreuzt hatten?

Ich wendete schwungvoll. Otto und Dolores hetzten um die Ecke. Sie mussten hinten aus dem Fenster geklettert sein.

Dolores wedelte mit meiner Handtasche. »Du hast etwas vergessen, aber die liebe Lori bringt es dir!«

Der Motor soff ab. Otto baute sich mit ausgestreckten Armen vor der Kühlerhaube meines Autos auf. Dolores trat hechelnd neben das Fenster an der Fahrerseite und hielt mir die Handtasche hin. Das war garantiert wieder einer ihrer Tricks, mit denen sie mich zu überrumpeln versuchte. Ich verriegelte die Autotür. Sie rief: »Das ist doch zwecklos. Sebastian schickt dich sowieso zu mir zurück.«

Nein, dass ich mich dem Wunsch dieser Irren füge, kann Voigt niemals von mir verlangen. Oder etwa doch?

Ich kurbelte die Scheibe herunter und riss ihr die Handtasche aus den Fingern. Mein Blick traf ihren. Gelassen zog sie die Augenbrauen hoch und guckte mich an wie ein Zahnarzt, der einer Patientin zu vermitteln versuchte, dass der Schmerz nur nachließ, wenn er den Übeltäter zog.

Verzweifelt drehte ich den Zündschlüssel herum, trat aufs Gas. »Tddt, tüdddt, tddtüt ...«, stotterte der Motor. Noch mal! »Tddt, tüdddt, tddtüt ...«

Der Auspuff qualmte. Es stank nach Benzin.

Jetzt kam er und ich trat energisch aufs Gas. Otto sprang zur Seite und ich fuhr mit quietschenden Reifen vom Hof. Im Rückspiegel sah ich, wie Dolores mir einen Handkuss hinterherschickte. Ich kam mir vor wie die Fliege im Netz der Spinne. Sie ließ mich ziehen, denn sie wusste genau, dass Voigt mich in der Hand hatte.

Kapitel 24

Mit überhöhter Geschwindigkeit fuhr ich zurück nach Hamburg, raste in eine Radarfalle und wurde geblitzt. Na toll! Zwanzig km/h zu viel, das gab mindestens einen Punkt in Flensburg und hundert Euro Geldstrafe.

Wutentbrannt stellte ich das Auto im Parkverbot direkt vor der Textilreinigung der Krähe ab. Auf die zehn Euro kam es nun auch nicht mehr an.

Bloß gut, dass ich meine Verkleidung, Trenchcoat und Kopftuch, noch griffbreit im Rucksack hinter dem Sitz liegen hatte. Ich zog den Mantel an, setzte mir das Kopftuch auf und verbarg meine roten Haare darunter. Die Sonnenbrille schenkte ich mir. Meine Augen hatte die Krähe schließlich schon gesehen.

Es war eine Minute nach achtzehn Uhr und der Laden hatte bereits geschlossen. Ich klopfte an die Scheibe. Die Picklige kam kaugummikauend, mit Kopfhörern in den Ohren und Rucksack auf dem Rücken, aus dem Hinterzimmer. Sie durchquerte das Geschäft und öffnete mir die Tür. »Wir haben geschlossen«, sagte sie, trat hinaus und steckte den Schlüssel von außen ins Schloss, um hinter sich abzusperren.

»Ich wollte zum Chef und meinen roten Mantel abholen.«

»Morgen ist wieder offen, ab neun.«

»So lange will ich aber nicht warten.« Ich schob sie beiseite und marschierte in das Geschäft. Sie protestierte: »Na, hören Sie mal!«

»Ist der Chef hinten?«, rief ich extralaut, damit er es auch hörte. Der Vorhang teilte sich und Butenkötter steckte seinen Krähenschädel hindurch.

»Was ist mit meinem roten Mantel?«, fragte ich und blieb stehen. Mit zerknirschtem Gesicht trat er auf mich zu. Seine Angestellte entschuldigte sich bei ihm. »Sie hat mich einfach überrumpelt.«

»Ist schon in Ordnung, Jenifer, mach Feierabend!«, sagte er. Das ließ sich die Picklige nicht zweimal sagen. Zwei Stufen auf einmal nehmend, tänzelte sie die Außentreppe hoch und verschwand. Plötzlich platzte sie vor Energie wie ein aufgeladenes Smartphone.

»Ich warte jetzt fast eine Woche. Wenn Sie es nicht binnen der nächsten zwölf Stunden hinkriegen, will ich mein Geld zurück!«, sagte ich mit Nachdruck und trat dicht an den Empfangstresen heran. Obwohl zwischen uns ein halber Meter Platz war, wich die Krähe zurück. Anscheinend schüchterten ihn wütende Frauen ein.

Er druckste herum. »Hören Sie, Schroth ist ein Künstler, er wartet auf den richtigen Moment ...«, versuchte er mich zu verströsten und biss sich auf die Zunge, weil er den Namen seines Subunternehmers unbedacht genannt hatte. Dies konnte nur bedeuten, dass ich ihn aus dem Konzept gebracht hatte.

Seine Reaktion verschaffte mir die nötige Selbstsicherheit. »Sprechen Sie mit ihm, jetzt!« Demonstrativ nahm ich den Hörer des Festnetztelefons ab, das neben der Registrierkasse stand. »Oder ich sage es ihm.«

Butenkötter druckste wieder. »Er geht nicht ans Telefon.«

»Billige Ausrede.« Ich knallte die Handtasche auf den Tresen, um meiner Aussage Nachdruck zu verleihen. »Die Adresse!«, forderte ich.

Er wand sich wie ein Wurm. »Hören Sie ...«

Ich musterte ihn aus zusammengekniffenen Augen. Der verarschte mich doch. »Entweder kriege ich sofort mein Geld zurück oder Sie geben mir die Adresse ...«

Er presste die Lippen zusammen und zog den Kopf ein. In mir kochte es. Mit verschränkten Armen baute ich mich breitbeinig vor ihm auf und bemühte mich um einen ruhigen Ton. »Wir halten das mal fest. Vor einer Woche sind wir eine Geschäftsbeziehung eingegangen. Ich habe Ihnen einen Auftrag erteilt, weil Sie mir glaubhaft versichert haben, dass Sie mein Problem diskret, schnell und erfolgreich lösen können. Bis heute ist leider nichts passiert. Ich frage höflich nach und erhalte nur Ausreden. Können Sie sich vorstellen, dass ich mir betrogen vorkomme? Ich verlange, dass Sie als Vermittler Ihrem Subunternehmer die Dringlichkeit der Angelegenheit darlegen, und was ernte ich? Ein Schulterzucken und noch mehr Ausreden. Mein sauer verdientes Geld wollen Sie mir aber auch nicht zurückzahlen. Also werde ich mich jetzt selbst darum kümmern müssen, Ihrem Auftragnehmer etwas Feuer unter dem Hintern zu machen, damit er in die Pötte kommt.«

Seine Miene versteinerte sich.

In scharfem Ton befahl ich: »Die Adresse! Oder Sie werden mich kennenlernen. Das verspreche ich Ihnen!«

Die Krähe zuckte zusammen. »Schanzenstraße 115, durch den Hof hinter dem Kiosk«, sagte er leise.

»Na bitte, geht doch!«

Ich schnappte mir meine Handtasche, machte auf dem Absatz kehrt und stolzierte aus dem Laden. Nachdem ich die Treppe hochgestiegen war, überquerte ich die Straße, wo mich die nächste unangenehme Überraschung erwartete: Eine Polizistin stand vor meinem Auto und schrieb mir ein Knöllchen. Sie musterte mich abschätzend und wappnete sich sichtlich gegen den Protest, den sie wohl von mir erwartete, indem sie die Schultern straffte. »Sie stehen im Parkverbot.« Sie zeigte auf das Verkehrsschild. Mit monotoner Stimme leierte sie ihre Begründung herunter: »Unter Paragraf 12 der Straßenverkehrsordnung ist geregelt, dass derjenige parkt, der sein Fahrzeug verlässt oder länger als drei Minuten hält. Sie haben Ihr Fahrzeug vor viereinhalb Minuten im Halteverb...«

Ich streckte die Hand aus und unterbrach ihre Rede. »Ja, ja, ich weiß Bescheid. Geben Sie her!« Seufzend schnappte ich mir den Zettel

Eine halbe Stunde später stand ich vor dem unsanierten Altbau im Schanzenviertel, wo der Profikiller in einem Hinterhaus wohnen sollte.

Für diesen Besuch hatte ich mein Auto auf der gegenüberliegenden Seite des Schanzenparks abgestellt. Damit ich mit der Sonnenbrille überhaupt etwas sehen konnte, hatte ich mir noch die Kontaktlinsen in die Augen gefummelt, bevor ich quer durch den Park losmarschiert war.

Neben dem verschlossenen Torduchgang der Hausnummer 115 gab es einen Kiosk, der ziemlich schäbig wirkte. Auf einer Holzbank, die einsam davor auf dem Fußweg stand, lungerte eine stark geschminkte Frau mit gestreifter Hose und schwarzer Nietenlederjacke herum. Sie blies den Rauch ihrer Zigarette aus. Wahrscheinlich war sie eine der letzten verbliebenen Ureinwohnerinnen der Schanze, die schon vor der Gentrifikation hier gelebt hatte, als die Gegend noch erschwinglich gewesen war. Das würde ihren traurigen Blick erklären, mit dem sie die bärtigen Latte-Macchiato-Hipster musterte, die an uns vorbeischlurften und in ihre Handys flöteten.

Als ich begann, die Namensschilder am Hauseingang zu studieren, sah sie neugierig zu mir herüber.

Schroth stand nirgendwo. *Mist!* Die Krähe hatte mich wieder verarscht. Ich kickte den Fuß gegen die Tür.

»Wen suchste denn?«, fragte die Punkerin in breitem Berliner Dialekt und zog an der Zigarette.

»Schroth«, antwortete ich zögernd.

»Linke Wohnung, zweiter Stock im Hinterhaus.«

»Hat der auch eine Klingel?«

Sie blies den Rauch aus und kam zu mir herüber. »Nee!«, sagte sie, schloss die Haustür auf, behielt den Griff aber noch in der Hand. Sie kam an mich heran, sodass nur dreißig Zentimeter unsere Gesichter trennten. »Die is jenauso kaputt wie der, wie alles uff der janzen Welt. Lädste mich zum Bier ein?«

Ich zückte die Geldbörse und drückte ihr meine letzten fünf Euro in die Hand. Sie nahm den Schein zwischen Daumen und Zeigefinger und verneigte sich dankbar vor mir. Den Weg gab sie dennoch nicht frei. »Was willste denn von Olaf?«, fragte sie.

»Privatangelegenheit!«, sagte ich knapp.

Sie zog an ihrer Zigarette, blies mir den Rauch ins Gesicht und runzelte die Stirn. »Siehst aber nich aus wie eine von seinen Tippelschicksen, wa?«

»Danke«, erwiderte ich. Es hätte mich auch gewundert, wenn ich in meinem hochgeschlossenen Outfit wie eine Prostituierte wirken würde. Ungeduldig machte ich einen Schritt nach vorn und fragte: »Darf ich jetzt vorbei? Der Zoll ist bezahlt.« Ich deutete auf den Geldschein.

Sie trollte sich. »Is jut! Musste aber laut klopfen, sonst hört er dich nich.«

Ich durchquerte den Innenhof, dessen Mauern mit Graffitis übersät waren. Unkraut wucherte aus den schief verlegten Pflastersteinen. Offensichtlich wohnte der Killer in einem der letzten unsanierten Häuser der Schanze. Überall sonst sah es hier aus wie geleckt.

Im Hinterhaus roch es muffig wie jahrelang nicht gelüftet. Die verstaubte Holztreppe klebte und knarrte bei jedem Schritt. An den schmierigen Wänden war der Putz abgebröckelt. Von oben drang Kindergeschrei in meine Ohren. Im zweiten Stock hörte ich hinter der rechten Tür den Fernseher laufen. Ich blieb auf dem Treppenabsatz stehen und lauschte. Hinter der linken lief Heavy Metal. Ich tippte auf Metallica. Dort, wo einst eine Klingel gewesen war, hingen zwei nackte Kabel aus der Wand.

Entschlossen rückte ich mir die Sonnenbrille zurecht, drückte die Schultern durch und klopfte mit dem gekrümmten Zeigefinger erst einmal höflich an die Holztür. Ich rief: »Herr Schroth?«

Nichts passierte. Also schrie ich lauter und wummerte mit der Faust gegen die Tür.

Hinter mir öffnete sich die Wohnungstür einen Spalt. Eine alte Frau schob ihren lackschwarz gefärbten Schopf heraus. Ihre Schildkrötenhaut spannte sich grau und runzlig über dem Gesicht. Eine Wolke aus abgestandenem Zigarettenrauch und schwerem Parfüm floh aus ihrer Wohnung. Ich atmete flach, weil ich den Geruch eklig fand. Sie musterte mich aus schwarz umrandeten Augen, an deren Lidern falsche Wimpern klebten. Ihr stark geschminkter Mund öffnete sich und gab beim Sprechen eine Reihe gelber Zähne frei. »Das wird ja Zeit, dass sich endlich jemand von der Hausverwaltung kümmert.«

Lächelnd sagte ich: »Guten Abend.«

»Seit drei Tagen mache ich wegen dem Lärm kein Auge zu«, beschwerte sie sich, trat in ihrem mit Rosen bedruckten Kimono heraus und fragte vorwurfsvoll: »Haben Sie keinen Schlüssel?«

»Nein«, sagte ich und guckte garantiert verdattert, denn sie rollte mit den Augen. Verständnislos schüttelte sie den Kopf, griff hinter ihre Tür und hielt mir einen Schlüssel an einem blauen Band hin. »Das ist der Ersatzschlüssel. Den hat der Schroth bei mir nach dem Einzug hinterlegt. So ein netter junger Mann, dachte ich damals.« Sie winkte ab. »Immer das Gleiche.«

Dann wechselte sie das Thema. »Ich wäre ja reingegangen, aber wer weiß, was der da treibt. Das Risiko war mir zu groß.«

»Haben Sie die Polizei gerufen?«

»Die Bullen? Wer will die schon im Haus haben. Das ist doch Ihr Mieter! Also sorgen Sie dafür, dass hier wieder Ruhe einkehrt.« Sie knallte ihre Tür zu.

Ich kratzte mich am Kopf. Sollte ich oder sollte ich nicht? Ich steckte den Schlüssel ins Schloss, drehte ihn um und schob mit dem Fuß die Tür auf.

Bereits auf den ersten Blick hatte ich das Gefühl, keine Wohnung, sondern ein Atelier zu betreten. Ich bahnte mir einen Weg durch das Chaos und umrundete Inseln aus Pinseltöpfen, Paletten und farbverschmierten Lappen, die neben leeren Wodka- und Bierflaschen sowie Pizzakartons lagen. Das Rennrad hing auf zwei Haken an der Wand. Es roch nach Terpentin. Zeige mir, wie du wohnst, und ich sage dir, wer du bist, traf hier voll zu. Schroth war also ein Maler, der anscheinend von seiner Kunst nicht leben konnte und sich nebenberuflich sein Taschengeld mit Auftragsmorden aufbesserte.

Oh Mann! Wo war ich da nur hineingeraten? Seit Voigt in meinem Leben aufgetaucht war, lief einfach nichts mehr rund. Ich fragte mich, was die Ursache war und ob es an mir lag, dass ich nur von Verrückten umzingelt war – Silvie und Özlem natürlich ausgenommen.

Überall standen Farbtöpfe und angefangene Ölbilder herum, auf denen jeweils ein Dreieck oder ein Strich und ein großer Punkt sich vom einfarbigen Untergrund in Grün, Rot oder Blau abhoben. Oder waren sie schon fertig? Wenn das Kunst war, verstand ich es nicht. So was hätte ich auch hingekriegt.

Ein Dutzend Leinwände waren aufgeschlitzt worden, vermutlich mit einem Messer. In meinem Kopf führte ich die Informationen zusammen: Olaf Schroth, unser Profikiller, war ein Maler, der von Selbstzweifel zerfressen wurde und depressiven Stimmungen unterlag, die er mit Alkohol dämpfte. Denn so fand ich ihn auch. Volltrunken auf einer versifften Matratze, die in einem der beiden Räume mittig auf dem Boden lag. Ein

Viereck in einem Dreieck aus leeren Flaschen. Das Dreieck hatte eine kurze und zwei gleich lange Seiten. Die Spitze zielte wie ein Pfeil auf eine Pinnwand, an der das Pressebild mit Voigts markiertem Kopf inmitten von Fotos hing, die er aus dem Gebäude gegenüber dem Verlag geschossen haben musste. Sie zeigten Voigt in seinem Büro.

Aus einer Lautsprecherbox neben Schroths Lager schallten die aggressiven Töne. Ich zog den Stecker. Die Stille tat gut.

Der Profikiller schnarchte mit offenem Mund und sabberte friedlich auf seine Matratze. Angeekelt verzog ich das Gesicht. Alles sah danach aus, dass er in der Vorbereitungsphase stecken geblieben war. Vielleicht war es sein erster Mord und er hatte sich Mut antrinken wollen und es übertrieben. Darauf konnte und wollte ich jetzt keine Rücksicht nehmen. Ich kniete mich neben ihn und rüttelte ihn an der Schulter. Er grunzte etwas in seinen Fünftagebart und drehte sich auf die andere Seite.

»Aufwachen!«, rief ich.

So wurde das nix. Ich stand auf und suchte das Badezimmer. Auch hier lagen farbverschmierte Lappen auf den Ablageflächen neben Duschbad, Rasierer und Zahnbürste herum. Im Waschbecken stand ein Eimer mit Flüssigkeit, in dem Pinsel einweichten. Ich kippte ihn in die Badewanne aus, füllte ihn zu einem Drittel mit eiskaltem Wasser, trug ihn zu Schroths Lager und schüttete ihn über seinem Kopf aus.

Prustend fuhr er hoch und guckte mich aus weit aufgerissenen Augen an. Er schnappte nach Luft. »Wer sind Sie?«, lallte er und wollte zurücksinken, um es sich wieder gemütlich machen.

»Aufstehen!«, befahl ich, griff seinen Oberarm und zog ihn mit aller Kraft in den Stand. Dann stützte ich ihn. Stöhnend hing er halb über meine Schulter. Ich bugsierte ihn ins Bad zur Badewanne. »Rein da!«, forderte ich in scharfem Ton. Er kletterte unbeholfen in die Wanne und legte sich zu seinen Pinseln.

Ich drehte das Wasser auf und hielt ihm den Duschkopf ins Gesicht. Langsam kam er zu sich. Er musterte mich angestrengt.
»Wer sind Sie und wie sind Sie hier reingekommen?«
»Ihre Nachbarin hat mir den Schlüssel gegeben. Die Musik war zu laut.«
Er lächelte schuldbewusst. »Polizei oder Hausverwaltung?«
»Weder noch. Ich komme wegen des Auftrags.« Dabei zeigte ich mit dem ausgestreckten Arm auf die Tür. Seine Miene versteinerte sich. Schlagartig war er nüchtern. Er drehte das Wasser ab. Ich warf ihm ein Handtuch zu, woraufhin er begann, seinen Kopf so ausgiebig abzutrocknen, als wolle er sich hinter dem kleinen Frotteelappen verstecken. Letztendlich legte er es jedoch zur Seite und starrte mich misstrauisch an. »Ich habe die Bilder aufgeschlitzt. Sie waren nicht gut genug.«
»Ich spreche nicht von Bildern. Das wissen Sie genau«, erwiderte ich und nahm ihm den Wind aus den Segeln.
»Was wollen Sie von mir?«
»Dass Sie den Auftrag innerhalb der nächsten 24 Stunden erledigen. Ansonsten stehe ich morgen Abend wieder auf der Matte.«
Sein Blick flatterte. Ich sah, dass er über einen Ausweg nachdachte.
»Und falls Sie in Erwägung ziehen, unverrichteter Dinge mit meiner Kohle zu verschwinden ... Ich finde Sie. Überall! Ich habe es jetzt getan und werde es auch wieder tun.« Dann rückte ich die Sonnenbrille zurecht, sagte: »Noch was! Drehen Sie zukünftig die Musik leiser. Ihre Nachbarin kann nicht schlafen.«
Er guckte verblüfft. Ich machte auf dem Absatz kehrt, klingelte bei der Nachbarin und übergab ihr den geborgten Schlüssel zurück. »Alles in bester Ordnung. Er wird Sie nicht mehr mit seiner Musik belästigen.«
Hoch erhobenen Hauptes marschierte ich aus dem Haus und war verdammt stolz auf meinen Auftritt.

»Puh!« Draußen atmete ich erst einmal durch und betrachtete meine zitternden Hände. Ich überquerte die Straße und lief schnellen Schrittes durch den Schanzenpark zum Auto. Jugendliche lümmelten in Grüppchen am Wegrand herum und beäugten mich interessiert, als ich auf sie zulief. In der Zeitung hatte ich gelesen, dass die Drogenkriminalität in diesem Park erheblich gestiegen war. Ängstlich hielt ich die Handtasche fest und senkte den Blick auf die Schuhspitzen.

Hallo? Du hast gerade einen Auftragsmörder unter Druck gesetzt. Du wirst dich doch nicht von so ein paar halben Hähnchen einschüchtern lassen.

Sie stellten sich mir in den Weg. Ich erhob den Kopf, straffte die Schultern und hielt dem provokanten Blick ihres Anführers stand. »Darf ich?«, fragte ich ihn höflich, aber in eisigem Ton. Er verneigte sich gönnerhaft, trat zur Seite und ließ mich ungehindert passieren. Ich hielt die Luft an und machte, dass ich wegkam.

Als ich in meinem Auto saß, verriegelte ich erst einmal die Türen.

Kapitel 25

++++ Donnerstag, 1. Juni 2017 ++++

Der Schuss fiel gegen 11.37 Uhr. Ich saß im Büro hinterm Computer und trank Wasser. Vor Schreck ließ ich das Glas fallen. Es krachte auf den Boden und zerplatzte in tausend Stücke. Aus den Nebenzimmern ertönten Schreie und jemand kreischte.

»Schroth!«, dachte ich erfreut und eilte zum Fenster.

Auf dem Flur herrschte Chaos. Menschen rannten herum und schrien panisch durcheinander. Meine Tür wurde aufgerissen und schlug gegen das Bücherregal. Drei Bände meines früheren Bestsellers *Hannas Herzgeschichten* fielen aus dem obersten Fach und krachten lautstark auf den Boden. Verdattert sah ich Sabine aus dem Korrektorat an, die in mein Büro galoppiert kam.

»Vom Fenster weg und runter«, brüllte sie aus vollem Halse. Sie ging in die Hocke und versteckte sich hinter meinem Drehstuhl. »Ein Anschlag! Da schießt ein Irrer aus dem gegenüberliegenden Gebäude.« Ich duckte mich. Dabei schnitt ich mir das Knie an einer Glasscherbe auf. »Autsch!«

Sabine fragte: »Ist dir etwas passiert?«

»Nein, nein, alles okay.« Ich pulte die Scherbe aus der dünnen Strumpfhose. Mein Knie blutete. Beim Abtasten beschmierte ich mir die Hände.

Weil mir die Locken über den Augen hingen, wischte ich sie zur Seite.

Sabine musterte mich besorgt. »Sicher? Du blutest im Gesicht.« Sie wurde blass.

»Keine Angst, das ist nur von meinem Bein, ich habe vor Schreck das Glas fallen lassen und mich jetzt aus Versehen in die Scherben gekniet.« Ich wollte aufstehen, doch Sabine hielt mich zurück. »Bleib in Deckung, wer weiß, ob die da drüben nicht darauf lauern, dass ein Kopf im Schussfeld auftaucht.«

Draußen ertönten Polizeisirenen. Ich setzte mich mit dem Rücken zur Wand unters Fenster. Wir schwiegen und lauschten.

Wenig später erklangen schwere Stiefelschritte auf dem Flur. Ein bewaffneter Polizist in schwarzer Schutzmontur stürmte mit ausgestreckter Maschinenpistole herein, die er auf das Fenster richtete. Mit einem Blick und einer ungeduldigen Geste deutete er an, dass wir in den Flur kriechen sollten. Er gab uns Rückendeckung. Sobald wir draußen waren, rief er »Safe!«

Alle Mitarbeiter versammelten sich auf dem Gang. Die Stimmen überschlugen sich, weil alle durcheinanderredeten. Dabei fielen die Worte »Terroranschlag«, »Amoklauf« und »Scharfschütze«. Mir wurde ein bisschen übel.

Özlem und Silvie stießen zu mir. Silvie sah mich warnend an.

Notarzt und Sanitäter stürmten aus dem Fahrstuhl. Die Polizisten wiesen ihnen den Weg zum Vorzimmer, hinter dem das Büro unseres Geschäftsführers lag. Alle anwesenden Mitarbeiter folgten den Männern mit ihren Blicken.

Mechthild und Arno hatten Urlaub, Franziska aus dem Vertrieb war krank. Frau Krohn hatte sich nach ihrer flammenden Gedenkrede an Hubertus nur zu den Redaktionssitzungen im Verlag blicken lassen. Was nach dem Schock verständlich war. Sie trauerte und kümmerte sich um die Formalitäten der Beerdigung. Sie schien Voigt zu vertrauen und hatte ihm das Ruder in die Hand gegeben. Oder er hatte es an sich gerissen. Das war mir im Moment noch nicht klar.

Er war jetzt der Einzige, der fehlte. Ich schlug die Augen

nieder und betete mit geschlossenen Lippen. »Lieber Gott, bitte lass Voigt tot sein.«

Doch Gott erfüllte keine niederträchtigen Wünsche, jedenfalls keinen von mir.

Voigt war mit einem Kratzer davongekommen.

Die Sanitäter schoben ihn auf einer Trage heraus. Er protestierte und wollte zurück an seinen Schreibtisch. »Ich kann meine Mitarbeiter in der Situation nicht alleine lassen«, herrschte er die Notärztin an, die neben der Rollliege herlief.

»Keine Widerrede! Auf Sie wurde geschossen. Sie haben einen Schock, der muss im Krankenhaus behandelt werden. Um Ihre Mitarbeiter kümmern sich die Polizei und meine Kollegen.«

Neiiiiin! Schroth hatte Voigt verfehlt. Ich hatte das Gefühl, in einen Abgrund zu stürzen. Was machten wir denn jetzt? Dieser Mann war wie eine Katze mit sieben Leben – einfach nicht totzukriegen.

Inmitten des Gedankens bemerkte ich, dass er mich höhnisch angrinste. Bildete ich mir das nur ein oder lachte er mich tatsächlich aus?

Kapitel 26

Die Polizei teilte uns mit, dass jemand aus dem gegenüberliegenden Gebäude auf das Fenster des Büros unseres Geschäftsführers geschossen hatte. Der Täter war flüchtig.

Das Gerücht, es könnte sich um einen Mordanschlag auf Voigt handeln, sprach sich schnell herum und führte zu wilden Spekulationen bei den Kollegen. Silvie, Özlem und ich beteiligten uns nicht daran.

Die Kriminalpolizei begann zu ermitteln. Marco Kühn rückte mit seinem Team an. Während die Kriminaltechniker in ihren weißen Schutzanzügen in Voigts Büro Spuren sicherten und von uns allen Fingerabdrücke nahmen, sammelten Kühn und zwei weitere Kommissare Informationen und befragten uns als Zeugen.

Ein Albtraum! Ich war völlig fertig. Silvie ging es genauso. Bloß gut, dass wir die flattrigen Nerven auf den Schock schieben konnten, den wir alle bei dem Ereignis davongetragen hatten.

Allein Özlem schien die Nerven zu behalten. Jedenfalls wirkte sie auf mich ruhig und gefasst, als Kühns Kollegin, eine Blondine mit Kurzhaarschnitt und jungenhafter Figur, sie in den Konferenzraum bat, einen der drei Räume, den sie als Vernehmungsraum benutzten.

Meine Befragung übernahm Kühn natürlich selbst. Er klopfte an die Tür meines Büros, die offen stand. Ich sammelte gerade die Glasscherben in einen Eimer. Er betrachtete den Verband am Knie, den mir ein Sanitäter auf die blutende Schnittwunde geklebt hatte, nachdem er die Splitter entfernt und die Wunde desinfiziert hatte.

»Was ist passiert?«, fragte der Kommissar und lächelte beinahe schüchtern, während er lässig eine Hand in die Hosentasche seiner Jeans steckte.

Ich richtete mich auf. »Der Schuss fiel und ich habe vor Schreck das Wasserglas fallen lassen. Meine Kollegin stürmte herein, rief, dass ich mich ducken solle, es schieße jemand auf uns. Da habe ich mich in die Glasscherben gekniet. Halb so wild«, sagte ich lapidar und winkte ab.

Er stützte sich am Türrahmen ab. Irgendwas machte ihn wohl nervös. »Eigentlich wollten wir uns ja heute treffen, weil Sie mir ein paar Fragen stellen wollten«, sagte er.

Stimmt, das war mir vollkommen entfallen.

»Nun bin ich hier und hoffe, dass Sie *mir* einige Antworten geben können.« Erwartungsvoll presste er die Lippen aufeinander.

Ich zuckte mit den Achseln. »Wie gesagt, ich war in meinem Büro, als es passierte.«

»Gehen wir doch in die Kaffeeküche.« Er forderte mich auf, ihm zu folgen.

Als wir dort angekommen waren zog er galant den Stuhl unter dem Tisch hervor, auf dem er ein Mikrofon mit Aufnahmegerät aufgebaut hatte. »Nehmen Sie doch bitte Platz! Wir müssen alle Zeugenbefragungen protokollieren. Die Technik erleichtert die Bewältigung des lästigen Papierkrams.«

Ich setzte mich auf die Stuhlkante und blieb so sprungbereit zur Flucht. Meine Hände wurden feucht. Bleib ruhig und konzentrier dich! Du weißt nichts!

Er nahm mir gegenüber Platz und begann mit einer unverfänglichen Frage, gerade so, als wolle er mich für einen Marathon vorbereiten. »Die Rettungssanitäter und der Notarzt haben Sie hinterher gut versorgt?« Dabei beobachtete er mich aus wachsamen Augen.

»Ja, sie haben sich um alle gekümmert«, antwortete ich und musste husten.

Er nickte. »Gut! Sie haben also einen Knall gehört und das Glas fallen lassen.«

»Ich war erschrocken. Ich bin zum Fenster geeilt und wollte wissen, wo das herkam.«

»Sie haben sich nicht sofort geduckt?«

»Nein, erst als meine Kollegin hereingestürmt kam und rief, dass jemand auf uns schießen würde.«

»Haben Sie da draußen etwas gesehen? Eine Person an einem der Fenster im gegenüberliegenden Gebäude? Oder einen Vorhang, der sich bewegt hat?«

Ich schwieg und vermied es, ihn anzusehen. Angestrengt starrte ich auf die Küchenzeile, auf der lauter benutzte Kaffeetassen standen. Niemand machte sich die Mühe, einen Lappen in die Hand zu nehmen. Alle erwarteten, dass Özlem sich darum kümmerte und ihnen den Dreck wegräumte.

»Versuchen Sie sich zu erinnern!«, sagte er, als könne er damit meinem Gedächtnis auf die Sprünge helfen.

Ich guckte ihm direkt in sein attraktives Gesicht. Sein Blick verunsicherte mich. In meinem Hals wuchs ein Kloß heran. Ich räusperte mich. »Genau das versuche ich gerade.«

Wenn er nur halb so gut in seinem Job war, wie ich ihn einschätzte, erkannte er, dass ich ihm nur etwas vorspielte. Hoffentlich hatte Schroth da drüben keine Spuren hinterlassen. Fand Kühn ihn, bekam er auch heraus, wer hinter dem missglückten Mordanschlag auf Voigt steckte. Ich unterdrückte die Vorstellung, was dann passierte. Doch mein Kopf gehorchte nicht und produzierte Bilder, wie ich in Handschellen abgeführt wurde und im Gefängnis saß. Zurzeit reichte das Geld auf dem Konto nicht einmal für einen Flug mit der Billig-Airline oder ein Zugticket, damit ich mich ins Ausland absetzen konnte.

Sollte alles ans Licht kommen, würde ich die Schuld auf mich nehmen. Es war meine Idee gewesen. Silvie und Özlem würde ich raushalten. Sie hatten schon so viel durchgemacht, dass es für zwei Leben reichte.

Heimlich ballte ich die Hände unterm Tisch zur Faust, sah ihm direkt in die Augen und sagte. »Da war nichts. Ich habe weder eine Person am Fenster noch irgendetwas Ungewöhnliches gesehen.« Er beugte sich nach vorn, stützte das Kinn auf der Hand ab und schien nachzudenken. Wahrscheinlich überlegte er sich die nächste Frage.

»Wie gut kennen Sie Herrn Voigt?« Marco Kühn lehnte sich auf dem Stuhl zurück.

Ich blieb regungslos sitzen. »Er ist mein Chef. Wir arbeiten zusammen. Mehr weiß ich nicht, noch nicht einmal, ob er Single ist oder in einer Beziehung steckt.« Wieder eine Lüge.

»Hat er Feinde?«

»Woher soll ich das wissen?«

»Er ist erfolgreich, sieht gut aus, verdient eine Menge Schotter, was er gerne zur Schau stellt, um das weibliche Geschlecht zu beindrucken ...«

»Ja? Sehen Sie das so?«

»Ist das denn nicht so?«

»Da fragen Sie die Falsche.«

In seinen Augen blitzte es auf. »Er wird von Frau Krohn hofiert ... So ein Mann hat gewiss nicht nur Freunde.«

»Was wollen Sie damit sagen?«

»Ich denke dabei an Motive wie verschmähte Liebe oder Neid.« Der schöne Kommissar kniff die Augen zusammen. »Das heute war kein Zufall. Jemand wollte Sebastian Voigt umbringen.«

Ich bemühte mich, angemessen betroffen zu gucken.

»Mein Instinkt sagt mir, dass es irgendetwas mit dem Verlag zu tun hat. Vor zehn Tagen verstirbt Ihr Verleger in der Tiefgarage. Herr Voigt ist anwesend und wird hinterher durch einen anonymen Anrufer denunziert, dass er ein Verhältnis mit Frau

Krohn habe und der alte Verleger beiden im Wege stand. Einerseits was die Zukunft des Verlags betraf und andererseits privat. Seit drei Tagen wissen wir, dass Hubertus Krohn eines natürlichen Todes gestorben ist, an einem Riss der Aorta.«

Ich machte große Augen. »Das wusste ich nicht.«

»An seiner Herzklappe hatte sich ein Aneurysma gebildet, das geplatzt war. Er hätte längst operiert werden müssen, hat sich dem Eingriff aber verweigert.«

»Oh je, der arme Hubertus!« Mir traten Tränen in die Augen. Das passte zu ihm. Er hatte diese Prozedur vor fünfzehn Jahren schon einmal über sich ergehen lassen und es jetzt bestimmt immer wieder hinausgeschoben, weil er solche Angst hatte, bei der komplizierten OP zu sterben.

»Aber das heißt wenigstens, dass ich nicht mehr unter diesem lächerlichen Verdacht stehe, meinen Arbeitgeber wegen einer Meinungsverschiedenheit umgebracht zu haben?«, fragte ich.

»Ja, das hat Sie entlastet.«

Obwohl ich im Geheimen erleichtert aufatmete, kochte im nächsten Moment die Wut in mir hoch. »Warum erfahre ich das erst jetzt?«

»Herr Voigt oder Frau Krohn haben Ihnen nichts gesagt?«

»Nein, und ich bezweifle, dass irgendein anderer Mitarbeiter davon wusste, sonst hätte es sich längst herumgesprochen.« Ich presste die Lippen aufeinander und kniff die Augen zu Schlitzen zusammen.

Er wischte eine Haarsträhne aus dem Gesicht und sagte schuldbewusst. »Oh, Herr Voigt hatte mir versichert, dass er Sie informieren wird. Deshalb habe ich Sie nicht angerufen.«

»Haben Sie eigentlich eine Ahnung, wie sich das anfühlt, für den Tod eines Menschen verantwortlich gemacht zu werden, den man geliebt hat?«

»Also hatten Sie doch eine Affäre mit Ihrem Verleger?«

»Nein, ich meine, geliebt wie einen Vater. Ich hatte keinen guten ...«

Marco Kühn senkte den Blick und fragte: »*Hatte* im Sinne von, er hat sich nicht um Sie gekümmert, oder ist er früh gestorben?«

»Das haben Sie doch längst mit der Aufnahme meiner Personalien recherchiert«, sagte ich und hielt seinem Blick stand, da er genau beobachtete, wie ich reagierte.

Er sagte: »Frank Werkmeister war Kranführer im Hafen. Ein tadelloser Arbeiter mit Hang zu gewalttätigen Ausbrüchen, mehrmals angeklagt wegen schwerer Körperverletzung. Er saß zwei Jahre im Gefängnis, nachdem er, während er auf Bewährung war, eine Kneipenschlägerei angezettelt und den Wirt ins Koma geprügelt hatte.«

»Tja, das war mein Vater.«

»War er zu Hause auch so ... unberechenbar?«

»Das wissen Sie doch auch längst. Meine Mutter hat ihn mehrfach angezeigt.

Kühn bedachte mich mit einem mitfühlenden Blick. »Das tut mir leid.«

»*Ihnen* muss das nicht leidtun.«

»Oh doch, ich habe die Fotos von Ihrer Mutter in seiner Akte gesehen. Von Ihnen waren allerdings keine dabei.«

»Bis zu meinem achten Lebensjahr habe ich viele Abende mit Taschenlampe und Büchern im Schrank verbracht. Es war ihre Art, mich zu beschützen.«

»Warum hat sich Ihre Mutter nicht von ihm getrennt?«

»Sie hat es versucht ...«

»Und ist immer wieder eingeknickt, hat die Anzeigen zurückgezogen. Das typische Muster in Fällen von häuslicher Gewalt«, beendete er meinen Satz.

»Wahrscheinlich war es die Angst vor seiner Rache. Kurz darauf landete er ja im Knast wegen dieser Kneipensache.«

»Aber sie hat sich nicht scheiden lassen. Warum?«

»Er hätte sie, also ich meine uns, trotzdem niemals in Ruhe gelassen.«

»Zwei Wochen nachdem Ihr Vater aus dem Gefängnis entlassen worden war, ist er am Küchentisch gestorben. Herzversagen. Hat sie ihn umgebracht?«

Ich zuckte mit den Schultern. »Ich war acht. Woher soll ich das wissen.« Genervt verschränkte ich die Arme vor der Brust.

Er verstand, dass ich nicht weiter darüber reden wollte.

»Entschuldigen Sie bitte, Frau Werkmeister. Ich bin vom Thema abgekommen. Die Polizei konnte Ihrer Mutter damals jedenfalls keine Schuld nachweisen ... Aber nun zurück zu Voigt. Für mich stellt sich immer noch die Frage, warum ihm jemand schaden will.«

»Steht nicht zuerst das ›Wer‹ im Raum?«

»Sobald wir ein Motiv haben, beantwortet sich das ›Wer‹ meistens von alleine.«

Ich schluckte.

Kühn löcherte mich weiter mit Fragen: darüber, wie Voigt als Chef war, warum er das Verlagsprogramm so rigoros umstellen wollte und wie wir Mitarbeiter dazu standen.

»Meine Meinung dazu kennen Sie bereits, Herr Kühn. Ich finde, dass ein Verlagsprogramm verschiedene Genres anbieten sollte und sich nicht nur nach den Verkaufszahlen richten darf.«

Marco Kühn unterbrach mich: »Das heißt dann aber auch, dass Autoren, die bisher in Ihrem Verlag veröffentlicht haben, dank Voigt rausfliegen.«

»Das ist unvermeidbar.«

»Könnte deshalb jemand wütend sein?«

Ich nickte. »Könnte, aber dass ausgerechnet eine von unseren Liebesromanautorinnen zur Waffe greift und schießt, ist unrealistisch. Wenn sie Muskeln haben, dann höchstens in den Fingerspitzen, vom Tippen. Abgesehen davon besitzen sie gar nicht die kriminelle Energie, die dafür nötig wäre, einen eiskalten Mord auszuführen. Nein, das ist absurd.« Schnell nahm ich ihm den Wind aus den Segeln.

Trotzdem verlangte er die Namen, um die Personen und ihre Alibis zu überprüfen.

Nach mehr als einer Stunde des Frage-und-Antwort-Spiels entließ er mich endlich. Er hatte durchblicken lassen, dass sie zwar wussten, aus welchem Raum der Schütze seine Waffe abgefeuert hatte, aber er hatte bis auf den Geruch nach Alkohol und Terpentin keine brauchbaren Hinweise hinterlassen. Der Täter hatte sich bei der älteren Dame, die in der Wohnung gegenüber den Verlagsräumen wohnte, als Heizungstechniker ausgeben, der im Auftrag der Hausverwaltung ein Leck suchen sollte. In ihrem Schlafzimmer war er dann fündig geworden und hatte sie gebeten, den Raum zu verlassen, weil es wegen des Drucks gefährlich werden könnte. Sie hatte der Polizei zwar eine Personenbeschreibung gegeben, mit der konnten die Beamten aber wenig anfangen, ebenso mit der gesicherten DNA rund um das Fenster. Die Analyse würde ein paar Tage dauern. Die Patrone in Voigts Büro ließ nur Rückschlüsse auf die Waffe zu, ein Jagdgewehr mit Kaliber 308 Winchester, von dem Tausende im Umlauf waren.

Ich stand auf und schob den Stuhl zurück an den Tisch. Marco Kühn erhob sich ebenfalls, begleitete mich zur Tür und hielt sie mir auf. Er war wirklich gut erzogen. »Mein Angebot, Ihre Fragen in puncto Recherche zu den Tathergängen und Ermittlungsmethoden in den Thrillern zu beantworten, steht noch. Heute werde ich es allerdings nicht schaffen.«

»Kein Problem! Im Gegensatz zu Ihrem Täter rennt der aus Dolores' Thriller ja nicht weg.« Ich zwinkerte ihm zu. »Wir finden einen anderen Termin.«

»Davon gehe ich aus.« Kühn wirkte dankbar.

»Vielleicht in einer Woche?«, schlug er vor.

»Vielleicht. Rufen Sie mich einfach an, wenn Sie so weit sind. Auf Wiedersehen, Herr Kommissar!«

Ich schob mich an ihm vorbei und marschierte in mein Büro. Dabei spürte ich seinen Blick im Rücken. Bevor ich in mein Büro abbog, drehte ich mich noch einmal um.

Er stand auf der Türschwelle der Küche und schien zu grübeln. Unsere Blicke trafen sich. Ich lächelte und winkte ihm mit einer lässigen Handbewegung zu.

Im Büro raffte ich meinen Kram zusammen. Ich musste zu Schroth, ihn warnen und dazu bringen, die Spur zu uns zu verwischen. Wenn die Polizei ihn erwischte, seine Wohnung durchsuchte und das Pressebild an der Pinnwand fand …

Nein, darüber wollte ich jetzt keinesfalls nachdenken.

Hoffentlich hatte er sich nicht wieder ins Koma gesoffen. Ich musste handeln, und zwar sofort.

Mein Handy piepste. Es kamen gleich mehrere SMS von Silvie und Özlem. Sie wollten wissen, wie es mit dem Kommissar lief, und teilten mir mit, dass sie bereits gegangen waren und im Rizz auf mich warteten. Ich schrieb ihnen zurück.

In einer Stunde, ich muss noch was erledigen.

Meine Gedanken wirbelten in meinem Kopf durcheinander wie Blätter in einem Sturm.

Jetzt bloß keinen Fehler machen, Alwine!

Ich schnappte mir Rucksack und Fahrradhelm und eilte zum Fahrstuhl. Als ich hineingesprungen war, drückte ich den Knopf mit dem leuchtenden »E«. Die Türen schlossen sich und wurden im letzten Moment von einem Fuß gestoppt. Marco Kühn trat ein, nahm das Handy vom Ohr und drückte den Knopf für die Tiefgarage.

»Feierabend?«, fragte er abwesend und deutete auf den Rucksack und den Helm. Ich nickte. »Nach der Aufregung kann ich mich sowieso nicht mehr auf die Arbeit konzentrieren.« Er nickte zurück. Die Fahrt nach unten kam mir unendlich lang vor. »Sie machen auch Schluss für heute?«, fragte ich.

»Danach sieht es leider noch lange nicht aus.«

Ich machte große Augen.

»Die Kriminaltechnik hat etwas entdeckt, das ich mir erst einmal ansehen muss.«

Der Fahrstuhl stoppte. Ich stieg aus und sagte: »Na dann, bis demnächst und viel Erfolg bei den Ermittlungen!«

Er hob noch die Hand und verschwand hinter der Metalltür, die sich lautlos schloss.

Vor dem Haus öffnete ich das Bügelschloss am Fahrrad, schwang mich auf den Sattel und radelte Richtung Schanzenviertel.

Genau wie das Auto beim ersten Besuch stellte ich das Fahrrad auf der andern Seite des Schanzenparks ab, der auf der Straßenseite genau um die Ecke von Schroths Wohnung lag. Mit einem Rundblick vergewisserte ich mich, dass mich niemand beobachtete. Dann holte ich meine Verkleidung aus dem Rucksack. Hurtig schlüpfte ich in den Mantel, schlang mir das Tuch um den Kopf, sodass kein Haar hervorlugte, setzte die Sonnenbrille auf und marschierte schnellen Schrittes an Wiesen und Bäumen vorbei. Es roch nach frisch gemähtem Gras und Holunderblüten. Statt Dealern spazierten Mütter mit ihren Kinderwagen umher. Ein Obdachloser schnarchte auf einer Bank. Niemand scherte sich um mich. Gut so!

Am Straßenrand blieb ich stehen, wartete drei Autos ab und überquerte das Schulterblatt. Dann bog ich in die Schanzenstraße ein und verfiel in den Laufschritt, weil eine Frau mit Fahrrad und Anhänger aus der Tordurchfahrt kam, wo ich hineinwollte. Ich erreichte sie, bevor die Tür hinter ihr ins Schloss fiel, grüßte und schlüpfte hindurch.

Im Innenhof stand die Luft. Ein fauliger Geruch aus den Mülltonnen, über deren offenen Mäulern Fliegen summten, zog mir in die Nase.

Ich betrat das Hinterhaus und horchte erst einmal nach oben. Außer dem Kindergeschrei war heute nichts zu hören. Vorsichtig stieg ich die Treppe hinauf, wollte ich doch ungesehen an Schroths Nachbarin vorbeikommen. Die alten Stufen ächzten bei jedem Schritt. Ich erreichte den zweiten Stock und biss mir auf die Unterlippe. Konnte die Frau mich durch einen Spion beobachten? Ja, da war ein Loch in Augenhöhe. Ich zuckte mit den Achseln. Was soll's, gestern hatte sie gedacht, ich sei von der Hausverwaltung.

Ich trat auf Schroths Wohnungstür zu und wollte klopfen. Da sah ich, dass sie angelehnt war. Vorsichtig stieß ich sie mit dem Fuß auf. »Herr Schroth?«, rief ich leise und schloss die Tür hinter mir. Zielsicher bahnte ich mir wieder den Weg durch sein Bilderarchiv und blieb in der Tür zu dem Zimmer stehen, wo ich ihn auf der Matratze erwartete.

Die Matratze war leer. Das Gewehr lehnte an der Wand. Das Pressefoto fehlte. Wo war er?

Ich guckte in die Küche und den anderen Raum, klopfte dann an die Badezimmertür.

»Herr Schroth?« Ich klinkte. Die Tür sprang auf und ich sah ihn in der Wanne liegen, blutüberströmt. Seine Augen standen weit offen. Der Blick war leer. Daneben lag ein Messer am Boden. Er hatte sich die Pulsadern aufgeschnitten.

Mir entfuhr ein Schrei und ich biss mir auf die Faust, um ihn zu ersticken. Verdammte Scheiße! Was machte ich denn jetzt? War er tot? Ich fühlte seinen Puls, legte ihm die Hand auf die Brust und kontrollierte seinen Atem.

Mausetot!

»Ach, Mensch.«

Für den Notarzt war es eindeutig zu spät.

Ich wusch mir das Blut von den Händen im Waschbecken ab.

Wenn ich die Polizei rief, stellten sie blöde Fragen. Und dann brächten sie ihn mit mir und dem Mordanschlag auf Voigt in Verbindung.

Ich lief in den Raum, wo die Pinnwand hing, entfernte die Fotos, die unser Verlagsgebäude aus mehreren Perspektiven zeigten, zerriss sie und spülte sie die Toilette hinunter.

Doch was machte ich mit dem Gewehr? Damit konnte ich kaum aus dem Haus marschieren. Früher oder später würde die Polizei die Wohnung auseinandernehmen. Unschlüssig rief ich Silvie an: »Er ist tot.«

Özlem war auch gleich mit am Apparat. »Wer? Voigt«, fragten beide.

Ich antwortete panisch: »Nein, der Auftragsmörder.«

»Woher weißt du das?«

»Ich stehe in seiner Wohnung.«

»Waaas?«

»Er hat sich die Pulsadern aufgeschnitten.«

Özlem schien das Telefon an sich zu reißen und fragte: »Dich jemand gesehen?«

»Nein, denke ich.«

»Dann machen, dass du kommen weg.«

»Ja, aber wohin mit dem Gewehr? Es lehnt hier an der Wand. Wenn die Polizei es in die Finger bekommt, werden sie ziemlich schnell herausfinden, dass Schroth den Mordanschlag auf Voigt verübt hat.« Meine Stimme überschlug sich, als ich ihnen meine Befürchtungen mitteilte.

»Beruhige dich! Du lassen stehen«, befahl Özlem.

Silvie mischte sich ein: »Sollen sie ihn doch als Täter identifizieren. Er kann nicht mehr reden und mit dem Finger auf uns zeigen. Weist irgendetwas in der Wohnung auf uns hin?«

»Nein. Das Pressefoto fehlt und die anderen Bilder vom Verlagsgebäude habe ich die Toilette hinuntergespült.«

»Unser Geld?«
»Hab ich nicht gefunden.«
»Dann hau ab, bevor dich jemand sieht.«

Ich tränkte ein Tuch in Terpentin und wischte damit alle Oberflächen ab, die ich angefasst hatte. Mit dem Lappen in der Hand schlich ich mich aus der Wohnung und zog hinter mir die Tür leise ins Schloss.

Gerade als ich den Terpentinlappen in der Mülltonne im Innenhof entsorgte, lief ich Schroths Nachbarin in die Arme. Sie schleppte Einkaufstüten. Ich grüßte mit einem Kopfnicken und wollte mich an ihr vorbeischieben.

Doch sie hielt mich zurück. »Wenn Sie schon mal da sind ...« Sie zeigte mit dem ausgestreckten Gehstock auf die Mülltonnen und beschwerte sich: »Der Gestank zieht bis in meine Küche.«

Bald wird noch ein schlimmerer Geruch unter deiner Wohnungstür hindurchkriechen, dachte ich nur.

»Ich kümmere mich darum«, versprach ich und wollte davoneilen. Doch ihr hilfesuchender Blick sorgte dafür, dass ich ihr erst noch die Tüten abnahm und bis vor die Wohnungstür trug.

Kapitel 27

Im Rizz bestellte mir Silvie erst einmal einen Mexikaner. Die Kellnerin servierte und ich trank den Schnaps auf ex. »Noch einen, einen doppelten«, sagte ich und gab ihr das leere Glas zurück.

»Was für ein Tag!« Ich fühlte mich, als hätte mich ein LKW überfahren. Alles, was wir bisher unternommen hatten, war schiefgegangen. Der Auftragsmörder tot, die Kohle weg, Voigt quicklebendig ...

Die Kellnerin kam mit dem Tablett. Ernüchtert kippte ich mir das scharfe Gesöff in den Hals. Die Flüssigkeit brannte in der Speiseröhre bis in den Magen hinunter. Özlem verzog das Gesicht und fragte: »Besser?«

»Nicht wirklich. Wenn sie Schroth finden, und das werden sie, sind wir geliefert.«

»Der redet nicht mehr«, warf Silvie ein.

Özlem fragte: »Was du denken, weisen Spur auf uns?«

Ich zuckte ratlos mit den Achseln. »Das Pressefoto. Ich habe es nicht gefunden.«

»Okay, das einzige Verbindung zu uns. Aber es weg!«

»Ich weiß nicht, Marco Kühn ist zu intelligent ...«

»Unser wirkliches Problem lebt leider noch«, sagte Silvie.

Özlem verschränkte die Arme vor der Brust. »Wie wir werden ihn los?«

»Ach, wusstet ihr eigentlich, dass Hubertus eines natürlichen Todes gestorben ist?« Ich berichtete, was mir der Kommissar in der Zeugenbefragung erzählt hatte, und endete mit: »Einen Mord können wir Voigt also schlecht anhängen.«

Andersherum konnte er mich damit aber auch nicht mehr erpressen, wenn ich kündigte.

Silvie musterte mich von der Seite. Sie schien zu wissen, was ich dachte. Verkrampft hielt sie sich an der Tischkante fest und sagte: »Schön für dich, dass du nicht mehr erpressbar bist. Doch für Özlem und mich geht der Albtraum weiter.« Ich seufzte, denn ich traute mich immer noch nicht, ihnen von meinen Schulden zu erzählen. »Ich lasse euch nicht im Stich, okay?«

Wir guckten uns ratlos an. Die Frage *Geben wir auf oder bringen wir es zu Ende?* schwebte zwischen uns. Eins stand fest, so schwierig hatten wir uns die Angelegenheit nicht vorgestellt. Konnte es sein, dass selbst Psychopathen einen Schutzengel besaßen? Waren wir gar die Bösen und Sebastian Voigt der gute Mensch, den wir nur verkannten?

»Du hast der Krähe den Auftrag erteilt. Er hat Provision kassiert, dann muss er für unseren Schaden aufkommen«, sagte Silvie entschlossen. Sie zerriss den Bierdeckel in kleine Stücke. »Wenn er jemanden engagiert, der danebenschießt, kann das nicht unser Problem sein. Und dass der Killer tot ist, schon mal gar nicht.«

Özlem zog eine Augenbraue hoch: »Das stimmen. Wenn ich putzen nicht oder putzen schlecht, Kunde Geld zurückverlangen.

»Ihr habt recht, es wird nicht besser, solange Voigt auch nur einen von uns in der Hand hat. Wir müssen diesen Albtraum zu Ende bringen.«

Kapitel 28

++++ Freitag, 2. Juni 2017 ++++

Am nächsten Morgen wachte ich mit Kopfschmerzen auf. Der Gedanke, dass wir bereits vier Wochen lang versuchten, unseren Chef zu töten, und mit allen Aktionen kläglich gescheitert waren, deprimierte mich. Mittlerweile war es Juni und der Sommeranfang rückte näher. Eigentlich die schönste Zeit des Jahres.

Ich verkroch mich unter der Bettdecke und hatte null Bock, aufzustehen und in den Verlag zu fahren, wo mich der grinsende Voigt und seine Schikanen erwarteten. War ich nicht schon genauso wie die picklige Jenifer und erledigte meine Aufgaben im Job völlig leidenschaftslos?

Bis Voigt mein Chef geworden war, hatte ich meinen Arbeitsplatz sehr gemocht. Ich hatte mich anerkannt gefühlt und eine große Karriere in Aussicht gehabt. Wir hatten miteinander und nicht gegeneinander gearbeitet. Natürlich hatte es auch Konflikte gegeben, aber die hatten wir respektvoll auf einer sachlichen Ebene ausgetragen.

Viele Studien belegten, dass Wertschätzung, Handlungsspielraum und Mitverantwortung der Beschäftigten viel mehr für Zufriedenheit und damit Motivation im Job sorgten als Geld. Voigts autoritärer Führungsstil, bei dem er uns nur die Ausführung seiner Entscheidungen übertrug, wir überhaupt kein Mitspracherecht mehr hatten und Mitdenken unerwünscht war, bewirkte bei mir nur noch Unlust.

Ja, ich hatte mich in den letzten zehn Wochen zu einer Jenifer entwickelt und empfand den Job als Belastung. Mich graute es, morgens ins Büro zu fahren. Ich schlief schlecht und die Nackenverspannung wurde langsam chronisch. Das konnte auf Dauer nur ungesund sein. Jeder normale Mensch würde in der Situation die Reißleine ziehen, sich nach einem anderen Job umsehen und kündigen, bevor er in den Burn-out abrutschte. Doch selbst jetzt, wo Voigt keinen Grund mehr zu haben schien, mich an die Polizei auszuliefern, konnte ich das nicht. Nicht nur, weil ich so sehr an unserem Verlag hing, sondern auch, weil ich Özlem und Silvie beistehen wollte.

Seufzend quälte ich mich aus dem Bett.

Wir trafen uns noch vor Arbeitsbeginn am Hauptbahnhof bei der Textilreinigung. Dieses Mal verzichteten wir auf eine Verkleidung und suchten die Krähe zu dritt auf. Es war uns egal, ob er uns erkannte, schließlich hatte er das Geld für einen Auftragsmord entgegengenommen. Damit hatten wir ihn in der Hand. Das dachten wir zumindest ...

Der Laden würde in drei Minuten öffnen. Von draußen beobachteten wir, wie der Textilreinigungsbesitzer vorm Tresen stand und mit Jenifer an der Kasse herumhantierte. Sie ließ genau wie ich bereits am Morgen die Mundwinkel herunterhängen.

Entschlossen klopften wir an die Schaufensterscheibe. Butenkötter drehte sich um, schien zu seufzen, aber schloss auf.

»Entweder wir bekommen den Mantel oder Sie geben uns das Geld zurück!« Ohne ihn zu begrüßen, setzte ich ihm gleich die Pistole auf die Brust. Die Krähe schlug die Augen nieder und zeigte sich redebereit, aber nicht vor seiner Angestellten.

Wir folgten ihm nach hinten in ein chaotisches Büro.

Silvie legte ihm dar, welche Rechte wir nach dem Grundgesetz als Auftraggeber im Fall eines mündlich geschlossenen Vertrages hatten. Sie flüsterte: »Das gilt auch für Mord!« Dabei stupste sie ihm mit dem Zeigefinger gegen die Brust und redete sich in Rage. »Sie bieten die Dienstleistung an und haben ihr ...«, sie zeigte auf mich, »... glaubhaft versichert, dass Sie diese erbringen können. Ob Sie es selbst tun oder einen Subunternehmer beauftragen, kann uns wurscht sein, weil wir den mündlichen Vertrag mit *Ihnen* geschlossen und die Anzahlung an *Sie* geleistet haben.«

Butenkötter zog die Augenbrauen hoch und lachte. »Und jetzt wollen Sie mich verklagen? Ihr habt echt keine Ahnung vom Business, oder, Ladys?«

»Nein, aber wir machen dir Leben zur Hölle und Geschäft kaputt«, mischte sich Özlem ein. Sie drohte: »Zweite Teil von Geld wir geben zuverlässige Freund, der machen dich platt.«

Die Krähe zuckte mit den Schultern. Bluffte er oder hatte er wirklich keine Angst vor drei wütenden Frauen?

»Und warum habt ihr euren *zuverlässigen Freund* nicht gleich dafür engagiert, die Zielperson zu beseitigen?« Er winkte ab und wollte sich seinem Papierkram zuwenden. Silvie, Özlem und ich tauschten einen Blick. Wir waren sprachlos.

Seine Angestellte steckte den Kopf zur Tür herein. »Da ist jemand vom Finanzamt und lässt sich nicht abwimmeln.«

Eine tiefe Sorgenfalte grub sich in die Stirn des Reinigungsbesitzers. Er flüsterte. »Sagen Sie ihm, ich bin nicht da!«

»Er hat einen Termin mit Ihnen.«

Die Krähe raufte sich die Haare. »Scheiße! Die machen mir den Laden dicht«, fluchte er vor sich hin, guckte uns an, weil wir immer noch wie festgeklebt in seinem Büro standen und ihn musterten. »Ja, ja, ich kümmere mich darum, aber jetzt haut ab.«

»Nein, werden wir nicht«, sagten wir wie aus einem Munde. Er sprang herum wie Rumpelstilzchen. »Ich hab vielleicht gerade andere Sorgen, als mich mit eurem Auftrag zu beschäftigen.«

Silvie fragte: »Gibt es denn außer dem vergessenen Termin ein Problem mit der Steuerprüfung?«

»Das geht Sie überhaupt nichts an!«, fauchte er.

Silvie hob die Hände: »Entschuldigung, ich wollte nur helfen.«

»Diese verdammte Buchhaltung, Sie sehen ja, wie durcheinander es hier ist. Alles Dilettanten und Stümper!«, schimpfte er.

Der Betriebsprüfer, ein Mittdreißiger mit randloser Brille, den ich eher in die Kategorie Sportlehrer eingeordnet hätte, betrat das Büro. Er grüßte uns knapp mit einem Kopfnicken und wandte sich dann an die Krähe. »Sie sind also nicht da. Glauben Sie, es wird besser, wenn Sie weiter den Kopf in den Sand stecken, Herr Butenkötter? Nach Paragraf 8 der Betriebsprüfungsordnung sind Sie zur Mitwirkung bei der steuerlichen Außenprüfung verpflichtet. Ich gebe Ihnen seit vier Monaten Aufschub, damit Sie alles in Ordnung bringen können. Trotz meines guten Willens, Ihnen zu helfen, muss ich Ihren Fall nun zur Anzeige bringen und Ihnen das Gewerbe entziehen. Außerdem muss ich nach Paragraf 146, Absatz 2b der Abgabenordnung ein Verzögerungsgeld festsetzen.«

»Wovon soll ich dann meine Steuern bezahlen?« Die Krähe wirkte verzweifelt.

Mein Gedanke war nur: Dann bekommen wir unser Geld nie zurück!

In meinem Kopf reifte ein Notfallplan und ich mischte mich ins Gespräch ein. »Wahrscheinlich hat mein Onkel Ihnen nicht erzählt, dass er wirklich schwer krank und deshalb verhindert war. Wir haben gerade besprochen, dass wir dieses Chaos am Wochenende in Angriff nehmen wollen. Meine Freundin ist Finanzexpertin und kennt sich bestens mit Buchhaltung und Büroorganisation aus. Geben Sie sich einen Ruck! Wir brauchen nur noch eine Woche, bitte!«

Die Krähe hatte bei meinen Worten die Augenbrauen hochgezogen. Der Betriebsprüfer musterte mich skeptisch. »Eigentlich ist eine weitere Fristverlängerung unmöglich.«

Silvie verstand mein Spiel. Sie schlug die Augen verführerisch nieder, drehte sich eine blonde Locke um den Finger und bettelte: »Sie haben doch einen Ermessensspielraum.«

»Den habe ich bereits ausgeschöpft.«

»Donnerstag liefere ich Ihnen die fehlenden Steuererklärungen persönlich im Finanzamt ab«, sagte sie und leckte sich über die Lippen.

Er schluckte schwer. »Mittwoch, das ist meine letzte Frist.«

Die Krähe war sprachlos.

Sowie der Betriebsprüfer den Laden verlassen hatte, schlug ich Butenkötter einen Deal vor. »Sie kümmern sich um unsere Angelegenheit und wir retten Ihnen hier den Arsch.«

Er wand sich wie ein Wurm. »Danke, dass Sie mir kurzfristig aus der Patsche geholfen haben, aber den Rest kriege ich alleine hin.«

Energisch wollte er uns aus dem Büro schieben. »Wie gesagt, ich werde mich um Ihre Angelegenheit kümmern, aber zuerst muss ich diesen Steuerkram erledigen. Hab's halt vergessen. Wer macht seine Steuererklärung schon freiwillig?«

Wir bauten uns mit verschränkten Armen zur Mauer auf. »Eine Bessere als sie werden Sie für Ihre Buchhaltung nicht finden«, sagte ich und zeigte auf Silvie.

Er öffnete die Tür. »Das sagen sie alle. Raus jetzt. Ich habe zu tun!«

Wir bewegten uns keinen Millimeter. Er schlug die Tür wieder zu. »Erst erledigen Sie Ihren Teil der Abmachung und dann erledige ich meinen.«

»Versuchen Sie es gar nicht erst, uns auszutricksen.« Silvie hielt ihm drohend die Visitenkarte des Betriebsprüfers unter die Nase.

Kapitel 29

++++ Samstag, 3. Juni 2017 ++++

Am folgenden Tag trafen wir gleich früh um sieben wie verabredet noch vor Beginn der Öffnungszeit in der Textilreinigung ein. Silvie fragte die Krähe, welches Buchhaltungsprogramm er benutzte. Er zuckte ratlos mit den Schultern.

»Wie organisieren Sie Rechnungslegung, Rechnungsnummern und Kundendatei?«

»Von dem Kram habe ich null Ahnung.«

»Das sieht man«, meinte Silvie, nachdem sie einen Blick in seinen Computer und das Papierchaos auf dem Schreibtisch geworfen hatte. »Sie müssen doch einen Überblick über Einnahmen und Ausgaben haben? Lohnsteuer und Krankenkasse für Ihre Angestellte?«

»Sie ist nicht angemeldet.«

»Sie arbeitet schwarz?« Silvie erklärte ihm die Konsequenzen. »Das müssen wir dringend nachholen. Okay! Wollen Sie uns helfen oder …«

Die Krähe verdrückte sich wortlos und wir machten uns auf Silvies Anweisungen hin über das Chaos im Büro der Textilreinigung her. Zuerst sortierten wir mindestens tausend Belege nach Jahren in Kartons. Diese dann wieder nach Monaten und Tagen, um sie für das Einbuchen in die Buchhaltungssoftware in die richtige Reihenfolge zu bringen. Silvie legte Konten und ein Kassenbuch an, gab jedem Beleg eine Nummer und sortierte ihn hinter den entsprechenden Bankauszug, auf dem der Geldfluss dokumentiert war. Während sie buchte, legten

Özlem und ich verschiedene Ordner an. Silvie hatte sich ein Ablagesystem für Briefwechsel, Eingangs- und Ausgangsrechnungen, Versicherungen und Genehmigungen und sonstigen Schriftverkehr ausgedacht. Die Übersicht hängte sie wie einen Wegweiser an die Pinnwand, sodass für jeden, der in diesem Büro etwas suchte, sofort ersichtlich war, wo er es fand.

Nach einem Tag Arbeit hatten wir es zu dritt geschafft, die Papierberge auf dem Schreibtisch und auf den Ablagen der Sideboards abzubauen und das Zettelchaos zu beseitigen. Die Krähe, die am Anfang misstrauisch war, funkte uns ab Mittag kein bisschen mehr dazwischen und schien zu merken, dass Silvie genau wusste, was sie tat. Am Nachmittag überließ er uns sogar den Schlüssel für den Laden. Er verabschiedete sich mit einem geheimnisvollen Blick und den Worten: »Ich hab da noch etwas zu erledigen.«

Wir hofften, dass er damit unsere Angelegenheit meinte.

Sonntag ließ er sich früh gar nicht blicken. Wir rückten gegen sieben an und legten gleich los. Silvie buchte mit konzentriertem Blick auf den Computerbildschirm Soll und Haben ganzer Papierstapel weg. Özlem und ich machten uns über das Innenleben der Schränke und Regale her, räumten alles raus, wischten Fächer sauber und nahmen jedes Schriftstück in die Hand. Entweder landete es im Müll oder in einem der Ablageordner des neuen Systems.

In der untersten Schublade der Kommode fand ich eine unsortierte Kiste mit Papieren, Notizbüchern und Zeitungsausschnitten, Ablehnungsschreiben von Verlagen sowie einen Stapel von Manuskripten eines Autors, der sich Anonymus nannte. Ich zog die Augenbrauen hoch. Diese Schublade war eindeutig privat und hatte nichts mit der Textilreinigung zu tun. Die Krähe schrieb? Typisch deutsch. Die Leute hatten immer weniger Zeit zum Lesen, aber jeder Fünfte schrieb angeblich ein Buch.

Interessiert guckte ich mir das Recherchematerial und die zusammengehefteten Manuskripte an. Dabei fiel mir das Foto einer vermissten jungen Frau auf, das ich schon einmal in den Nachrichten gesehen hatte. Es war an ein Manuskript namens *Blutmond* von Anonymus geheftet. *Opfer* stand mit rotem Stift über dem Kopf geschrieben. Ich lugte kurz in das Manuskript und las es an, weil mir Titel und Autorname irgendwie bekannt vorkamen.

Ihr Schrei ging unter im ohrenbetäubenden Rattern eines vorbeifahrenden Güterzuges und verstummte noch während der vierzig Sekunden Lärm, den die dreißig schwer beladenen Waggons auf den Schienen verursachten. Schnell bildete ihr Blut eine große Lache, in der eine graue Taubenfeder schwamm. Kopf und Glieder blieben reglos, unnatürlich verdreht im Dreck liegen. Die Augen blickten starr und waren fast aus den Höhlen getreten. Die schwülheiße Luft stank nach Exkrementen. Fliegen stürzten sich im Schwarm wie ausgehungerte Aasgeier auf die noch warme Beute und saugten mit ihren Rüsseln gierig an der weichen Oberfläche des Körpers, aus dem das Leben abrupt gewichen war. Die sich nähernden Schritte hörte sie nicht mehr…

Ich kramte in meinem Gedächtnis. Den Text hatte ich schon mehr als einmal in der Hand gehabt. Eines der Schrottmanuskripte, die ich als kommissarische Programmleiterin abgelehnt hatte, weil es zu dem Zeitpunkt nicht in unser Verlagsprofil passte, das Rachethema ausgelutscht war und ich die überzogenen Gewalttaten abstoßend fand. Dieser Anonymus schrieb denselben Mist wie Dolores. In seiner Biografie behauptete er, dass er im Gegensatz zu Dolores Fritz sein Wissen von echten Mördern beziehe, mit denen er sich abends schon mal zu einem Drink an der Hotelbar treffe. Deshalb müsste er natürlich anonym bleiben, sonst wäre er erledigt.

Hinter Anonymus steckte also Vitus Butenkötter, die Krähe? Ich wusste echt nicht, was ich davon halten sollte, verstand aber jetzt, warum er an dem Abend an der Binnenalster Shakespeare gelesen und sich Notizen gemacht hatte. Offensichtlich für einen Roman.

Waren wir einem Blender aufgesessen? Einem erfolglosen Autor, der sich mit der Behauptung, Kontakt zu professionellen Auftragskillern zu haben, interessant machen wollte? Ich schüttelte den Kopf. Es würde jedenfalls zu dem durchgeknallten Wichtigtuer passen. Und es würde auch erklären, warum er diesen Stümper Schroth beauftragt hatte.

Woher hatte Dolores gleich seine Nummer gehabt? Hatte sie nicht gesagt, von einem ehemaligen Schreibschüler? Jetzt verstand ich. Die Krähe hatte bei Dolores Schreibunterricht genommen. Er hatte ihr weisgemacht, dass er einen Auftragskiller kenne, den sie aber nur telefonisch erreichen könne. Als sie angerufen hatte, hatte er sie mit verstellter Stimme beraten, denn sonst hätte sie ihn ja erkannt. Manche Autoren dachten wirklich, wenn sie sich im Dunstkreis eines erfolgreichen Schriftstellers bewegten, würde der Erfolg auf sie abfärben.

Ich nahm das Manuskript und las noch einmal die Zusammenfassung. Dabei fiel mir auf, dass die Grundidee mit der von Dolores geäußerten für ihr neuestes Werk identisch war. Zufall? Die Ankündigung für den Thriller stand erst seit dieser Woche im Netz. Ich hatte sie selbst verfasst.

Und Dolores war der Meinung, ich hätte sie auf die Idee gebracht?

Ich nahm das Manuskript an mich. Noch am selben Abend fuhr ich in den Verlag und suchte im Stapel der Schrottmanuskripte nach dem eingereichten Exemplar von Anonymus' *Blutmond*, um es zu vergleichen.

Es war weg. Hatte ich es bereits geschreddert?

Voigt hatte am Montag frei und wir machten im Verlag pünktlich Feierabend. So konnten wir der Krähe ein perfekt aufgeräumtes Büro und die Steuererklärungen der letzten fünf Jahre präsentieren. Silvie hatte darauf bestanden, dass er die Textilreinigung an diesem Tag geschlossen hielt, damit er und Jenifer nichts durcheinanderbringen konnten, bevor sie mit ihrer Arbeit fertig war. Er staunte und guckte, als erkenne er seinen eigenen Laden nicht wieder.

»Ich hoffe, wir haben Ihnen nicht zu viel versprochen«, sagte ich.

»Ehrlich gesagt bin ich baff!«, erwiderte Butenkötter und strich bewundernd über die leere Schreibtischoberfläche und die beschrifteten Ordnerrücken im Regal. Ich zeigte auf Silvie: »Bedanken Sie sich bei ihr.«

Silvie runzelte die Stirn. »Die Bilanzen sehen mies aus. Die Reinigung arbeitet unrentabel.«

Er kratzte sich an der Nase. »Das habe ich mir schon gedacht.«

»Wir haben unseren Teil der Abmachung erfüllt, nun sind Sie dran!«, sagte sie.

Özlem fragte mit drohender Stimme: »Wie sieht aus? Haben Sie gefunden eine Ersatz für tote Schroth?« Dabei erinnerte sie mich an meine Mutter, wenn sie die Mathematik-Hausaufgaben sehen wollte, die ich noch nicht erledigt hatte, weil mich ein Roman in seinen Bann gezogen hatte.

Er keifte: »Denken Sie, der lässt sich so einfach aus dem Hut zaubern? Ein Kandidat ist krank, der andere Kandidat sitzt seit zwei Wochen im Knast, der dritte, den ich im Visier für den Auftrag habe, liegt bis zum Wochenende am Strand von Teneriffa. Bei der geringen Anzahlung ist die Auswahl überschaubar.«

»Sie haben aber eingewilligt«, zischte ich.

Er knurrte: »Ja. Trotzdem ist das ein Taschengeld! In unserer Branche gibt es einen akuten Fachkräftemangel. Alle wollen ihr Geld nur noch schnell und einfach verdienen. Kaum jemand ist bereit, ein Risiko einzugehen. Für fünftausend verticken die Jungs lieber Gras. Das ist leicht verdientes Geld und das Risiko, weggesperrt zu werden, gering. Ich bin dran, das muss euch reichen.«

Wir guckten uns an und ich erwiderte: »Nein, das reicht uns nicht.«

»Alles Ausreden. Sie verarschen uns wieder«, folgerte Silvie, verschränkte die Arme vor der Brust und wandte sich an Özlem und mich: »Die Wahrheit ist, er hat die Kohle längst ausgegeben, Schroth hat keinen Cent davon gesehen. Herr Butenkötter ist genauso pleite wie wir.«

»Wir unseren Feierabend und Wochenende völlig umsonst opfern?«, fragte Özlem enttäuscht.

»Er kann diesen Monat nicht einmal die Miete bezahlen«, seufzte Silvie und zeigte auf die Krähe.

Ich kniff die Augen zusammen. »Dann erledigen Sie es halt selbst!« Geschlossen traten wir einen Schritt auf ihn zu.

Er wich zurück. »Ich ... Ich vermittle Mörder, aber bin doch selber keiner.«

Ich senkte meine Stimme zu einem verschwörerischen Flüsterton. »Dann müssen Sie jetzt wohl in den sauren Apfel beißen! Da Sie uns unser Geld nicht zurückgeben können, bleibt Ihnen keine andere Wahl!«

Kapitel 30

++++ Dienstag, 6. Juni 2017 ++++

Gleich am Morgen bestellte mich Voigt in sein Büro. Die Fensterscheibe war längst repariert und er sah so erholt aus, als käme er von zwei Wochen Urlaub in der Karibik zurück. Er musterte mich. »Sie sehen blass aus«, sagte er amüsiert. »Fast scheint mir, Sie wären enttäuscht, dass mich der Heckenschütze nicht erwischt hat.«

Wie immer, wenn er mich auf dem Kieker hatte, wurde ich gleich rot. Er registrierte es und verbiss sich das Lachen. »Schade, oder?«, fragte er und blickte forschend in meine Augen.

Ich schwieg.

Seine Stimme nahm einen drohenden Tonfall an. »Kriege ich keine Antwort auf meine Frage?«

»Natürlich nicht«, sagte ich.

»Hören Sie auf, mich schon wieder anzulügen!« Er haute mit der flachen Hand auf den Tisch. Ich zuckte zusammen.

Er lächelte zufrieden, beugte sich nach vorn und begann zu flüstern. »Dolores hat sich beschwert. Ich dachte am Wochenende, ich statte der alten Dame einen Besuch ab, um mich höchstpersönlich bei ihr für den Pralinengruß zu bedanken. Sie wusste nichts davon. Können Sie sich das erklären?«

Erst senkte ich den Blick auf meine Schuhspitzen, dann hob ich den Kopf und wappnete mich.

»Von wegen, sie habe ihre Schreibkrise überwunden.«

Er holte wieder das Tütchen, in dem mehrere Pralinen steckten, aus der Schreibtischschublade. »Was wollten Sie damit bezwecken? Dass ich Sie nicht mehr zu Dolores schicke? Aber halt, ich erinnere mich, weder Sie noch Silvie wollten davon naschen. Was passiert wohl, wenn ich darauf bestehe, dass Sie die Pralinen vor meinen Augen essen?«

Gelassen zuckte ich mit den Schultern. Innerlich zitterte ich. Wieder hatte dieser Psychopath es geschafft, mich völlig einzuschüchtern. Und jetzt wusste ich auch warum. Es war der Unterton in seiner Stimme, die mich an meinen Vater erinnerte. Es reichte ihm nie, Mutter zu schlagen, sondern er ergötzte sich an ihrer Angst, kurz bevor es geschah. Wie eine Raubkatze, die mit ihrem Essen spielt. Voigt stand auf und forderte: »Setzen Sie sich!«

Ich gehorchte. Er kam um seinen Schreibtisch herum und stellte sich dicht hinter mich, beugte sich herunter und flüsterte mir ins Ohr: »In letzter Zeit haben sich einige Zufälle gehäuft. Das hat mich ein wenig stutzig gemacht. Erst gehe ich mit dem Schlauchboot unter, dann bekommen mir Pralinen nicht, die Sie mir überreicht haben, und ich überlebe nur knapp den Anschlag eines Heckenschützen. Das alles ist passiert, seitdem Sie Ihren Kopf nicht durchsetzen konnten. Unser Verleger stirbt, kurz nachdem er Sie wegen Unfähigkeit fallen gelassen hat. Es gibt einen anonymen Anrufer bei der Polizei, der mich beschuldigt, den alten Krohn ermordet zu haben. Langsam bekomme ich das Gefühl, Sie stecken hinter all dem, weil Sie mich loswerden wollen.«

Ich hielt die Luft an.

Er sagte: »Vergessen Sie nicht zu atmen, sonst kippen Sie mir noch vom Stuhl, bevor ich mit Ihnen fertig bin. Das wäre jammerschade!«

Er setzte sich wieder hinter den Schreibtisch und fragte. »Was mache ich jetzt bloß mit Ihnen? Haben Sie einen Vorschlag?«

Seine Augen funkelten böse. Er zischte: »Ich habe Sie etwas gefragt!«

Ich schluckte. »Keinen Vorschlag!«, brachte ich fast lautlos hervor.

Es klopfte an der Tür. »Jetzt nicht«, rief Voigt. »Ich bin im Gespräch!«

Silvie trat trotzdem ein. »Kommissar Kühn, lässt sich leider nicht abwimmeln.«

»Kochen Sie ihm einen Kaffee. Wir brauchen hier noch fünf Minuten.«

Kaum hatte sich die Tür geschlossen, sagte er zu mir: »Sie haben Glück oder auch nicht ...« Er wedelte mit dem Tütchen, zog die Schublade erneut auf und legte das mit dem Herz markierte Pressefoto auf den Tisch. »Schauen Sie nur, was ich auf der Straße gefunden habe. Es war nass, und als ich es aufgehoben und umgedreht habe, stand da mein Name in einer Handschrift, die ich wegen des besonderen Schwungs im ›t‹ gut kenne.« Er musterte mich eingehend.

Ich wich seinem Blick aus und schlug die Augen nieder.

»Es liegt ganz bei Ihnen, ob ich Ihnen verzeihe oder es dem netten Kommissar zuspiele. Sie nehmen die Rolle als Dolores' Muse an und unterstützen sie so drei bis vier Monate in ihrem Haus während des Schreibprozesses und wir sind vorerst quitt.«

»Muse? Spielzeug! Sie weidet sich an meiner Panik. Niemals, niemals werde ich mich dieser Psychopathin vierundzwanzig Stunden am Tag ausliefern. Das ist Erpressung!«

Er zeigte auf das Pressefoto. »Und *das* ist Anstiftung zum Mord.«

Ich schwieg.

»Gut, Sie kleine Klugscheißerin, dann sorge ich persönlich dafür, dass Sie diese Entscheidung für immer und ewig bereuen werden. Ich mache Sie fertig! Darauf können Sie sich verlassen.

Sie haben sich mit dem Falschen angelegt, das haben Silvie und Özlem längst begriffen.«

Was meinte er damit? Irritiert zog ich die Augenbrauen zusammen. Seine Augen blitzten auf und sein Mund verzog sich zu einem spöttischen Grinsen. Er befeuchtete seine Lippen mit der Zunge, nahm den Hörer seines Telefons ab und verband sich mit dem Vorzimmer. »So, ich bin bereit für Herrn Kühn.«

Wieder beobachtete er mich amüsiert, weil ich sprachlos und reglos sitzen blieb. Ich war wie gelähmt. Waren Silvie und Özlem noch auf meiner Seite? Oder waren sie unter seinem Druck eingebrochen?

»Gibt es ein Problem, Frau Werkmeister? Ich möchte den Kommissar ungern länger warten lassen.«

Marco Kühn trat ein und ich schob mich mit gesenktem Kopf an ihm vorbei. »Vergessen Sie nicht, die Tür hinter sich zu schließen!«, rief Voigt mir hinterher.

Ich hörte noch, wie er den Kommissar freundlich begrüßte und mich heruntermachte. *Ein wenig verwirrt, die Gute, psychisch sehr labil. Manchmal weiß ich auch nicht, was mit ihr los ist. Sie lebt in ihrer eigenen seltsamen Welt.*

Vor Wut über meine Hilflosigkeit füllten sich meine Augen mit Tränen. Ich spürte, wie ich zitterte. Silvie zog die Augenbrauen hoch und fragte leise: »Was ist los?«

Konnte ich ihr noch trauen? Vielleicht war es aber genau seine Masche, mich zu verunsichern. Er hatte uns mehrmals zusammen gesehen. Wahrscheinlich strahlten wir gemeinsam ein Selbstbewusstsein aus, das Menschen haben, die sich einer Gruppe Gleichgesinnter zugehörig fühlten. Unterdrückte, die sich zusammenschlossen, hatten so manchen Herrscher gestürzt.

Um uns unter Kontrolle zu bekommen, musste er einen Keil zwischen uns treiben. Dies gelang ihm, wenn er uns gegenseitig misstrauisch machte.

Silvies Anteilnahme wirkte echt. Ich sah keine Arglist in ihren Augen. Ich flüsterte: »Er weiß Bescheid!«

»Worüber?«

»Darüber!« Ich machte mit den Armen eine ausladende Bewegung.

Sie presste den Zeigefinger auf die Lippen und wies mit dem Kopf auf die Telefonanlage, über die Voigt uns anscheinend abhören konnte, ohne dass wir es merkten.

Silvie schrieb das Wort *Toilette* auf einen Zettel, den sie gleich darauf in den Papierkorb schmiss.

Drei Minuten später trafen wir uns auf dem Damenklo. Özlem stieß dazu. Sie wirkte etwas nachdenklich. Silvie hatte sie auf dem Weg in der Kaffeeküche gefunden.

Wir guckten in alle Kabinen, um sicherzugehen, dass uns niemand belauschte. »Was geben?«, fragte Özlem.

»Voigt war bei Dolores und weiß, dass die Pralinen nicht von ihr stammen. Er hat eins und eins zusammengezählt. Erst säuft er mit dem Schlauchboot ab, dann hat er eine Lebensmittelvergiftung, der anonyme Anruf und kurz darauf wird er beinahe erschossen. Alles passiert, nachdem ich in der Programmkonferenz rundgemacht wurde. Er denkt, ich will mich an ihm rächen«, sagte ich:

»Das wir wollen ja auch!«, erwiderte Özlem bestimmt.

Ich griff mir in die Haare auf dem Kopf, als müsste ich sie festhalten, damit sie mir nicht ausfielen. »Er hat das markierte Pressefoto auf der Straße vor dem Verlagsgebäude gefunden. Schroth muss es dort verloren haben. Wenn ich mich weigere, Dolores rund um die Uhr als »*Muse* ....«, Ich setzte das letzte Wort mit den Fingern in Anführungszeichen, »... besser gesagt *Opfer* ihrer Psychospielchen für drei bis vier Monate zu dienen, dann will er mich fertigmachen.«

»Das hat er gesagt?«, fragte Silvie.

Ich ließ die Schultern hängen. »Hat er!«

Beide sahen mich betroffen an.

»Das überlebe ich nicht. Obwohl ich weiß, dass sie nur mit mir spielt, hat sie es bisher immer wieder geschafft, mich in Angst und Schrecken zu versetzen. Und beim letzten Mal habe ich wirklich um mein Leben gefürchtet. Wenn sie einmal im Fluss ist, weiß sie nicht mehr, was sie tut. Einfach nur krank.«

»Damit sie einen Megabestseller produziert, ist ihm jedes Mittel recht«, folgerte Silvie: »Du kannst schreiben und bist eine tolle Lektorin. Und unsere Verkaufszahlen sinken gerade ins Bodenlose. Er hat der Krohn versprochen, dass er den Verlag rettet. Deshalb macht ihn Dolores' Blockade ziemlich nervös.«

»Und was soll das jetzt heißen? Das klingt ja so, als sollte ich Verständnis für unseren armen Psycho-Programmleiter haben und mich ihm ergeben«, sagte ich. »Denkst du etwa, er wird plötzlich nett und normal, wenn Dolores wieder Erfolg hat? Haha!«

Özlem holte einen Lappen aus der Schürzentasche und polierte an einem Wasserhahn die nicht vorhandenen Flecken weg. Ich sah ihr an, dass sie etwas sagen wollte, aber nicht wusste, wie.

Ich kam ihr zuvor: »Ihr wollt aufgeben.«

»Er mir bezahlen zehn Euro die Stunde ab jetzt, für Putzen bei ihm zu Hause. Er mir heute Morgen versprechen.«

Ich war sprachlos.

Silvie legte nach. »Ich bekomme auch eine Gehaltserhöhung und einen Tag Zusatzurlaub, damit ich meine Mutter von der Kur abholen kann.« Ihre Worte sorgten dafür, dass mir die Kinnlade ungebremst herunterklappte.

Ich verstand: Voigt hatte sie gekauft, um mich zu isolieren.

Beide guckten sich und dann wieder mich an. Silvie sagte: »Alwine, sei realistisch, unser Plan ist gescheitert.«

»Die Krähe hat versprochen, sich darum zu kümmern. Wir haben ihm den Arsch gerettet. Er hat verstanden, dass er in unserer Schuld steht«, hielt ich dagegen.

Özlem schüttelte den Kopf: »Er wird tun nichts. Er viel zu wenig Interesse, persönlich. Ihm fehlen dazu … wie heißen … Leidenschaft von Rache.«

»Wir haben ihm unser sauer verdientes Geld gegeben. Das wollt ihr einfach so hinnehmen?«, fragte ich.

Wieder trafen sich die Blicke der beiden. Silvie übernahm die Antwort: »Unsere Kohle ist weg, das müssen wir akzeptieren.«

Sie hatten mir den Wind aus den Segeln genommen. Den Verlust musste ich erst einmal verdauen. Voigt hatte vorerst gewonnen. Dabei hatten sie leider außer Acht gelassen, dass die Situation schnell kippen konnte, wenn Voigt sie das nächste Mal spüren ließ, dass er beider Leben in der Hand hielt, und er seine Meinung änderte. Vielleicht dachten sie dann wieder anders darüber.

Eine Kollegin kam herein und verschwand in einer Kabine. Stillschweigend wuschen wir uns die Hände und verließen die Toilette gemeinsam. Draußen rannten wir Voigt und dem Kommissar in die Arme. »Hier sind Sie!«, sagte unser Chef missbilligend und entschuldigte sich bei Marco Kühn: »Kollektivpinkeln scheint sich bei einigen der Mitarbeiterinnen zu einer neuen Sportart entwickelt zu haben.«

Er zeigte auf mich. »Herr Kühn möchte mit Ihnen reden.« Ein Seitenblick von ihm reichte aus, dass Özlem mit gesenktem Kopf davoneilte. Silvie nahm ebenfalls eine demütige Haltung an und verschwand hurtig in ihrem Vorzimmer.

Wir kamen an der Kaffeeküche vorbei. Kühn fragte mit seinem Blick, ob wir uns dort hinsetzen wollten.

»Da wird geputzt. Wir gehen in mein Büro, da sind wir ungestört.«

Ich räumte den zweiten Stuhl frei und bot ihm den Platz an. Er setzte sich. Ich drehte meinen Stuhl zu ihm herum, ließ mich nieder und wartete auf seine Fragen.

»Lektorieren Sie immer noch Dolores' Fritz Werk? Ich mag ihre Thriller.«

»Wirklich? Ich hätte nicht gedacht, dass sich ein Kommissar in seiner Freizeit auch noch Gewalt in literarischer Form reinzieht. Haben Sie davon nicht genug durch Ihren Job?«, fragte ich mies gelaunt.

»Sie haben bisher ausschließlich Liebesromane lektoriert. Haben Sie deshalb genug von der Liebe und gehen privat keine Liebesbeziehung ein?«

»Ich gucke genauer hin und lasse mich nicht gleich von jedem dahergelaufenen Typen anflirten«, sagte ich mit einer Prise zu viel Sarkasmus in der Stimme.

Er konterte: »Wie schön, dass Sie sich Ihre kindliche Neugier bewahren konnten.«

Sein Smartphone in der hinteren Hosentasche signalisierte mit einem Ton den Eingang einer Nachricht. Marco Kühn holte es raus. Sein kurzer Blick auf das Display verriet mir, dass die Botschaft unwichtig war. Schade, dass er nicht zu einem anderen Fall gerufen wurde. Ich hatte im Moment echt keine Lust, auf seine Fragen zu antworten.

Mein Stirnrunzeln interpretierte er falsch, denn er erklärte: »Es heißt doch, Kinder suchen immer nach dem Geheimnis hinter dem Spiegel, während wir Erwachsenen uns mit der Oberfläche begnügen. Ich bin auch kritisch und lese nicht alles, was Spannung verspricht.«

Ich hatte gerade andere Sorgen. Die Tatsache, dass Silvie und Özlem unserem Vorhaben, Voigt zu killen, den Rücken gekehrt hatten und sich mit der Situation abfanden, lag mir schwer im Magen. Ich kam mir verraten vor. »Über Geschmack lässt sich ja bekanntlich streiten. Sie sind bestimmt nicht hier, um mit mir über gute und schlechte Spannungsliteratur zu diskutieren«, versuchte ich das Gespräch abzukürzen. »Worum geht's? Sie wollen noch einmal mit mir sprechen, weil ...?«

»Der Schütze ...«

»Ich habe ihn nicht gesehen«, unterbrach ich den Kommissar barsch.

»Sicher?« Er musterte mich wieder mit seinem Röntgenblick. Enttäuschung und Wut machten nun der Nervosität Platz. Ich schnappte mir einen Bleistift und drehte ihn zwischen den Fingern.

»Er ist tot.«

»Sie haben ihn? Gratulation! Dann können wir uns ja wieder sicher fühlen«, rief ich ein wenig zu laut und enthusiastisch. Unruhig rutschte ich auf dem Stuhl hin und her, zwang mich zum Stillsitzen und schob mir die Brille zurecht. Vor meinem geistigen Auge sah ich das Bild des blutüberströmten Schroth in der Badewanne. Hoffentlich hatte ich in der Wohnung keine Spuren hinterlassen. »Danke, dass Sie sich die Mühe gemacht haben und extra hierhergefahren sind, um uns, also auch mich, zu informieren. Herr Voigt wird bestimmt erleichtert sein. Das freut mich sehr«, log ich.

»Ja, das ist er. Mir scheint jedoch, dass Sie diese Information eher beunruhigt.«

»Mich?« Ich tippte mir mit dem Bleistift an die Brust und warf ihn auf den Schreibtisch zurück.

»Da irren Sie.«

»Sie wirken so nervös.«

»Ich?«

Er nickte und lächelte kein bisschen. Der Bleistift rollte vom Schreibtisch herunter. Ich bückte mich und hob ihn auf.

Er ließ mich nicht aus den Augen. Garantiert wusste er jede kleinste Regung in meiner Mimik zu deuten. Ich hatte einige Folgen von *Lie to me* gesehen und wusste, dass die Körpersprache unsere wahren Gedanken in winzigen Reaktionen, die wir nicht steuern können, verrät. Er war so ein Polizist, der seinen Beruf mit Leidenschaft ausübte und den die Neugier trieb, das Rätsel zu knacken. Das hatte seine Beobachtungsgabe geschärft. Ihm entging quasi nichts. Ich musste verdammt aufpassen. »Ich stecke momentan tief im Lektorat. Der Abgabetermin rückt unaufhörlich näher. Das ist wie eine tickende Zeitbombe. Jede Unterbrechung wirft mich zurück, weil ich dann länger brauche, um wieder in den Text reinzukommen. Das macht mich gerade nervös.«

Hoffentlich würde ihn meine Ausrede überzeugen.

»Das klingt zwar plausibel. Ich denke aber, Sie sind nervös, weil wir Olaf Schroth gefunden haben. Er lag mit aufgeschnittenen Pulsadern in seiner Badewanne. Es sah nach einem Suizid aus.« Ich bemühte mich um einen neutralen Gesichtsausdruck. Oder sollte ich besser überrascht gucken?

»Sie müssen mir keine Überraschung vorspielen.«

Verflucht! War ich so durchschaubar?

»Sie kennen ihn und Sie waren da. Zweimal. Einmal vor dem Anschlag auf Ihren Chef und einmal kurz danach.«

Ich schluckte und wusste nicht, was ich sagen sollte.

Abstreiten, dachte ich. Streite es ab!

Er blufft und will dir eine Falle stellen. Die einzige Person, die dich gesehen hat, war die alte Nachbarin und die hat dich für eine Angestellte der Hausverwaltung gehalten. Sie könnte dich nie identifizieren. Du hattest ein Kopftuch auf und trugst eine Sonnenbrille.

»Wer behauptet das? Ich kenne keinen ... wie sagten Sie ... Holger Schrott?«, erwiderte ich mit Unschuldsmiene.

»Olaf Schroth, ein ehemaliger Scharfschütze der Bundeswehr, jetzt erfolgloser Maler, der sich anscheinend mit Auftragsmorden ein Zubrot verdienen wollte.«

»Woher soll ich so jemanden kennen? Ich habe ausschließlich mit Schriftstellern zu tun, die sind manchmal zwar auch etwas verrückt, aber ...«

»Sie sind eine grottenschlechte Lügnerin. Das ist mir bereits bei unserer ersten Begegnung aufgefallen. Die Suche nach einem Profikiller ... ich erinnere mich noch genau an den Suchverlauf in Ihrem Smartphone, er galt nicht der Recherche zu einem Thrillertext. Sie wollten tatsächlich einen Mord in Auftrag geben!«

Ich fing an, hysterisch zu lachen. »Das ist nicht Ihr Ernst, oder?«, fragte ich und schlug mir dabei mit den Händen auf die Oberschenkel. »Weil Sie in meinem Handy das Wort Profikiller gesehen haben, schließen Sie daraus, dass ich diesen Schrott ...«

»Schroth«, verbesserte er mich.

»Dass ich diesen *Schroth* engagiert habe, damit er auf die Fenster unseres Verlags schießt.«

»Nicht auf irgendwelche Fenster, Frau Werkmeister! Er hat gezielt auf das Fenster von Herrn Voigt geschossen.«

Zu mehr als einem entrüsteten Prusten war ich nicht fähig. Ich gab ihm mein Handy: »Bitte, prüfen Sie ruhig nach, ob ich mit diesem Mann telefoniert habe ... ob ich mir mit ihm per SMS oder per E-Mail geschrieben habe.«

Marco Kühn lehnte es ab. »So dumm sind Sie nicht und Sie haben auch fast alle Fingerabdrücke in der Wohnung von Olaf Schroth beseitigt, aber einen haben unsere Techniker doch erwischt. Er stimmt zu 99,95 Prozent mit denen überein, die unsere Datenbank als Ihre identifiziert hat. Sie erinnern sich? Wir haben die Fingerabdrücke aller Mitarbeiter nach dem Anschlag genommen, um auszuschließen, dass der Schütze vor der Tat die Verlagsräume zum Beispiel als Gebäudereiniger ausgekundschaftet hat. Außerdem hat Schroths Nachbarin ausgesagt, dass eine mysteriöse kleine Frau bei ihm war.«

Ja, ich erinnerte mich an die Fingerabrücke, leider. Und an diese blöde Nachbarin ...

»Sie können es abstreiten, Sie haben das Recht, sich einen Anwalt zu nehmen.«

Tränen schossen mir in die Augen. »Warum ... warum sollte ich so etwas tun, diesen Herrn Schroth mit einem Mord beauftragen?«

»Das frage ich Sie.«

»Haben Sie einmal darüber nachgedacht, dass jemand meinen Fingerabdruck dort platziert hat, um einen blöden Verdacht auf mich zu lenken? In den wirklich guten Thrillern ist das keine Schwierigkeit.« Angriff war immer noch die beste Verteidigung. Er machte große Augen und wartete auf eine Erklärung von mir.

»Dieser Anschlag auf unseren Chef ist missglückt. Wenn Schroth ein ehemaliger Scharfschütze bei der Bundeswehr war, hätte er Sebastian Voigt aus der geringen Entfernung garantiert nicht verfehlt, außer er wollte ihn verfehlen.« Ich zeigte mit dem ausgestreckten Arm auf das gegenüberliegende Gebäude.

»Was wollen Sie damit sagen?«

»Das dieser Anschlag auf das Leben unseres Chefs vielleicht von ihm selbst inszeniert war.«

Kühn runzelte die Stirn. Die Strategie war gut. Der Gedanke irritierte ihn. Er überlegte.

Ich sagte: »Unter uns. Voigt ist ein Arschloch. Er hat sich hier über Frau Krohn eingeschlichen und wird von ihr protegiert, wenn Sie verstehen, was ich meine.«

»Er hat eine Affäre mit ihr?«, fragte Kühn interessiert, als wäre es für ihn eine Neuigkeit. Dabei hatten wir ihn mit dem anonymen Anruf nach Hubertus' Tod bereits darüber in Kenntnis gesetzt.

Ich spielte das Spiel mit. »Ja, seitdem er hier angefangen hat. Wahrscheinlich schon vorher. Die Ehe der Krohns lief länger nicht mehr rund und war nur noch eine Zweckgemeinschaft.«

»Das wissen Sie woher?«

»Ich habe Augen im Kopf, außerdem hat es mir Herr Krohn selbst erzählt.«

»Also hatten Sie doch eine Affäre mit ihm und haben ihn getröstet.«

»Warum unterstellen Sie mir immer, dass ich eine Affäre mit ihm hatte?«

Der Kommissar sah mich prüfend an. »Frau Krohn und Herr Voigt haben das jedenfalls behauptet. Einige Mitarbeiter Ihres Verlags waren felsenfest davon überzeugt, weil Herr Krohn mehr Zeit mit Ihnen als den anderen Lektoren verbracht hat.«

Ich hoffte, dass er mit diesen Mitarbeitern nicht Silvie und Özlem meinte. Nein, das würden sie nicht tun, das traute ich ihnen nach allem, was wir in den letzten Wochen gemeinsam durchgemacht hatten, nicht zu. Zumindest Özlem nicht. Silvie hatte sich schon einmal von Voigt benutzen lassen und gegen mich intrigiert. Da wurde sie aber von ihm erpresst.

Kühns nächster Satz holte mich aus meinen Gedanken. »Außerdem hat er Ihre Ideen immer angenommen, auch wenn sie noch so grottenschlecht waren.«

»Noch mal! Er war wie ein Vater zu mir. Und ja, wir hatten die gleichen Ansichten darüber, welche Inhalte in ein ausgewogenes Verlagsprogramm sollten. Lesen bildet. Lesen unterhält, Lesen bringt Menschen zum Nachdenken und vor allem löst es Gefühle aus. Wir haben doch eine Verantwortung, was da draußen in den Buchhandlungen auf den Tischen liegt. Die Realität ist oft grausam genug. Dazu muss und kann man mit Literatur einen Gegenpol schaffen, damit wir nicht total verrohen. Reicht es nicht, dass wir in den Nachrichten, in den meisten Serien, Filmen und Computerspielen suggeriert bekommen, dass es vollkommen normal sei, sich gegenseitig abzuschlachten? Es gibt sie noch, die wahre Liebe! In unseren Büchern zumindest.«

Zwar klang ich wie die Moderatorin einer Dauerwerbesendung, aber ich meinte es genauso, wie ich es gesagt hatte. Das war mein Anspruch an die Bücher, die ich akquirierte.

»Interessant«, murmelte er etwas halbherzig.

»Eigentlich will ich Ihnen keinen ellenlangen Vortrag über die Rolle der Unterhaltungsliteratur in der Gesellschaft halten. Fakt ist, nach Hubertus' Tod hat Margarethe Krohn Herrn Voigt auf den Chefposten katapultiert. Ob freiwillig oder unter seinem Druck, keine Ahnung. Ja, es hat mich enttäuscht, dass Hubertus ihn mir als Programmleiter vor die Nase gesetzt hat. Nun ist Hubertus tot und ich habe den leisen Verdacht, dass Margarethe ihrem Mann diese Entscheidung abgerungen hatte. Wer weiß, warum? Und ehrlich, seitdem habe ich null Interesse, weiter in diesem Verlag zu arbeiten, weil Hubertus' Verlegerphilosophie mit ihm gestorben ist.«

Seit Silvie und Özlem mich im Stich gelassen hatten, war jeglicher Kampfgeist in mir erloschen. Davon konnte ich Marco Kühn aber genauso wenig erzählen wie von meinen Mietschulden oder der Tatsache, dass Voigt mich nicht gehen ließ. Dann hätte der Kommissar mich mit einem handfesten Motiv für einen Auftragsmord an der Angel.

Ich versuchte mich wie bei einer Romanfigur in seine Gedankengänge hineinzuversetzen: Die Nachbarin hatte bezeugt, eine Frau zweimal bei Schroth gesehen zu haben. Wegen meiner Google-Suche und Voigts Beschuldigungen verdächtigte er mich, dass ich Schroth beauftragt hatte, Voigt umzubringen. Wahrscheinlich nahm er an, dass ich Schroth noch mal aufgesucht hatte, um ihn wegen des missglückten Anschlags zur Rede zu stellen.

»Sie suchen einen neuen Job? Hallo?«

Wie von Ferne kam Kühns Frage in meinem Gehirn an.

»Ja, äh ... ich bringe nur noch das angefangene Projekt zu Ende. Ich mag keine halben Sachen.«

»Deshalb haben Sie Schroth umgebracht.«

»Wie?«

»Er war vollgepumpt mit Alkohol. Er kann keinen Suizid begangen haben, sondern wurde ermordet.«

Oh! Jetzt verstand ich. Marco Kühn verdächtigte mich, meinen Auftragsmörder umgebracht zu haben. Diese Anschuldigung musste ich erst einmal verdauen.

»Hatten Sie Wut wegen des missglückten Attentats oder wollten Sie nur Ihre Spuren verwischen, weil ich Ihnen auf die Schliche gekommen bin?«

Sprachlos starrte ich ihn an.

»Wir haben den Ablauf der Tat mithilfe der Gerichtsmedizin rekonstruieren können. Laut Aussage kam Schroths Nachbarin kurz nach dem von uns bestimmten Todeszeitpunkt eine ziemlich kleine Frau in Trenchcoat, Kopftuch und Sonnenbrille im Innenhof entgegengelaufen. Ich rede von der Nachbarin, der Sie die Einkaufstüten hochgetragen haben und die Ihnen einen Tag vorher den Schlüssel für Schroths Wohnung gegeben hatte, weil sie annahm, Sie seien von der Hausverwaltung geschickt worden.« Er machte eine rhetorische Pause.

Ich schluckte. Meine Halsschlagader pulsierte.

»Sie nehmen tatsächlich an, ich habe einen Mord begangen und dann der alten Nachbarin des Opfers die Einkaufstüten hochgetragen? Das bedarf verdammt starker Nerven.«

»Woher wissen Sie, dass Schroths Nachbarin alt ist? Das habe ich mit keinem Wort erwähnt?«

Mist! Ich hatte mich verraten. Was für ein Fuchs Marco Kühn doch war.

»Das weiß ich natürlich nicht. Ich habe gefolgert, dass es sich um eine alte Frau handeln muss, wenn ihr jemand die Einkaufstüten hochträgt«, versuchte ich mich herauszureden.

Der Kommissar fuhr fort: »Auf Nachfrage bei der Hausverwaltung habe ich erfahren, dass keine Ihrer Mitarbeiterinnen in der Schanzenstraße 115 war, weder am Mittwoch noch am Donnerstag. Außerdem gibt es keine Mitarbeiterin, die auf diese Beschreibung passt. Alwine Werkmeister, ich muss Sie wegen Verdacht des Mordes an Olaf Schroth vorläufig festnehmen.«

»Ach, allein die Tatsache, dass ich nur eins sechsundfünfzig messe, macht mich zu einer Mordverdächtigen in dem Fall. Das ist Diskriminierung«, protestierte ich. »Wissen Sie, wie viele Frauen da draußen herumlaufen, auf die diese Beschreibung passt?«

»Genau deshalb machen wir eine Gegenüberstellung auf der Polizeiwache. Entweder Sie folgen mir freiwillig oder ich muss Sie in Handschellen abführen.«

Ich sprang hoch, er hielt mich fest. Die Tür ging auf und Voigt guckte herein. »Wie weit sind Sie mit dem Klappentext ... Entschuldigung, Herr Kommissar! Ich dachte, Sie sind längst fertig.« Er hob die Hände.

Kühn erwiderte: »Ich muss Ihre Mitarbeiterin leider zu einer Gegenüberstellung auf die Dienststelle mitnehmen. Es tut mir leid, wenn ich Ihnen gerade in Ihren Zeitplan dazwischenfunke. Ich hoffe, dass Dolores Fritz' neues Buch trotzdem pünktlich erscheinen wird. Ich bin ein großer Fan ihres letzten Thrillers.«

»Was ist denn passiert?«, fragte Voigt und ich sah die Scheinheiligkeit in seinen Augen. In Wirklichkeit freute er sich darüber, dass ich vor Angst und Panik kurz davor war, zu hyperventilieren.

Dieser verdammte Fingerabdruck. Ich wollte mich eigentlich nur von Voigt befreien. Und nun? Ich werde verhaftet, weil ich den Profikiller, der sich als Dilettant entpuppt hat, ermordet haben soll. Wie absurd. Und Voigt lebt immer noch und hat mich mehr als zuvor in der Hand.

Voigt machte große Augen. »Hat sie etwas angestellt?«

Nun frag doch nicht so hinterfotzig.

»Ihre Mitarbeiterin wurde am Mittwochabend und am Donnerstagnachmittag gegen fünfzehn Uhr in der Schanzenstraße gesehen.«

Voigt runzelte die Stirn. »Das kann aber nicht sein. Am Mittwochabend hat sie Überstunden geschrubbt, da waren wir bis weit nach zweiundzwanzig Uhr noch im Büro und haben die ersten Ideen für das zukünftige Herbstprogramm diskutiert. Und am Donnerstagnachmittag hat sie mich gegen vierzehn Uhr zu Hause aufgesucht, weil sie sich nach dem Anschlag Sorgen um mich gemacht hat. Wir haben dann mindestens bis siebzehn Uhr zusammengesessen. Das kann Ihnen sogar meine Putzfrau bestätigen. Haben Sie ihm das nicht gesagt, Frau Werkmeister?«

Mir klappte der Unterkiefer herunter. Was hatte das denn jetzt zu bedeuten?

Erst droht er, mich an die Polizei zu liefern, und dann haut er mich mit einem falschen Alibi wieder raus?

»Herr Kommissar, ich bitte Sie, es kann sich nur um eine Verwechslung handeln.«

Marco Kühn runzelte zwar die Stirn, brachte aber keine Gegenargumente. »Also, wenn Sie das bezeugen können, ist das natürlich etwas anderes. Entschuldigen Sie bitte, Frau Werkmeister, das hätten Sie mir aber wirklich sagen sollen. Na, dann auf Wiedersehen!«

»Hoffentlich nicht!«, sagte Voigt und ergänzte in seinem charmantesten Ton: »Ich meine dienstlich.« Und mich bat er: »Ach, Frau Werkmeister, geben Sie doch dem Herrn Kommissar ein paar Spannungsromane mit. Der neue von Frau Fritz braucht ja noch ein bisschen.« Er wandte sich wieder an Kühn. »Eine kleine Aufmerksamkeit unseres Hauses.«

Ich packte ihm drei Bücher in den Stoffbeutel und sah Voigt hinterher, der den Kommissar zum Fahrstuhl begleitete.

Kapitel 31

Kurze Zeit später steckte mein Erzfeind den Kopf zu mir ins Büro. »Sie könnten wenigstens Danke sagen«, höhnte Voigt, lehnte sich mit dem Rücken am Türrahmen an und überkreuzte Arme und Beine lässig.

Ich starrte auf den Computerbildschirm. »Warum haben Sie das getan?«

»Warum? Dolores' Roman muss fertig werden, sie steckt in einer Blockade. Allein Sie können das in Ordnung bringen, weil Dolores sich weigert, mit jemand anderem zu arbeiten. Es nützt mir nichts, wenn Sie jetzt schon im Knast landen.« Er grinste schadenfroh. »Packen Sie Ihren Kram zusammen! Ich fahre Sie persönlich hin, damit ich sichergehen kann, dass Sie auch ankommen.«

»Das ist Freiheitsberaubung. Ich bin weder Ihre noch Dolores' Leibeigene.«

Er lief an mir vorbei zum Fenster, zeigte hinunter und sagte: »Der Kommissar ist noch in Sichtweite. Es kostet mich einen Anruf, dann klicken die Handschellen zu. Was sind schon drei bis vier Monate gegen *lebenslänglich* Gefängnis oder Psychiatrie?«

Ich setzte zum Protest an und holte Luft. Er verbot mir den Mund mit einer Handbewegung, kam direkt auf mich zu und zwang mich auf den Stuhl. Er beugte sich zu mir herunter und flüsterte in mein Ohr: »Die Kolleginnen haben mir erzählt, dass Sie sich komisch benehmen und ein Tagebuch mit Mordfantasien führen, in denen ich das Opfer bin. Das ist ein bisschen krank, oder? Allein das reicht aus, um Sie für den Anschlag auf mich verantwortlich zu machen. Was glauben Sie, was der Kommissar dazu sagt?«

Woher wusste er ... Mir wurde kotzübel.

»Mir reden Sie ständig ein, dass Dolores Sie zu Tode erschreckt. Kann es sein, dass Sie sich da einfach nur hineinsteigern? Ich habe da ein wenig recherchiert ... Ja, Sie hatten eine schwere Kindheit mit einem gewalttätigen Vater. Um Sie vor ihm zu schützen, hat Ihre Mutter Sie im Schrank versteckt. Buhu, mir kommen gleich die Tränen. Aus Ihrer Opferrolle haben Sie bis heute nie herausgefunden, aber vielleicht sollten Sie jetzt endlich mal die Arschbacken zusammenkneifen. Wir könnten so ein gutes Team sein. Sie, Dolores und ich.« Er strich mir sanft über den Kopf und eine Ekelgänsehaut breitete sich über meinen ganzen Körper aus. »Ihre Entscheidung, Alwine«, hauchte er. Ich schüttelte mich.

Zum Schein lenkte ich ein, auch weil mir meine derzeitige ausweglose Situation bewusst war. »Sie haben mich überredet. So schlimm wird es bestimmt nicht werden.« Ich packte meinen Kram zusammen. »Gleich morgen früh fahre ich zu ihr raus.«

Er schüttelte den Kopf. »Nein! Wir fahren jetzt sofort. Die Zeit drängt. Ich kenne Dolores. Sie ist in einem sehr kritischen Zustand, da zählt jede Stunde. Sonst steigert sie sich so weit in ihre Blockade, dass es bis zu einem Jahr dauern kann, bis sie den ersten Satz schreibt.«

»Ich brauche zumindest ein paar Sachen von zu Hause.«
»Die holen wir.«

Ich kam mir vor wie eine Gefangene, die der Wärter nicht aus den Augen lässt. Anscheinend hatte er Angst, dass ich es mir anders überlegte oder ihn austrickste. Ich klemmte mir den Laptop unter den Arm und nahm Kurs auf Voigts Vorzimmer.

Er lief hinter mir her und fragte »Wo wollen Sie hin?«

»In den nächsten Wochen muss schließlich jemand meine Blumen gießen.«

Trotz allem fühlte ich mich mit Silvie und Özlem verbunden. Außerdem wollte ich, dass sie erfuhren, dass ich mich ebenfalls in mein Schicksal fügte. Würden sie mich vielleicht sogar retten, wenn Dolores es übertreiben sollte?

Schnurstracks eilte ich weiter, bis ich in Voigts Vorzimmer ankam. Ich legte Silvie den Zweitwohnungsschlüssel auf den Schreibtisch und sagte: »Ich bin dann mal weg, Schreibklausur mit Dolores! Kannst du bitte einmal pro Woche meine Blumen gießen?« Dabei versuchte ich ihr mit den Augen ein Zeichen zu geben, dass ich von Voigt erpresst wurde und nicht freiwillig zu meiner Psychoautorin fuhr.

»Wie lange wird es denn dauern?«, fragte Silvie erstaunt.

Voigt trat heran, guckte mir über die Schulter und fixierte Silvie mit forschendem Blick. »So lange wie nötig«, antwortete er.

Wenige Stunden später hielten Voigt und ich vor Dolores' Reetdachkate. Wir waren noch kurz zu mir gefahren und ich hatte schnell ein paar Kleidungsstücke eingepackt.

Die Hunde rannten vom Grundstück herunter und versuchten uns bellend zu vertreiben. Voigt stellte den Motor ab und blieb hinter dem Steuer sitzen. Die Rottweiler flößten ihm offenbar Respekt ein. Dolores humpelte in Bienenschutzkleidung um die Ecke, sah uns und scheuchte ihre Vierbeiner weg. Bruno und Klausi trollten sich und verschwanden auf dem Hof.

»Was für eine Freude, Alwine!«, jubelte sie, als wir ausstiegen. Voigt holte mein Gepäck aus dem Kofferraum seines roten Sportflitzers und stellte den Rollkoffer auf dem Weg ab.

»Du hast sie also überreden können.« Sie nahm ihren Bienenhut ab. Ihr verschlagener Blick traf mich wie ein vergifteter Indianerpfeil. Ich saß in der Falle.

»Ich danke dir, mein Junge.« Freudig erregt tänzelte sie herum und tätschelte ihm den Arm. Mürrisch trat er einen Schritt rückwärts und knurrte leise wie ein Hund, der nicht gestreichelt werden wollte. Er zog eine Augenbraue hoch und sagte: »Geh sorgsam mit deinem Spielzeug um und mach es nicht wieder vorzeitig kaputt.«

Was hatte das denn zu bedeuten? Vielleicht hätte ich gründlicher zu ihr recherchieren sollen. Das klang ja fast so, als hätte Dolores jemandem auf dem Gewissen.

Ihr Gesichtsausdruck wurde vorwurfsvoll. Sie leckte sich die Lippen. »Du sprichst wie eine Mutter. Dabei ...«

»Entschuldige, ich mache mir eben Sorgen. Die Werbekampagne kostet ein Vermögen«, fuhr er ihr ins Wort und trug meinen Koffer ins Haus. Ich blieb wie angewurzelt stehen. In mir sträubte sich alles.

Sie rief ihm hinterher: »Setz mich nicht unter Druck! Du weißt, dass ich dann keinen Buchstaben aufs Papier bringe.« Ihre Atemfrequenz stieg, ihr Körper verkrampfte und das Gesicht nahm den irren Ausdruck an, den ich aus Filmen über psychisch Kranke kannte. Die Finger schaufelten Luft und bewegten sich wie die Arme eines Kraken, der gegen die Strömung anschwamm. Oder machte sie sich locker, weil sie ihm gleich die Kehle zudrücken wollte?

Nein. Sie holte nur ihre Elektrozigarette hervor und paffte hektisch drauflos.

Voigt stellte den Koffer im Flur ab und kam zurück. »Beruhige dich!«, mahnte er und log: »Ihr habt alle Zeit der Welt.« Dabei strich er ihr sanft über die Schulter. Guck an, dachte ich, Voigts Selbsterhaltungstrieb fördert sein Einfühlungsvermögen zutage.

Dolores schnaufte und fasste sich an die Brust. Ihre entgleisten Gesichtszüge entspannten sich. Ob es an seiner Aussage oder der Wirkung des Nikotins lag, konnte ich nicht deuten.

Nach einem kurzen Aussetzer – sie starrte mit leerem Blick vor sich hin – schnappte sie sich unvermittelt meine Hand. »Komm Alwine, dein Bett kennst du ja bereits.« Unweigerlich zuckte ich zusammen.

»Macht es euch gemütlich«, sagte Voigt und ich hatte das Gefühl, dass er es verdammt eilig hatte, von hier wegzukommen. Er sprang in den Wagen und überließ mich der Irren.

Dolores winkte, lächelte hinterlistig und sagte leise: »Das werden wir.« Dann schob sie mich ins Haus.

»Lass uns da weitermachen, wo wir bei deinem letzten Besuch stehen geblieben waren. Wir wollen Sebastian nicht enttäuschen.«

Sie legte den Bienenhut auf einem Stuhl neben der Eingangstür ab und kämmte sich das zerzauste Haar mit den Fingern, als würde sie damit ihre Gedanken ordnen. »Du kennst *Sie* von meinem Freund Stephan?«

Was für eine Frage? Wer kannte die Geschichte von dem verunglückten Schriftsteller nicht, den eine verrückte Krankenschwester gefangen hielt und zwang, einen Misery-Roman für sie allein zu schreiben. Außerdem hatten wir schon bei meinem letzten Besuch darüber gesprochen. Litt sie unter Gedächtnisverlust?

»Meine Idee ist, dass ein verrückter Schriftsteller eine Lektorin gekidnappt hat, weil sie sein Lebenswerk zerstört und ihn bezichtigt, dass er alles abgeschrieben hat.«

Ja, ich weiß. Das hast du mir auch schon erzählt. Aber du weißt nicht, dass ich mittlerweile herausgefunden habe, dass du die Geschichte des Möchtegernschriftstellers Anonymus kopierst.

Ich runzelte die Stirn »Ist das eigentlich deine Idee?«, rutschte es mir heraus.

Im nächsten Moment wusste ich, dass die Frage ein Fehler gewesen war. Ihr Gesicht verzerrte sich zu einer bösartigen Fratze. »Die Lektorin zerstört mit ihren Streichungen und Anmerkungen das Meisterwerk des Autors und macht ihn mit diesen Anschuldigungen sehr wütend.«

»Okay«, sagte ich mit einem flauen Gefühl im Magen.

Dolores zeigte mit dem Finger auf mich und erhob die Stimme. »Du bist nur eine kleine Lektorin, ein farbloses Nichts. Mein Name steht auf dem Cover.«

Forsch drängte sie mich mit ihrem Körper in das Zimmer, wo das Metallbett stand, an dessen Kopfende die Kette hing. »Ich weiß, dass du meine Geschichten nicht magst. Sebastian hat mir am Sonntag deine Überarbeitung meines Erstlings übergeben. Lächerlich, was du aus diesem Meisterwerk gemacht hast. Du hast daran gefeilt, geschnitten und gesägt. Mit jedem Satz, jedem Wort, das du durchgestrichen hast, hast du es langsam zerstückelt und den Figuren die Seelen geraubt, bis sie vor Schmerzen zusammengebrochen sind. Und dann diese tausend Adjektive. Ich hasse Adjektive. Es tut mir leid, Alwine, aber Sebastian hat dich belogen. Du bist eine Figurenmörderin und damit eine Gefahr für uns und unseren Verlag. Deshalb habe ich den Auftrag, dich langsam zu töten.«

Ich blieb reglos stehen und dachte, sie bluffte und spielte lediglich die Situation durch, die sie als Aufhänger für den neuen Thriller nutzen wollte. In *Blutmond* von Anonymus hörte der schizophrene Schriftsteller Stimmen, die sein Handeln kommentierten und ihm Befehle erteilten.

»Okay, du hast den Auftrag, mich zu töten. Wer hat dich beauftragt?«, fragte ich und versuchte, ihr Spiel mitspielen.

Sie stand stocksteif da, den Blick wie nach innen gerichtet, und schien meilenweit von diesem Ort entfernt zu sein.

»Gut, das können wir auch später herausfinden.« Mit dem Satz versuchte ich, sie in die Realität zurückzuholen. Angespannt wartete ich darauf, dass sie im nächsten Moment aus der Rolle der Romanfigur, des verrückten Schriftstellers schlüpfte und irgendetwas geschah, was diese absurde Situation auflöste.

Doch nichts dergleichen passierte. »Dolores?«, fragte ich und wedelte mit meiner Hand vor ihrem Gesicht herum. Sie war wie weggetreten und guckte durch mich hindurch. Ich wartete einen Moment ab, dann sagte ich: »Der Grundplot geht also darum, dass sich der Schriftsteller an seiner Lektorin rächen will, weil er denkt, dass sie sein Werk ruiniert hat? Oder ist es wie bei *Sie*, dass die Lektorin den Schriftsteller beschuldigt, er hätte die Idee für seinen Roman geklaut? Ich verstehe das noch nicht ganz.«

In einer unvermittelten Bewegung warf sie mich auf das Bett, schnappte nach der Kette und schloss mit einem Klicken die Handschelle um mein linkes Handgelenk.

»Du irrst, hier geht es nicht um meinen neuen Thriller, sondern um dich. Du bist genau wie sie, eine Gefahr für uns Autoren.«

»Mach mich bitte los! Ich bin freiwillig hier, um dir zu helfen.«

Sie schüttelte verneinend den Kopf.

Meine Angst schlich sich langsam heran. »Sieh mir in die Augen! Du machst mir Angst.« Ich hielt ihr den ausgestreckten Arm hin und hoffte, dass meine Furcht ausreichte, um sie zu inspirieren, dass es ihr nur um diese Furcht ging.

Nein, sie war noch nicht bereit, das Spiel zu beenden. Ich fragte: »Sie?«

»Martha, meine ehemalige Lektorin.«

Mir hallte Voigts letzter Satz in den Ohren. *Geh sorgsam mit deinem Spielzeug um und mach es nicht wieder vorzeitig kaputt.*

Lief es darauf hinaus? Eine Metapher. Ich fragte. »Hast du sie *kaputtgemacht*?«

»Das war Sebastians Fehler. Nimmt Urlaub mitten im neuen Buchprojekt und schickt mir diese Figurenmörderin als seine Vertretung. Ganze Handlungsstränge sollte ich umschreiben.

Und dann besaß sie auch noch die Frechheit zu behaupten, ich hätte alles abgeschrieben.«

Martha, Martha? Der Name sagte mir etwas ...

Na klar, die spurlos verschwundene Volontärin, eine Vermisstenmeldung in den Nachrichten. Das war vor zwei Jahren. Martha Weise, sechsundzwanzig Jahre alt und wunderschön, wurde nach einem Discobesuch von ihren Eltern vermisst. Drei Wochen später erhielten sie dann eine Karte aus Portugal. Sie wolle sich erst einmal selbst finden. Die Suche nach Martha Weise wurde eingestellt. Ob sie je wieder aufgetaucht war, hatte ich nicht weiter verfolgt.

»Der Ansatz ist gut. Daraus können wir etwas machen«, lobte ich ihre Idee und lächelte verkniffen in der Hoffnung, dass sie mir endlich die Handschelle abnahm.

Ihre Augen verengten sich zu Schlitzen. Und ich las in ihrem Blick, dass ich mit der Interpretation ihres Verhaltens völlig falsch lag. Das Wort ABGESCHRIEBEN! leuchtete in riesigen Buchstaben an meinem geistigen Horizont. War es das? Vielleicht war die große Dolores Fritz gar nicht so genial und versteckte sich bloß hinter ihrer angeblichen Schreibblockade, damit jemand anderes ihr den Roman schrieb. Vielleicht hatten Voigt und sie das schon bei ihrem Megabestseller so gehandhabt, der als absoluter Überraschungserfolg galt? Davor war Dolores lediglich eine kleine Nummer gewesen.

Mir fielen diese ganzen unverbrauchten dramatischen Situationen aus den Schrottmanuskripten ein, die ich für ihn herausfiltern sollte. Er brauchte sie, um Dolores damit zu füttern. Und plötzlich beschlich mich ein Verdacht. Was, wenn diese verschwundene Martha aus den Nachrichten tatsächlich Dolores' Vertretungslektorin war, während Voigt sich im Urlaub befunden hatte? Martha hatte den Betrug aufgedeckt und Dolores hatte sie zum Schweigen gebracht. Danach kam ihr Megabestseller heraus, der eine ganze Nation zum Lesen brachte.

Warum war sie denn eigentlich nicht bei ihrem alten Verlag geblieben? Warum war sie Voigt zum Phönix Verlag gefolgt, der sich eher mit romantischen Liebesgeschichten einen Namen gemacht hatte? Warum hing sie bloß so an meinem ekelhaften Chef? War sie von ihm abhängig? Tausend Fragen gingen mir durch den Kopf.

Geh sorgsam mit deinem Spielzeug um und mach es nicht wieder vorzeitig kaputt war keine Metapher oder ein Denkanstoß für ihren neuen Thriller. Es war eine reale Warnung!

Hatte Martha Weise vielleicht sogar mit ihrem Lektorat der geklauten Geschichte zum Erfolg verholfen?

Und jetzt sollte ich in Marthas Fußstapfen treten ... Und wenn ich fertig war, würden sie mich auch beseitigen. Waren Voigt und Fritz ein eiskaltes Killerduo?

Ich schüttelte den Gedanken ab wie eine lästige Fliege. Mit mir ging doch gerade die Fantasie durch. Das war zu absurd. Dolores war eine angesehene Bestsellerautorin. Okay, zwar durchgeknallt. Genie und Wahnsinn liegen eben manchmal dicht beieinander. *Kennst du den Roman* Sie *von meinem Freund Stephan?* Er endete damit, dass Anni Wilkes Paul Sheldon nach Vollendung seines Werkes nicht hatte gehen lassen. Ich schluckte. Allmählich begriff ich, dass Voigt und Dolores auch nicht vorhatten, mich gehen zu lassen.

Voigt schickt mich zu ihr, weil ich die Einzige im Verlag bin, die diesen angekündigten neuen Megabestseller von Dolores Fritz – mit der geklauten Grundidee von Anonymus – schreiben kann, weil er mich in der Hand hat und jederzeit ans Messer liefern könnte.

Das war so verrückt. Wenn Voigt sich den Betrug ausgedacht hatte, war er noch skrupelloser, als ich je gedacht hatte. Er hatte Dolores Fritz zur Bestsellerautorin aufgebaut. Sie hatte seinem ehemaligen Verlag millionenfachen Gewinn eingefahren. Ein Erfolg aufgrund von Betrug war wie ein Haus, das man auf

Treibsand gebaut hatte. Beim kleinsten Schubs konnte es zusammenstürzen. Dolores würde ihn bei einem Plagiatsvorwurf mit in den Abgrund reißen. Reichte es aus, ihre Machenschaften aufzudecken, um beide für immer loszuwerden? Wie sollte ich das anstellen? Mittlerweile waren alle gegen mich.

Ich betrachtete die Handschelle. Und ich war ihre Gefangene. Mein Puls beschleunigte sich und ich begann zu schwitzen. *Beruhige dich, es gibt immer einen Ausweg für die Protagonistin.* Nur leider war ich keine Romanfigur und im realen Leben ganz bestimmt keine Heldin. War das meine Strafe, weil ich geplant hatte, Sebastian Voigt umzubringen?

Das Universum schlug zurück ... Nein, eher Voigt.

Er hätte mich locker der Polizei übergeben können. Er hatte meine Festnahme verhindert, weil er sich selbst um die Angelegenheit kümmern wollte, um sich zu rächen. Hier ging es nicht nur um den Thriller von Dolores, sondern auch um sein Ego. Für ihn war es wie ein Schachspiel mit einem schwierigen Gegner. Und ich hatte ihn herausgefordert. Nun galt es, mich zu bezwingen. Silvie und Özlem interessierten ihn nicht. Sie waren meine Türme, die er längst ausgeschaltet hatte. Nun hatte der König freie Bahn und wollte mich mithilfe seiner Dame stürzen.

Okay, solange ich ihnen nützlich war, hatte ich hoffentlich nichts zu befürchten. »Die Kette am Arm behindert mich beim Schreiben. Wie soll ich dir dann helfen?«

»Papperlapapp!« Dolores grinste hinterlistig. Sie legte den winzigen Schlüssel der Handschelle auf die ausgestreckte Zunge und schluckte ihn hinunter.

War sie jetzt völlig durchgedreht?

Dann ging sie hinaus und kam mit einer Coladose, einer stumpfen Säge und der Axt zurück, die sie zum Schlachten der Hühner benutzte, wenn sie ihnen draußen in der Scheune den Kopf abtrennte.

Sie legte beide Werkzeuge auf dem Nachtschrank ab, köpfte die Coladose, trank ein paar Schlucke und kickte sie mit dem Fuß unters Bett, dass die braune Flüssigkeit nur so herausspritzte.

»Zwei, eins oder drei? Du musst dich entscheiden, drei Wege sind frei ...«, sang sie fröhlich.

Dann nahm sie meine Handtasche an sich, in der auch mein Handy war.

Nun war ich vollkommen von der Außenwelt isoliert und konnte niemanden um Hilfe rufen.

Alwine steckt mit Dolores in einer Schreibklausur.

Voigt brauchte nur zu verbreiten, dass ich von niemandem gestört werden wollte, um diesen verdammten Thriller mit ihr zu produzieren, für dessen Kampagne er ein Vermögen ausgab. Dann meldete sich auch keiner bei mir. Nicht einmal Marco Kühn würde nach mir suchen.

Sie kam wieder herein und brachte einen Eimer, eine Ampulle, eine Spritze und Verbandszeug, das sie auf der Kommode neben einer Glaskanne voll Wasser ablegte. »Einziges Hindernis beim Abstreifen der Handschelle ist dieser verdammte Daumen. Wusstest du, dass der Daumen ein Geniestreich der Evolution war, damit wir die dreidimensionale Welt im wahrsten Sinne des Wortes begreifen konnten? Es heißt sogar, dass der Daumen unseren Verstand erst in Gang gesetzt hat. Verrückt, oder?« Dolores kicherte hinterhältig.

Ich konterte: »Das einzige Hindernis zum Glück sind Menschen, die andere rücksichtslos für ihre Interessen benutzen.«

Sie erklärte mir, dass in der Ampulle Morphium wäre und wie ich die Spritze benutzen sollte. »Es wirkt innerhalb weniger Sekunden. Und du spürst keinen Schmerz. Wie du siehst, möchte ich vermeiden, dass du unnötig leidest.« Sie legte beides beiseite, nahm die Wasserkanne und ertränkte die vertrocknete Pflanze auf dem Fensterbrett. Das Wasser lief unten am Blumentopf wieder heraus. Der Untersetzer, ein ausrangierter Porzellanteller, füllte sich bis zum Rand. Die Flüssigkeit kam zum Stillstand und wölbte sich regelrecht am Tellerrand. Ein Tröpfchen rutschte ab und riss alle anderen mit in den Abgrund. Die Flut brach los. Wasser rann im Bach die Wand herunter und hinterließ dunkle Streifen. Dolores betrachtete den Schaden. »Blindling!«, schimpfte sie sich selbst, stellte die Kanne ab, hielt den Blumentopf darüber und schüttete den Porzellanteller aus. »Manche Pflanzen sind echte Überlebenskünstler, die hier hat es vier Wochen ohne Wasser geschafft«, sagte sie, bevor sie Kanne und Blumentopf nebeneinander auf dem Fensterbrett abstellte.

»Bevor wir loslegen, braucht Lori eine kleine Auszeit und muss einmal abtauchen. Du kommst zurecht?«, fragte sie und guckte mich an wie eine Mutter, die sich fragte, ob ihr Kind in ihrer Abwesenheit auch brav bleiben würde. »Gudi?«

Sie hielt inne, als überprüfe sie gedanklich eine Liste, um sicherzugehen, dass sie nichts vergessen hatte.

Es dauerte zehn Sekunden, bis sie aus ihrer Trance erwachte. Sie schlurfte hinaus, kam im nächsten Moment mit einem Papierstapel herein, dessen Seiten mit Büroklammern zusammengehalten waren und auf dem mehrere Bleistifte und ein Radiergummi lagen. Gelbe Klebezettel lugten an verschiedenen Stellen heraus. Sie legte ihn am Fußende auf das Bett. »Carpe diem! Lori würde sich sehr freuen, wenn du die Figuren wieder gesund machst und ihnen die gestohlenen Wörter zurückgibst. Dann lässt das hohe Gericht die Anklage gegen die böse, böse Wörterdiebin fallen. Dafür setze ich mich ein, das verspreche ich.« Sie hob die Finger zum Schwur. »Warst du ein fleißiges Mädchen, gibt's zur Belohnung? Na, weißt du es?«

Sie winkelte die Arme an, machte ein paar unbeholfene Tanzschritte und sang: »Lirum, larum, Löffelstiel!«

Weil ich nicht reagierte, beantwortete sie die Frage selbst.

»Deine Lieblingskekse gibt es dann. Kein Freudensprung, kein Funkeln in den Augen? Och! Ein bisschen mehr Begeisterung hätte ich schon von dir erwartet.« Dolores glotzte mich enttäuscht an. »Wie dem auch sei. Mama muss jetzt gehen. Die Hunde und Lori brauchen Auslauf und ein kühles Bad in der Ostsee.«

Ich rüttelte an der Kette. »Das ist Freiheitsberaubung!«

Ohne sich noch einmal umzudrehen, humpelte sie hinaus und verschloss die Tür hinter sich. Ich hörte, wie sie den Haken davorlegte. Dann kramte sie im Flur herum. Wenig später knallte die Haustür zu. Dolores rief nach Bruno und Klausi und schob das knarrende Scheunentor auf. Eine Autotür schlug zu. Ich vernahm, wie sie den Motor des Pickup anließ. Ihr Blechwilli stotterte und furzte, dann sprang er an. Die Gänse kreischten und der Kies knirschte unter den Reifen, während sie vom Hof rollte.

Ich setzte mich aufs Bett und versuchte mich zu beruhigen. Das war doch Teil ihres Spiels. Es diente ihrer Inspiration. Andere Autoren backten Tonnen an Keksen und Kuchen zur Recherche oder reisten, um Sinneseindrücke von den Orten zu bekommen, an denen ihre Geschichten spielen sollten. Ich hatte mal ein Interview mit einer berühmten Krimiautorin gelesen. Sie hatte berichtet, dass sie sich oft wochenlang in England aufhielt und regelrecht nach Landschaften und Gebäuden suchte, die am besten geeignet waren, um eine Leiche zu platzieren oder einen Mord zu begehen. Diese Orte fotografierte sie dann. Manchmal entsprang erst aus dem unmittelbaren Eindruck, dem Erlebnis die Idee für einen neuen Roman.

So musste es sein, Dolores hatte eine Schreibblockade und suchte krampfhaft nach der zündenden Idee. Es fiel ihr sicher schwer, nach dem Megabestseller einen noch besseren zu schreiben. Sie hatte sich in den letzten Wochen jedes Mal eine andere Variante für Schreckensszenarien ausgedacht und es tatsächlich geschafft, mir Angst einzujagen. Eine Art Erlebnisbrainstorming zu ihrer Inspiration. Im Nachhinein konnte ich mir einfach nicht vorstellen, dass sie es wirklich ernst meinte und mich wirklich umbringen wollte. Aber wenn doch?

Silvie, Özlem und ich hatten es auch ernst gemeint. Wir hatten den Plan, Voigt zu killen, sogar in die Tat umgesetzt. Unser Pech war nur, dass wir dreimal gescheitert waren. Mein Gewissen meldete sich. Wir waren auch eiskalt und rücksichtslos.

Mein Vater hatte meine Mutter seelisch und körperlich kaputtgemacht. Weder Polizei noch der Staat hatten sie vor diesem Monster beschützen können. Tief in meinem Inneren wusste ich, dass Voigt mich auch nie gehen lassen würde. Er hatte mich endgültig in der Hand. Und niemand würde mir helfen können.

Ich saß ganz schön in der Klemme.

Kapitel 32

Im Haus war es still. Allein diese lächerliche Kuckucksuhr im Wohnzimmer schnitt mit ihrem halbstündlichen Ruf den Zeitstrahl in mundgerechte Stücke. Nach dem zweiten Ruf hörte ich auf zu grübeln. Das half mir nämlich im Moment auch nicht weiter.

Ich nahm Dolores' Erstling zur Hand, las die erste Seite und blätterte so energisch weiter, dass sich die Büroklammern lösten. Dabei dachte ich an ihre unberechtigten Kritikpunkte. Ja, ich hatte beherzt in die Geschichte eingegriffen. Die Seiten waren übersät von Anmerkungen und Streichungen. Ich verstand ja, dass es sie schmerzte, aber nur so war der Text überhaupt lesbar.

Der Kuckuck rief fünfmal. Siebzehn Uhr. Mittlerweile saß ich seit drei Stunden hier fest. Meine Blase meldete sich. Ich drückte die Beine zusammen, dachte an den Eimer neben dem Bett, den sie mir extra zur Verrichtung der Notdurft hingestellt hatte.

»Entwürdigend!« Überhaupt war diese ganze Situation menschenverachtend. Während ich mich hier quälte, spazierte Madame in aller Ruhe mit den Hunden am Ostseestrand entlang und ließ sich den Wind um die Nase wehen. »Das ist Körperverletzung!«, schrie ich. Inspiration hin oder her. Nein ich hatte kein Verständnis dafür. Meine Wut wuchs. Ich pfefferte eine Hand voll Manuskriptseiten in die Ecke, rüttelte an der Kette, brüllte: »Harrrr!«, grapschte nach den Bleistiften und schmiss sie hinterher. Dann verschränkte ich die Arme vor der Brust und schmollte. Ich benahm mich ja schon fast wie die verrückte Lori. Und ich musste pinkeln, verdammt noch mal!

Mich schüttelte es schon. Meine Blase war kurz vorm Platzen.

»Ach, egal.« Ich zog die Hosen runter und hockte mich über den Eimer. »Ahhhh!« Erleichtert ließ ich es laufen und hob dabei das Gesicht zur Zimmerdecke. Mein Blick blieb am Rauchmelder hängen, weil mich ein Lichtpunkt irritierte. Steckte dort eine Kamera drin? War Dolores gar nicht an den Strand gefahren, sondern beobachtete mich? Vielleicht sogar Voigt. Sie konnte mit dem Auto weggefahren sein und zu Fuß hinten herum in die Scheune …

Quatsch, dann hätte ich die Hunde gehört oder die Gänse hätten gekreischt. Außerdem besaß sie keinen Computer. Ich ließ den Rauchmelder nicht aus den Augen und zog meine Hosen wieder hoch. Das Ding blinkte in unregelmäßigen Abständen.

So wie sie einen Schauspieler engagiert hatte, der in die Rolle eines Bombenlegers geschlüpft war, konnte sie genauso gut einen Techniker dafür bezahlt haben, dass er ihr eine Kamera einbaute. Vielleicht hatte er ihr auf dem Heuboden in der Scheune einen Computer so eingerichtet, dass sie von dort oder vielleicht auch von sonst woanders zugucken konnte, was ich in meinem Gefängnis machte. Das gäbe der ganzen Situation einen Sinn. Sie hatte die Lektorin beziehungsweise »Figurenmörderin« eingesperrt und wollte nun durch dieses Schlüsselloch sehen, wie ich reagierte. Gut, dann spielte ich jetzt einmal ein bisschen Big Brother für Dolores. Was erwartete sie? Dass ich versuchte, die Kette durchzuschneiden und mich zu befreien. Na klar! Wie beim letzten Mal wollte sie wissen, ob es realistisch oder unmöglich war, dass ein absoluter Laie aus diesem Gefängnis entfliehen konnte. Na, dann sollte sie doch ihren Spaß haben. Ich hasste sie. Ich hasste Voigt!

Der Kuckuck rief einmal. Neunzehn Uhr dreißig. Die Sonne trug bereits ihr orangefarbenes Abendkleid.

Ich nahm das blutbeschmierte Beil und die stumpfe Säge in die Hand, wägte ab und entschied mich zum Aufbau eines Spannungsbogens für die Säge. Wäre dies hier kein Possenspiel gewesen, hätte ich das Werkzeug gleich beiseitegelegt, weil selbst ein Blinder mit Krückstock auf den ersten Blick sah, dass die Säge mit ihren teilweise abgebrochenen Zähnen völlig nutzlos war, eine Eisenkette zu bezwingen. Ich zog die Kette straff und stellte mich so hin, dass meine Bewegungen für den Beobachter hinter der Kamera gut sichtbar waren. Dann ließ ich das Sägeblatt ein paar Mal halbherzig über die Kette rutschen. Gespielt enttäuscht rief ich: »Geht nicht!«, und schleuderte das Werkzeug in hohem Bogen gegen die Wand.

Ich probierte die Axt aus und schwang sie durch die Luft, um erst einmal ein Gefühl für die Bewegung und das Werkzeug zu bekommen. Sie war schwerer, als ich dachte. Ich zog die Kette straff. Nee, so ging das nicht. Sie musste dafür auf einer harten Unterlage liegen.

Ich setzte mich auf die Bettkante, schob mir den Nachttisch zwischen die Beine und spannte die schwere Eisenkette darüber. Dann holte ich aus und ließ das Beil heruntersausen. Es begrub die Kette in einer Kerbe im Holz unter sich.

Nach x Versuchen gab ich auf. Meine Oberarmmuskeln schmerzten von der Anstrengung. Der Nachttisch war mit Narben übersät. Die Kette hatte gerade einmal ein paar Kratzer. Ich wischte mir den Schweiß von der Stirn und sagte zum Rauchmelder: »Die Axt ist zu schwer. Es ist unrealistisch, dass man immer wieder auf das gleiche Glied trifft, damit es bricht.«

Erschöpft legte ich das Beil beiseite. Ich rollte mich seitlich ab, streifte die Schuhe von den Füßen und zog die Beine ins Bett. Mit letzter Kraft schlüpfte ich unter die Decke und drehte mich auf die Seite, zumindest soweit es die Kette an meinem Handgelenk zuließ.

Genug des Schauspiels. Bis Dolores zurückkam, wollte ich ein bisschen schlafen. Das würde sie hoffentlich langweilen und dazu bewegen, die Situation aufzulösen.

Das Kleid der Sonne hatte sich rot gefärbt. Träge sank sie nieder und auch mich erfasste eine bleierne Müdigkeit. Der Kuckuck rief. Halb zehn. Ich hoffte, dass Dolores meine Show gefallen hatte, und dämmerte weg, während ich noch mit einem Ohr lauschte, ob ich ihren Blechwilli zurückkehren hörte.

Kapitel 33

++++ Mittwoch, 7. Juni 2017 ++++

Ein Hahn krähte mit dem Kuckuck um die Wette, der siebenmal seinen mechanischen Schnabel aufriss. Ich strich mir die Haare aus dem Gesicht. Die Kette klirrte, ich öffnete die Augen und betrachtete meinen Arm, um dessen Handgelenk ich ein silbernes Armband trug, dass ich mir nicht freiwillig angelegt hatte. Die Sonne lugte gut gelaunt durchs Fenster und dachte, dass sie mich aufheitern könnte, wenn sie meine Nase kitzelte. Netter Versuch!

Ich blinzelte. War Dolores gestern Abend oder in der Nacht zurückgekehrt und hatte mich nur nicht befreit, weil sie mich schlafen lassen wollte?

Orr, mir tat alles weh.

Ich richtete mich in den Kissen auf, die nach Weichspüler rochen. Wenigstens hielt sie sich ihre Gefangene in einem frisch bezogenen Bett und nicht auf einer versifften Matratze im Rattenloch oder dem feuchten Keller.

Trotz der Kette am Arm musste ich mir eingestehen, dass ich richtig gut geschlafen hatte und keinen Gedanken an Voigt verschwendet hatte, bevor ich in das Reich der Träume geglitten war. Das Bett war herrlich weich und ich kuschelte mich kurz noch etwas tiefer in mein weiches Kissen. Die Realität konnte mir noch für einen Moment gestohlen bleiben. Der Ausblick durchs Fenster auf den Hof mit dem angrenzenden Bauerngarten, in dessen Mitte der Bienenwagen stand, und den Kiefern dahinter, die sich im leichten Wind wiegten, war idyllisch.

Jetzt fehlte nur noch der Duft nach Kaffee und frischen Brötchen, der durchs Schlüsselloch hindurchkroch ... Dann hätte man sich fast wie in einer Pension gefühlt.

Fast ...

Ich dachte an den Riegel vor der Tür und untersuchte die Haut unter der Handschelle, die rundherum ein dunkelroter Striemen zierte, der vorne bereits aufgescheuert war. Schon war ich wieder auf hundertachtzig. »Freiheitsberaubung und Körperverletzung. Dafür kriege ich euch dran!«

Ich setzte mich auf die Bettkante und raufte mir die Haare.

Kein Kaffee, keine Brötchen, kein Hundegebell, kein Blechwilli und keine Dolores. Die Stunden krochen dahin wie Schnecken über den Asphalt.

Mich beschlich ein sehr ungutes Gefühl. Bei allen Fällen, in die sie mich gelockt hatte, hatte sie die Situationen noch am selben Tag wieder aufgelöst. War ihr etwas passiert? War sie gar in der Ostsee ertrunken? Das Wasser war zum Schwimmen noch viel zu kalt. Was, wenn sie einen Krampf gehabt hatte?

»Wasser ...« Ich hatte Durst. Mein Blick fiel auf die Glaskanne mit der braunen Brühe auf dem Fensterbrett, wo die Erdklumpen in der Flüssigkeit untergegangen waren und den Boden bedeckten. »Denk nicht dran!«, ermahnte ich mich und schloss die Augen. Wer weiß, wann Voigt nach uns sah oder ob er das überhaupt tun würde. Ich hatte keine Ahnung, was die beiden miteinander ausgemacht hatten. Er ging davon aus, dass wir arbeiteten. Oh, wie ich dieses Arschloch hasste! Seinen Megabestseller konnte er sich in die Haare schmieren!

Wenn nicht bald jemand kam, würde ich verdursten. Panik kroch in mir hoch. Im Geiste sah ich schon vor mir, wie die Polizei nach Wochen die Tür aufbrach und mich als vertrocknete Mumie fand.

Dolores hatte keinen Unfall! Sie ging bei Wind und Wetter

schwimmen, sogar im Winter. Das hier war ihr Spiel! Und Voigt war eingeweiht, dafür hätte ich meinen Arsch verwettet. Langsam beruhigte ich mich wieder.

Mir fiel ihr Satz ein: »Diese Pflanze ist ein reiner Überlebenskünstler, sie hat vier Wochen ohne Wasser ausgehalten.« Wirre Gedanken tanzten durch meinen Kopf. Ich zeigte mit dem ausgestreckten Zeigefinger auf den Rauchmelder: »Liebe Dolores, wenn du testen willst, wie lange ich es ohne Wasser aushalte, dann hast du mich jetzt so weit. Ich kann nicht mehr und denke nur noch an Wasserfälle, Regen, Limonade, ein kaltes Bier und Tautropfen auf der Wiese. Ich bin kein Held, hol mich hier raus!«

Nichts geschah, außer dass draußen die Hühner gackerten, Enten schnatterten und hin und wieder der Gänserich kreischte. Die Sonne war auf ihrer Wanderung am Himmel längst zu einem glühenden Feuerball angeschwollen, hatte die Farbe ihres Kleides gewechselt und trat bereits den Rückzug an. Die Nacht senkte sich herab. Dieses Mal konnte ich nicht schlafen. Der Durst quälte mich. Ich versuchte an die Kanne auf dem Fensterbrett heranzukommen, keine Chance, die Kette war zu kurz. Während ich immer mehr verkümmerte, stand der Überlebenskünstler in voller Pracht. In meiner Fantasie verspeiste ich die saftigen Blätter. Ich berührte den Porzellanteller mit der Spitze des Mittelfingers der freien Hand, reckte und streckte mich vergebens.

Ein Schuss knallte und noch einer. Ich erschrak.

Die Gänse kreischten. Hatte Dolores geschossen? Sie besaß ein Gewehr.

Ich sah einen Schatten durch das Gemüsebeet galoppieren, der hinter ein paar hohen Pflanzen niedersank. Das war ein Wildschwein, oder?

Sie musste in der Nähe sein. Oder Jäger. »Hilfe«, rief ich und warf in meiner Verzweiflung die Axt gegen das Fenster. Es zerbarst klirrend in tausend Scherben.

Doch niemand kam und rettete mich. »Hilfe«, schluchzte ich und sank auf dem Gefangenenlager zusammen.

Als ich aus der Finsternis erwachte, hatte die Sonne längst ihre Arbeit aufgenommen. Krähen kreisten kreischend über dem Garten und stürzten sich hungrig auf den Kadaver. Wenn ich hier starb, würden sie sich auch über mich hermachen, einfach durch die kaputte Scheibe hineinfliegen und mich auffressen.

Bei dem Durst, den ich jetzt schon verspürte, würde es nicht mehr lange dauern.

Ich legte mich wieder hin.

In meiner Fantasie traten Dolores und Voigt, beide in Gestalt der verrückten Krankenschwester Anni aus *Sie*, ans Bett und begutachteten meinen Zustand. »Sie halluziniert.«

»Und das schon nach zwei Tagen.«

»Sie hat eben kein Durchhaltevermögen«

Ich flehte sie an: »Durst!«

»Dabei habe ich sie mit dem Zaunpfahl darauf hingewiesen«

Ich guckte zum Eimer, der mittlerweile zu einem Viertel gefüllt war, und sagte. »Dass ich meinen Urin trinke, könnt ihr vergessen, eher sterbe ich.«

Die Krankenschwester mit Voigts Gesicht hauchte: »Sie hat es einfach nicht verstanden.«

Worauf spielten sie bloß an? Was hatte Dolores gemacht, bevor sie mich allleingelassen hatte?

Sie stellt einen Eimer hin, gießt die Blume, trinkt Cola und wirft ...

»Die Coladose, ist es das, was ihr wollt?«, rief ich. Die Fatamorgana-Krankenschwestern lösten sich in Luft auf. Ich kroch aus dem Bett und bückte mich, so weit die Kette reichte. Da lag sie, die Coladose, mitten unter dem Bett in einer braunen, verkrusteten und fast ausgetrockneten Pfütze, an der sich Fliegen labten. Mit der freien Hand kam ich nicht ran. Also legte ich mich auf den Rücken und schob sie vorsichtig mit den Füßen auf der anderen Seite unter dem Bett hervor, damit der Rest der Flüssigkeit nicht verschüttete. Die Fliegen fühlten sich gestört und griffen mich an. Ich pustete sie vom Gesicht weg, stand auf und kroch über das Bett, hob die Coladose auf und trank den Rest leer. Gierig drehte und wendete ich sie, schüttelte sie überm Mund aus und steckte die Zunge in das Loch, um bloß keinen Tropfen zu vergeuden. Dabei schnitt ich mich. »Autsch!« Ich schmeckte Blut und saugte meine Körperflüssigkeit aus der Zunge wie den Saft aus einem Pfirsich.

Der Zucker schien meinem Gehirn einen Kick zu versetzen, denn plötzlich sah ich klar.

»Zwei, eins, drei?«

Sie hatte mir immer drei Wahlmöglichkeiten gegeben, mich zu befreien.

»Säge, Axt und Coladose.« Das war es! »Säge, Axt und Coladose.« Scheiße! Warum hatte ich nicht eher daran gedacht. Ich hielt die Coladose in Richtung Rauchmelder und sagte: »Ich habe dein Rätsel geknackt.« Aber wie? Wie bekam man mithilfe einer Coladose Handschellen auf? Anstatt mit Liebesromanzen hätte ich mich doch intensiver mit Thrillern und Krimis beschäftigen sollen, um für lebensbedrohliche Ausnahmezustände gerüstet zu sein.

Ein Bild kam hoch. *Ich bin acht und sitze beim Mittagessen am Küchentisch. Nach langer Zeit kommt mein Vater wieder zu Besuch. Mutter stellt ihm wortlos eine Coladose hin. Mein Lieblingsgetränk, was sie mir immer verwehrt. Oh, wie ich ihn um diesen süßen Saft beneide. Er öffnet sie, trinkt einen Schluck und wirft die Dose unvermittelt an die Wand, schreit meine Mutter an und verlangt etwas Richtiges zu trinken. Ich verstehe überhaupt nicht, wie ihm mein Lieblingsgetränk nicht schme-*

cken kann. Als sie sagt, dass nichts im Haus ist, springt er auf und würgt sie. Sie winselt und verspricht röchelnd, etwas Richtiges zu besorgen. Doch er drückt ihren Hals weiter zu, bis sie kaum noch Luft bekommt. Da springe ich auf, zerre ihn am Ärmel und frage: »Kann ich den Rest haben, wenn es dir nicht schmeckt?«

Seinen irritierten Blick sah ich heute noch.

Er lässt von meiner Mutter ab, hebt die Dose auf und gibt sie mir. Dann setzt er sich wieder an den Küchentisch. Ich setze mich dazu. Meine Mutter reibt sich den Hals. Die Angst springt ihr aus den Augen. Mit einem Blick mache ich ihr deutlich, dass sie mich mit ihm alleine lassen kann. Vielleicht war das sogar der entscheidende Augenblick, der ihr den nötigen Mut gab, sich endgültig von ihm zu befreien?

Ich trinke die Coladose leer. Mein Vater steht auf und holt das Fleischmesser aus der Schublade. Komischerweise habe ich in diesem Moment keine Angst vor ihm. Völlig entspannt schaue ich zu, wie er ein Stück von dem Blech der Coladose herausschneidet und mir erklärt, wie man damit Handschellen aufbekommt.

Ich streckte mich und schob mir die Säge mit den Füßen heran. Dann machte ich mich ans Werk. Es dauerte Stunden, bis ich ein kleines Viereck aus dem Blech gewonnen hatte. Ich wölbte es über dem Zeigefinger und schob es seitlich in die Handschelle hinein, wo die Zacken eingerastet waren. Ziel war, das dünne Blech zwischen Zacken und Druckhebel zu schieben, damit dieser nicht mehr einrasten konnte. Ich fummelte und schwitzte, wischte mir den Schweiß ab und fummelte weiter.

Es funktionierte einfach nicht.

Ich rutschte ab und schnitt mich in den Finger. Blut quoll hervor. Voller Wut schmiss ich das Blechstück aufs Bett. Mein Blick fiel auf Verbandszeug und Spritze.

Der Daumen war im Weg. »Ja, verdammt!« Dass ich ihn mir abhackte, konnte sie vergessen! Außerdem lag die Axt nun außerhalb meiner Reichweite. Ich müsste die stumpfe Säge benutzen, um Fleisch und Knochen zu durchtrennen. Eine noch schlimmere Horrorvorstellung. Hatte sich nicht ein Extremsportler, der in einer Felsspalte eingeklemmt war, den Arm amputiert, um sein Leben zu retten?

Andererseits: Wozu brauchte man als Rechtshänder schon den linken Daumen?

Nein! So weit war ich noch lange nicht.

Ich heulte auf. In einem Wutausbruch zerbrach ich die Bleistifte, zerfetzte Dolores' Manuskriptseiten in tausend Stücke, dass die Büroklammern nur so herumflogen. Ich bog eine auf und stach sie wie ein Messer in das Kopfkissen, das in meiner Fantasie Voigts lachendes Gesicht war. Dabei erschrak ich vor mir selbst. Waren nicht fünfzig Prozent unseres Verhaltens, unseres Charakters vererbt? Da konnten wir machen, was wir wollten, und uns noch so bemühen, nicht zu werden wie unsere Eltern. Oh ja, im Moment wünschte ich, so zu sein wie mein Vater, um ohne jeden Skrupel einen Schwächeren zu verletzen. Aber Voigt und Dolores waren nicht schwach. Sie waren die menschenverachtenden Monster, die sich Opfer suchten und Spaß daran hatten, sie zu quälen, genau wie mein Vater. Und ich wollte kein Opfer wie meine Mutter sein. Genau wie sie an dem Tag seiner Rückkehr zu uns wusste, dass sie sich nur selbst helfen konnte, um sich endgültig von ihm zu befreien, wusste ich, dass mich keine Polizei, kein Marco Kühn vor Voigt retten würde. »Wenn ich hier rauskomme, bringe ich ihn um! Egal, ob ich dafür im Knast lande.«

Heulend brach ich darüber zusammen.

Büroklammer! Das war's! In *Blutmond* befreit sich die Lektorin mithilfe einer Büroklammer von ihren Fesseln.

Scheiße! Scheiße! Scheiße! Mit zitternden Händen suchte ich

eine im Bett, bog den Draht zu einem U und nahm die Zähne zur Hilfe, um die oberen Enden fünf Millimeter nach außen zu biegen. Dann benutzte ich den selbst gebauten Schlüssel und steckte ihn ins Schloss der Handschelle, spürte den Widerstand und drückte dagegen. Es machte Klick und mein Handgelenk war frei. Ich kicherte.

Ich war frei!

Triumphierend präsentierte ich dem Rauchmelder die geöffnete Handschelle. »Dolores, ich bin frei!«

Kapitel 34

Ganz frei war ich natürlich noch nicht. Doch die einfache Verriegelung an der Tür, die ich von Toiletten kannte, stellte kein großes Hindernis dar. Zur Not hätte ich auch aus dem Fenster klettern können, aber meine Sachen wollte ich nicht zurücklassen. Um von hier wegzukommen, brauchte ich mindestens ein paar Euro für den Bus.

Ich klinkte die Tür auf, schob das Sägeblatt durch den Türschlitz und hob den Haken aus der Verankerung am Türrahmen.

Vorsichtig trat ich in den Flur und schaute mich nach Dolores und meinen Sachen um. Ich wollte so schnell wie möglich von hier verschwinden.

Wie vermutet war ich allein im Haus, von Dolores keine Spur. Koffer und Handtasche fand ich in einem Wandschrank, der in eine Flurnische eingebaut war und eher die Bezeichnung Abstellkammer verdient hätte. Er stand vor einem Regal, in dem sie lauter Kram lagerte; von der Hundebürste über Taschenlampe, Besen, Lappen, Ersatzglühbirnen, Schuhanzieher, Paketklebeband, Grillanzünder ... und ein Pfefferspray. Das würde mir vielleicht weiterhelfen können. Ich nahm die kleine Sprühdose an mich und steckte sie zweifelnd in die Hosentasche. Für einen ersten Moment konnte ich so einen Angreifer außer Gefecht setzen. Dann hieß es schnell rennen. Besser wäre das Chloroform, mit dem sie mich das letzte Mal betäubt hatte.

Ich eilte ins Badezimmer und durchwühlte alle Schränke. Nichts, was ich gebrauchen konnte. *Beeil dich, du musst von hier verschwinden!* Das Morphium. Widerwillig betrat ich mein Gefängnis erneut, knackte die Ampulle und zog die Spritze auf, um sie im Notfall als Waffe zu benutzen.

Hinter mir hörte ich ein Geräusch. Ich drehte mich um und ließ vor Schreck die Spritze auf die Kommode fallen, denn da stand er grinsend in der Tür, Sebastian Voigt. »Respekt!«

Wie war der denn, ohne dass ich es gehört hatte, ins Haus gekommen? Wir belauerten uns wie Fuchs und Kaninchen. Was hatte Dolores gesagt? In scheinbar ausweglosen Momenten gibt es drei Möglichkeiten: Ausharren, flüchten oder kämpfen. Eins, drei oder zwei, drei Wege sind frei. Ich war kein Kaninchen und kein Opfer!

Geistesgegenwärtig zog ich das Pfefferspray aus der Hosentasche und sprühte es Voigt ins Gesicht.

Er brüllte und hielt sich schützend die Hände vor die Augen. Ich nutzte den Moment, schnappte die Spritze, jagte ihm die Nadel, ohne zu zögern, in die Halsschlagader und drückte den Stempel herunter. Er hielt mich fest, warf mich auf das Bett, sprang auf mich drauf und würgte mich, bis ich kaum noch Luft bekam. Meine Hände suchten nach einem Gegenstand, den ich ihm über den Kopf hauen konnte. Ich bekam die Kette zu fassen, schlug damit auf ihn ein, doch das machte ihn nur noch rasender. Er brüllte wie ein Tier und seine Hände gruben sich in meinen Hals. Ich kämpfte und versuchte ihn abzuschütteln.

Plötzlich erschlaffte er und blieb reglos auf mir liegen. Spucke rann ihm aus dem Mund. Das Morphium wirkte und machte ihn willenlos.

Ich schob ihn von mir herunter. Er landete wie ein nasser Sack in den Kissen. Hurtig legte ich ihm die Handschelle um. Darauf gefasst, dass Dolores gleich um die Ecke kam, durchsuchte ich Voigts Hosentaschen nach dem Autoschlüssel. Er musste ja irgendwie hergekommen sein. Ich bezweifelte, dass er den Bus genommen hatte.

Der mechanische Kuckuck rief dreimal. Fünfzehn Uhr. Keine Ahnung, wie lange Voigt so friedlich schlummern würde. Ich musste hier weg!

Ich rannte in den Flur. Die Haustür stand offen. Voigts roter Sportwagen parkte in einigem Abstand davor. Wahrscheinlich war er langsam herangerollt. Deshalb hatte ich nichts gehört. Der Hausschlüssel steckte im Schloss. Aber wo war Dolores? Hatte sie sich irgendwo versteckt, um mich zu überrumpeln? Ich dachte an einen Knüppel, der aus dem Hinterhalt auf meinen Kopf niedersauste, oder das Chloroform. Im Vorbeigehen nahm ich die Machete von der Wand, die wieder an ihrem Platz hing. Ich schob den Riegel vor die Kellertür, pirschte mich wie ein SEK-Beamter mit vorgehaltener Waffe bis zur Haustür und warf einen Blick in Küche, Wohnzimmer und Bad. Alles still. Allein die Kuckucksuhr tickte. Ich verschloss die Haustür und drehte den Schlüssel um. Dann stieg ich die Treppe nach oben zu ihrem Schlafzimmer.

Die Luft war rein, keine Dolores im Haus. Ich nahm die Machete herunter und lief zurück ins Erdgeschoss. Ein Blick ins Gästezimmer reichte, um zu sehen, dass Voigt immer noch bewusstlos war.

In der Küche holte ich mir ein Glas aus dem Schrank. Ich trank gierig und wusch mir das verschwitzte Gesicht unterm Wasserhahn.

Mit der Machete in der Hand ging ich zurück zu Voigt. Er schlief so entspannt wie ein Baby.

Und nun?

Dolores wird zurückkommen, ihn befreien und dann bin ich erledigt. Voigt wird sich kaputtlachen. Er wird immer wieder zurückkehren, wie mein Vater, und ich werde ihm ewig ausgeliefert sein.

Das werden wir ja sehen!

Ich guckte auf die Machete und hob den Arm. Jetzt wäre es

so einfach. Ich hatte ihn und brauchte nur zuzustechen. Notwehr!

Aber das schaffte ich nicht, trotz allem, was er mir angetan hatte. War ich doch ein Opfer?

Unschlüssig senkte ich den Arm, lief in den Flur und blieb ratlos vor dem geöffneten Wandschrank stehen. Mein Blick fiel auf den Grillanzünder. Ich könnte das Haus anzünden, dann verbrannte er, und wenn die Polizei später seine angekettete verkohlte Leiche fand, würde zuerst Dolores verdächtigt und …

Ach Mann, das war wirklich kompliziert. Ich hatte einfach zu viele Skrupel. Wahrscheinlich lag es daran, dass ich alleine auf mich gestellt war. Zusammen mit Özlem und Silvie hätte ich mich stark genug gefühlt, unseren Plan in die Tat umzusetzen.

Beim ersten Mordversuch war Özlem abgetaucht und hatte Voigts Boot zum Sinken gebracht. Die Pralinen hatten wir zusammen befüllt. Das hatte sich nicht wie die Vorbereitung zu einem Mord angefühlt, sondern eher wie gemeinsam kochen. Auch den Profikiller zu beauftragen war etwas völlig anderes gewesen. Eher so, als würde man jemanden per Fernsteuerung ausschalten. Ihn jetzt zu erledigen, das war so unmittelbar. Das brachte ich nicht fertig.

Im Gästezimmer regte sich etwas. Voigt stöhnte, die Kette rasselte, weil er sich bewegte.

Langsam musste ich mich entscheiden.

Vielleicht würden Silvie und Özlem wissen, was zu tun war? Dafür musste ich Voigt aber erst mal nach Hamburg bringen.

Ich nahm zwei Rollen Paketklebeband aus dem Regal und verschnürte meinen Chef sorgfältig, eilte vor die Tür, kippte die bepflanzte Schubkarre aus und benutzte zum zweiten Mal den Büroklammerersatzschlüssel für die Handschelle an Voigts

Arm. Ich verfrachtete ihn in die Schubkarre, schob sie ächzend zum Porsche und klappte den Kofferraum auf.

Voigt stöhnte, öffnete die Augen und versuchte seine Fesseln abzuschütteln. Ich vermied es, ihm ins Gesicht zu sehen, zog ihn in den Kofferraum hinein und schlug den Deckel zu. Dann rannte ich zurück ins Haus, holte mein Gepäck, zog die Haustür zu und legte den Schlüssel in eine der Holzpantinen neben dem Abtreter.

Ich wuchtete den Koffer auf den Rücksitz und schmiss die Handtasche auf den Beifahrersitz. Ohne mich noch einmal umzusehen, sprang ich hinters Steuer und raste erst einmal los, den Waldweg entlang bis zur Landstraße. Dort blinkte ich rechts und fuhr Richtung Hamburg.

Nach vier Kilometern bog ich links auf einen Feldweg ab, hielt an und versuchte durch langsames Atmen meinen Puls auf Normalfrequenz zu senken. Ich klaubte das Handy aus der Tasche. Na klar, nach drei Tagen im Stand-by war der Akku leer. Fluchend warf ich das nutzlose Teil von mir. Im Handschuhfach suchte ich nach einem Ladekabel und fand eine Postkarte von Sardinien. Meine Postkarte von Sardinien, die eigentlich an der Pinnwand in meinem Büro hing.

Eine Erinnerung an Toni, dort ruhte seine Asche.

Die Karte war vier Jahre alt und ich hatte sie am Abend von Tonis Beisetzung auf Sardinien geschrieben, aber nie abgeschickt. Eigentlich hatte ich mir damals eine Auszeit nehmen wollen und Hubertus mitgeteilt, dass ich länger bräuchte, um den Verlust zu verkraften. Doch im Verlag hatte es Probleme gegeben, also hatte ich mich pflichtbewusst, wie ursprünglich verabredet, nach drei Tagen wieder in den Flieger gesetzt, weil Hubertus mich brauchte.

Was machte die Karte in Voigts Handschuhfach? Ich steckte sie ein und warf den Motor wieder an.

Knapp zwei Stunden später kam ich bei Silvie an. Nachdem ich Voigts Angeberkarre geparkt hatte, schaltete ich den Motor ab, nahm mir meine Handtasche und eilte zur Haustür.

Ich klingelte Sturm. Vorbeilaufende Passanten musterten mich abschätzig. Ja, ich sah fürchterlich aus mit den fleckigen Sachen und roch auch nicht besonders gut. Niemand öffnete. Ich gab auf. War sie noch im Büro? In den schmutzigen Klamotten traute ich mich nicht, dort vorbeizusehen. Ich sprang zurück in den Wagen, bevor aufmerksame Bürger die Polizei riefen, weil ihnen die stinkende Verrückte mit dem Porsche verdächtig erschien.

Wenn ihr wüsstet, welches Paket in meinem Kofferraum liegt.

Ich brauste mit quietschenden Reifen los – ein Start, wie Voigt ihn nicht besser hätte hinlegen können – und fuhr nach Billstedt, wo Özlem wohnte. Mittlerweile war die Sonne hinter dicken Wolken verschwunden. Der Himmel grollte von fern. Wind kam auf und fegte Müll über den Asphalt vor Özlems Block. Eine jugendliche Gang bevölkerte die staubige Straße. Sie glotzten und verzogen ihre Gesichter leidend, als ich mich im dritten Versuch mit dem Ross in eine der Parklücken zwängte und die Rostlaube hinter mir beinahe berührte.

»Puh! Geschafft.«

Die Jungs kamen heran und begutachteten, ob die hintere Stoßstange einen Kratzer abbekommen hatte. Meine Millimeterarbeit bewundernd, reckten sie die Daumen in die Höhe. Ich stieg aus und sagte: »Von wegen Frauen können nicht einparken.«

Zögernd legte ich den Finger auf den Knopf für die Zentralverriegelung des elektronischen Zündschlüssels in meiner Hand, weil ich ernsthaft überlegte, ob die Jungs mein Problem vielleicht lösen könnten. Was wäre, wenn sie das Auto klauten und an echte Kriminelle verscherbelten? Die wären garantiert skrupelloser als ich. Wahrscheinlich würden sie den blinden Passagier im Kofferraum einfach kaltmachen, um dessen Auto behalten zu können.

Aber was passierte, wenn Voigt ihnen den Wagen freiwillig überließ und sich mit ihnen zusammentat? Dann klebte mir vielleicht ein Profikiller an den Fersen.

Das Risiko war zu groß. Ich drückte zu und die Zentralverriegelung schloss sich mit einem Klick. Die Scheinwerfer leuchteten auf.

»Wäre nett, wenn ihr einen Moment darauf aufpasst!« Den Spruch konnte ich mir nicht verkneifen. Dann marschierte ich zum Hochhaus und klingelte bei »Dukan«. Die Gegensprechanlage knackte. »Ich bin's, Alwine!«, rief ich hinein und hörte Özlem und Silvie erleichtert jubeln.

Der Türöffner summte, ich trat in den dreckigen Flur und nahm den Fahrstuhl in den siebten Stock, wo sich Özlems Apartment befand.

Özlem und Silvie empfingen mich an der Tür und musterten mich mit weit aufgerissenen Augen. »Wie siehst du denn aus? Komm rein! Was ist passiert?«, rief Silvie entsetzt.

Ich trat in den blitzblanken Flur und redete, ohne Luft zu holen. »Voigt liegt gut verschnürt unten im Kofferraum seines Porsches.«

»Oh!« Silvie kratzte sich nervös am Kopf. Özlem versuchte mich zu beruhigen: »Trinken und essen du mussen, dann besser denken.« Sie ging in ihre Miniküche, holte mir Wasser und kleine süße Kuchen aus dem Kühlschrank. Ich trank gierig, stopfte mir gleich mehrere Zuckerteile in den Mund und mampfte. Das tat gut. Dann fragte ich nach dem Badezimmer und ging erst einmal auf die Toilette. Ich hörte, wie beide vor der Tür aufgeregt tuschelten, wusch mir Hände sowie Gesicht und kam wieder heraus.

»Wieso bist du hier bei Özlem?«, fragte ich Silvie. Beide

sahen sich kurz an. »Weil wir uns Sorgen um dich gemacht haben. Du hast dich drei Tage nicht auf unsere SMS und Anrufe gemeldet«, sagte Silvie. »Du bist mit Sebastian weggefahren und er war die letzten beiden Tage auch nicht im Verlag.«

Özlem seufzte schuldbewusst. »Du recht haben, Voigt nur wollen uns reinlegen. Gleich an nächste Tag er sagen am Telefon, dass er es sich anders überlegen.«

Silvie nickte betreten. »Ich hatte heute die fristlose Kündigung in der Post.«

»Und ich Brief von Ausländerbehörde.«

»Es tut uns leid, dass wir dich haben hängen lassen«, murmelte Silvie.

Ich lächelte die beiden an. »Schon gut! Er hat ja auch mal wieder alles gegeben, um uns auseinanderzubringen. Aber die wichtigste Frage lautete nun: Was machen wir jetzt mit ihm?«

»Porsche stehen unten?« Özlem ging auf den Balkon und schaute herunter. Wir folgten ihr.

Die Gang stand immer noch um den Wagen herum. »Vielleicht wir darauf vertrauen, dass Jungs unser Problem lösen?«

»Den Gedanken hatte ich auch und hab ihn verworfen. Zu riskant. Was, wenn er mit ihnen einen Deal eingeht?«

»Und wenn wir doch die Polizei einschalten? Immerhin steht Kommissar Kühn auf dich. Ich hab doch gesehen, was er dir für Blicke zuwirft«, merkte Silvie an.

»Das bezweifle ich. Kühn hält mich nicht nur für die Drahtzieherin des Anschlags auf Voigt, sondern auch für die Mörderin unseres Profikillers. Ich will nicht, dass Voigt mit einer billigen Ausrede davonkommt. Und das wird er. Er ist ein Meister darin, andere zu manipulieren.«

Özlem verschränkte die Arme vor der Brust »Wir mit Auto fahren an See und versenken in Wasser.«

»Nein, ich habe eine Idee! Wir bringen ihn zu unserem Freund Vitus Butenkötter!«, sagte ich in bestimmendem Tonfall.

Silvie zweifelte meinen Entschluss an: »Die Krähe ist doch ein Stümper! Er vermittelt Mörder, hat aber selber keine Ahnung. Das hat er uns doch schon gesagt.«

Grinsend zwinkerte ich ihr zu. »Vielleicht hatte er bis jetzt nur nicht die richtige Motivation ...«

Kapitel 35

Nachdem ich mich kurz geduscht hatte – mein Gestank war den Mädels im engen Sportwagen schließlich nicht zuzumuten –, gab mir Özlem ein paar Sachen von sich, weil meine sauberen ja im Koffer auf der Rückbank des Porsches steckten.

Die Jungs der Gang standen immer noch um das Gefährt herum und träumten wahrscheinlich davon, selbst einmal so ein Geschoss zu fahren.

»Das ist nichts weiter als ein Haufen roten Blechs, der nicht mehr kann als diese Kiste.« Ich zeigte auf den alten Polo, dessen Stoßstange ich vorhin beinahe geküsst hätte. »Es bringt dich von A nach B, vielleicht ein bisschen schneller, aber mehr auch nicht. Dafür lohnt es sich weder zu klauen, noch zu betrügen, noch zu morden.«

Wir stiegen ein. Die Jungs traten beiseite. Silvie rief ihnen zu: »Und wenn ihr denkt, wir Mädels stehen auf solche Typen in protzigen Karren ...« Sie schüttelte den Kopf. »Uns ist viel lieber, wenn ihr ehrlich und anständig seid.«

Hamburgs Straßen sausten an uns vorbei. Ich bemühte mich, die Geschwindigkeitsbegrenzungen einzuhalten, damit wir nicht Gefahr liefen, von der Polizei angehalten zu werden. Wenn die dann vielleicht einen Blick in den Kofferraum werfen wollte, ob sich Warndreieck und Sanitätskasten darin befanden, und feststellten, dass dort nicht nur die Fahrzeugpapiere lagen, sondern auch ihr Besitzer, wäre unsere kleine Spritztour schnell beendet. Und bei so viel Glück, wie Voigt bisher gehabt hatte, war ich fest davon überzeugt, dass dies passieren würde, wenn wir in eine Polizeikontrolle gerieten. Also nahm ich den Fuß vom Gas – was mir in Anbetracht der Möglichkeiten, die dieses Auto bot, wirklich schwerfiel.

Ich fuhr so diszipliniert, dass Silvie vom Beifahrersitz aus locker die Blumen am Straßenrand hätte pflücken können. Um Voigt weichzuklopfen, nahm ich absichtlich jedes Schlagloch mit. Wer Hamburgs Straßen kannte, wusste, dass sie nach dem Winter an vielen Stellen sanierungsbedürftig waren.

Wir fuhren direkt bis vor die Textilreinigung. Ich warnte Silvie und Özlem vor und bremste ruckartig, um unserer Fracht noch einen weiteren blauen Fleck zuzufügen. Wenn ich es schon nicht schaffte, ihn zu töten, wollte ich ihn wenigstens ein bisschen quälen. Jedes Poltern gegen die Rückwand verschaffte uns allen dreien Genugtuung.

Das Gitter war bereits heruntergelassen. Silvie zeigte auf den Laden. »Wir sind zu spät!«

»Es ist fünf Minuten nach Ladenschluss. Er kann doch noch nicht weg sein.« Ich klopfte ordentlich gegen die Schaufensterscheibe. Drinnen ging die Tür zum Hinterzimmer auf und die Krähe steckte neugierig den Kopf hindurch. Die Lesebrille saß ihm auf der Nasenspitze. Sie rutschte herunter und baumelte am Band, das er um den Hals trug. Er erkannte mich und verdrehte genervt die Augen. Ich sah, wie er den Mund bewegte und irgendetwas in den nicht vorhandenen Bart murmelte. Garantiert etwas sehr Nettes.

Vitus Butenkötter machte Licht und öffnete die Ladentür. Das Gitter hielt er geschlossen. »Was gibt's?«, fragte er und ich konnte sein schlechtes Gewissen beinahe riechen.

»Wie sieht es mit der versprochenen *Spezialreinigung* aus?«, fragte ich.

»Ich habe doch gesagt, es ist schwierig, jemanden für die geringe Summe zu finden …«

»Wir lassen uns nicht länger verarschen. Wir wollen, dass Sie es erledigen, und zwar sofort, sonst ...«, drohte ich.

»Was sonst?«

»Sonst spielen wir der Polizei entsprechende Informationen zu, dass Sie Auftragsmorde vermitteln.«

»Prrrr!« Er atmete laut aus. »Ich kümmere mich noch heute drum, versprochen.«

»Gut, das wollte ich hören. Wo sollen wir den Teppich hinbringen?«

»Äh, was?«

»Na, den Teppich. Zum Hintereingang? Was meinen Sie, können wir dort direkt heranfahren und ihn unbemerkt ausladen?«

Er machte große Augen.

»Damit Sie uns nicht weiter mit Ihren Ausreden vertrösten, haben wir ihn mitgebracht.«

»Wen?«

»Den verschmutzten Teppich.« Ich zwinkerte verschwörerisch und flüsterte ihm zu: »Ab heute spielen wir nämlich nach unseren Regeln.«

Er ließ das Gitter hoch und kam mit mir zum Wagen. Özlem war ausgestiegen.

Ich öffnete den Kofferraum und wir guckten zu dritt hinein.

»Vielleicht können wir ihn in einen Wäschesack stecken und dann mit dem Wäschewagen in den Laden bringen«, schlug ich vor.

Die Krähe schluckte schwer. Voigt sah uns mit weit aufgerissenen Augen an, in denen ich zum ersten Mal Angst entdeckte. Er schimpfte und drohte hinter dem Paketband, mit dem sein Mund zugeklebt war. Die Krähe schaute sich vorsichtig um und knallte die Heckklappe wieder zu. Er schwitzte. Die Aufgabe überforderte ihn sichtlich. »Seid ihr verrückt geworden?

Warum habt ihr ihn hierhergebracht? Jetzt hat er mich gesehen«, zischte er wütend.

»Wo seien Problem? Nach Spezialbehandlung von Reinigung er schließlich tot, richtig? Dann er mit niemandem reden können«, meinte Özlem lapidar.

Die Krähe mahnte: »Ja, aber, psst! Leise, wenn uns jemand hört.«

Nun stieg auch Silvie umständlich aus. Sie schaute sich um. »Wo sollen wir ihn denn nun ausladen?«

»Jedenfalls nicht hier mitten am Hauptbahnhof. Ist das sein Auto?«

»Ja!«, antworteten wir im Chor.

Die Krähe raufte sich die Haare. »Seid ihr von allen guten Geistern verlassen? Noch auffälliger ging es nicht. Los, einsteigen!«, forderte er uns auf und lief zurück.

Ich rief ihm hinterher: »Hey, wo gehen Sie hin?«

»Darf ich wenigstens den Laden abschließen?«

Silvie kletterte mit Özlem nach hinten und musste meinen Koffer auf den Schoß nehmen. Eins wusste ich, sollte ich irgendwann einmal im Lotto gewinnen, eine unerwartete Erbschaft machen oder einen echten Prinzen heiraten, würde ich mir nie so einen Porsche kaufen. Der war total unpraktisch, man konnte keine drei Leute mitnehmen, ohne sich wie in einer Sardinenbüchse zu fühlen. Wäre die Krähe nicht freiwillig mitgekommen und wir hätten ihn kidnappen müssen, hätte er nicht einmal noch in den Kofferraum gepasst.

Die Krähe warf sich auf den Beifahrersitz und befahl: »Erst einmal raus aus Hamburg!«

Wieder nahm ich die Schlaglöcher absichtlich mittig, um Voigt ein paar Schmerzen zuzufügen. Die Krähe verzog das Gesicht: »Zzzzz! Das arme Auto!«

Bei der nächsten Ampel würgte ich den Motor ab. Das Getriebe meckerte und hinter uns hupte es laut und deutlich. Mein

Beifahrer hielt sich die Ohren zu und rief: »Hören Sie auf, das Auto zu vergewaltigen.« Er befahl: »Aussteigen!«, hielt die Hand auf und verlangte die Schlüssel. Wir wechselten den Platz.

Unter seinen Händen schnurrte der Wagen wie eine Katze. Butenkötter genoss es sichtlich, hinter dem Steuer einer solchen Nobelkarosse zu sitzen.

»Wir brauchen einen wasserdichten Plan«, sagte er.

»Ihn versenken mit Auto in See«, schlug Özlem vor.

Die Krähe streichelte das Lenkrad. »Nein, das ist zu einfach.« Ihm tat es doch tatsächlich um den Porsche leid.

»Der perfekte Mord ist wie Kunst. Dafür braucht es zuerst die richtige Inspiration.«

»Dann können wir Ihnen gerne als Musen dienen«, sagte ich und forderte Silvie auf, den Koffer zu öffnen. Ich verlangte das Manuskript. Sie reichte mir den Papierstapel nach vorn. »*Blutmond* von Anonymus«, sagte ich und konfrontierte ihn in den nächsten Minuten mit meiner Entdeckung in seinem Büro. Ich hatte seinen Text am Sonntag zum Vergleich in den Verlag mitgenommen und am Dienstag unter Voigts wachsamen Augen zu Dolores geschmuggelt, weil ich gucken wollte, ob die Kopie davon auf ihrem Schreibtisch gelandet war. Es erregte die Krähe so, dass er hinterm Ortsausgangsschild von Hamburg rechts ranfuhr und erst einmal anhalten musste. Ihm war regelrecht das Gesicht eingefroren.

»Allein Sebastian Voigt ...«, ich zeigte mit dem Daumen nach hinten in Richtung Kofferraum, »... ist dafür verantwortlich, dass dieses *einzigartige* Manuskript im Papierkorb gelandet ist, weil er die Idee der durchgeknallten Psychoautorin, Dolores Fritz, zuschanzen wollte.«

Die Krähe lauschte ungläubig. »Aber Dolores Fritz ist doch eine geniale Schriftstellerin, die hat es überhaupt nicht nötig, geistigen Diebstahl zu begehen.«

»Genial? Dass ich nicht lache«, maulte ich.

»Ihr letztes Werk war ein Megabestseller! Eine ganze Nation hat ihn verschlungen!«, rief die Krähe aufgeregt.

»Und warum haben sich ihre Romane davor nicht so gut verkauft? Warum war ausgerechnet dieser so ein absolutes Meisterwerk? Weil sie ihn nicht selber geschrieben hat«, sagte ich triumphierend. »Glauben Sie mir einfach, ich kenne ihren Erstling und ihre Textversuche. Die Geschichte war genauso geklaut wie die ihres neuesten Werkes. Und als die Volontärin Martha Weise hinter den Betrug gekommen ist, haben Dolores und Voigt sie um die Ecke gebracht. Ich nehme an, dann ist er nach Portugal geflogen und hat Marthas Eltern diese Ansichtskarte geschickt, dass sie sich selbst finden will.«

Mir fiel es wie Schuppen von den Augen. »Und genau das hat er mit mir vorgehabt.« Zum Beweis griff ich in meine Handtasche und zeigte ihm die Postkarte von Sardinien, die vor drei Stunden noch im Handschuhfach von Voigts Wagens gelegen hatte.

»Aber das ist meine Geschichte in *Blutmond*.«

»Ich weiß! Ich habe die Kopie des Manuskripts samt der Presseartikel über Martha Weise und anderes Recherchematerial dazu beim Aufräumen in Ihrem Büro gefunden und geahnt, dass Sie Anonymus und damit der Verfasser dieses Meisterwerkes sind. Leider ist Ihre Geschichte ganz nah an der Realität.«

»Sie ist mir nach dem Bericht über die junge Lektorin in den Nachrichten eingefallen ...«, sagte er verdutzt und schlug vor: »Warum übergeben wir Voigt und Dolores nicht einfach der Polizei. Wir können doch beweisen ...«

Ich unterbrach ihn. »Nein, das können wir eben nicht. Voigt ist ein Meister der Manipulation. Er wird sich herausreden und ungeschoren davonkommen. Ihnen wird er Neid unterstellen. Wir werden wegen versuchten Mordes angeklagt und Sie mindestens wegen Mordvermittlung, denn Kommissar Kühn hat den toten Schroth längst als Voigts Attentäter entlarvt. Es bedarf nur einer Aussage unseres Chefs, in der er die Verbindung zu Ihnen und zu uns herstellt, und dann sind wir alle erledigt. Voigt ist wieder der Gewinner und lacht sich schlapp. Dolores kassiert die Millionen und die Lorbeeren für *Ihr* geistiges Werk. Ist das gerecht?«, sagte ich und tippte ihm auf seine Brust.

»Nein!«, rief er.

»Martha Weise ist spurlos verschwunden, mich hat er versucht umzubringen. Er wird auch nicht zurückschrecken, Sie aus dem Weg zu räumen ... denn seine ganze Karriere steht auf dem Spiel.«

Zum Beweis las ich ihm die Ankündigung von Dolores' neuestem Werk vor, die ich vor ein paar Tagen für den Buchhandel verfasst hatte. Die Krähe atmete schwer und ich spürte, dass er seine Wut kaum im Zaume halten konnte. Er brüllte »Dieser Bastard!« gegen die Windschutzscheibe und knallte die Hände aufs Lenkrad.

»Einen exorbitanten Vorschuss hat Dolores bereits kassiert«, sagte ich und legte damit noch ein Holzscheit nach, um die Flamme am Brennen zu halten. »Wäre ich die Programmleiterin, würde dort Ihr Name stehen. Dafür muss Voigt aber erst sterben.«

»Wo wohnt Dolores Fritz?«, fragte die Krähe.

»*Voigt* ist der Drahtzieher, den Sie erledigen müssen. Er ist dafür verantwortlich, was mit Ihrem Meisterwerk passiert ist.«

»Ich will sie alle beide!«, sagte Butenkötter entschlossen.

Ich drehte mich zu Silvie und Özlem um. Ich hatte ihn so weit, sein Rachedurst war entfacht. Unsere Blicke trafen sich. Ich war mir sicher, dass er es jetzt tun würde.

»Ein Doppelmord? Ist das nicht zu auffällig?«, fragte Silvie, um den überschäumenden Enthusiasmus von Vitus Butenkötter etwas zu bremsen.

»Nein, kein Doppelmord. Sie wird für Voigts Tod büßen!« Seine Augen funkelten verschlagen. »Ich will es selbst genauso tun, wie es in Dolores' neuestem Werk beschrieben sein wird. Die Rache einer verkannten Schriftstellerin an ihrem Lektor beziehungsweise in diesem Falle an ihrem Programmleiter. Der perfekte Mord an dem Mann, der dafür verantwortlich ist, dass ihr Meisterwerk so verstümmelt wurde. Das können Sie doch bezeugen, Alwine.« Die Krähe drehte den Kopf zu mir.

Ich lächelte und guckte Silvie und Özlem an, die ihre Augenbrauen hochzogen. »Oh ja, Sebastian Voigt war mit Dolores' Texten so unzufrieden und hat mich gezwungen, ihren Figuren die Seele zu rauben. Obwohl ich wusste, wie schmerzhaft es für die gefeierte Bestsellerautorin sein würde, musste ich ganze Handlungsstränge streichen«, sagte ich in gespielt mitfühlendem Ton und nannte ihm dann Dolores' Adresse. Er wendete und raste in blinder Wut über die Bundesstraße in Richtung Ostsee.

Kapitel 36

Als wir vor dem Hof der Schriftstellerin zum Stehen kamen, wirkte alles unverändert. Kein Hundegebell erklang, nur die Gänse kreischten und kündigten unseren Besuch an. Im Haus rührte sich nichts. Dolores, die keinen Schritt ohne ihre zwei Hunde machte, war also immer noch nicht da, was ich höchst eigenartig fand. War ihr doch etwas passiert?

»Niemand zu Hause«, sagte ich und erklärte meinen Mitstreitern, warum ich mir dessen so sicher war.

»Bestens, wir bringen ihn rein, erledigen ihn, inszenieren den Tatort, dass alle Spuren auf Dolores Fritz hinweisen, und hauen wieder ab.«

Silvie kratzte sich nachdenklich am Kopf und sagte: »Aber wenn wir sein Auto …«

Butenkötter verdrehte die Augen. »Natürlich nehmen wir für die Rückfahrt nicht sein Auto. Nehmt alles mit und lasst nichts liegen. Wir müssen auch noch unsere Fingerabdrücke beseitigen.«

»Aber wenn wir uns ein Taxi rufen …«

»Natürlich rufen wir uns kein Taxi. Wir laufen danach durch den Wald bis zum nächsten Ort und fahren dann mit der Bahn nach Hamburg zurück.« Verächtlich musterte er Silvies hochhackige Schuhe, die für eine Wanderung gänzlich ungeeignet waren.

Typisch Silvie, selbst zu einem Mord kommt sie in High Heels.

In Anbetracht des bevorstehenden Tagesausklangs stöhnte sie herzhaft. Ich stieg aus dem Auto und sie reichte mir den

Rollkoffer heraus, bevor sie sich vom Rücksitz quälte. Beim Gedanken, dass ich meinen Koffer mitschleppen musste, stöhnte ich ebenfalls.

»Ja, Mädels, für den perfekten Mord bedarf es vorausschauenden Denkens, bei dem man auch die Flucht nach der verübten Tat mit einkalkulieren muss. Dementsprechend sollte man die Auswahl von Kleidung, Schuhen und Gepäck bedenken«, merkte die Krähe an und half Özlem aus dem Wagen. Er schaute sich um, zeigte auf die Schubkarre vor dem Haus und befahl im Ton eines Chirurgen am OP-Tisch, der nach Skalpell und Tupfer verlangt: »Schubkarre, Hausschlüssel ...« Er war der Meister und wir waren seine Assistentinnen.

Ich holte den Hausschlüssel aus dem Holzschuh und schloss auf. Silvie brachte die Schubkarre, während Özlem den Kofferraum öffnete.

Alle vier packten wir an und wuchteten Voigt in die Karre. Das verschnürte Paket wehrte sich mit Händen und Füßen. Die Krähe versetzte ihm einen Schlag, dass Voigt aufstöhnte und sich erst einmal ergab. Wir fuhren ihn ins Haus und brachten ihn ins Gästezimmer, wo Dolores mich drei Tage gefangen gehalten hatte.

Silvie und Özlem rissen entsetzt die Augen auf. Ich erstarrte bei dem Anblick des Lagers. Alles war noch genauso, wie ich es verlassen hatte. Silvie nahm meine Hand und Özlem legte mir ihren Arm mitfühlend um die Schultern, weil sie meine aufsteigende Panik spürten. Erst als die Krähe angewidert die Nase verzog, bemerkte ich den unangenehmen Geruch, den der Eimer neben dem Bett verströmte. Wie peinlich. Ich schnappte ihn mir, schüttete ihn im Badezimmer in der Toilette aus und spülte nach.

Als ich zurückkam, hatten Silvie, Özlem und Butenkötter das zappelnde Paket ins Bett verfrachtet und ihm die Handschelle angelegt. »Gibt es in diesem Haushalt Gummihandschuhe?«, fragte die Krähe und betrachtete die kaputte Fensterscheibe sowie die Axt auf dem Kies im Hof.

»Im Wandschrank«, sagte ich und eilte in den Flur, um die Schachtel zu holen. Jeder von uns entnahm ein Paar und streifte es sich über. Die Krähe musterte seinen Patienten wie ein Arzt bei der Visite. Wir standen daneben und warteten auf die Anweisungen unseres Meisters. Doch der schwieg und schien noch zu überlegen, welche Behandlung die wirksamste sei.

Voigt beobachtete uns aus zusammengekniffenen Augen, in denen ich jetzt jegliche Angst vermisste. Hatte er bereits mit seinem Leben abgeschlossen? Das konnte ich mir nicht vorstellen. Eher sah es für mich so aus, als lauerte er. Worauf? Dass wir es uns anders überlegten?

Ich musterte Butenkötter von der Seite. Er verlangte die rostige Säge. Silvie hob sie auf und gab sie ihm.

Er prüfte, wie sie in der Hand lag, und fuchtelte damit vor Voigts Nase herum: »Du mieses Schwein! Ich weiß, was du getan hast. Dafür wirst du sterben.« Er erntete einen höhnischen Blick seines Patienten. Ich sagte: »Sie könnten ihm damit die Ohren abschneiden oder die Nase. Besser wir sägen ihm zuerst die Finger ab, jeden einzelnen, und dann die Füße. Folterdetails liebt er nämlich, besonders wenn das Blut so richtig spritzt.« Dabei sandte ich Voigt einen hasserfüllten Blick zu, den mein Chef inbrünstig erwiderte.

Die Krähe schüttelte den Kopf. »Wir sind keine Sadisten wie er. Wir wollen nur Gerechtigkeit. Ich brauche ein größeres Messer.«

Ich holte das größte, das ich in der Küchenschublade finden konnte. Ein Fleischmesser, wie es der Metzger benutzt, um Rouladen zu schneiden.

Die Krähe war zufrieden und kniete sich damit über Voigt, erhob den Arm und testete, wie er am besten zielen sollte. Dabei sagte er zu dem verschnürten Paket. »Wenn Sie sich ruhig verhalten, geht es schneller vorbei als beim Zahnziehen. Ich muss nur die Bauchschlagader treffen, dann verbluten Sie in Sekunden.«

Er stellte sich wieder neben das Bett und wischte sich den Schweiß von der Stirn. Voigt machte laute Geräusche und es hörte sich an, als erstickte er im nächsten Moment vor Lachen. Dabei löste sich das Klebeband von seinem Mund.

Voigt brüllte: »Na los, du Versager! Du bist doch genauso ein Dilettant wie dieser Möchtegernkiller Schroth.« Die Hand der Krähe umklammerte krampfhaft den Messergriff. Sie zitterte.

»Sag ich doch, er hat keine Eier in der Hose. Und dafür habt ihr euer gesamtes Geld ausgegeben. Hahaaaaa!«

»Worauf warten Sie, das miese Schwein hat es nicht anders verdient. Er ist ein Arschloch, selbst jetzt lacht er uns alle aus. Denken Sie daran, was er Ihnen und uns angetan hat«, feuerte ich die Krähe an. Er sollte endlich zustechen und diesem Trauerspiel ein Ende bereiten.

Er spannte die Muskeln noch weiter an, holte tief Luft und nahm Anlauf.

Silvie, Özlem und ich standen in der zweiten Reihe, hielten uns vor Anspannung an den Händen fest und vergaßen das Luftholen. Als die Krähe schreiend den Arm runtersausen ließ, schloss ich die Augen wie bei einem Horrorfilm, weil ich den Anblick von spritzendem Blut nicht ertrug.

»Ich kann nicht! Er wackelt und der Arm ist im Weg.«

Ich öffnete die Augen und sah, dass Butenkötter mitten in der Bewegung innegehalten hatte.

»Dann schneiden Sie doch das Paketband durch und wir binden seine Hand am Betthaupt fest.«

Die Krähe kletterte wieder auf Voigt und befreite dessen linken Arm, den ich quer über dem Bauch festgeklebt hatte, indem er den Streifen Klebeband aufschnitt.

Voigt bäumte sich auf, die Krähe schwankte und kippte mit einem Aufschrei wie ein nasser Sack von unserem Chef herunter. Der bekam in einer blitzartigen Bewegung das Messer zu fassen. Ohne zu zögern, versenkte Voigt die zwanzig Zentimeter lange Klinge im Bauch von Vitus Butenkötter und zog sie wieder heraus. Das Blut spritzte ihm ins Gesicht. »So macht man das! Ihr seid solche Stümper!«

Butenkötter krümmte sich und drückte beide Hände auf seinen Bauch.

»Schnell, wir brauchen einen Notarzt«, riefen wir. Özlem sprang ihm zu Hilfe und machte ihm einen provisorischen Druckverband. Ich suchte mein Handy aus der Tasche. Mist, der Akku war ja leer. Ich warf es zurück. Silvie war kreidebleich und wie erstarrt. »Dein Handy, schnell, Silvie!« Sie reagierte nicht. Ich suchte es in ihrer Tasche. »Passwort?«

»3870561«, sagte sie abwesend.

Ich tippte die Ziffern ein und suchte die Nummer für den Notruf in der Kurzwahl. Währenddessen hatte Voigt seine Klebebandfesseln durchgeschnitten. »Macht nur und ruft den Notarzt. Was denkt ihr, was dann passiert?«

Wir sahen ihn sprachlos an.

»Er wird die Polizei rufen und ihr geht alle in den Knast.« Voigt lachte irre.

»Wer hier Knast gehen, sich zeigen wird«, sagte Özlem und legte den Kopf der Krähe in ihren Schoß.

Silvie öffnete den Mund, ohne eine Miene zu verziehen. »Das war versuchter Mord!«

»Ha, ihr seid so blöd«, rief Voigt und wedelte mit dem angeketteten Arm: »Notwehr, meine Damen. Wer wollte mich denn umbringen, hä?« Drohend richtete er das blutbesudelte Messer gegen mich.

Ich hob Silvies Handy und drückte auf den Auslöser. Dann guckte ich mir das Bild an. »Das sieht auf diesem Foto aber anders aus«, sagte ich stolz, denn ich hatte ihn so erwischt, dass die angekettete Hand auf dem Bild abgeschnitten war.

Er legte das Messer neben sich in die Kissen und hob beide Hände, als würde ich eine Waffe auf ihn richten.

»Orr, jetzt hab ich aber Angst! Damit kommen Sie niemals durch, Alwine. Glaubt ihr wirklich, ich habe nicht von Anfang an mitbekommen, dass ihr mich umbringen wolltet?

»Die da«, er zeigte auf Silvie, »wirft sich mir in blinder Verliebtheit an den Hals und frisst mir für ein bisschen Aufmerksamkeit aus der Hand. Ich bringe sie dazu, dass sie ihre liebe Freundin hasst und gegen sie intrigiert. Doch dann hängen die beiden plötzlich wieder zusammen und verbünden sich sogar mit meiner privaten Putzfrau. Die Feuerwehr hat das Schlauchboot gefunden und ich habe die Beschädigung gesehen. Da habe ich eins und eins zusammengezählt: Wer kauft meine Köder, wer hatte Zugang zum Bootshaus? Ich gebe zu, es hat mich erst etwas erschreckt, dass ihr es auf mein Leben abgesehen habt. Aber dann hat es mir Spaß gemacht, euch zu beobachten. Glaubt ihr ernsthaft, ich lasse eine syrische Putzsklavin ohne Überwachung bei mir ein und aus gehen?«

Er wand sich in einem Lachanfall. »Die Idee mit dem Nikotin-Liquid in der Praline war gut. Darauf wäre ich selbst nicht gekommen. Auch dass ihr es so Dolores in die Schuhe schieben könnt, war ein recht schlauer Schachzug. Aber Leute, bei der Umsetzung wart ihr kurz vorm Kollabieren.«

Er äffte uns nach und sah sich gespielt nervös in alle Richtungen um. »Und wie ihr gerannt seid, um die Pralinen auszuspucken, die ihr notgedrungen vor meinen Augen in den Mund gesteckt habt, um mich nicht misstrauisch zu machen. Wer ist auch so blöd und vergiftet alle. Selbst die böse Königin aus Schneewittchen hat damit gerechnet, dass sie selbst in den Apfel beißen muss, um das Vertrauen des Mädchens zu gewinnen. Ich kann mich nur bedanken, dass ihr mit eurem Anschlag auf mich dazu beigetragen habt, diesen alten Schwachkopf zu beseitigen.«

»Aber Hubertus ist doch eines natürlichen Todes gestorben«, rief ich voller Entsetzen aus.

»Unterschätze niemals deinen Feind!«

»Ist er von unseren Pralinen gestorben?«

»Für einen perfekten Mord, meine Damen, braucht es Eier in der Hose und man muss das richtige Gift einsetzen. Ebenso sollte man sich Referenzen zeigen lassen, wenn man einen Profikiller engagiert, und nicht jedem dahergelaufenen Penner vertrauen.« Sein Blick wanderte zu der Krähe, die leichenblass in Özlems Schoß lag, und sagte: »Würde vielleicht jetzt endlich jemand den Notarzt rufen, ich verblute!«

Mit einer blitzartigen Bewegung schnellte Voigt aus dem Bett, packte mich und wollte mir das Handy entreißen. Ich warf es im hohen Bogen weg und rief: »Silvie!«

Sie fing es auf.

Voigt schlang mir die Kette um den Hals. Überrascht stellte ich fest, dass die Handschelle daran herunterbaumelte. Wie hatte er das geschafft? Während er nach dem Messer griff und es mir an die Kehle hielt, wurde mir bewusst, dass er uns mit seinem Gerede wie ein Zauberer manipuliert hatte. Wir hatten seine Hände nicht im Blick gehabt. Und die Büroklammer hatte ich vorhin unachtsam im Bett liegen lassen.

Silvie war wieder hellwach, hielt die Kamera auf ihn und fotografierte. »Noch ein Beweisfoto«, sagte sie.

Voigt lächelte überlegen und seufzte: »Du bist jetzt mein braves Mädchen und gibst mir das Handy, dann passiert deiner Freundin auch nichts.« Dabei drückte er mir die Messerspitze tiefer in den Hals, um zu demonstrieren, dass er es ernst meinte.

Ich röchelte: »Tu es nicht, er blufft und bringt mich sowieso um.«

»Ach, Alwine, wer wird denn so böse über mich denken.«

Mit der Messerspitze strich er über meine Kehle. Ich bekam eine Gänsehaut.

»Deine Entscheidung, Silvie«, sagte er zuckersüß. Ruckartig drehte er den Kopf zu Özlem, die sich hinter seinem Rücken in Zeitlupe streckte und still und heimlich versuchte, nach der rostigen Säge zu greifen, die auf der anderen Bettseite lag.

»Versuch es gar nicht erst!« Ohne hinzusehen, schwang er die Kette wie eine Peitsche. Sie traf Özlem zielgenau an den Fingerspitzen. Sie jaulte auf und zog ihre Hand zurück.

Die Krähe atmete schwer.

Voigt legte mir die Handschelle um und befahl Özlem: »Du nimmst jetzt das Klebeband und fesselst Silvie und dich an das Betthaupt. Und keine Tricks! Sonst ist eure Freundin tot.«

Sobald beide gefesselt waren, ließ er von mir ab, nahm sich Silvies Handy und löschte die Bilder aus der Galerie.

»Das wird dir gar nichts nützen, du Arsch. Die Polizei wird dich trotzdem kriegen«, schimpfte Silvie.

»Ach, wird sie das? Wie denn? Ich war doch gar nicht hier, als Dolores' Haus samt euch in die Luft geflogen ist.«

Voigt machte zehn Schritte in den Flur und kam im nächsten Moment mit der Flasche Grillanzünder zurück, die ich vorhin im Wandschrank zwischen Dolores' Krimskrams gesehen hatte. Er schraubte sie auf und verteilte den Inhalt großzügig über die Decken am Fußende des Bettes. Mit einem Schritt war er bei der Kommode, zog die obere Schublade auf und wühlte darin herum, dann fasste er darunter und brachte eine Zigarettenschachtel zum Vorschein. »Eine ihrer eisernen Reserven. Starke Raucher, die es sich abgewöhnen wollen, sind genauso berechenbar wie Alkoholiker. Überall haben sie ihre heimlichen Verstecke und belügen sich damit selbst.«

Lässig holte er eine Zigarette und ein Feuerzeug aus der Schachtel, das Dolores offenbar auch darin deponiert hatte. Ich staunte darüber, wie gut er sie kannte.

Er zündete sich die Zigarette an und inhalierte, bis die Spitze glühte. Hustend blies er den Rauch aus. »Das stinkt doch fürchterlich oder …«

Hundegebell unterbrach ihn. Er drehte sich um.

Bruno und Klausi stürmten ins Zimmer. Voigt erstarrte. Dass sie ihm Angst machten, hatte ich bereits am Dienstag gesehen. Die Tiere spürten die Gefahr im Raum, stoppten und knurrten ihn an. Dolores rief aus dem Flur: »Bastian, du bist da?« Klar, der rote Flitzer vor dem Haus war kaum zu übersehen.

»Bruno, Klausi! Aus und Platz!« Die Hunde gehorchten aufs Wort und hockten sich links und rechts neben der Tür nieder.

»Ihr sollt ihn nicht immer erschre…« Dolores trat ins Gästezimmer und sah sich verwundert um. »Was ist denn hier los? Basti, was machst du da? Wieso ist Alwine immer noch ans Bett gefesselt? Und wer sind die da?«

»Ich bin der Autor Ihres neuen Megabestsellers, dessen Geschichte Sie bei mir geklaut haben«, röchelte die Krähe.

Dolores fielen beinahe die Glubschaugen raus. »Ist das Theaterblut?« Sie zeigte auf Butenkötters Stichwunde. Erst jetzt schien sie zu bemerken, dass auch Voigt voller Blut im Gesicht war. »Nein, das alles echt«, sagte Özlem.

Die Krähe jammerte: »Und wenn nicht bald jemand den Notarzt ruft, bin ich tot.«

Silvie wies auf Voigt, der mit versteinerter Miene am Fußende des Bettes stand. Sie sagte: »Das war er! Er hat ihm das Messer in den Bauch gerammt. Und jetzt will er das Haus anzünden, damit wir alle verbrennen und nicht mehr gegen ihn aussagen können, dass er versucht hat Alwine zu töten, weil sie genau wie Martha Weise den Betrug erkannt hat.«

»Welchen Betrug?« Dolores war entweder eine überaus begabte Schauspielerin oder die Verblüffung war echt. Ich ergriff das Wort und klärte sie über meine Erkenntnisse auf.

»Stimmt das, Sebastian?«, fragte sie in strengem Ton, als ich geendet hatte.

Voigt sah mich hasserfüllt an und rechtfertigte sich: »Sie hat zusammen mit denen allen hier einen perfekten Mord geplant. Die wollten mich umbringen!«

»Aber nur, weil er uns quält und erpresst und wir keine andere Möglichkeit gesehen haben, uns von ihm zu befreien«, warf ich ein. Wir zählten auf, was er uns alles angetan hatte.

Dolores hörte zu und verlangte dann: »Entschuldige dich, Basti!«

»Vergiss es!« In seinen Augen loderte der Trotz wie bei einem Dreijährigen. Dolores trat auf ihn zu, holte aus und schlug dem mächtigen Geschäftsführer des Phönix Verlags ungerührt mit der flachen Hand ins Gesicht.

Voigt heulte auf und brüllte Dolores an: »Ich hasse dich, Mutti! Kannst du nicht einmal zu mir halten?«

»Mutti?« Silvie, Özlem und mir blieb der Mund offen stehen.

Voigt rieb sich die Wange. Seine Augen funkelten böse.

»Das habe ich alles für dich getan. Ohne mich wärst du immer noch die erfolglose Autorin, die verzweifelt versucht, einen ihrer grauenhaften Selfpublishing-Titel bei einem Verlag zu veröffentlichen. Immer ging es nur um dich, deine ach so harmonischen Familiengeschichten, von denen wir meilenweit entfernt waren. Und natürlich um die Hunde. Die Hunde standen doch an erster Stelle.«

Er wandte sich uns zu und hoffte wohl, dass wir ihn bemitleiden würden: »Wisst ihr eigentlich, was es heißt, wenn es immer zuerst um das Wohl der Hunde geht?«

Dolores konterte: »Du hast sie geärgert, hast sie am Schwanz gezogen oder mit Stöcken traktiert, kein Wunder, dass sie dich angeknurrt und sogar gebissen haben.«

Wieder lachte Voigt auf und sagte zu seiner Mutter: »Ja, ich habe sie geärgert, weil ich die Hunde gehasst habe. Sie durften in deinem Bett schlafen, deshalb war dort für mich kein Platz.«

Zu uns sagte er: »Wenn ich als kleiner Junge nachts Angst hatte, hat sie mich weggeschickt.«

Dann sah er seiner Mutter tief in die Augen. »Du hast dich nie für mich interessiert. Warum war ich dir so lästig? Du bist meine Mutter! Ich habe dich geliebt. Wegen dir habe ich Literaturwissenschaften studiert, bin Lektor geworden und dachte, okay, meine Mutter ist unglücklich, weil sie erfolglos ist. Wenn ich dafür sorge, dass ein Roman von ihr zum Bestseller wird, dann beachtet sie mich und erkennt an, was ihr Sohn in den Jahren geleistet hat. Hast du überhaupt bemerkt, dass dein Sohn Abitur und Studium mit Auszeichnung abgeschlossen hat, dass er Karriere macht und finanziell sehr gut dasteht?«

Er seufzte theatralisch. »Deshalb habe ich dir die Plots von M. Schubert und Anonymus als meine Ideen verkauft. Doch du warst ja nicht einmal in der Lage, sie allein so umzuschreiben, dass etwas Brauchbares dabei herausgekommen wäre.«

»Das sind Thriller und ich wollte nie Geschichten schreiben, in denen so viel Gewalt verübt wird. Du hast mich dazu überredet. Dafür fehlt mir einfach die Fantasie.«

Er lachte verächtlich auf. »Dabei bist du der grausamste Mensch, den ich kenne.«

Dolores' Miene versteinerte. Voigt redete weiter: »Ohne die talentierte Martha wäre es nie zu dem Überraschungserfolg, diesem Megabestseller gekommen. Das hat sie natürlich in den drei Wochen mit dir allein mitbekommen und wollte einen Teil vom Kuchen abhaben. Es hat mich viel Überredungskunst gekostet, das zu verhindern. Ein Sebastian Voigt lässt sich nicht erpressen. Es reichte aus, dass dieser überhebliche Verleger den Löwenanteil unseres Gewinns eingestrichen hat. Ich habe dir den Phönix Verlag ausgesucht, weil ich uns ganz groß machen und dafür sorgen wollte, dass wir allein die Lorbeeren für deinen Erfolg einstreichen. Verstehst du das denn nicht?«, flehte er Dolores um Verständnis an.

Doch die war eingeschnappt. »Wenn meine Texte so grauenhaft sind, dann ist es nicht mein Erfolg«, sagte Dolores ernüchtert und forderte ihren Sohn auf: »Mach die Zigarette aus!« Obwohl ihre Stimme einen festen Klang hatte, wirkte sie in dem Moment total zerbrechlich. Sie war enttäuscht, von sich, von ihrem Bastian. »Bis jetzt ist doch niemand gestorben, oder?«

»Du hast es nicht kapiert!« Voigt senkte den Kopf und wich ihrem Blick aus. Aber ich hatte kapiert. Er wollte in dem Moment einfach nur in ihren Arm genommen werden.

Oh Gott, was für ein Mutter-Sohn Drama!

Sie sagte noch einmal: »Mach die Zigarette aus!«

Er zog daran, hob den Kopf, streckte den Arm aus und schaute ihr provokativ in die Augen, während wir »Neiiiin!« brüllten und er die glühende Zigarette auf das Fußende des Bettes fallen ließ.

Die Decken fingen sofort Feuer. »Ich lasse mir mein Leben nicht kaputtmachen«, kreischte Voigt.

Der Rauchmelder sprang an. Dolores riss den Feuerlöscher von der Wand und hielt ihn zuerst auf ihren Sohn, den die Stichflamme erfasste. Sie schäumte ihn ein. Die Wucht des Strahls haute ihn um. Dann zielte sie auf die Flammen, die zu einer glühenden Mauer am Fußende des Bettes wuchsen, und erstickte sie unter einer weißen Decke.

Voigt wischte sich den Schaum vom Gesicht, rappelte sich auf und wollte weglaufen. Doch Dolores versperrte ihm den Weg. Er schubste seine Mutter beiseite. Sie schmiss ihm den Feuerlöscher hinterher und rief: »Bruno, Klausi, stellt ihn!«

Die Hunde sprangen aus ihrer starren Haltung, bekamen Sebastian Voigt mit ihren Zähnen an der Hose zu fassen und streckten ihn nieder.

Dolores sagte: »Schluss jetzt mit dem Theater!«, zerrte ihren Sohn am Kragen hoch und verlangte, dass er sich aufs Bett setzte. Mit einem Blick auf Bruno und Klausi, die wütend die Zähne fletschten, fügte sich Voigt und wich mit erhobenen Händen zurück.

Dolores löste meine Handschelle. Ich rieb mir den Arm. Ohne zu zögern, legte sie ihrem Sohn die Fessel um. »Wage es nicht, dich zu rühren!« Die Hunde hockten sich vor ihm hin, um ihn zu bewachen, während sie ein Handy aus der Jackentasche zog und mir in die Hand drückte: »Ich hab es weniger mit der Technik. Ruf den Notarzt und die Polizei.« Die Krähe seufzte: »Na endlich!«

Dann befreite Dolores Özlem und Silvie.

Ich rief den Notarzt. Beruhigend tätschelte ich Vitus Butenkötter die Schulter. »Sie werden in fünf Minuten da sein, zum Glück hatten sie gerade einen Einsatz hier um die Ecke. Sie schaffen das!«

Danach zögerte ich einen Augenblick und dachte nach. Plötzlich kam mir eine Idee. »Ich werde jetzt nicht die Polizei rufen. Wobei ... Lieber Herr Voigt, vielleicht möchten Sie entscheiden, ob wir Sie der Polizei übergeben oder nicht!« Ich schenkte ihm ein zuckersüßes Lächeln.

Alle Blicke ruhten auf mir. Voigt musterte mich erstaunt, er schien keine Ahnung zu haben, worauf ich hinauswollte. Bevor ich ihm meine Bedingung nannte, wollte ich aber noch zwei Dinge wissen. »Haben Sie Martha Weise ermordet?«, fragte ich.

»Quatsch, sie ist quicklebendig. Ich habe sie mit einem Autorenvertrag für einen Selbstfindungsroman bestochen und sponsere immer noch ihren Portugalaufenthalt. Sie schreibt unter Pseudonym.«

»Wie haben Sie Hubertus vergiftet?«

»Das war ein Bluff, ich wollte euch verunsichern«, sagte er

kleinlaut. Mein Blick traf seinen, beschämt schlug er die Augen nieder. Ich glaubte ihm.

»Wenn er zukünftig *unsere* Regeln befolgt, hat er nichts zu befürchten, oder?«, bat ich meine Freundinnen um Zustimmung. Silvie, Özlem und Dolores grinsten mich an. Sie hatten verstanden.

Dolores sagte: »Das ist eine faire Chance, mein Junge, deine und meine Fehler wiedergutzumachen.«

In der Ferne hörten wir die Sirene des Krankenwagens.

Epilog

++++ 15. August 2018 ++++

Frau Grundmann, Sebastian Voigts neue Assistentin, rief mich ins Büro zum Chef. »Er ist ziemlich aufgebracht!«, warnte sie mich vor. Früher wäre ich bei dieser Information in Panik verfallen, heute reichte sie höchstens für ein Schulterzucken. Ich würde mir erst einmal anhören, was er mir zu sagen hatte.

Wenn ihm irgendetwas an meiner Zusammenstellung des Herbstprogramms für 2019 nicht gefiel, diskutierten wir das aus. Letztendlich hatte ich als Programmleiterin das letzte Wort über die Auswahl der Titel. Das war der Deal. Sollte er das im Eifer des Gefechts vergessen haben – Sebastian neigte hin und wieder dazu, den alten Voigt durchblicken zu lassen –, würde ich ihn ganz schnell mit zwei Fotos an unsere Abmachung erinnern. Deren Kopie hatte Silvie nämlich im entscheidenden Moment zusätzlich in der Cloud gespeichert.

Er empfing mich mit saurer Miene. »Schließ bitte die Tür und setz dich.«

Ich zog die Augenbrauen hoch, schloss die Tür und blieb stehen.

Sein Mund verzog sich zu einem extrabreiten Grinsen. »Wir haben gleich zweimal nach Veröffentlichungsstart die *Spiegel*-Bestsellerliste erobert«, jubelte er. »Mutter ist mit *Söhne und andere Katastrophen* auf Platz 1 und der *Blutmond* von Vitus Butenkötter steht auf Platz 3!« Er sprang auf und fiel mir um den Hals, bemerkte, dass ich mich etwas überfahren fühlte, und nahm seine Hände von mir. »Wahnsinn!«, sagte ich und konnte es nicht fassen.

Frau Grundmann kam mit einem Tablett voller Gläser herein. Ihr folgten Frau Krohn mit zwei Champagnerflaschen, Dolores und Vitus Butenkötter sowie die anderen Mitarbeiter des Verlags. Silvie schob ihren Kinderwagen herein. Sie hatte erst vor vier Wochen einen Jungen entbunden, der bis auf die randlose Brille genauso wie sein Vater, der Steuerprüfer vom Finanzamt, aussah. Sogar Özlem war gekommen, um den Erfolg mit uns zu feiern.

Nachdem Butenkötter seinen ersten Buchvertrag samt Vorschuss bekommen hatte, hatte er alles auf eine Karte gesetzt. Er hatte die Textilreinigung aufgegeben und Özlem überlassen. Bei ihr lief das Geschäft bestens, weil sie sich auf eine absolute Marktlücke, die Spezialreinigung von Neoprenanzügen, spezialisierte.

Wir ließen die Korken knallen und feierten unseren Erfolg.

Ich genoss es in vollen Zügen. Endlich hatte ich keine Sorgen mehr. Mit meinem neuen, großzügigen Gehalt hatte ich all meine Schulden zurückzahlen können. Außerdem leistete ich mir für Herrn Giovanni einen Platz in einem Hundekindergarten, wo er dreimal pro Woche mit seinen Artgenossen im Wald herumtobte. Dadurch war er richtig aufgeblüht. Bei seiner letzten Untersuchung hatte der Tierarzt mir versichert, dass er kerngesund sei. Für die restlichen zwei Wochentage erlaubte Sebastian Voigt, dass ich den Hund wieder mit in den Verlag bringen durfte.

Er vermied es dann allerdings, in meinem Büro aufzutauchen. Ich verstand das aber nun, seine Angst vor Hunden im Allgemeinen war eben nicht so einfach zu überwinden. Ja, so konnte es bleiben, auch wenn der Traumprinz immer noch nicht aufgetaucht war.

Frau Krohn nahm mich beiseite und stieß mit mir an. »Hubertus hatte recht, Sie haben das nötige Gespür für gute Stoffe. Entschuldigen Sie, Alwine, dass ich Sie verdächtigt habe, eine Affäre mit meinem Mann zu haben«, sagte sie und trank einen Schluck. Sie nahm das Glas in beide Hände, wies auf Voigt, der ans Fenster getreten war und telefonierte. »Aber eins frage ich mich. Wie haben Sie es bloß geschafft, den Tiger zu zähmen?«

Ich lächelte geheimnisvoll. »Ich denke eher, es liegt an Ihnen, dass er seine Hitzköpfigkeit verloren hat.«

Voigt beendete das Telefonat, trat zu uns und legte den Arm um Frau Krohn, mit der er vor zwei Monaten zusammengezogen war. Beide machten keinen Hehl mehr aus ihrer Beziehung. »Wir kriegen Besuch«, sagte er plötzlich mit zerknirschter Miene und zeigte zur Tür.

Ich drehte mich um.

Marco Kühn betrat den Raum und kam direkt auf mich zu. Seine grünen Augen musterten mich. Sein Gesicht wirkte ernst. »Es tut mir leid, dass ich Ihre kleine Feier unterbreche, aber ich muss Sie festnehmen«, sagte er, zückte Handschellen und legte mir einen der Metallringe um. Den anderen befestigte er um seinen Arm. »Damit Sie nicht auf dumme Gedanken kommen und versuchen, wegzulaufen.«

Alle starrten uns mit zusammengepressten Lippen an. Niemand sagte etwas. Sie schienen genauso geschockt wie ich. Verdächtigte er mich immer noch, Olaf Schroth umgebracht zu haben?

Ich setzte zum Protest an: »Was habe ich denn verbrochen?«

»Das besprechen wir besser unter vier Augen auf dem Revier! Würden Sie mir bitte folgen?« Er wies mit der freien Hand zur Tür.

Weder auf dem Flur noch im Fahrstuhl oder dem Polizeiwagen, in den er mit mir auf die Rückbank stieg, gab er mir eine Erklärung für die Festnahme. Ich schimpfte und protestierte. »Das ist Freiheitsberaubung. Ich werde Sie verklagen. Sie haben mich weder auf meine Rechte hingewiesen noch den Grund Ihrer Beschuldigung genannt.« Er schwieg und verzog keine Miene.

Ich sah, wie unser Fahrer in Uniform sich das Lachen verbiss. »Haha, ich finde das kein bisschen lustig! Macht ihr das immer so? Damit kommt ihr bei mir nicht durch!«

Wir hielten vor dem Polizeirevier. Kühn zerrte mich aus dem Wagen. »Autsch!«, rief ich. »Jetzt kommt noch Körperverletzung dazu.«

Unbeeindruckt zog er mich in die Wache und wir liefen durch einen Flur. Ich hatte keine andere Wahl, als ihm zu folgen. Er öffnete eine Stahltür und schob mich in einen dunklen Raum, an dessen Rückwand eine Scheibe das Licht reflektierte. Das Vernehmungszimmer. Er schloss die Tür hinter uns, schaltete das Licht an, löste die Handschellen und erteilte mir den Befehl, mich auf einen der beiden Stühle zu setzen.

Kaum dass er mir gegenüber Platz genommen hatte, öffnete sich die Tür. Zwei Beamte trugen Teller, Gläser und einen Kerzenständer herein, stellten alles vor uns in die Mitte des Tisches. Ich zog eine Augenbraue hoch.

Marco Kühn zündete die Kerze an. »Alwine Werkmeister, ich beschuldige Sie des Diebstahls an meinem Herzen. Seit einem Jahr renne ich Ihnen hinterher. Sie ignorieren meine Anrufe, weichen mir aus und haben jeden Versuch, Sie zu daten, im Keim erstickt. Ich kann seit Monaten nicht mehr schlafen. Schon bei unserer ersten Begegnung habe ich mich in Sie verliebt. So, nun ist es raus.« Er musterte mich unsicher. »Natürlich haben Sie das Recht zu schweigen, mich blöd zu finden und zu gehen.«

Ich drückte die Schultern durch. Ohne eine Miene zu verziehen, stand ich auf. Schlagartig verloren seine Augen ihren Glanz. Er war so höflich und erhob sich ebenfalls. Jetzt konnte ich mir das Lachen nicht mehr verkneifen, rannte um den Tisch und küsste ihn.

– ENDE –

DANKSAGUNG

Seinen Namen, seine Herkunft und seine Lektorin kann man sich nicht immer aussuchen. ;)
Gut so, denn ich habe die beste bekommen.

Oh, oh … Eine schwarzhumorige Geschichte, die in einem Verlag spielt und in der es um Mobbing durch den Chef geht, den seine Mitarbeiterinnen umbringen wollen, war ein Wagnis. Ebenso, die Hauptfigur, eine Lektorin, als Figurenmörderin und Wörterdiebin zu bezeichnen. Bei der Abgabe des Manuskripts ins Lektorat habe ich ganz schön gezittert und dachte, das hagelt garantiert viel Kritik und mindestens die Figurenmörderin wird gestrichen.
Von wegen! Ich war von der Überarbeitung meiner Lektorin so begeistert, dass ich ihr dieses Buch gewidmet habe.
Liebe Maya, die Zusammenarbeit mit dir macht einfach Spaß! Du bist eine Lektorin, die sich eine Autorin nur wünschen kann. Du schaffst es immer wieder, mich mit deinen Ideen und Vorschlägen zu überraschen und zu inspirieren.

Ein herzlicher Dank geht an alle Mitarbeiter von HarperCollins Germany, die sich an meinem Recherchetag im Mai 2018 so geduldig um mich gekümmert und die Fragen zur Verlagsarbeit beantwortet haben.

Bloß gut, dass man bei so einem Buchprojekt neben den Profis auch immer wieder Unterstützer im privaten Umfeld findet, die einen auf neue Strategien bringen, wenn es darum geht, wie der perfekte Mord aussehen könnte. Tausend Dank an den Mann meines Herzens! Aber das mit den Handschellen machen wir nie wieder.

Danke an meine Familie und meine Freunde für das Verständnis, wenn ich in Schreib- Endphasen Verabredungen abgesagt oder manchmal nicht richtig zugehört habe.

Vielen Dank an das Team der Autoren- und Projektagentur Gerd F. Rumler für die ständige Unterstützung und Motivation.

Großen Dank an alle Buchhändler, die meine Geschichte in ihre Regale stellen und somit dafür sorgen, dass Leser sie überhaupt finden.

Ein Dankeschön geht auch an alle Rezensenten und Blogger, die sich die Zeit nehmen und ihren Leseeindruck kundtun.

Und natürlich an Euch, liebe Leserinnen und Leser. Vielen Dank, dass es Euch gibt! Vielen Dank, dass Ihr mir die Treue gehalten habt, auch wenn ich nicht ständig bei Facebook & Co. präsent war. Umso mehr freue ich mich immer über Eure aufmunternden Nachrichten, Euer Feedback und die inspirierenden Gedanken in meinem E-Mail-Postfach, die ich sehr gerne beantworte.
Also schreibt mir Eure Meinung über das Kontaktformular auf meiner Homepage: www.cathrinmoeller.de
Ich freue mich.
So, nun heißt es loslassen ...

Herzlichst,
Eure
Cathrin Moeller

Informationen zu unserem Verlagsprogramm, Anmeldung zum Newsletter und vieles mehr finden Sie unter:

www.harpercollins.de